파이드 파이퍼

Pied Piper

Nevil Shute Norway

Pied Piper

파이드 파이퍼

네빌 슈트 지음 · 성소희 옮김

RAINBOW PUBLIC BOOKS

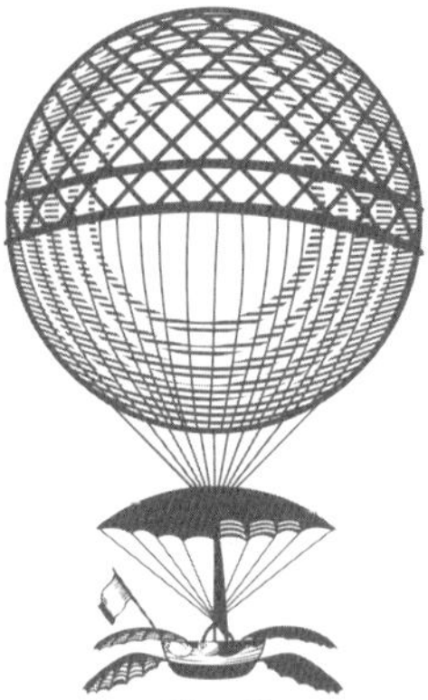

차 례

1장
여정의 서막

그의 이름은 존 시드니 하워드, 런던에 있는 우리 사교 클럽의 회원이다. 나는 그날 밤 8시쯤에 저녁을 먹으러 클럽에 들렀다. 전쟁 양상에 관한 회의를 거듭하며 힘든 하루를 보냈기에 지쳐있던 참이었다. 한 걸음 앞서서 하워드가 클럽에 들어가고 있었다.

일흔쯤 된 그는 키가 크고 야위었으며, 걸음걸이가 조금 불안했다. 그는 건물 안으로 들어서다가 문간에 깔아둔 매트에 걸려 휘청였다. 수위가 후다닥 뛰쳐나와 그의 팔꿈치를 붙잡았다.

그는 매트를 빤히 내려다보더니 우산으로 쿡 찔렀다. "이 망할 것에 발이 걸렸네. 고맙네, 피터스. 나도 나이가 들었나 보군."

수위가 씩 웃으며 대답했다. "최근 그 매트에 발이 걸린 신사분이 여럿 됩니다. 바로 요전에도 지배인에게 매트 이야기를 했지요."

"그러면 다시 지배인에게 일러주게. 이걸 제대로 처리할 때까지 계속. 안 그러면 내가 며칠 안에 자네 앞에서 고꾸라져 황천길을 밟을 테니까. 자네도 그런 일을 바라지는 않겠지?" 그의 얼굴에 짓궂은 미소가 어렸다.

수위가 대답했다. "물론이죠, 그런 일이 일어나면 안 되지요."

"그래, 그러면 안 되지. 누구든 클럽에서 벌어지길 바랄 법한 일은 아니니까. 나는 문간 매트 위에서 죽고 싶지 않네. 마찬가지로 화장실에서도 죽고 싶지 않다네. 피터스 자네도 맥퍼슨 대령이 화장실에서 죽었던 것을 기억하겠지?"

"기억하다마다요. 정말로 비참했습니다."

"그렇지." 그가 잠시 침묵을 지키더니 다시 입을 뗐다. "그래, 나는 그런 식으로 죽음을 맞고 싶지 않네. 지배인이 매트를 잘 처리하는지 확인하게. 내가 지시했다고 전하고."

"잘 알겠습니다."

그는 건물 안으로 들어갔다. 나는 두 사람이 대화를 나누는 동안 뒤에 서서 기다리고 있었다. 수위가 내 앞으로 온 편지를 보관하고 있었기 때문이다. 수위는 대문 옆의 쪽문으로 편지를 건넸다.

나는 편지를 살펴보며 물었다. "방금 저분은 누군가?" 별생각 없이 던진 말이었다.

"하워드 씨입니다."

"인생의 마지막을 대단히 신경 쓰시는 것 같던데."

수위는 미소 짓지 않았다. "그렇습니다. 수많은 신사분이 나이가 들어가며 그런 식으로 말씀하시곤 하지요. 하워드 씨는 아주 오래전부터 이 클럽의 회원이셨고요."

나는 말투를 더 정중하게 바꿨다. "그러신가? 저분을 한 번도 본 기억이 없는데."

"지난 몇 달간 해외에 나가 계셨을 겁니다. 그런데 돌아오신 후로 부쩍 나이를 느신 듯합니다. 쇠약해지기도 하셨고요, 걱정스럽군요."

나는 건물 안으로 들어서며 말했다. "저렇게 연로한 사람에게는 이 빌어먹을 전쟁이 힘겨울 테니까."

"맞습니다, 틀림없이 그렇지요."

나는 클럽 안으로 들어갔다. 옷걸이용 못 위에 방독면을 휙 내던져 걸고, 권총을 매어둔 허리띠도 풀어 그 위에 매단 채 모자까지 얹었다. 뉴스를 녹음한 테이프로 어슬렁거리며 다가가 최신 뉴스를 주의 깊게 들었다.

좋은 소식도, 나쁜 소식도 없었다. 영국 공군은 여전히 루르 지방(독일 북서부에 있는 최대 공업 지대-옮긴이)에 사정없이 폭탄을 때려 붓고 있었다. 루마니아는 아직도 이웃 국가들과 절망적으로 옥신각신하고 있었다. 프랑스가 독일에 굴복하고 난 이후 지난 3개월간의 뉴스와 다를 게 없었다.

곧 저녁을 먹으러 식당으로 들어갔다. 하워드는 이미 식당에 앉아 있었다. 식당은 우리 둘뿐, 거의 텅 비어 있었다. 하워드만큼 나이 들어 보이는 웨이터가 그의 시중을 들었고, 그는 웨이터를 식탁 곁에 세워둔 채 담소를 나누며 저녁을 들었다. 두 사람의 대화를 엿듣지 않을 수가 없었다. 그들은 크리켓에 관해 이야기하며 몇 해 전 열린 국제 시합을 회고하고 있었다.

대화 상대가 없었던 나는 하워드보다 먼저 식사를 마쳤다.

카운터로 가서 계산하며 직원에게 말을 걸었다. “저기 저 웨이터, 이름이 뭔가?”

“잭슨입니다.”

“그렇군. 여기에서 얼마나 일했지?”

“오래 일했습니다. 평생이라고 해도 되겠지요. 이곳에서 일한 지 한 40년쯤 되셨을 겁니다.”

“아주 긴 시간이군.”

직원은 거스름돈을 거슬러주며 미소 지었다. 나는 위층의 흡연실로 올라가서 잡지들이 어지럽게 흩어져 있는 테이블 앞에 멈춰 섰다. 괜한 호기심에 클럽 회원 명부를 뒤적거렸다. 하워드가 클럽에 가입한 연도를 확인해보니 하워드와 잭슨은 평생을 함께 어울린 셈이었다.

삽화가 많은 주간지를 두어 부쯤 챙겼다. 커피를 주문한 다음, 이 클럽에서 가장 편안한 의자 두 개가 나란히 놓인 건너편으로 걸어갔다. 집으로 돌아가기 전 한 시간을 여유롭게 즐길 차례였다.

몇 분이 지났을 무렵, 누군가 내 곁으로 걸어오더니 옆에 있는 의자에 앉았다. 부르지도 않은 젊은 웨이터가 그에게 커피와 브랜디를 가져왔다.

자리에 앉은 하워드가 나직하게 말했다. “이 나라에서 제대로 된 커피 한 잔 마시지 못한다니 말도 안 되는 일 아니겠소.

심지어 이런 클럽에서도 커피를 못 끓인다오."

나는 읽던 잡지를 내려놓았다. 이 노신사가 나와 이야기를 나누고 싶어 한다면 굳이 물리치고 싶지 않았다. 그날 나는 온종일 낡은 사무실에서 보고서를 읽고 회의 내용을 간추려 쓰느라 눈알이 빠질 것 같았다. 잠시 안경을 벗고 눈에 휴식 시간을 준다면 좋을 듯했다. 정말로 몹시 피곤했다.

나는 안경집을 찾아 주머니 속을 더듬으며 대꾸했다. "커피를 거래하는 친구에게 들은 말인데, 우리나라 기후에서는 갈아놓은 커피가 쉽게 변질한다더군요. 습기 탓인지 다른 것 탓인지."

"갈아놓은 커피는 어느 기후에서나 쉽게 상하는 법이지." 그가 오만하게 말했다. "커피를 가루로 산다면 제대로 된 커피는 절대로 못 마신다오. 커피콩을 사서 커피를 끓이기 직전에 갈아야 해요. 하지만 다들 그렇게 하질 않는다오."

하워드는 한동안 커피와 치커리(치커리 뿌리 분말은 커피 대용으로 쓰임-옮긴이) 같은 것들에 관해 말을 늘어놓았다. 이윽고 대화 주제는 자연스럽게 브랜디로 바뀌었다. 그는 클럽에서 내놓는 브랜디를 괜찮게 생각했다.

"와인 산업에 잠시 발을 들여놓은 적이 있소. 아주 오래전에 엑서터(영국 잉글랜드 남서부 데번의 주도-옮긴이)에서. 하지만 지난번 전쟁 이후 곧 사업을 접었다오."

나는 그가 클럽의 와인 위원회에 속해 있다는 사실도 알게 됐다. "그런 사업에 몸담아 보면 적잖이 흥미롭겠습니다."

"오, 물론이오." 그는 아주 기쁘다는 듯 대답했다. "훌륭한 와인은 가장 흥미로운 분야라오. 정말로 가장 흥미롭소, 내 장담하지."

길쭉하고 천장도 높은 그 방에 사람이라고는 사실상 우리뿐이었다. 우리는 나란히 놓인 의자에 느긋하게 기대어 앉아서 차분하게 이야기를 나누었다. 한 명이 말을 끝내면 긴 침묵이 이어지곤 했다. 피로할 때 오래 묵은 브랜디를 홀짝이며 나누는 대화는 만족스러운 법이다.

내가 다시 말을 꺼냈다. "어렸을 적에 엑서터에 자주 가곤 했습니다."

"사실, 나는 엑서터를 아주 잘 안다오. 거기에서 40년을 살았소."

"저희 삼촌이 스타크로스에 집을 한 채 갖고 계셨죠." 나는 삼촌의 이름을 알려주었다.

그가 미소 짓더니 대답했다. "내가 그의 대리인으로 일하곤 했소. 그와 절친한 사이였거든. 그것도 벌써 오래전 일이라오."

"대리인으로 일하셨다고요?"

"정확히는 내 회사가 그의 대행이었다오. 나는 법률회사의 파트너 변호사였소."

추억에 잠긴 그는 우리 삼촌과 그의 가족, 그가 기르는 말들과 그의 땅을 빌린 소작인들에 관해 한참이나 말을 늘어놓았다. 대화는 갈수록 그의 독백으로 변해갔다. 나는 가끔 한두 마디씩 거들며 그가 계속 이야기하도록 내버려 두었다.

그는 잔잔한 목소리로 이제는 영영 가버린 시절, 내가 소년으로만 추억하는 시절을 생생하게 묘사해나갔다.

나는 의자에 몸을 파묻고 조용히 담배를 피웠다. 피로가 몸에서 스며 나오는 듯했다. 전쟁 말고 다른 주제로 이야기할 수 있는 사람을 만나다니 하늘이 보낸 선물 같았다.

대개 사람들은 무슨 일이든 이번 전쟁이나 지난번 전쟁을 중심으로 생각했다. 모두의 마음속에 불안한 충동이 도사리고 있어서, 대화할 때마다 번번이 전쟁 이야기가 나왔다. 하지만 이 호리호리한 노인은 전쟁을 비껴간 것 같았다. 이제 그는 더 가벼운 주제로 관심을 돌렸다.

이내 우리는 낚시에 관해 이야기하기 시작했다. 그는 낚시에 열정이 대단했지만, 나는 경험이 많지 않았다. 해군 장교는 배를 탈 때면 대체로 총과 함께 낚싯대도 챙겨간다. 나는 전 세계를 누비다가 간간이 짬이 생기면 오후에 뭍으로 나가 낚시하곤 했다. 보통은 인조 미끼를 잘못 쓰는 바람에 낚는 것이 거의 없었다.

반대로 그는 전문가였다. 영국에는 그가 낚싯대를 드리워보지 않은 곳이 없었다. 유럽 대륙에서도 어지간한 낚시터를 거의 다 거쳤다. 옛날에는 시골 변호사의 삶이 그리 고되지 않았던 듯했다.

그가 프랑스에서 낚시했던 일을 꺼내자, 내가 직접 겪은 일이 떠올랐다. "프랑스에서는 아주 재미있는 제물낚시(인조 미끼를 물속이나 수면에 교묘하게 놓는 낚시 방법-옮긴이)를 하더군요."

나는 설명을 이어갔다. "7.5미터쯤 되는 커다란 대나무 장대 끝에 낚싯줄을 묶어서 쓰는 걸 봤습니다. 낚시 릴 없이요. 물결이 거칠게 이는데 인조 미끼를 물속에 가라앉히고는 이리저리 잡아끌었죠."

그는 미소 지었다. "그렇소. 바로 그렇게들 하지. 그런 낚시법을 어디서 봤소?"

"젝스 근처입니다. 사실상 스위스나 다름없죠."

그는 생각에 잠긴 채 다시 미소 지었다. "나는 그 지방도 아주 잘 안다오. 알다마다." 이윽고 다시 입을 뗐다. "생클로드…. 생클로드를 아시오?"

나는 고개를 저었다. "쥐라(프랑스 동부, 쥐라산맥 동쪽에 있는 주-옮긴이)는 잘 모릅니다. 생클로드라면 모레 근처 아닙니까?"

"그렇소, 모레에서 그리 멀지 않소." 그는 잠시 입을 다물었다. 우리는 고요한 그 방에서 잠자코 있었다.

얼마 후 그가 운을 뗐다. "올여름에 그곳 냇가에서 같은 방식으로 제물낚시를 해보려고 했소. 알다시피, 낚시가 못된 장난은 아니니까. 제물낚시를 하려면 물고기가 먹이를 찾으러 가는 곳을 알고 있어야 한다오. 미끼를 그저 물속 아무 데나 밀어 넣으면 안 되는 법이지. 미끼를 물 위에 띄워서 낚시할 때처럼 조심스럽게 물속에 집어넣어야 한다오."

"전략이 있어야 하는군요."

"바로 그 말이오. 전략이 필요하다는 사실은 절대 변하지 않소."

다시 기분 좋은 침묵이 찾아왔다. 이번에는 내가 금방 입을 열었다. "그곳에 다시 낚시하러 가려면 시일이 조금 걸리겠습니다." 내가 전쟁 이야기를 꺼내고 말았다. 이 주제에서 벗어나기가 참으로 어려웠다.

"그렇소. 참으로 애석한 일이라오. 올해는 낚시 철이 되기도 전에 그곳을 떠나야 했소. 5월 말이 되기 전까지는 낚시하러 나가봐야 허탕일 뿐이니. 물이 온통 진흙탕인 데다 강물이 엄청나게 불어 있거든. 눈 녹은 물이 흘러들어서 말이오. 시기가 한참 지나서 8월이 되면 낚싯대를 드리울 물이 죄다 말라 있기 마련이고. 날씨도 너무 덥지. 6월 중순이 제철이오."

나는 고개를 돌려서 그를 바라보았다. "올해 그곳에 가셨다고요?" 그는 아무렇지 않은 듯 태평하게 5월 말의 낚시 환경을 이야기했지만, 사실 올해 5월 말은 태평함과 아주 거리가 멀었다.

당시는 독일군이 네덜란드와 벨기에를 통과해서 프랑스로 물밀듯이 들이닥치던 시기였다. 영국군이 덩케르크에서 철수하고 있던 시기, 전선의 프랑스군이 참패하고 파리로, 그 너머로 후퇴하고 있던 시기였다. 노인이 낚시하러 프랑스 한복판으로 떠나기에 딱 알맞을 때가 아니었다.

"4월에 갔었소. 올여름 내내 머물 생각이었는데 돌아와야만 했다오."

나는 여전히 그에게서 눈을 떼지 않은 채 엷은 미소를 지었다. "돌아올 때 힘들지 않으셨던가요?"

"괜찮았소, 별로 힘들지 않았소."

"자동차가 있었겠군요?"

"아니, 나는 차가 없소. 운전도 썩 잘하지 못하고. 게다가 몇 년 전에 운전을 그만두어야 했소. 시력이 영 예전 같지 않아서…."

"그러면 쥐라에서는 언제 떠나셨습니까?" 나는 계속 질문을 이어갔다.

그는 잠시 생각에 잠겼다가 입을 열었다. "6월 11일이오. 아마 그날이 맞을 거요."

나는 당황스러워서 미간을 찌푸렸다. "기차가 멀쩡히 다녔습니까?" 나는 일 때문에 그 당시 프랑스 상황을 제법 잘 알고 있었다.

그는 미소를 지었다. "멀쩡하다고는 할 수 없었지." 그는 생각에서 헤어나오지 못하고 있었다.

"그러면 어떻게 빠져나오신 겁니까?"

"적잖이 걸어야 했소."

그가 이야기하는 도중에 쾅…, 쾅…, 쾅…, 쾅 하는 폭음이 일정한 간격으로 네 번 들렸다. 1.5킬로쯤 떨어진 곳에서 일제 폭격이 벌어진 듯했다. 견고한 클럽 건물이 약간 흔들렸고, 마룻바닥과 창문도 삐걱거렸다.

우리는 바짝 긴장한 채 가만히 기다렸다. 곧이어 고음과 저음이 반복되는 사이렌 소리가 울려 퍼졌다. 날카로운 포성도 공원 쪽에서 들려왔다. 공습이 다시 시작된 것이다.

"빌어먹을 폭격…." 내가 입을 뗐다. "이제 어쩌면 좋겠습니까?"

노인은 참을성 있는 모습으로 미소 지었다. "나는 여기에 계속 있을 거요."

분별 있는 태도였다. 불편함을 피해 보겠다고 무모하게 나서는 것은 어리석다. 우리 머리 위로는 층이 3개나 더 있고, 전부

아주 튼튼했다.

우리는 클럽 건물에 관해 이야기를 나누기 시작했다. 공습이 있을 때마다 으레 그렇듯, 천장이 과연 지붕 무게를 지탱할 수 있을지 궁금해하며 천장을 꼼꼼하게 살펴보기도 했다. 하지만 자리에서 벗어나지는 않았다.

젊은 웨이터가 손전등과 철모를 하나씩 들고 흡연실로 들어왔다. 웨이터가 말을 꺼냈다. "대피소는 지하실입니다. 식료품 저장실을 통해 가시면 됩니다."

하워드가 말을 받았다. "꼭 가야 하나?"

"원하시는 경우에만 가시면 됩니다."

나도 입을 열었다. "앤드루스 자네도 내려가나?"

"아닙니다. 저는 근무를 서야 합니다. 소이탄(목표물을 불태워 없애는 데 쓰이는 폭탄-옮긴이)이 떨어질 때를 대비해야 해서요."

"그렇다면…," 내가 대답했다. "가서 할 일을 하게. 나중에 잠시 여유가 생기면 마르살라 와인 한 잔 가져다주겠나? 물론 자네 일부터 먼저 처리하고."

하워드도 말을 보탰다. "거, 참 좋은 생각이군. 나도 마르살라 한 잔 부탁하겠네. 소이탄이 떨어지지 않을 때 말이야. 난 여기에 계속 있겠네."

"잘 알겠습니다."

웨이터는 우리 자리 뒤에 있는 독서용 램프 하나만 빼고 조명을 모두 끈 후 자리를 떴다.

거의 10시 반이었다. 우리는 다시 긴장이 풀렸다.

어둠이 깔린 커다란 방에서 작은 램프가 드리우는 은은한 노란 불빛 속에 앉아 있었다. 밤이 내려앉자 런던 거리의 통행량이 크게 줄었는지 바깥의 교통 소음도 잦아들었다.

멀리서 경찰 호루라기 소리가 몇 차례 날카롭게 울렸다. 차 한 대가 빠른 속도로 지나갔다. 곧 정적이 길게 뻗은 팰맬가(런던 웨스트민스터에 있는 거리로, 사교 클럽이 많이 모여 있는 것으로 유명함-옮긴이)를 휘감았다. 이따금 멀찍이서 대공포 소리만 울릴 뿐이었다.

하워드가 질문을 던졌다. "여기에 얼마나 앉아 있어야 할 것 같소?"

"다 끝날 때까지겠죠. 지난 공습은 4시간이나 계속됐습니다." 나는 잠시 멈추었다가 다시 말을 이었다. "선생님을 기다리는 분이 계십니까?"

그는 재빨리 대답했다. "아, 그건 아니요. 나는 혼자 지낸다오. 독신용 아파트를 빌렸지."

나는 고개를 끄덕였다. "우리 아내는 제가 여기에 있다는 걸 압니다. 집에 전화를 걸어볼까 생각도 해봤습니다만, 공습 중에는 여기저기 전화통에 불이 날 테니까요. 저까지 보태는 게 좋은 생각은 아닐 것 같더군요."

"공습 중에는 전화하지 말라고 하더군."

얼마 후 앤드루스가 마르살라 와인을 가져왔다. 웨이터가 떠나자 하워드는 잔을 들어 불빛에 비추어 보았다. "뭐, 이 정도면 편안하게 공습을 버티는 것 아니겠소?"

나는 미소 지으며 대꾸했다. "정말 그렇습니다." 그를 보며 말을 이어갔다. "이 난장판이 터질 무렵 프랑스에 계셨다고 하셨죠? 거기서도 공습을 많이 겪어보셨습니까?"

그는 와인이 그득히 담긴 술잔을 내려놓았다. "진짜 공습은 아니었소. 전투기가 도로에 폭탄을 떨어뜨리고 기관총을 쏘는 일이 있긴 했었다오. 그래도 참혹할 지경은 아니었소."

그의 목소리가 하도 나지막해서 나는 시간이 얼마간 흐른 후에야 그의 말을 이해할 수 있었다. 그리고 내 의견을 조심스럽게 내세워보았다. "올해 4월에 한가로이 낚시를 즐기러 프랑스에 가셨다니…, 상황을 조금 쉽게 생각하셨나 봅니다."

"그런 것 같소…." 그가 생각에 잠겨서 대답했다. "그래도 가고 싶었다오."

그는 그 당시 좀이 쑤셔서 가만히 있지 못했다고 인정했다.

충동을 이길 수 없었다고. 휴가를 떠나서 뭔가 다른 일을 해야 한다는 욕망을 억누를 수 없었다고 덧붙였다. 그렇게 간절하게 휴가를 떠나고 싶었던 이유는 말해주지 않고 잠시 머뭇거렸다.

그러더니 전쟁 중에는 일거리를 얻을 수 없었다고 털어놓았다. 거의 일흔이나 된 노인이니 아무런 일도 맡지 못했을 것이다. 그는 전쟁이 발발하자마자 특별 경찰대에 들어가려 애썼다고 했다. 법률 지식이 있으니 경찰 업무가 가장 잘 맞으리라고 생각했기 때문이었다.

경찰 측은 다르게 생각했다. 일흔 먹은 노인에게 순경직을 맡길 수는 없었다. 그러자 그는 공습 대피 안내원 자리에 지원했지만, 다시 한번 고배를 마셨다. 그는 그 뒤로도 갖가지 일에 지원했다.

연로한 사람들, 특히 연로한 남자에게는 전쟁이 몹시 힘겹다. 이들은 자기가 전시에 아무런 도움도 되지 않는다는 사실을 받아들이지 못한다. 그렇게 좌절감에 몸부림치다가 전쟁에 갉아 먹힌다. 하워드는 일상을 라디오 뉴스 방송 시간표에 맞추는 버릇을 들였다. 매일 아침 7시 라디오 방송에 맞춰 일어나서 뉴스를 들었다.

씻고 면도하고 옷을 갈아입은 후에는 8시 뉴스를 들었다. 그렇게 온종일 라디오 방송 시각에 맞춰 생활하다가 마지막으로 자정 뉴스를 들은 후 잠자리에 들었다. 방송이 끝나면 이제 어떤 새로운 뉴스가 나올지 전전긍긍하며 다음 방송을 기다렸다. 라디오를 다시 켤 시간이 될 때까지는 닥치는 대로 신문을 구해서 기사를 읽었다.

전쟁이 터졌을 때 그는 시골에서 살고 있었다. 에식스(영국 잉글랜드의 남동부에 있는 주-옮긴이)의 콜체스터에서 그리 멀지 않은 새프런에 집이 한 채 있었다. 4년 전만 해도 엑서터에서 지냈지만, 아내와 사별하고 나서 새프런으로 이사했다.

새프런은 그가 어린 시절을 보낸 곳이고, 인근에 지인도 몇 명 있었다. 그는 고향에서 만년을 보낼 생각이었다. 적당한 크기의 오래된 시골 저택도 한 채 샀다. 3,600평쯤 되는 대지에 정원과 작은 말 목장도 있었다.

결혼해서 미국으로 건너갔던 딸이 어린 손자와 함께 돌아와서 그의 집으로 들어왔다. 사위 코스텔로는 뉴욕 보험회사의 부사장이었고 굉장히 부유했다. 하워드는 딸을 다소 성가시게 여겼었다. 딸의 결혼 생활을 자세히 알지도 못했고, 크게 신경 쓰지도 않았다. 딸과 사위의 사이가 틀어진 것도 딸 때문이겠거니 하고 속으로 생각했다. 그는 사위 코스텔로를 아꼈다. 사위를 조금도 이해하지 못했지만, 그래도 무척 좋아했다.

전운이 감돌고 있을 때 그는 그렇게 지내고 있었다. 곁에는 딸 이너드, 그리고 사위가 자기 이름을 붙여 주니어로 불러야 한다고 끈질기게 고집했던 어린 손자 마틴이 있었다. 그는 당시 상황이 몹시 당혹스러웠다.

마침내 전쟁이 터지자 코스텔로는 아내에게 아들을 데리고 뉴욕의 롱아일랜드 집으로 돌아오라고 전보를 보내기 시작했다. 결국, 두 사람은 뉴욕으로 떠났다. 하워드는 사위에게 힘을 실어주었고, 뉴욕으로 돌아가라며 딸을 떠밀었다. 남편과 떨어져 사는 여자는 절대로 행복할 수 없다고 믿었기 때문이었다.

그는 딸과 손자를 떠나보내고 새프런에 혼자 남았다. 공군에서 비행 중대장으로 복무하는 아들 존이 이따금 주말에 그를 보러 왔다.

코스텔로는 몇백 자나 되는 전보를 여러 차례 보냈다. 장인도 미국으로 데려오려고 힘껏 노력했지만, 하워드는 꼼짝하지 않았다. 그는 제삼자가 끼어들면 딸과 사위의 화해를 방해할까 봐 걱정스럽다고 둘러댔다. 진짜 이유는 따로 있었다. 그는 사실 미국을 좋아하지 않는다고 내게 털어놓았다.

그는 딸을 시집보낼 때 대서양을 건너서 미국에 머무른 적이 있었다. 다시는 그 경험을 되풀이하고 싶지 않았다. 기후가 비교적 고른 곳에서 거의 70년을 살아온 그는 뉴욕이 못 견디도록 더웠다가 얼어 죽을 만큼 추워진다고 생각했다. 게다가 이미 익숙해진 영국식 봉건 영지 생활의 소소한 격식과 예의범절도 그리웠다.

그는 사위를 좋아했고, 딸을 사랑했고, 손자에게 그 무엇에도 뒤지지 않을 만큼 큰 관심을 쏟았다. 이들조차 피비린내 나는 전쟁에 휩싸인 영국에서 누리는 안락함과 안도감을 평화로운 미국에서 느끼는 기이한 불편함으로 맞바꿀 이유가 되지 못했다.

이너드와 마틴은 10월에 미국행 배를 탔다. 그는 딸과 손자를 리버풀까지 바래다주고, 둘이 배에 오르는 모습을 지켜본 후 집으로 돌아왔다. 이후로 그는 거의 항상 혼자 지냈다. 다만 남편을 먼저 떠나보낸 누이가 크리스마스 전에 찾아와서 3주 동안 함께 지냈다. 아들 존도 웰링턴 폭격대를 이끌고 있던 링컨셔에서 몇 차례 방문했다.

나이 든 하워드는 물론 외로웠다. 평소라면 오리 사냥을 즐기고 정원을 가꾸는 삶에 만족했을 것이다. 그는 정원이 여름보다 겨울에 훨씬 더 흥미롭다는 사실을 깨달았다고 설명했다.

겨울에는 정원에 변화를 줄 수 있었다. 나무 한 그루를 옮겨 심고 싶거나, 산울타리를 한 군데 더 만들고 싶거나, 오래된 울타리를 파내고 싶다면 바로 겨울이 알맞은 시기였다. 그는 정원에서 크나큰 기쁨을 느꼈다. 늘 이곳저곳을 손보며 정원의 모습을 바꾸어 나갔다.

전쟁은 그 기쁨을 모두 망쳐놓았다. 뉴스 방송이 그의 의식 구석구석으로 파고들자 그는 시골 생활의 소박한 일들에서 더는 즐거움을 얻을 수 없었다. 그는 아무런 일자리도 얻지 못하고 속을 태웠다. 평생 거의 처음으로 시간이 지루하게 흘렀다.
한 번은 교구 목사를 찾아가서 짜증스러운 마음을 토로했다. 괴로운 영혼을 치유하는 목사는 재미 삼아 군에서 필요한 옷가지를 뜨는 법을 배워보라고 제안했다.

그 후로 그는 일주일에 사흘씩 런던을 찾았다. 독신용 아파트에 작은 방 한 칸짜리 집을 빌렸고, 식사는 주로 클럽에서 해결했다. 그러자 생활하기가 한결 수월해졌다. 화요일은 런던으로 오느라 하루를 정신없이 보냈고, 금요일은 새프런으로 돌아가느라 정신없이 보냈다.
런던에 머무는 사흘 동안 새프런에 이런저런 일들이 쌓였기 때문에 주말도 비교적 바쁘게 보내야 했다. 그는 이런 식으로 분주하게 지낸다는 환상을 만들어냈다. 결과도 만족스러웠다.
그런데 올해 3월 초에 그의 인생을 크게 바꾸어놓은 사건이 일어났다. 그는 그 일이 무엇인지 알려주지 않았다.
그 사건 후로 그는 새프런의 집을 완전히 닫아버렸다. 아예 런던에 정착하여 주로 클럽에서 지냈다. 처음 이삼 주쯤은 분주했지만, 다시 무료해지기 시작했다. 전쟁 중에 할 일도 여전히 찾지 못한 상태였다.
그때쯤에는 완연한 봄이었다. 몹시 추웠던 겨울을 보내고 찬란한 봄이 찾아오자 꼭 새로운 세상이 열리는 듯했다. 그는 날마다 하이드파크와 켄싱턴 가든으로 산책하러 나갔고, 활짝 피어나는 크로커스와 수선화를 감상했다. 클럽 생활과도 잘 맞았다. 아름다운 봄날에 공원을 거닐면서 가끔 도시에서 벗어날 수만 있다면 런던 생활에도 장점이 아주 많다고 생각했다.

점점 해가 길어지자, 잠시라도 아예 영국에서 벗어나고 싶다는 충동이 찾아왔다. 사실 영국에 남아 있어야 할 대단한 이유도 없어 보였다.

핀란드에서 벌어진 전쟁은 끝났다. 서부 전선은 완전히 교착 상태에 빠져든 것 같았다. 프랑스 상황도 일주일에 며칠간 특정한 음식만 먹을 수 있다는 사실만 제외하면 평상시와 크게 다를 바가 없는 듯했다. 그러자 프랑스 쥐라 지방이 떠오르기 시작했다.

알프스 고산 지대의 골짜기는 그가 오르기에 너무 높았다. 3년 전 폰트레시나(스위스 남동부의 도시로 알프스산맥의 북쪽 기슭에 위치-옮긴이)를 방문했을 때 숨이 너무 가빴었다.

봄꽃이 피어난 쥐라 지방도 스위스 못지않게 아름다울 터였다. 더욱이 쥐라산에 자리 잡은 레루스 위쪽 고지대에서는 몽블랑도 볼 수 있다. 산을 볼 수 있는 곳이라면 어디에든 가고 싶은 마음이 굴뚝같았다. 그는 정말로 간절했다.

그는 당장 쥐라에 간다면 눈을 헤치고 고개를 내민 꽃을 제때 볼 수 있으리라고 생각했다. 한두 달쯤 머물다 보면, 날씨도 따뜻해지고 해도 길어져서 낚시 철을 맞을 것이다. 그는 쥐라산의 냇가에서 즐기는 낚시를 학수고대했다. 때 묻지 않은 아름다움을 간직한 그곳은 생기로 가득하면서도 호젓했다.

그는 봄을 보고 싶었다. 그해 봄 풍경을 가능한 한 많이 눈에 담고 싶었다. 과거가 지나간 자리에 새롭게 움트는 생명을 하나도 놓치고 싶지 않았다. 봄에 푹 젖고 싶었다.

강둑을 따라 늘어서서 새싹을 내미는 산사나무를 보고 싶었고, 들판에 처음으로 피어난 크로커스를 보고 싶었다. 낙엽을 뚫고 연둣빛 새순을 올리는 물가의 골풀을 보고 싶었다.

햇살에서는 새로운 따스함을, 공기에서는 새로운 신선함을 느끼고 싶었다. 다가올 봄을 하나도 빠짐없이 모두 맛보고 싶었다. 인생을 바꿔놓았다는 그 사건 때문에 이 세상 무엇보다도 봄을 원했다.

그래서 프랑스에 간 것이다.

영국에서 빠져나가는 일은 예상보다 훨씬 수월했다. 쿡스 상점에 갔더니 어떻게 출국을 준비해야 하는지 알려주었다. 출국 허가가 필요했기에 그가 몸소 담당 기관을 방문해서 처리해야 했다. 관청의 담당자는 왜 영국을 떠나려 하는지 질문했다.

연로한 하워드는 담당자 앞에서 기침하며 대답했다. "영국의 봄 날씨를 견딜 수가 없소. 겨우내 실내에서만 지냈다오. 의사가 반드시 더 따뜻한 곳으로 가야 한다고 조언하지 뭐요."

남의 말에 쉽게 속아 넘어가는 의사에게서 이미 증명서를 받아둔 터였다.

"알겠습니다." 담당자가 말했다. "프랑스 남부로 내려가시겠군요?"

"곧장 남부로 가지는 않을 거라오." 그가 대답했다. "디종에서 며칠 묵다가 눈이 녹는 대로 쥐라에 갈 예정이오."

담당자는 건강상의 이유로 3개월간 해외에 머물 수 있는 허가증을 발급해주었다. 그리 힘들이지 않고 출국 허가를 받아낸 셈이다.

이후 그는 이틀 동안 팰맬가에 있는 하디스 낚시 도구 상점을 찾았다. 행복에 겨워 어쩔 줄 몰랐지만, 지나치게 흥분하지는 않았다. 아침에 30분, 오후에 30분씩만 가게에 머물렀다.

그사이 비는 시간에는 사놓은 낚시용품을 이리저리 돌려보고 만지작거렸다. 낚시할 꿈에 젖어 다음번엔 무엇을 살지 정하면서….

하워드는 4월 10일 아침에 런던을 떠났다. 독일이 덴마크와 노르웨이를 침공했다는 뉴스가 도착한 아침이었다. 그는 도버(영국 남동부의 항만 도시. 해협을 마주 보는 프랑스까지 정기선이 운행됨-옮긴이)로 가는 기차 안에서 신문으로 소식을 알았다.

그는 아무런 관심도 보이지 않았다. 한 달 전만 해도 그런 소식을 들으면 라디오 방송을 챙겨 듣고, 신문을 찾아 읽고, 다시 라디오를 들으며 야단법석을 떨었을 것이다. 이제는 전혀 걱정되지 않는다는 듯 전쟁 뉴스를 무심하게 지나쳤다.

목줄(낚싯바늘을 매어서 낚싯줄에 연결하는 줄-옮긴이)로 쓸 명주실과 낚싯바늘을 충분히 챙겨왔는지 따위에 훨씬 더 신경 썼다.

파리에 하루나 이틀 정도 머물 예정이라서 낚시용품을 더 살 수도 있었지만, 프랑스에서 만든 목줄은 형편없었다. 무엇이 중요한지 조금도 이해하지 못하는 프랑스인은 목줄을 너무 두껍게 만들었다. 그런 목줄은 미끼를 물에 넣는 제물낚시에 쓴다고 해도 물고기가 속을 수 없었다.

파리로 가는 여정은 그다지 편안하지 않았다. 오전 11시쯤에 포크스턴 항구에서 선박을 탔는데, 오후가 다 가도록 배가 꼼짝하지 않았다. 죄다 회색으로 칠해놓은 해병의 트롤선과 유망어선, 외륜기선, 요트는 항구를 드나들었다.

그러나 해협을 횡단하는 배는 부두에 잠자코 머물러 있었다.

그가 탄 배는 붐볐고, 식당에 자리도 넉넉하지 않았다. 자리를 잡았다고 하더라도 음식이 충분하지 않았을 것이다. 배가 대체 왜 항구를 떠나지 않는지 아무도 이유를 몰랐다. 아마 잠수함 때문이었을 것이다.

4시쯤 바다에서 무언가가 몇 차례 심하게 폭발했다. 얼마 후 배가 밧줄을 풀어 던지고 바다로 나갔다.

날이 꽤 어둑해지고 나서야 배가 불로뉴(도버 해협을 건너온 배가 도착하는 프랑스 북서부의 항만 도시-옮긴이)에 닿았다. 항구는 다소 어수선하게 돌아갔다. 세관이 흐릿한 조명을 받으며 수화물을 처리하는 데도 어마어마한 시간이 걸렸다. 연결 기차 편도 없었고, 부릴 만한 짐꾼도 부족했다.

그는 택시를 타고 기차역까지 가서 다음 파리행 기차를 기다려야 했다. 9시쯤 출발한 기차는 완행열차인 데다 북적거렸고 매우 느리기까지 했다. 기차가 마침내 파리에 도착했을 때는 이미 새벽 1시를 넘긴 후였다.

평소에는 6시간이면 충분했을 여정이 18시간이나 걸렸다.

하워드는 정말로, 정말로 피곤했다.

불로뉴에서부터 심장이 불편해졌다. 게다가 사람들이 자기를 이상하게 쳐다본다는 사실도 깨달았다. 안색이 눈에 띄게 나빠졌다는 뜻이었다. 다행히도 이런 일이 생길 때를 대비해서

늘 자그마한 술병을 지니고 다녔다. 기차에 타서 한 모금 마시자 훨씬 편안해졌다.

그는 예전에 묵었던 적이 있는 지로데 호텔로 갔다. 샹젤리제 대로 끝에서 살짝 벗어난 곳에 있는 작은 호텔이었다. 그가 아는 직원은 대부분 군에 소집되어 없었지만, 다른 직원들이 아주 친절하고 편안하게 맞아주었다.

그는 점심 무렵까지 침대를 떠나지 않았고, 오후에도 대체로 방에서 편히 쉬었다. 다음 날 아침이 되자 기력이 돌아왔기에 루브르 박물관으로 향했다.

그는 평생 그림을 감상하며 크나큰 기쁨을 느꼈다. 인상주의와 구별되는 사실적인 그림들을 좋아했다. 특히 플랑드르파(14~17세기 플랑드르 지역을 중심으로 활동한 화파-옮긴이)의 작품을 좋아했다.

그날 아침, 샤르댕(18세기 프랑스에서 독창적이고 소박한 정물화를 그린 화가-옮긴이)의 정물화 앞 벤치에 앉아서 그림 속 석조 테이블에 놓인 파이프와 주전자를 감상했다. 그런 다음에는 자리를 옮겨 샤르댕의 자화상을 감상했다. 200년도 더 전에 훌륭한 작품을 그려낸 화가의 강인하면서도 다정한 얼굴을 마주하자 몹시 즐거웠다고 했다.

그날 아침 루브르에서 본 작품은 화가의 얼굴과 정물화, 그 두 점이 다였다.

다음 날, 하워드는 쥐라로 떠났다. 여독이 채 풀리지 않아 몸 상태가 여전히 나빴던 탓에 겨우 디종까지만 가기로 했다. 파리의 리옹역에서 별생각 없이 신문을 사서 읽었다. 이미 전쟁에 흥미를 모두 잃은 뒤였다.

노르웨이와 덴마크에 관해 몹시 걱정스러운 소식이 가득했지만, 그는 별다른 관심을 기울일 필요가 없다고 생각했다. 노르웨이도, 덴마크도 너무나 멀리 떨어져 있었다.

평시에는 파리에서 디종까지 가는 데 3시간 정도 걸렸지만, 철도 상황이 너무나 혼란스러웠다. 군대의 이동 때문이라고 했다. 특급 열차는 1시간 늦게 출발했고, 가는 길에 2시간을 또 허비했다. 그가 디종에 도착하니 거의 저녁 식사 시간이었다.

그는 우선 디종까지만 이동하기로 계획해서 정말 다행이라고 생각했다. 짐가방을 끌고 역 맞은편의 작은 호텔로 갔다. 호텔 식당에서 내놓은 식사는 매우 훌륭했다. 그는 카페로 자리를 옮겨서 커피와 쿠앵트로(오렌지 풍미가 나는 술-옮긴이)를 한 잔씩 마신 뒤 9시 반쯤 자러 갔다. 피곤했지만 깊이 잠들지 못할 정도는 아니었다.

바로 다음 날, 그는 기력을 완전히 되찾았다. 지난 몇 년 사이 그 어느 때보다도 몸 상태가 좋았다. 새로운 공기와 새로운 풍경 덕분이었다.

느지막이 일어나 방에서 커피를 마시고 10시쯤 밖으로 나섰다. 반짝거리는 햇살을 받은 거리는 따사로웠고, 공기도 상쾌했다. 그는 도시 곳곳을 거닐며 시청까지 걸어갔다.

디종은 그가 1년 반 전에 마지막으로 방문했을 때의 모습을 변함없이 간직하고 있었다. 베레모를 샀던 가게도 그대로 있었다. 그는 가게 이름을 다시 보고 미소 지었다. 아들 존이 스키를 샀던 가게에도 들렀지만, 오래 머물지 않고 떠났다.

호텔에서 점심을 먹은 다음 오후 기차를 타고 쥐라로 향했다. 지방 노선 기차가 본선 기차보다 더 빠르게 달린다는 사실을 알고는 앙들로에서 내렸다. 그는 산악지대로 올라가는 지선으로 갈아탔다.

오후 내내 작은 엔진이 연기를 내뿜으며 단선 궤도를 따라 달렸다. 낡은 객차 두 량이 눈이 녹고 있는 시골길을 헤치며 나아갔다.

산비탈에서 눈이 스르르 미끄러지거나 폭포처럼 쏟아져 내려 작은 개울로 흘러들었다. 곧 개울물은 급류로 변해 얼마간 세차게 흐를 것이다. 소나무에서 연둣빛 새순이 돋아나고 있었다.

반대로 목초지는 진창이 된 눈으로 뒤덮여 아직 짙은 잿빛이었다. 풀이 고개를 내미는 들판의 높은 곳에 크로커스 몇 송이가 보였다. 쥐라에 제때 찾아온 것이다. 그는 더할 나위 없이 기뻤다.

기차는 모레에서 30분간 정차했다가 다시 출발했다. 땅거미가 어둑하게 깔릴 무렵 생클로드에 도착했다. 그는 디종에서 출발하기 전, 생클로드의 시도통 마을에 있는 몽타뉴 호텔에 미리 전보를 보내 기차역으로 차를 보내달라고 요청해두었다.

역에서 호텔까지 17킬로가 넘는 데다 생클로드에서는 택시를 잡기도 쉽지 않기 때문이었다.

호텔 안내원이 10년 된 크라이슬러를 몰고 와서 그를 기다리고 있었다. 안내원은 호텔 일이 없을 때 다이아몬드 연마공으로도 일했다. 그는 나중에야 안내원의 부업을 알아차렸다. 그가 마지막으로 생클로드를 방문했던 때 이후로는 안내원이 계속 호텔에서 일하고 있었기 때문이었다.

안내원이 하워드의 짐을 들고 차 뒷좌석에 실었다. 차는 드디어 시도통을 향해 출발했다. 처음 8킬로는 협곡을 오르는 길이었다. 산비탈의 급커브를 돌아 고지대로 들어서니 숲 사이로 트여 있는 목초지를 곧장 질러갈 수 있었다.

런던에서 겨울을 보낸 뒤 산속에서 들이마시는 공기는 믿을 수 없을 만큼 황홀했다. 그는 조수석에 앉아 있었지만, 열어지는 햇빛 속에서 드라이브하는 아름다움에 푹 빠져 있던 탓에 안내원과 거의 대화하지 않았다.

두 사람은 잠시 전쟁에 관해 말을 주고받았다. 안내원은 마을에서 몸이 성한 남자는 거의 다 징집되었다고 알려줬다. 안내원은 폐에 다이아몬드 가루가 박혀 있었기 때문에 징집을 피할 수 있었다.

몽타뉴 호텔은 옛 역마차 길을 따라 생겨난 오래된 호텔이었다. 객실이 15개쯤 있었고, 겨울철에는 스키를 타러 온 관광객들로 북적거렸다. 시도통은 아주 작은 마을이었다. 자그마한 오두막집이 15가구나 20가구쯤 있을 뿐이었다. 마을에서 제법 규모를 갖춘 건물은 호텔이 유일했다.

가파른 산이 마을을 사방에서 둘러쌌고, 비탈진 아름다운 목초지와 소나무 숲이 점점이 흩어져 있었다. 시도통은 한적하고 평화로웠다. 프랑스 청년들이 스키를 즐기러 모여드는 겨울이 되어도 평온했다. 언제 방문해도 마찬가지였다.

호텔에 도착하니 날이 저물어 있었다. 하워드는 정문을 향해 천천히 돌계단을 올랐다. 육중한 오크 문을 밀어 홀로 들어섰다. 뒤에서 안내원이 짐가방을 들고 따라왔다. 홀에서 작은 카페로 이어지는 옆문이 휙 열리더니 루카르 부인이 나타났다.

루카르 부인은 지난해에 만났을 때처럼 적당히 살집 있는 몸매를 자랑하며 쾌활하게 손님을 맞았다. 부인 곁에 아이들이 서 있었고, 어깨 너머로 하녀들이 활짝 웃고 있었다. 남편 루카르 씨는 알프스 산악 보병대에 소속되어 떠나고 없었다.

다들 하워드에게 떠들썩한 프랑스식 환영 인사를 건넸다. 그는 호텔 사람들이 자기를 이렇게까지 기억해주리라고는 전혀 예상하지 못했다. 하워드처럼 쥐라 지방의 깊숙한 시골 마을을 방문하는 영국인은 드물었다. 모두 그에게 쉴 새 없이 질문을 퍼부어댔다.

그동안 잘 지내셨어요? 해협을 건너는 일이 힘들지는 않던가요? 파리에 들르셨어요? 디종에도? 잘하셨네요. 이 끔찍한 전쟁통에 여행하는 건 정말이지 힘들어요. 이번에도 스키 대신 낚싯대를 들고 오셨나요? 잘하셨어요. 페르노(아니스와 다양한 향료를 사용해서 만든 프랑스산 술-옮긴이) 한잔하시겠어요? 참, 아드님은 무사히 계시나요?

다들 궁금함을 이기지 못했다. 그는 어쩔 수 없이 루카르 부인에게 프랑스어로 대답하고 돌아섰다. "부인, 우리 아들은 죽었습니다. 비행기에서 추락했지요. 독일 헬골란트 만에서요."

2장
로널드와 실라 남매

하워드는 시도통 마을에 편안하게 자리 잡았다. 산의 신선한 공기가 건강에 아주 좋았다. 상쾌한 공기 덕분에 입맛도 돌아왔고, 밤에 깊이 잠들 수 있었다. 호텔 카페에서 소박한 시골 사람들을 만나는 일도 즐겁고 흥미로웠다.

그는 시골 생활의 이모저모를 잘 알았다. 그의 프랑스어도 살짝 격식에 얽매인 듯했지만 훌륭한 편이었다. 농부들은 스스럼없이 다가오는 그를 무리에 받아주었고, 평범한 일상 이야기를 거리낌 없이 털어놓았다. 어쩌면 그는 아들을 먼저 떠나보낸 경험 때문에 서먹서먹한 분위기를 더 쉽게 풀었을지도 모른다.

그는 시도통 주민들이 전쟁에 그다지 호의적이지 않다는 사실을 알아차렸다.

시도통에 도착하고 2주 동안은 행복하지 않았다. 그래도 런던에 있었을 때보다는 나았을 것이다. 그는 눈이 다 녹지도 않은 산비탈을 자주 찾았다. 숲길이 걸을 만해지기 전에는 차도를 따라서 짧게 산책했다.

산책 도중 눈 덮인 산비탈을 볼 때마다 아들의 환영이 나타났다. 아들은 스키를 타고 산꼭대기에서 돌진하듯 다가왔다.

스템 크리스티 회전(스키에서 다리를 벌려 회전하는 방식-옮긴이)으로 비탈면을 가로지르더니, 새하얀 눈보라를 일으키며 계곡 아래로 빠르게 사라졌다. 가끔은 프랑스 샤르트르 출신의 여인 니콜이 아들과 함께 나타나기도 했다. 금발의 니콜도 똑같은 눈보라 속에서 아들과 함께 날 듯이 스키를 탔다. 그 무엇보다도 가슴 아픈 장면이었다.

얼마 지나지 않아서 해가 길어졌고, 눈이 녹아서 없어졌다.

어디를 가도 물이 졸졸 흐르는 소리가 들렸다. 새하얀 눈으로 덮여 있던 산비탈에서 풀이 모습을 드러냈다. 꽃망울도 고개를 내밀기 시작했다. 그의 산책길에도 새로운 흥밋거리가 생겨났다. 눈이 녹으면서 악몽도 함께 사라졌다. 꽃이 피어난 푸른 들판에는 괴로운 기억이 담겨 있지 않았다. 봄이 끝나갈 무렵, 그의 마음은 훨씬 차분해졌다.

캐버나 부인도 도움이 되었다. 유명한 관광지에서 한참 떨어진 호텔에 영국 여자가 머문다는 사실을 알았을 때는 짜증스럽고 걱정스러웠다. 프랑스까지 와서 영어로 말하거나 생각하고 싶지 않았다.

그래서 첫 주에는 캐버나 부인도, 부인의 두 아이도 끈질기게 피해 다녔다. 굳이 그들을 만날 필요도 없었다. 캐버나 부인과 아이들은 대개 호텔의 살롱에서 시간을 보냈다. 호텔을 찾는 다른 손님은 없었다.

그는 주로 객실에 머무르거나, 호텔 카페에서 카페 단골들과 끝없이 체커 게임을 벌였다.

사람들 말을 들어보니, 부인의 남편 캐버나 씨는 제네바의 국제 연맹 사무소에서 일하는 공무원이었다. 제네바는 시도통에서 직선거리로 30킬로 정도밖에 떨어져 있지 않았다. 독일군이 스위스에도 쳐들어올까 봐 걱정스러웠던 캐버나 씨가 아내와 아이들을 연합국 측인 프랑스로 보냈다고 했다.

하워드가 시도통에 도착했을 때, 캐버나 부인과 아이들은 그곳에 머문 지 한 달째였다. 주말이면 캐버나 씨가 자동차를 몰고 국경을 넘어서 가족을 보러 왔다. 하워드는 시도통에서 맞은 첫 번째 토요일에 캐버나 씨를 보았다. 45세쯤 됐을 그는 엷은 갈색 머리에 걱정이 잔뜩 어린 얼굴이었다.

그다음 주말, 하워드는 캐버나 씨와 잠시 대화를 나누었다.

노련한 사무 변호사가 보기에 캐버나 씨는 이상하리만큼 현실성이 없는 사람이었다. 그는 전쟁이 터진 마당에도 국제 연맹에 헌신하고 있었다.

"국제 연맹이 실패했다고 말들 하지요." 캐버나 씨가 설명했다. "하지만 저는 그게 아주 불공평한 태도라고 생각합니다. 지난 20년을 돌이켜보면, 국제 연맹만큼 성과를 보여준 조직은 없었습니다. 연맹이 마약 밀매 문제를 어떻게 처리했는지 좀 보십시오."

이런 식이었다. 전쟁에 관해서도 마찬가지였다.

"국제 연맹의 실패라면 각국에 연맹의 이상에 대한 신뢰를 불어넣는 데 실패한 것뿐입니다. 신뢰를 고취하려면 선전이 필요하지요. 선전에는 돈이 들고요. 각국이 무장하는 데 들인 돈의 십 분의 일이라도 연맹에 썼다면 전쟁은 일어나지 않았을 겁니다."

이런 식으로 30분간 대화가 이어지자 하워드는 캐버나 씨가 따분한 사람이라는 결론을 내렸다. 천성이 정중하고 예의 바른 그는 캐버나 씨가 하는 말을 참을성 있게 들어주었다. 게다가 캐버나 씨의 태도가 워낙 진심이기도 했다.

하지만 그는 최대한 예의를 차려서 한시바삐 자리에서 벗어났다. 그날 나중에 숲을 산책하던 도중 캐버나 부인을 만나고서야 자신이 캐버나 씨의 열렬한 헌신을 과소평가했다는 사실을 깨달았다.

그는 1.5킬로를 걸어서 호텔로 돌아가는 내내 캐버나 부인에게서 남편의 열정적인 목소리를 들었다. "남편은 절대로 국제 연맹을 떠나지 않을 거예요. 독일이 스위스로 쳐들어온다고 해도 제네바를 떠나지 않을 거예요. 그이는 그런 상황에서도 여전히 중대한 일을 처리해야 할 테니까요."

그는 안경 너머로 캐버나 부인을 바라보았다. "독일이 스위스를 침공하면 부군이 계속 일하도록 내버려 두겠소?"

"당연히 그럴 거예요." 부인이 말을 이어갔다. "국제 연맹은 국제기관이잖아요. 독일이 국제 연맹에서 탈퇴했다는 건 저도 잘 알아요. 그래도 정치와 관련 없는 연맹 활동은 인정해주니까요. 연맹은 어느 나라에서든 어느 정부 밑에서든 똑같이 잘 작동한다는 걸 자랑스럽게 여긴답니다. 그럴 수 없다면 진정한 국제기관이라고 할 수 없을 거예요, 안 그런가요?"

"그렇소. 진정한 국제기관이라고 할 수 없지요."

둘은 침묵에 잠긴 채 몇 걸음 옮겼다.

하워드가 마침내 입을 뗐다. "그런데 정말로 독일군이 제네바에 침입하더라도…, 부군은 계속 제네바에 남을 계획이오?"

"그럼요. 그이는 그렇게 충성심 없는 사람이 아니에요." 부인은 잠시 멈췄다가 다시 말했다. "그래서 그이가 저와 아이들을 여기 프랑스로 보낸 거랍니다."

부인은 영국에 연고가 없다고 설명했다. 캐버나 가족은 제네바에서 10년 동안 살았고, 두 아이 모두 제네바에서 태어났다. 아이들이 태어나고부터는 좀처럼 영국으로 돌아가지 않았다. 심지어 휴가 기간에도 고국에 가지 않았다. 캐버나 부인이 남편과 떨어져서 혼자 아이들을 데리고 멀리 영국으로 가는 일도 거의 없었다. 제네바에서 국경만 건너면 나오는 시도통도 그들에게는 먼 곳이었다.

"딱 몇 주만 있으면 상황이 좀 정리될 거예요." 부인이 차분하게 말했다. "그러면 집으로 돌아갈 수 있겠죠." 부인에게 집은 제네바였다.

두 사람은 호텔 입구에서 헤어졌다.

다음날, 하워드가 점심을 먹으러 식당에 들어서자 캐버나 부인이 그에게 미소 지었다. 부인은 그에게 산책 잘 다녀왔냐고 묻기까지 했다.

"푸앙데네즈까지 다녀왔소." 그가 정중하게 대답했다. "오늘 아침에 거기까지 올라갔더니 참 좋았소. 정말 좋았다오."

그 이후로 두 사람은 한두 마디씩 말을 주고받았다. 얼마 지나지 않아 그는 매일 밤 저녁 식사를 마친 후 캐버나 부인과 함께 살롱에 앉아서 15분 정도 커피를 마시는 습관을 들였다.

부인의 아이들과도 안면을 텄다. 장남 로널드는 머리카락 색이 짙은 여덟 살짜리 소년이었다. 살롱 바닥에 주석으로 만든 장난감 기차와 선로를 어지럽게 늘어놓고 노는 꼬마였다.

로널드는 기계를 무척 좋아했다. 호텔 안내원이 낡은 점화 플러그로 오래된 크라이슬러 자동차의 엔진 혼합 가스를 점화하려고 애쓰는 동안, 꼬마는 차고 문간에 서서 넋을 잃은 채 그 모습을 바라보곤 했다.

한 번은 하워드가 지나가다가 자동차를 구경하는 로널드 뒤에 멈춰 섰다. "너도 저런 차를 운전할 수 있겠니?" 아이에게 다정하게 물었다.

"그럼요, 쉬운걸요." 로널드는 프랑스어가 더 익숙한지, 프랑스어와 영어를 번갈아 쓰며 대답했다. "운전석에 앉아서 바퀴를 조종하면 돼요."

"시동도 걸 수 있을까?"

"버튼을 누르기만 하면 돼요. 그러면 차가 움직여요. 저게 전기 시동기라는 거예요." 아이가 차에 달린 버튼을 가리켰다.

"그렇구나. 하지만 네가 몰기에는 차가 너무 클 텐데."

"큰 차가 작은 차보다 운전하기 더 쉬워요. 할아버지도 차가 있어요?"

하워드는 고개를 가로저었다. "지금은 없단다. 예전에는 한 대 있었지만."

"어떤 차였어요?"

그는 힘없이 소년을 내려다보았다. "오래전 일이라…."

로널드는 믿을 수 없다는 듯 그를 올려다보았다. "기억이 안 나신다고요?"

그는 정말로 차종을 기억할 수 없었다.

로널드의 여동생 실라는 겨우 다섯 살이었다. 실라는 살롱 바닥에 그림을 어수선하게 흩어 놓았다. 한동안 실라는 색깔 분필에 엄청난 열정을 쏟았다.

하루는 하워드가 아래층으로 내려가다가 계단이 꺾어지는 층계참에 앉아 있는 실라를 발견했다. 꼬마는 책의 표지 안쪽 백지에 그림을 그리는 데 열중하고 있었다. 계단의 첫 번째 단을 책상처럼 쓰고 있었다.

그는 실라 옆에 멈춰 섰다. "뭘 그리고 있니?"

아이는 아무런 대답도 하지 않았다.

"나한테 보여주지 않을래?" 그가 재차 질문했다. "분필 색깔이 참 예쁘구나." 그는 류머티즘에 걸린 무릎을 꿇어서 아이 옆에 앉았다. "아가씨를 그린 것 같구나."

실라가 그를 올려다보았다. "강아지를 데리고 있는 아가씨예요."

"강아지는 어디에 있니?" 그는 번져 있는 파스텔 자국을 살펴보았다. 아이는 대답하지 않았다.

"내가 강아지를 그려볼까? 목줄을 하고 산책하는 모습으로?" 그가 다시 물었다.

아이가 힘차게 고개를 끄덕였다. 그는 열심히 그림을 그렸다.

무릎이 아파져 왔다. 그에게도 한때 그림 그리는 재능이 있었을지 모르지만, 이제는 모조리 잃은 후였다. 그가 그린 강아지는 돼지가 되고 말았다.

실라가 따졌다. "아가씨는 돼지를 산책시키지 않아요."

잔뼈 굵은 사무 변호사는 재치 있는 말솜씨까지 잃지는 않았다. "이 아가씨는 달라. 아기 돼지를 데리고 시장에 가는 길이란다."

꼬마는 하워드의 말을 곰곰이 생각했다. "집에 남아 있는 아기 돼지도 그려주세요. 아기 돼지가 로스트비프를 먹는 모습으로요." 하지만 하워드의 무릎이 더는 버텨낼 것 같지 않았다.

그는 휘청거리며 일어섰다. "내일 그려주마."

그제야 그는 『예수님의 어린 시절』이라는 책에 나오는, 돼지를 산책시키는 아가씨 그림을 그렸다는 사실을 알아챘다.

다음 날 오후, 실라가 홀에서 하워드를 기다리고 있었다. "엄마가 할아버지께 사탕 드시고 싶은지 여쭤보랬어요." 아이는 지저분한 종이봉투를 들이밀었다. 봉투 밑바닥에 끈적끈적한 덩어리가 들러붙어 있었다.

그는 근엄하게 대답했다. "아주 고맙구나." 봉투 안을 더듬거리다가 사탕 한 조각을 꺼내 입에 넣었다. "고맙다, 실라."

아이는 돌아서서 뛰어갔다. 카페를 지나치더니 커다란 부엌으로 들어갔다. 꼬마가 유창한 프랑스어로 재잘거리며 루카르 부인에게 사탕을 권하는 소리가 들려왔다.

그가 돌아서자 계단을 오르는 캐버나 부인이 보였다.

그는 은근슬쩍 주머니에서 손수건을 꺼내 손가락을 닦았다.

"아이들이 프랑스어를 대단히 잘하는구려."

부인이 미소 지었다. "맞아요, 정말 그렇죠? 아이들이 다니는 학교에서 프랑스어를 쓰니까요."

"자연스럽게 프랑스어를 익혔겠소."

"오, 맞아요. 우리가 따로 가르칠 필요도 없었어요."

얼마 지나지 않아 그는 아이들과 가까워졌다. 혼자 놀고 있는 아이들을 발견할 때마다 함께 시간을 보내기도 했다. 아이들도 그를 만나면 인사했다. "안녕하세요, 하워드 할아버지."

어른을 만나면 반드시 인사해야 한다고 배운 것 같았다. 물론 실제로도 그렇게 배웠다. 그는 아이들과 더 가까워지고 싶었지만, 수줍음을 타서 쉽게 다가가지 못했다. 나이 차이가 큰 것도 문제였다.

그는 가만히 앉아서 아이들이 정원의 소나무 아래에서 노는 모습을 지켜보곤 했다. 아이들이 하는 신기한 게임이 무엇인지도 알고 싶었다. 아이들을 보고 있노라면 흐릿해진 60년 전 추억도 되살아났다. 그런데 아이들과 정말로 가까워질 기회가 찾아왔다.

점점 햇볕이 따뜻해지고 잔디가 말라가자, 그는 점심을 먹은 후 정원에 나가서 30분 동안 접이식 의자에 앉아 있곤 했다.

그날도 정원으로 나갔더니 아이들이 나무 사이를 뛰어다니며 놀고 있었다. 그는 남모르게 아이들을 지켜봤다. 아이들은 '주목'이라는 게임을 하고 싶은 듯했다.

그 게임에는 호루라기가 필요한데 아이들에게는 없었다.

로널드가 말했다. "나 휘파람 불 수 있어." 그러더니 휘파람을 불어 보였다.

실라도 조그마한 입술을 오므리며 소리를 내보려고 했지만, 침방울이 푸푸 튀는 소리만 났다. 그때 접이식 의자에 앉아 있던 하워드가 불쑥 말을 걸었다.

"원한다면 호루라기를 하나 만들어주마."

아이들은 미심쩍다는 듯 그를 바라보기만 할 뿐 아무런 대답이 없었다. "내가 호루라기 하나 만들어주랴?" 그가 다시 물었다.

"언제요?" 로널드가 되물었다.

"지금. 저기 저 나무 조각으로 만들 수 있단다." 그가 개암나무 덤불 쪽으로 고갯짓을 했다.

아이들은 쉽사리 믿지 않고 그를 빤히 쳐다봤다. 그는 일어서서 새끼손가락 두께쯤 되는 나뭇가지를 하나 꺾었다. "이런 걸로 말이야."

그는 다시 앉았다. 파이프를 긁어낼 때 쓰려고 항상 지니고 다니는 작은 주머니칼을 꺼내서 호루라기를 만들기 시작했다.

그는 나뭇가지를 깎아 호루라기를 만드는 비법을 평생 간직하고 있었다. 처음에는 어릴 적 아들 존을 위해서, 그다음에는 딸 이너드를 위해서, 훨씬 나중에는 손자 마틴을 위해서.

캐버나 부인의 아이들은 옆으로 다가와서 그가 주름진 손가락을 천천히 놀리는 모습을 바라보았다. 아이들의 얼굴에 묻어 있던 의심은 호기심으로 바뀌었다.

그는 주머니칼로 나뭇가지의 껍질을 벗겨내고 솜씨 좋게 다들었다. 마지막으로 껍질을 알맞은 자리에 다시 묶어 마무리했다. 그가 호루라기를 불자 날카로운 소리가 울려 퍼졌다.

아이들의 얼굴이 환해졌다. 그는 실라에게 호루라기를 주며 로널드에게 말했다. "너는 휘파람을 불 수 있잖니. 동생은 못 하니까."

"내일 저한테도 하나 만들어주실래요?"

"그래, 내일 네게도 하나 만들어주마."

아이들은 함께 자리를 떴다. 둘은 호텔과 마을 곳곳을 돌아다니며 호루라기를 불어 재꼈다. 결국 열이 달아오른 손으로 쥐었던 나무껍질이 찢어지고 말았다. 망가진 호루라기라도 좋았던 실라는 멜라니라고 이름 붙인 인형과 함께 호루라기마저 침대에 눕히고 잠이 들었다.

그날 밤, 캐버나 부인이 식후 커피를 마시며 이야기했다. "아이들에게 호루라기를 만들어주셨다니, 정말로 자상하세요. 아이들이 좋아서 어쩔 줄을 모르더라고요."

그는 간단하게 대답했다. "아이들은 늘 호루라기를 좋아하니까 말이오, 특히 만드는 과정을 보면 더 그렇지요." 그가 오랜 세월을 살아오며 깨우친 엄연한 진실이었다.

"아이들 말로는 호루라기를 정말 빨리 만드셨다던데요. 많이 만들어보셨나 봐요."

"그래요. 젊은 시절에 많이 만들어보았소."

그는 오래전 옛날, 엑서터 집의 한적한 정원에서 존과 이너드에게 만들어준 호루라기를 떠올리며 상념에 잠겨 들었다.

어느덧 이너드는 숙녀가 되어 결혼했고 미국으로 떠났다.

존도 장성해서 공군에 입대했다. 존….

그는 억지로 생각에서 빠져나왔다. "아이들이 좋아한다니 기쁘구려. 내일 로널드에게도 하나 만들어주겠다고 약속했소."

다음날은 5월 10일이었다. 하워드가 정원의 나무 아래에 접이식 의자를 놓고 앉아서 로널드를 위해 호루라기를 만들고 있을 때, 독일군이 네덜란드로 물밀듯이 쏟아져 들어갔다.

독일군의 공세는 거셌다. 네덜란드 공군은 전투기 40기를 모두 출격시켜서 나치 공군에 맞섰다. 천 명이나 되는 반역자가 행동에 나섰고, 그날 온종일 하늘에서 낙하산 부대가 뛰어내렸다. 그날 시도통에서는 마을에 단 하나 있던 라디오가 하필 꺼져 있었다. 그 덕분에 하워드는 평화롭게 개암 나뭇가지를 깎아서 호루라기를 만들었다.

나중에 마을 주민이 라디오를 틀었지만, 그는 그다지 동요하지 않았다. 시도통에서는 전쟁이 너무도 멀게만 느껴졌다. 스위스가 독일군을 막아주고 있었기 때문에 시도통 마을은 전쟁을 냉철하게 바라볼 수 있었다.

벨기에는 제1차 세계대전 때와 마찬가지로 다시 침략받고 있었다. 비열한 독일 놈들! 이번에는 네덜란드도 공격받았다. 그래도 프랑스 편에 서서 싸우는 나라가 훨씬 더 많았다. 네덜란드가 먼저 무릎 꿇고 독일에 흡수된다고 하더라도, 프랑스까지 독일군이 쳐들어오는 일은 없을 것이다.

하워드는 이 모든 상황을 묵묵히 받아들였다.

그는 제1차 세계대전이 어떻게 진행되었는지 똑똑하게 기억할 수 있었다. 그도 참전했었다. 비록 류머티즘성 열 때문에 일찍 의병 제대했지만, 기마 의용대에서 복무했었다.

'유럽의 전쟁터'라 불리는 벨기에는 늘 그랬듯이 전쟁의 충격을 받아들일 것이다. 전쟁이 새삼스럽지 않을 테니까. 벨기에나 네덜란드가 침공받건 말건, 시도통에서는 달라질 것이 없었다.

그는 무심한 태도로 가끔 라디오 뉴스를 들었다. 전쟁 소식에 별로 관심이 가지 않았다. 곧 낚시 철이 시작될 것이다. 고도가 낮은 곳에서는 눈이 아예 사라졌고, 세차게 흐르던 산속 개울물도 날마다 잔잔해졌다.

그는 브뤼셀 철수에도 큰 관심을 기울이지 않았다. 예전에도 다 일어났던 일이었다. 독일군이 프랑스 북부의 아브빌까지 몰려왔을 때는 조금 불안했다. 하지만 그는 대단한 전략가가 아니었고, 전쟁 양상을 모두 깨닫지도 못했다.

마침내 5월 28일, 벨기에의 왕 레오폴드 3세가 나치에 항복했을 때 그는 처음으로 크게 충격받았다. 지난 세계대전에서는 벨기에가 항복하지 않았었다. 그는 혼란에 빠졌다.

그의 심란함도 그리 오래가지는 않았다. 그는 다음 날 아침에 드디어 낚시하러 나갈 계획이었다. 벨기에가 독일에 무릎 꿇던 날 저녁, 그는 낚시 장비를 분류하고 투망을 물에 담가두고 인조 미끼를 고르느라 정신이 없었다.

다음 날, 9.5킬로 정도 걸어가서 낚싯대를 드리웠고 푸른 송어를 세 마리 잡았다. 지쳤지만 행복한 마음으로 저녁 6시쯤 호텔에 돌아왔다. 저녁 식사 후에는 곧바로 잠자리에 들었다.

그래서 덩케르크 철수를 알리는 첫 라디오 방송을 놓쳤다.

다음 날, 그는 순식간에 만족감을 빼앗겼다. 근심에 휩싸인 채 호텔 카페의 라디오 곁에 거의 온종일 앉아 있었다. 연합군이 덩케르크 해안에서 대거 탈출한다는 소식을 듣고 몇 달 만에 처음으로 심하게 동요했다. 처음으로 영국에 돌아가고 싶었다. 돌아가봤자 할 수 있는 일이 전혀 없다는 사실을 알았지만, 그래도 돌아가고 싶었다.

전쟁이 가장 격렬한 곳으로 돌아가 거리에서 영국군의 제복을 보고 싶었다. 불안감과 긴장감을 시민들과 함께 느끼고 싶었다. 전쟁에 무관심한 산골 벽지 시도통이 짜증스러워졌다.

6월 4일, 마지막 연합군이 덩케르크를 떠났다. 파리는 처음이자 마지막으로 공습을 받았다. 하워드는 돌아가기로 마음먹었다. 밤이 되자 캐버나 부인에게 생각을 털어놓았다.

"상황이 돌아가는 게 불안하오." 그가 말했다. "정말로 불안하다오. 고국으로 돌아가야 할 것 같소. 이럴 때 사내가 있어야 할 곳은 바로 조국 아니겠소."

부인은 깜짝 놀라서 그를 쳐다보았다. "하워드 씨, 설마 독일군이 여기까지 오리라고 생각하지는 않으시죠? 여기까지는 오지 못할 거예요." 부인은 불안감을 달래려는 듯 미소 지었다.

"그래요. 지금으로서는 독일군이 더 진격하지 못할 거요. 그렇다 하더라도 돌아가야겠소." 그는 잠시 멈추더니 살짝 생각에 잠긴 채 말을 이었다. "돌아가면 공습 대피 안내원 자리를 얻을 수 있을 듯싶소."

부인은 슬며시 미간을 찌푸리며 대답했다. "저녁마다 하워드 씨와 대화하는 일이 그리울 거예요. 우리 아이들도 하워드 씨를 보고 싶어 할 테고요."

"나도 아이들을 만나게 되어 무척 기뻤다오. 나 역시 아이들이 그리울 거요."

"실라를 산책에 데려가 주셔서 그 애가 즐거워했답니다. 꺾어 온 꽃은 양치 컵에 꽂아 두었어요."

하워드는 평소 다급하게 움직이는 법이 없었지만, 그날 밤 당장 루카르 부인을 만나러 호텔 카페로 갔다. 그는 일주일 뒤인 6월 11일에 영국으로 돌아가겠다고 말했다. 그러자 카페에 모여 있던 마을 주민이 그가 과연 옳은 결정을 내린 것인지를 두고 열띤 논쟁을 벌였다.

논쟁은 한 시간쯤 이어졌다. 페르노 술이 한 차례씩 돌고 나자 하워드에게 우호적인 방향으로 의견이 모였다. 마을 경찰이 루카르 부인은 최고의 손님을 떠나보내서 힘들 테고 마을 주민은 영국인 동지와 헤어져서 슬프겠지만, 이런 시기에 노병은 당연히 조국에 있어야 한다고 말했다. 경찰의 말이 맞았다. 게다가 하워드 씨는 곧 시도통으로 돌아오지 않겠는가?

그는 몇 주 안에 위험한 시기가 지나서 다시 돌아올 수 있기를 바란다고 대답했다.

다음 날, 그는 귀향 여정을 준비하기 시작했다. 일주일 후에 떠날 계획이었기에 서두르지는 않았다.

사실, 한 번 더 낚시를 나가서 푸른 송어를 두 마리 잡았다.

덩케르크 철수 후 며칠 동안 전쟁이 소강상태로 접어들자, 그는 하루 정도 귀국을 망설이기까지 했다. 그런데 독일군이 다시 진격을 시작해 영국 해협을 마주 보는 프랑스의 파리 분지 북서부 지방까지 밀려들었다. 그는 돌아갈 채비를 차렸다.

6월 9일, 뜻밖에도 캐버나 씨가 제네바에서 자동차를 몰고 시도통으로 왔다. 평소와 달리 근심 걱정에 휩싸여 넋이 나가 보였다. 그는 호텔에 도착하자 아내를 객실로 데리고 들어갔다.

아이들은 정원에 나가서 놀라며 내보냈다.

한 시간 뒤, 캐버나 씨는 하워드의 객실 문을 두드렸다. 하워드는 의자에 앉아서 책을 읽다가 설핏 잠들었던 참이었다. 책은 무릎 위에 아무렇게나 놓아둔 채였다. 한 번 더 노크 소리가 들리자 그는 잠에서 깨어 안경을 고쳐 쓰고 대답했다. "들어오시오!"

그는 깜짝 놀라서 캐버나 씨를 가만히 바라보다가 뒤늦게 일어났다. "그간 잘 지내셨소?" 그가 정중하게 인사를 건넸다. "그런데 어쩐 일로 주중에 오셨소? 휴가를 얻었나 보오."

캐버나 씨는 조금 의기소침해 보였다. "오늘 하루 휴가를 얻었습니다." 그가 잠시 후 말을 덧붙였다. "들어가도 되겠습니까?"

"물론이오." 그는 부산스럽게 주변을 정돈했다. 손님이 앉을 의자에 쌓여 있던 책을 치우고, 손님에게 담배도 한 대 권했다. "앉으시겠소?"

캐버나 씨는 쭈뼛거리며 앉았다. "전쟁에 대해 어떻게 생각하십니까?"

"아주 심각하게 보고 있다오. 뉴스를 들으니 몹시 괴롭소."

"저도 그렇습니다. 듣자 하니 귀국하신다지요?"

"그렇소. 영국으로 돌아갈 예정이오. 이런 시국에 있어야 할 곳은 조국인 듯해서."

잠시 침묵이 흘렀다. 이윽고 캐버나 씨가 입을 열었다. "제네바에서도 독일군이 스위스로 쳐들어오리라 보고 있습니다."

하워드는 흥미롭게 상대를 바라봤다. "이제 그 지경이라니…. 정말로 다음번은 스위스 차례일 것 같소?"

"그렇습니다. 그것도 아주 이른 시일 안에 공격받을 것 같습니다."

다시 정적이 내려앉았다. 이번에는 하워드가 먼저 입을 열었다. "그런 일이 일어나면 어떻게 할 생각이오?"

엷은 갈색 머리에 체구가 작은 국제 연맹 직원은 일어서서 창가로 다가갔다. 그는 창밖에 펼쳐진 목초지와 솔숲을 잠시 바라보더니 뒤돌아섰다. "저는 제네바에 남아야 합니다. 해야 할 일을 해야지요."

"그게 현명한 선택이겠소?"

"아니죠." 캐버나 씨가 솔직하게 대답했다. "하지만 그렇게 하기로 마음먹었습니다." 그는 다시 의자에 앉았다. "방금 아내와 이야기하고 왔습니다. 저는 제네바에 남아야 합니다. 독일에 점령당하더라도 여전히 우리가 해야 할 일이 있을 겁니다. 유쾌하지는 않겠지요. 이익이 되는 일도 아닐 테고요. 하지만 그럴 가치가 있을 겁니다."

"독일이 국제 연맹을 그대로 남겨둘 것 같소?"

"그럴 거라고 확신합니다."

"부인분은 뭐라고 하셨소?" 하워드가 다시 물었다.

"아내도 그게 마땅하다고 생각합니다. 저와 함께 제네바로 가고 싶어 하고요." 그가 하워드를 바라보며 말했다. "그래서 제가 이렇게 찾아온 겁니다. 만약 우리가 제네바로 돌아가면, 전쟁이 끝날 때까지는 상황이 힘들어질 겁니다. 연합국이 이긴다고 하더라도 봉쇄 작전으로 이길 겁니다. 그러면 독일이 점령한 땅 어디든 먹을 것이 부족하겠지요."

하워드는 감탄하며 그를 바라보았다. "아마 그럴 거요." 그가 그렇게 냉철하고 용감한 인물일 줄은 생각지 못했었다.

"다만, 아이들이 문제입니다." 그는 변명하듯이 말했다. "우리가 생각해봤는데, 그러니까 아내가 궁금해하는 부분이…, 혹시 우리 아이들을 영국에 데리고 가주실 수 있으십니까?"

캐버나 씨는 하워드가 미처 대답하기도 전에 서둘러 덧붙였다. "옥스퍼드에 있는 제 누이에게 데려다주시기만 하면 됩니다. 옥스퍼드 보어스 힐입니다. 제가 누이에게 전보를 보내놓을 수 있습니다. 그러면 누이가 사우샘프턴 항구까지 차를 몰고 나올 겁니다. 누이가 곧장 아이들을 옥스퍼드로 데려갈 테고요…. 아무래도 무리한 부탁이겠지요? 혹시나 거절하시더라도…, 이해합니다."

하워드는 그를 빤히 바라보았다. "이보시오, 무슨 일이든 도움이 될 수만 있다면 나는 정말로 기쁠 거라오. 하지만 이것만은 분명히 알아두시오. 내 나이가 이렇다 보니 여행길이 몹시 힘겹소. 이곳으로 오는 길에도 파리에서 며칠을 앓아누워 있었소. 알다시피 나는 곧 일흔 줄에 접어드는 노인이오. 조금이라도 더 건강한 사람에게 아이들을 맡기는 게 더 안전할 거요."

캐버나 씨가 대답했다. "그렇겠지요. 하지만 아이들을 데려가 줄 사람이 아무도 없습니다. 여의치 않으면 아내가 직접 아이들을 데리고 영국으로 돌아가려 합니다."

침묵이 흘렀다. 이내 하워드가 다시 입을 뗐다. "그렇군요. 부인분은 귀국을 꺼리시고?"

그가 고개를 끄덕였다. "부부가 함께 지내고 싶어서요." 그는 조금 애처롭게 설명했다. "몇 년씩이나 헤어져 있어야 할 수도 있으니까요."

하워드는 다시 한번 상대를 지긋이 바라보았다. "나는 힘이 닿는 데까지 무엇이든 할 것이오. 이제 캐버나 씨는 아이들을 내게 딸려 보내는 것이 과연 현명한 일인지만 결정하시오. 그런데 혹시 내가 귀국길에 목숨을 잃으면, 큰 문제가 생길 거요. 아이들에게나, 옥스퍼드에 있는 누이분에게나."

그가 싱긋 웃었다. "그 정도 위험을 감수할 준비는 되어 있습니다. 다른 사람들이 감수해야 할 위험에 비하면 하찮은 것이지요."

하워드의 얼굴에 천천히 미소가 번졌다. "나는 이제껏 70년 가까이 버텼고, 아직 죽지도 않았다오. 그러니 몇 주 정도는 더 버틸 수 있지 않겠소?"

"그러면 아이들을 데려가 주시는 겁니까?"

"물론이오. 정말로 내게 아이들을 맡겨준다면."

그는 아내에게 소식을 알려주려고 나갔다.

혼자 남은 하워드는 가슴이 두근거려 안절부절못했다. 그는 돌아갈 때도 디종에서 하루, 파리에서 하루 묵을 계획이었다.

아이들을 데리고 가야 한다면 영국의 도버를 마주 보는 칼레까지 곧장 가는 편이 더 나을 듯했다. 사실, 디종이나 파리에 예약해둔 숙소도 없고 아직 기차표도 사지 않았기 때문에 달리 준비해야 할 것은 없었다. 하지만 그의 계획이 달라졌다. 이제 새로운 귀국 계획에 익숙해져야 했다.

그가 혼자서 아이 둘을 돌볼 수 있을까? 아니면 마을 처녀 한 명을 보모로 구해서 칼레에 도착할 때까지 아이들을 돌보게 하는 편이 나을까? 함께 떠날 사람을 구할 수 있을지도 확신할 수 없었다. 어쩌면 루카르 부인이 사람을 구해줄 수도 있다….

그는 한참 후에야 칼레가 독일군의 수중에 떨어졌다는 사실을 떠올렸다. 이제 영국 해협을 건너는 가장 좋은 길은 해협에 면한 생말로에서 사우샘프턴으로 가는 길이었다.

그는 이내 살롱으로 내려가서 캐버나 부인을 만났다. 부인이 그의 손을 붙잡았다. "우릴 위해 이렇게까지 해주신다니 정말로, 정말로 감사드려요." 부인은 눈물을 약간 흘리는 것 같았다.

"별것 아니라오." 그가 대답했다. "아이들을 길동무로 삼으면 즐거울 거요."

부인이 미소 지었다. "방금 아이들에게 소식을 알려줬어요. 애들은 그저 신났더라고요. 하워드 할아버지와 함께 집에 간다며 좋아서 난리가 났어요."

캐버나 부인이 영국을 집이라고 부른 것은 그때가 처음이었다.

하워드는 보모를 구하면 어떻겠냐고 말을 꺼냈다. 두 사람은 함께 루카르 부인을 만나러 갔다. 시도통에서 하워드 일행과 함께 생말로까지, 하다못해 파리까지라도 가겠다고 나서는 사람은 아무도 없었다.

"별문제 아닐 거요." 하워드가 부인에게 말했다. "어쨌거나 24시간 안에 영국에 도착할 테니. 틀림없이 아이들과 아주 좋은 사이가 될 것 같소."

부인이 그를 바라보며 대답했다. "제가 파리까지 동행할까요? 그 정도는 할 수 있을 거예요. 파리에서 다시 제네바로 돌아가면 되니까요."

"아니, 괜찮소. 부인은 부군과 함께 있어야지요. 아이들 옷가지나 챙겨주시오. 아이들이 음…, 그러니까 졸릴 때 어떻게 하는지도 알려주시고. 그러면 더는 걱정할 필요가 없을 거요."

저녁이 되자 그는 캐버나 부인과 함께 로널드와 실라를 보러 갔다. 아이들은 곧 잠자리에 들어야 했다. 그가 로널드에게 말을 걸었다. "나와 함께 영국으로 돌아갈 거란다. 영국에 가면 고모네에서 지낸다는 것도 알지?"

어린 로널드는 반짝거리는 눈으로 그를 올려다보았다. "알아요, 너무 좋아요! 우리 기차 타고 가나요?"

"그럼, 아주 오래 기차를 탈 거야."

그때 실라가 끼어들었다. "기차에서 저녁도 먹어요?"

"그렇단다." 그가 대답했다. "기차에서 저녁을 먹을 거야. 기차에서 차도 마시고 아침도 먹을 거란다."

"우와…, 우와…." 실라가 작게 탄성을 뱉었다.

로널드는 믿지 못하겠다는 듯 하워드를 빤히 바라보았다. "기차에서 아침을 먹어요? 우리 기차에서 잠도 자나요?"

아이들 곁에 있던 캐버나 부인이 대답했다. "기차에서 잘 거야, 로널드. 너 혼자 작은 침대에서."

"진짜로 기차에서 잠을 자요?" 소년은 고개를 홱 돌려서 하워드를 바라보았다. "하워드 할아버지, 저 엔진 옆에서 자도 될까요? 부탁이에요."

실라도 보탰다. "나도요. 나도 엔진 옆에서 자고 싶어요."

그러자 캐버나 부인이 나서서 아이들을 재웠다. 부인은 얼마 후 남편과 하워드를 따라서 아래층으로 내려왔다. "매끼를 도시락으로 해결하실 수 있게 루카르 부인과 준비할 거랍니다." 부인이 말했다. "번거롭게 식당차까지 아이들을 데려가는 것보다 침대차에서 도시락을 먹이는 게 더 편하실 거예요."

하워드가 대답했다. "정말로 세심하시구려. 아무래도 그게 더 낫겠소."

그러자 부인이 미소 지었다. "아이들과 여행하는 게 어떤지 잘 아니까요."

그는 캐버나 부부와 함께 저녁을 먹고 일찍 잠자리에 들었다. 피로했지만, 오히려 기분이 좋았고 숙면할 수 있었다.

다음 날 아침, 언제나처럼 일찍 잠에서 깼다. 침대에 그대로 누워서 앞으로 처리해야 할 여러 일을 하나하나씩 곰곰이 생각했다. 아침에 침대에서 일어났을 때는 유달리 컨디션이 좋았다. 그가 미처 깨닫지는 못했지만, 오랜만에 처음으로 해야 할 일이 생겼기 때문이었다.

그날 하루는 귀국을 준비하느라 부산스럽게 흘러갔다. 아이들의 짐은 거의 없었다. 옷을 넣은 작은 여행 가방 하나가 다였다. 하워드는 캐버나 부인의 도움을 받아 아이들의 다양한 옷가지와 아이들을 재우는 법, 아이들에게 먹여야 할 것들을 파악했다.

한 번은 캐버나 부인이 설명을 멈추고 그를 바라보았다. "정말로 제가 파리까지 동행하지 않아도 괜찮으시겠어요?"

"괜찮소." 그가 대답했다. "정말이라오. 아이들은 나와 함께 잘 지낼 거요."

부인은 잠시 아무 말 없이 서 있었다. "그럴 거예요…." 부인이 천천히 말했다. "아이들은 하워드 씨와 함께 잘 지낼 거예요."

그 뒤로 부인은 파리 이야기를 꺼내지 않았다.

이미 제네바로 돌아갔던 캐버나 씨가 밤에 다시 호텔로 와서 가족과 함께 저녁을 먹었다. 그는 하워드를 식당 한쪽으로 데려가더니 여비를 건넸다. "저희 부부가 얼마나 진심으로 감사드리는지 말로 다 못 하겠습니다." 그가 낮은 목소리로 말했다. "아이들이 영국에 있으리라는 사실을 아는 것만으로도 마음이 한결 놓입니다."

"이제 아이들은 걱정하지 않아도 괜찮소. 나와 함께 있으면 안전할 거요. 알다시피 나도 자식들을 돌봤던 사람이라오."

하워드는 캐버나 가족끼리 시간을 보내도록 내버려 두는 것이 나은 듯하여 따로 식사했다. 이제 모든 채비를 끝냈다. 여행 가방도 싸두었고, 낚싯대도 기다란 관 모양 가방에 따로 챙겨 놓았다. 더는 할 일이 없었다.

그는 방으로 올라갔다. 달빛이 환하게 빛나는 밤이었다. 한동안 창가에 서서 산으로 이어지는 목초지와 솔숲을 바라보았다.

사방이 무척 고요했다.

그는 근심 어린 마음으로 창가에서 돌아섰다. 이곳 쥐라에서 평화롭게 지낼 수는 없었다. 북쪽으로 400~500킬로 떨어진 곳에서는 프랑스군이 솜강을 따라 필사적으로 싸우고 있었다. 그는 시도통 마을의 평화가 문득 불쾌해졌다. 이곳의 평화가 불길했다. 아이들을 영국으로 데려가야 한다는 임무가 생기고 분주하게 귀국을 준비하다 보니 관점이 달라졌다.

이제는 영국에, 큰일이 벌어지는 무대에 있고 싶다는 마음이 간절했다. 시도통을 떠나게 되어 기뻤다. 평화로운 시도통 덕분에 괴로웠던 시기에서 벗어날 수 있었지만, 지금은 떠나야 할 때였다.

다음 날 아침은 온통 소란스러웠다. 하워드가 일찍 살롱으로 내려갔더니 캐버나 가족이 먼저 와 있었다. 그들은 식당에서 함께 아침을 먹었다. 하워드는 아이들이 쉽게 먹을 수 있도록 롤빵의 딱딱한 껍질을 커피에 적셔서 부드럽게 만들어주는 법을 마지막으로 배웠다.

마침내 생클로드까지 타고 갈 낡은 크라이슬러가 호텔 입구에 도착했다. 작별의 순간은 짧고 어색했다. 하워드는 캐버나 부부에게 할 말을 전부 일찌감치 해둔 터였고, 로널드와 실라 남매는 자동차를 타는 데 정신이 팔린 상태였다.

아이들은 엄마와 헤어져야 한다는 사실, 어쩌면 몇 년 동안 엄마를 볼 수 없다는 사실이 아무렇지도 않은 것 같았다. 그저 멀리 생클로드까지 차를 타고 갈 거라는 달콤한 생각, 엔진 기관이 달린 진짜 기차에서 하룻밤을 보낼 거라는 달콤한 생각에 온 마음을 빼앗겼다.

얼굴이 붉게 상기된 캐버나 부부가 쭈뼛거리며 아이들에게 다가서서 뽀뽀해주었다. 아이들은 엄마 아빠의 작별 인사에도 아랑곳하지 않았다. 하워드는 당황스러워하며 캐버나 가족 옆에 서 있었다.

캐버나 부인이 나지막이 인사했다. “내 사랑들, 조심히 가렴.” 그러고는 돌아섰다.

로널드가 외쳤다. “조수석에 앉아도 돼요?”

실라도 따라서 외쳤다. “나도 조수석에 앉고 싶어요.”

하워드가 앞으로 걸어 나오며 대답했다. “둘 다 나와 함께 뒷좌석에 앉아서 가야지.” 그는 아이들을 뒷좌석에 태우고는 돌아서서 캐버나 부인을 바라보았다. “아이들이 정말로 즐거워하는구려.” 그가 다정하게 말했다. “어쨌거나 그게 제일 중요한 것 아니겠소?”

그도 차에 탔다. 차가 도로로 나아갔고, 가슴 아픈 작별의 순간도 모두 끝났다.

그는 양옆에 아이를 한 명씩 앉히고 가운데 자리에 앉았다.

그러면 한 명에게만 관심이 쏠리지 않아서 두 명을 똑같이 돌보기가 쉬울 터였다. 이따금 남매 중 하나가 염소나 당나귀를 발견하고는 영어와 프랑스어를 섞어서 소리쳤다. 그러면 다른 하나가 그 놀라운 광경을 보겠답시고 하워드를 밀치곤 했다. 그는 생클로드까지 가는 내내 아이들을 다시 제자리에 앉히느라 애써야 했다.

30분 후, 차가 생클로드 기차역에 도착했다. 호텔 안내원이 나서서 하워드 일행이 차에서 내리는 것을 도와주었다. "아이들이 참 귀엽습니다." 안내원이 프랑스어로 말했다. "아이들 부모님이 아주 슬퍼하시겠어요."

하워드도 프랑스어로 대답했다. "그렇겠지. 하지만 전쟁 중에 아이들은 제 나라에서 평화롭게 지내야 한다네. 아이들 어머니가 현명한 선택을 내렸다고 생각하네."

안내원은 어깨를 으쓱했다. 하워드의 생각에 동의하지 않는 것이 분명했다. "설마 전쟁이 시도통까지 번지겠습니까?"

안내원은 짐을 일등칸으로 나른 후, 하워드가 여행 가방을 맡기고 보관증 받는 것을 도와주었다. 이윽고 작은 기차가 연기를 뿜어내며 계곡으로 올라갔다. 생클로드가 멀어졌다.

그날 아침, 이탈리아가 연합국에 전쟁을 선포했다. 독일군은 센강을 건너 파리 북부에 입성했다.

3장
하녀의 부탁

기차가 모레를 떠나고 30분쯤 지나자 아이들은 벌써 여행에 싫증을 냈다. 하워드는 이런 순간을 예상하고 미리 대비를 해 두었다. 그는 따로 맡기지 않고 직접 객실에 들고 탄 작은 서류 가방에 아이들의 놀거리를 잔뜩 챙겨놓았다. 캐버나 부인에게서 받아둔 것이었다. 그는 메모장과 색연필 두 자루를 꺼내서 아이들에게 배를 그리게 했다.

세 시간이 더 흐르고, 기차가 곧 앙들로에 도착할 예정이었다. 하워드 일행은 이미 점심을 먹은 후였다. 샌드위치 포장지와 오렌지 껍질이 객실 곳곳에 어지럽게 흩어져 있었다. 텅 빈 우유병도 좌석 밑에 놓여 있었다.

실라는 하워드 옆에서 웅크린 채 할아버지의 무릎을 베개 삼아 낮잠도 잤다. 로널드는 주로 창가에 서 있었다. 소년은 바깥 풍경을 구경하면서 숫자를 세는 프랑스 동요를 흥얼거렸다.

하나, 둘, 셋,

숲속으로 가보자~♬
넷, 다섯, 여섯,
체리를 따러~♪

기차가 앙들로 역에 설 때쯤, 하워드는 이제 프랑스어로 숫자를 자신 있게 셀 수 있을 것 같았다.

하워드 일행은 앙들로에서 다른 기차로 갈아타야 했다. 기차가 작은 시골 역에 들어서자 하워드는 단잠에 빠져 있던 실라를 깨웠다. 실라는 잔뜩 골이 난 채 깨어서 아무 이유도 없이 울음을 터뜨렸다.

하워드는 실라의 눈물을 닦아주고, 보관해둔 짐가방을 찾아오고, 서둘러 아이들을 플랫폼에 내려주고, 다시 객실로 들어가 휴대용 서류 가방을 챙겨 나왔다.

플랫폼에는 부릴 만한 짐꾼이 전혀 보이지 않았다. 아무래도 전쟁 중인 프랑스에서는 어쩔 수 없는 일인 듯했다. 하워드 역시 앙들로 역이라 해서 다르리라고 기대하지도 않았다.

그는 양옆에 아이들을 한 명씩 세우고 직접 짐가방을 모두 든 채 플랫폼을 따라 걸어갔다. 아이들의 발걸음은 자꾸만 느려졌다. 그는 아이들의 속도에 맞춰 걸음걸이를 늦춰야 했다.

역 사무실로 가니 머리카락 색이 검고 살집이 두둑한 역장이 있었다. 하워드는 스위스에서 출발해 파리로 가는 급행열차가 연착된 것인지 물었다. 역장은 급행열차가 아예 도착하지 않을 것이라고 대답했다. 이제 스위스에서 출발하는 기차는 프랑스에 한 대도 들어오지 않을 것이다.

하워드는 깜짝 놀라서 말문이 막혔다. 그리고 강하게 불만을 쏟아냈다. 생클로드역에서 아무런 안내도 받지 못했다니 참을 수가 없었다. 그러면 디종까지라도 갈 수 있을까?

역장은 하워드를 진정시켰다. 국경지대의 발로흐브에서 디종까지 가는 기차는 운행될 예정이었다. 다들 계속해서 그 기차를 기다리고 있었다. 벌써 2시간째였다.

하워드는 아이들과 짐이 있는 곳으로 돌아갔다. 짜증스럽고 걱정스러웠다. 급행열차를 탈 수 없다는 말은 앙들로에서 파리까지 기차로 곧장 갈 수 없다는 뜻이었다. 디종에서 열차를 갈아타야 했다. 디종에 도착하면 이미 날이 저물어 있을 것이다.

디종에서 얼마나 기다려야 파리행 기차를 탈 수 있을지 알 수 없었다. 아이들이 쉴 수 있는 침대칸을 구할 수 있을지조차 확신할 수 없었다. 하워드 혼자였다면 그저 성가시고 말았겠지만, 돌봐야 할 어린아이 둘을 데리고 있으니 급작스러운 일정 변경이 심각한 문제가 되어버렸다.

그는 아이들을 즐겁게 해주려고 애썼다. 로널드는 지붕 없는 화물기차와 선로 신호, 궤도를 돌리는 기관차 따위에 관심을 보였다. 하워드가 잘 모르는 분야에 관해 끊임없이 질문을 퍼부어대는 것만 빼면 로널드는 돌보기 수월한 아이였다.

실라는 달랐다. 실라는 하워드가 시도통에서 보았던 모습과 딴판으로 변했다. 툭하면 투정 부리며 짜증을 냈고, 울 힘도 없으면서 울음을 멈추지 않았다. 하워드는 실라를 달래보려고 이것저것 시도해보았지만 별 소용이 없었다.

1시간 40분 후, 그가 완전히 지쳐 나가떨어졌을 무렵 디종으로 향하는 기차가 역에 들어섰다. 기차는 만석이었다. 하워드는 일등칸 좌석 하나를 어렵사리 구했다. 그가 실라를 무릎에 앉히자, 아이는 금방 잠에 빠져들었다. 로널드는 문가에 서서 창밖을 구경했다. 구석 자리에 앉은 뚱뚱한 프랑스 노부인과 이야기를 주고받기도 했다.

얼마 지나지 않아 그 노부인이 하워드 쪽으로 몸을 숙이더니 말을 걸었다. "꼬마애가 열이 있네요, 안 그래요?"

그는 깜짝 놀라서 프랑스어로 대답했다. "아닙니다. 조금 피곤한 것뿐입니다."

노부인은 말똥말똥 빛나는 검은 눈으로 그를 빤히 쳐다봤다. "아이는 열이 있어요. 열이 난 아이를 기차에 태우면 안 되죠. 불결하잖아요. 열이 있는 아이와 함께 기차를 타고 싶진 않아요."

"장담하건대, 부인…," 그가 대꾸했다. "부인께서 잘못 보신 겁니다." 무시무시한 불안감이 엄습해왔다.

노부인은 객실의 다른 승객들에게 호소하기 시작했다. "내가!" 노부인이 벌컥 소리쳤다. "내가 잘못 봤다고? 똑똑히 말씀드리는데, 선생님. 잘못 본 건 내가 아니에요. 아니라고요. 절대로. 선생님이에요. 잘못 본 사람은 선생님이라고요. 그 꼬마애가 열이 난다고 말씀드렸죠. 건강한 사람들이 타고 가는 기차에 아픈 애를 데려오면 안 돼요. 아이 얼굴 좀 보세요. 피부 좀 보라고요! 성홍열이든 수두든 뭐든 청결한 사람들은 안 걸리는 병에 걸렸다니까."

노부인은 다른 사람들을 돌아보며 핏대 세워 소리쳤다. "생각 좀 해보세요. 저런 애를 기차에 태우다니!"

다른 승객들이 툴툴대기 시작했다. 어느 한 명은 목소리를 높여 말하기도 했다. "그러면 안 되지. 저런 걸 허락해주면 쓰나."

하워드는 노부인을 돌아보며 말했다. "부인, 부인에게도 자식이 있겠지요?"

노부인은 코웃음을 쳤다. "다섯 명이나 있어요. 하지만 애 상태가 저 지경이면 기차에 안 태우죠. 그건 잘못된 일이라고요."

"부인, 절 좀 도와주십시오. 이 아이들은 제 자식들이 아닙니다. 저는 친구의 부탁으로 아이들을 영국에 데려가는 중입니다. 이런 시국에는 아이들이 고향에 안전하게 머무는 편이 더 나으니까요. 저는 이 아이가 열이 있는 줄 몰랐습니다. 부인께서 이 아이의 어머니라면 어떻게 하시겠습니까? 말씀해주십시오."

노부인은 어깨를 으쓱했다. 여전히 화가 풀리지 않은 얼굴이었다. "저요? 저랑은 아무 상관 없는 일이죠, 선생님. 분명히 아무 상관 없어요. 저렇게 어린 애들은 엄마와 함께 있어야 해요. 아이들이 있어야 할 자리는 엄마 품이라고요. 날씨는 점점 더워지는데, 이럴 때 기차를 타면 애들은 열이 올라요."

그는 심장이 철렁 내려앉는 기분이었다. 노부인의 말에도 일리가 있었다.

객차의 반대편 끝에서 누군가 말했다. "영국 애들은 자주 아프더군요. 어머니들이 자식들을 제대로 돌보지 않아서 그래요.

거센 바깥 공기를 그대로 쐬게 하니까 애들이 열이 나는 겁니다."

다른 승객들도 비슷하게 생각하는 듯했다. 하워드는 다시 노부인을 돌아보며 말했다. "부인, 아이가 전염병 때문에 열이 나는 것 같습니까? 만약 그렇다면 다음 역에서 내리겠습니다. 하지만 제가 보기에 이 아이는 그저 피곤할 뿐입니다."

나이 든 시골 노파의 날카로운 작은 눈이 다시 한번 그를 뚫어지도록 쳐다봤다. "발진이 있어요?"

"아닌 것 같습니다…. 잘 모르겠군요."

노부인이 한 번 더 코웃음을 쳤다. "애를 저한테 좀 줘봐요."

그녀는 팔을 뻗어 실라를 받았다. 두툼하고 넓적한 무릎 위에 실라를 눕히고는 능숙하게 코트를 벗겼다. 재빠른 손놀림으로 나머지 옷도 모두 벗기고 배와 등을 꼼꼼하게 살펴보았다.

"발진은 없네요." 그녀가 실라에게 다시 옷을 입히며 말했다. "그래도 열이 있어요. 가여운 것. 불덩이처럼 달아올랐네. 선생님, 이런 환경에 애를 두면 안 돼요. 침대에 눕혀야죠."

하워드가 손을 뻗어 다시 실라를 안았다. 노부인의 말이 확실히 옳았다. 그는 도와줘서 감사하다는 뜻을 전했다. "디종에 도착하면 반드시 침대에서 쉬게 할 겁니다. 병원에도 가봐야 할까요?"

노부인이 어깨를 으쓱했다. "그럴 필요는 없어요. 약국에서 물약을 사서 먹이면 괜찮아질 거예요. 하지만 저렇게 열이 있을 때는 절대로 와인을 주지 마세요. 와인은 피를 아주 뜨겁게 해요."

"알겠습니다, 부인. 와인은 주지 않겠습니다."

"물을 탄 와인이라도 안 돼요."

"네. 우유는 마셔도 괜찮겠습니까?"

"우유는 별 탈 없을 거예요. 아이들은 우유를 많이 마셔야 한다고 말하는 사람들도 많죠."

이 말이 떨어지자마자 객차에서 육아 문제를 놓고 한바탕 토론이 벌어졌다. 논쟁은 기차가 디종에 도착할 때까지 끊이지 않았다.

디종역은 군인들로 온통 북적거렸다. 하워드는 간신히 아이들과 짐을 챙겨서 객실 밖으로 빠져나갔다. 그는 작은 여행 가방과 휴대용 서류 가방, 낚싯대를 넣어둔 가방을 들고 내렸다.

아이들 옷가지를 넣어둔 작은 가방과 나머지 짐은 파리까지 곧장 보내기로 했다. 그런데 한쪽 팔로 실라를 안아 들고 다른 팔로 로널드의 손을 잡은 채로는 도저히 짐을 들 수 없었다. 우선 플랫폼 구석에 짐을 전부 놓아둔 채 붐비는 군중을 밀치며 아이들과 출구로 나갈 수밖에 없었다.

역 앞 광장에는 군부대와 대형 화물차가 떼지어서 모여 있었다. 그는 혼돈에 휩싸인 도시를 마주하고 깜짝 놀라 어리둥절해졌다. 붐비는 광장을 이리저리 누비며 지난번에 묵었던 길 건너 호텔로 갔다. 이번에는 두 아이와 함께 길을 뚫고 가야 했다. 프런트의 젊은 안내원이 그를 알아보았지만, 군대가 이미 객실을 모두 차지했다고 알려줬다.

"하지만 내게는 돌봐야 할 아픈 아이가 있소." 그가 설명했다.

"힘드시겠어요, 선생님. 하지만 제가 뭘 할 수 있겠어요?"

하워드는 천천히 미소 지었다. "가서 호텔 안주인을 데려 와 주시오. 어떻게든 조율할 수 있을 거요."

20분 후, 그는 커다란 더블 침대가 하나 딸린 방을 얻었다.

대위의 지시로 방을 빼앗기고 다른 장교와 같은 방을 같이 쓰게 된 소위는 화를 참지 못했다. 하워드는 프랑스 군인에게 사과했다.

흐트러진 옷매무새 위로 통통한 살집이 여기저기 불거진 하녀가 부산을 떨며 방을 정돈했다. "가여운 것." 하녀가 말했다. "아이가 아픈가 보네요. 그렇죠? 너무 걱정하지 마세요, 선생님. 딱 보니까 조금 오한이 들었거나 뭔가 상한 걸 먹어서 그럴 거예요. 다 괜찮아질 거예요. 이틀이나 사흘만 있으면요. 그러면 다시 건강해질 거예요."

하녀는 침대를 반듯하게 매만진 후 하워드에게 다가갔다. 그는 여전히 실라를 안아 들고 의자에 앉아 있었다. "자, 선생님, 다 정돈했어요."

그는 하녀를 올려다보며 대답했다. "고맙네." 그는 정중하게 말을 이어갔다. "한 가지만 더 부탁하지. 지금 아이를 침대에 눕힐 거라네. 내가 의사를 찾으러 나가 있는 동안 여기 와서 아이를 좀 돌봐줄 수 있겠나?"

"물론이죠, 선생님. 가여워라." 하녀는 그가 무릎에 앉힌 실라의 겉옷을 벗기는 모습을 바라보았다. 실라는 하워드의 손길이 성가셨는지 다시 울음을 터뜨렸다.

하녀가 활짝 미소 짓더니 아이에게 꼭 엄마처럼 프랑스어로 소곤소곤 이야기를 들려주었다. 그러자 실라는 금방 울음을 그쳤다. 하워드는 하녀에게 실라를 안겨주고 두 사람을 바라보았다.

하녀가 그를 올려다보며 말했다. "가서 의사를 찾아보세요, 선생님. 괜찮으시면 여기에 아이들과 잠시 있을게요."

그는 방을 나와 프런트로 내려갔다. 홀은 군인들로 와글거렸다. 그가 프런트의 안내원에게 어디에 가야 의사를 찾을 수 있냐고 물었다.

안내원은 곧바로 대답하지 않고 잠시 침묵을 지켰다. "잘 모르겠어요, 선생님…. 장교들이 지금 식당에서 식사하고 있거든요. 거기에 군의관도 한 명 있어요."

그는 군인들을 밀치며 북적거리는 식당으로 들어갔다. 식당에는 사실상 장교밖에 없었다. 테이블마다 우울한 침묵이 내려앉아 있었다. 영국 노신사의 눈에 프랑스군 장교들은 뚱뚱한 데다 너저분한 오합지졸로 보였다. 장교 가운데 절반가량이 면도조차 하지 않았다.

그는 주변 사람들에게 몇 차례 질문한 끝에 군의관을 찾아냈다. 군의관에게 다가가서 사정을 이야기했다. 방금 식사를 마친 군의관은 붉은 벨벳 군모를 집어 들고 그를 따라 위층으로 올라갔다.

10분 후, 군의관이 설명했다. "걱정하지 않으셔도 됩니다, 선생님. 내일까지는 침대에서 따뜻하게 지내야 합니다. 어쩌면 조금 더 쉬어야 할 수도 있고요. 그래도 내일이면 열이 내려갈 겁니다."

"무슨 병에 걸린 겁니까?"

군의관은 태평하게 어깨를 으쓱했다. "전염병에 걸린 게 아닙니다. 아마 더워서 열이 올랐을 겁니다. 세찬 바깥 공기를 쐬며 놀아서 그럴 수도 있고요. 아시겠지만 아이들은 쉽게 열이 납니다. 체온이 아주 빠르게 오르죠. 그러다가도 몇 시간만 지나면 다시 열이 떨어집니다."

군의관이 돌아서며 말을 보탰다. "침대에서 쉬게 하십시오, 선생님. 가벼운 음식만 먹이시고요. 내려가서 호텔 안주인에게 말해놓겠습니다. 와인도 안 됩니다."

"알겠습니다." 하워드는 지갑을 꺼내 지폐를 한 장 건넸다. "당연히 진찰비를 드려야겠지요."

군의관은 돈을 받아서 접더니 재킷 가슴팍에 달린 주머니에 넣었다. 군의관은 잠시 침묵하더니 말을 꺼냈다. "영국으로 가십니까?"

하워드는 고개를 끄덕였다. "아이가 여행할 만큼 기운을 차리는 대로 파리에 갈 겁니다. 거기서 생말로를 거쳐 영국으로 가려 합니다."

얼마간 정적이 흘렀다. 면도하지 않은 얼굴에 몸집이 통통한 군의관은 그대로 서서 침대에 누운 실라를 잠시 바라보았다.

이윽고 군의관이 입을 열었다. "아무래도 브레스트(중요한 군사기지가 있는 프랑스 서쪽 끝의 항구도시-옮긴이)로 가셔야 할 겁니다. 브레스트에는 영국으로 가는 배가 늘 있을 테니까요."

하워드는 군의관을 빤히 바라보았다. "하지만 생말로에도 배가 있지 않습니까."

군의관은 어깨를 으쓱했다. "거기는 전선과 너무 가깝습니다. 군함만 있을 수도 있고요." 군의관은 말을 잇지 못하고 머뭇거리다가 입을 열었다. "더러운 독일 놈들이 센강을 건넌 것 같습니다. 랭스(프랑스 북동부 도시-옮긴이) 근처에서요. 독일군 숫자는 얼마 안 됩니다. 빼앗긴 땅은 쉽게 되찾을 겁니다." 확신 없는 말투였다.

하워드가 나직하게 말했다. "나쁜 소식이군요."

군의관은 씁쓸하게 대답했다. "전쟁과 관련된 것은 전부 나쁜 소식이지요. 프랑스가 전쟁에 끌려 들어간 날부터 불길한 시작이었습니다."

군의관이 돌아서서 아래층으로 내려갔다. 하워드 역시 그를 따라 내려갔다. 그는 식당에서 아이들에게 먹일 차가운 우유 한 주전자와 플레인 케이크 몇 조각을 받았다.

그대로 식당을 나서려다 뒤늦게 생각이 나서 자신이 저녁으로 먹을 기다란 빵도 두어 개 얻었다. 아이들만 혼자 오랫동안 내버려 두는 것이 걱정스러웠던 그는 군인들로 북적북적한 홀을 뚫고 서둘러 방으로 올라갔다.

로널드는 창가에 서서 길거리를 빤히 내려다보고 있었다. "역에 트럭이랑 자동차가 엄청나게 많아요." 아이는 신이 나서 소리쳤다. "대포도 있어요. 진짜 대포요. 트럭이 대포를 끌고 다녀요! 우리도 내려가서 구경해도 돼요?"

"지금은 안 된단다." 하워드가 대답했다. "잠잘 시간이잖니."

하워드는 아이들에게 케이크를 나눠 주었다. 우유도 양치용

컵에 부어주었다. 실라는 한결 열이 내린 듯했다. 그가 애써 구슬리지 않아도 우유를 잘 마셨다. 이제 커다란 더블 침대의 실라 옆자리에 로널드를 눕힐 차례였다.

로널드가 물었다. "내 잠옷은 어디에 있어요?"

"역에. 우선 셔츠를 입고 그대로 침대에 누워있으렴. 재미있을 거란다. 그러면 내가 역에 가서 잠옷을 가져오마."

그는 장난치듯 이야기했다. 커다란 침대 양쪽에 아이들을 한 명씩 조심스럽게 눕히고, 그사이에 기다란 덧베개를 세로로 놓았다. "이제 편할 거란다. 나는 얼른 짐을 가지러 갔다 오마. 불은 켜둘 테니, 무섭지 않겠지?"

실라는 대답하지 않았다. 이미 몸을 웅크리고 잠에 빠져들어 있었다. 베개에 파묻은 붉게 달아오른 얼굴 위로 헝클어진 머리카락이 흘러내렸다.

로널드는 졸음에 겨운 목소리로 물었다. "내일은 대포랑 트럭 보러 가도 되나요?"

"너만 좋다면 가보자꾸나."

그는 방을 나가 홀로 내려갔다. 호텔 식당과 카페는 훨씬 더 혼잡했다. 호텔을 가득 메운 군인들 사이에서 그를 도와 짐을 함께 날라줄 사람은 아무도 없을 것 같았다. 그는 문을 밀어 길거리로 나갔다. 주변 분위기를 보니 당황스러웠다. 적잖이 걱정스럽기도 했다.

역 구내에도 대형 트럭과 대포가 가득했다. 경전차도 몇 대 보였다. 주변으로 대형 트럭들이 어둠 속을 덜커덕거리며 돌아다녔다. 프랑스 남부의 억센 억양으로 고래고래 외치는 소리도 들렸다.

역 내부도 어딜 가나 군인들로 들끓었다. 플랫폼을 꽉 매운 군인들은 지친 기색으로 담배를 피우거나 침을 뱉었다. 어둑한 빛 아래서 더러운 아스팔트 도로에 쪼그려 앉아 있기도 했고, 등을 기댈 수 있는 것이라면 무엇에든 기대어 쉬고 있기도 했다.

하워드는 열차가 도착하는 플랫폼으로 건너갔다. 그는 플랫폼에 드러누운 군인들 사이로 힘겹게 짐을 찾아다녔다. 낚싯대가 든 케이스와 작은 여행 가방은 찾았지만, 서류 가방은 온데간데없었다. 미리 맡겨둔 짐은 흔적조차 찾을 수 없었다.

애초에 큰 기대를 품지는 않았지만, 서류 가방을 잃은 것은 심각한 문제였다. 맡겨둔 짐은 파리에 도착하면 탁송수하물 보관소에서 찾을 수 있을 것이다. 하지만 그마저도 6개월쯤 걸릴지 모른다.

서류 가방은 누군가 훔쳐 간 것이 분명했다. 어쩌면 열성적인 역내 직원이 가방을 안전한 곳에 보관해두었을지도 몰랐다. 상황을 고려해볼 때 그럴 가능성은 없을 것 같았지만. 그는 내일 아침에 다시 와서 찾아보기로 마음먹었다. 그때까지는 모두 잠옷 없이 하룻밤을 보내야 할 것이다. 그는 호텔로 돌아갔다.

아이들 모두 잠들어 있었다. 실라는 여전히 열에 시달리며 뒤척였다. 이불도 거의 다 걷어차 놓았다. 그는 얇은 이불만 다시 덮어주었다. 잠시 후 그는 저녁을 먹을 수 있을까 해서 식당으로 내려갔다.

기운 빠진 웨이터는 음식을 내올 수 없다고 딱 잘라서 말했다. 호텔에 남은 음식이 하나도 없었다. 그는 카페에서 작은 브랜디 한 병을 사서 방으로 올라왔다. 그렇게 브랜디와 물, 길쭉한 빵만으로 끼니를 때웠다.

그는 안락의자에 앉아 불안 속에서 잠을 청하려 했다. 내일은 또 어떤 일이 터질지 걱정을 떨칠 수 없었다. 위안이 될 만한 사실은 딱 하나뿐이었다. 낚싯대를 되찾아온 것, 그것도 흠 없는 상태로 찾아온 것 단 하나였다.

다섯 시가 되자 해가 밝아왔다. 하워드는 여전히 의자에 불편한 자세로 앉아서 꾸벅꾸벅 졸았다. 침대에서 가져온 먼지막이 커버를 반쯤 덮은 채였다. 아이들은 곧 잠에서 깨어나 침대에서 재잘재잘 떠들고 장난치기 시작했다.

그도 꿈틀거리며 일어나서 의자에 뻣뻣한 자세로 바로 앉았다. 그는 손으로 얼굴을 문질렀다. 몸 상태가 정말로 좋지 않았다. 하지만 벌써 깨어나 있는 아이들이 눈에 들어오자 아이들을 돌봐주려고 자리에서 일어섰다.

그 뒤로는 조금이라도 더 눈을 붙일 겨를이 없었다. 호텔 곳곳에서 사람들이 돌아다니는 소리가 시끄럽게 들려왔다. 그가 창밖을 내다보니 역 구내에서 대형 트럭과 전차, 대포가 움직이고 있었다. 전차의 무한궤도 바퀴가 삐걱거리며 돌아가는 소리와 트럭 배기관에서 요란하게 터져 나오는 배기음 소리가 어우러져 꼭 전쟁터 같았다.

실라는 어제보다 한결 나아졌지만, 완전히 회복되지 않은 것은 분명했다. 그는 물을 담은 대야를 침대로 가져와서 실라의 얼굴과 팔을 씻겨 주었다. 작은 여행 가방에 몇 가지 물건을 미리 챙겨두었던 터라 휴대용 빗으로 머리도 빗겨주었다. 체온계를 꺼내 체온도 쟀다. 혹시나 체온계를 입에 물리면 아이가 씹어버릴까 봐 겨드랑이 아래로 밀어 넣었다.

실라의 체온은 정상 체온보다 높았다. 그는 겨드랑이로 체온을 잴 때는 체온계의 수치에 숫자를 얼마나 더해야 정확한 결과를 얻을 수 있는지 기억해내려고 애썼지만, 아무 소용없었다. 어쨌거나 별 상관없을 것이다. 실라는 침대에서 쉬어야 했다.

그는 로널드도 일으켜 앉혀서 씻겨 주었다. 겉옷은 스스로 입을 수 있게 했다. 마지막으로 수건을 적셔서 얼굴을 닦은 다음, 종을 울려서 객실 담당 하녀를 불렀다. 아직 면도하지 않았지만 면도는 조금 후에 해도 괜찮았다.

곧 하녀가 들어왔다. 하녀는 안락의자 위에 놓인 먼지막이 커버를 보고 소리쳤다. "선생님, 여기서 주무셨어요? 침대가 커서 공간이 넉넉했을 텐데요."

그는 자신이 조금 어리석게 느껴졌다. "저 꼬마 아이가 아파서 그랬다네. 아픈 아이에게 공간을 넉넉하게 마련해줘야지. 내 잠자리도 나쁘지 않았고."

하녀는 부드러운 눈길로 그를 쳐다보며 다시 한번 혀를 쯧쯧 찼다. "오늘 밤에 매트리스를 하나 더 갖다 드릴게요. 정말이에요. 뭐든 마련해드릴게요."

그는 커피와 롤빵, 잼을 주문했다. 하녀는 자리를 뜨더니 곧

바로 음식을 잔뜩 얹은 쟁반을 들고 돌아왔다.

하녀가 쟁반을 화장대에 올려두자 그가 조심스럽게 말을 꺼냈다. "아침에 짐을 찾으러 나가봐야 하네. 사야 할 것도 좀 있고. 남자애는 데려갈 생각이야. 그리 오래 걸리지는 않을 거라네. 혹시나 여기 남은 여동생이 울 수도 있으니 신경 좀 써주겠나?"

하녀는 활짝 웃었다. "그럼요. 하지만 서두르지 않으셔도 괜찮아요. 제가 로즈를 데려올 거랍니다. 저 아픈 꼬마와 같이 놀 수 있을 거예요."

"로즈?"

그는 그 자리에 서서 10분 동안 하녀가 쉴 새 없이 쏟아내는 가족 이야기를 들었다. 열 살 난 로즈는 제 조카딸이에요. 로즈의 아빠, 그러니까 우리 오빠는 지금 영국에 있어요. 이름은 테누아라고 해요. 런던에 있어요. 러셀 스퀘어에 있는 디킨스 호텔에서 와인 웨이터로 일하죠. 오빠는 새언니를 먼저 떠나보냈어요. 그래서 제가 어린 로즈를 데리고 살아요.

이런 식으로 이야기가 끝없이 이어졌다. 그는 커피가 식기 전에 하녀를 내보내고자 기지를 최대한 발휘해야 했다.

1시간 뒤, 면도를 마치고 말쑥해진 그는 로널드의 손을 잡고 길거리로 나섰다. 오버코트를 걸치고 양말을 신고 베레모까지 쓴 로널드는 영락없이 프랑스 소년 같았다.

반면에 오래된 트위드 정장을 갖춰 입은 하워드는 누가 봐도 영국 신사였다. 로널드에게 대포를 구경시켜주겠다고 약속했던 그는 소년이 시장 광장에서 10분 정도 군용 트럭과 대포, 전차를 향한 열망을 마음껏 충족시키게 해주었다. 두 사람은 나머지 전차보다 크기가 더 작은 무한궤도식 차량 앞에 멈춰 섰다.

"이거요!" 로널드가 프랑스어로 또박또박 말했다. "전투용 장갑차예요."

전차 운전병이 활짝 미소 지었다. "맞아." 그도 프랑스어로 대답했다.

하워드도 프랑스어로 한마디 보탰다. "나는 전차라고 생각했는데…."

"아니요, 아니에요," 로널드가 진지하게 말했다. "전차는 훨씬 더 커요, 할아버지. 정말로요."

운전병이 웃음을 터뜨렸다. "내게 이것과 똑같은 장갑차가 한 대 있었지. 고향 낭시에서 말이야. 이 꼬마 녀석, 다 크기도 전에 이런 차를 몰고 다니겠는데."

하워드와 로널드는 장갑차를 지나쳐 역으로 들어갔다. 두 사람은 플랫폼을 돌아다니며 짐을 찾았다. 플랫폼은 여전히 피로에 지친 군인들로 가득했다. 30분이 흐른 후에도 잃어버린 짐은 흔적조차 발견할 수 없었다. 과로한 데다 불안에 떨고 있는 역 직원들이 도와줄 것 같지도 않았다.

결국 하워드는 포기했다. 아이들 물건 몇 가지는 작은 여행가방에 넣어 다닐 수 있을 만한 것으로 다시 사는 편이 더 나을 듯했다. 전쟁에 지친 사람에게 짐가방을 잃어버린 일쯤은 끔찍한 재앙도 아니었다.

두 사람은 역을 떠나 잠옷을 사러 도심으로 걸어갔다.

실라를 위해 카시스라고 불리는 보라색 사탕도 샀고, 『코끼리 바바르』라는 커다란 초록색 그림책도 샀다. 그렇게 쇼핑을 마치고 호텔로 돌아갔다.

호텔로 가는 길에 로널드가 말을 걸었다. "저기에 영국산 자동차가 있어요, 할아버지. 무슨 차예요?"

"나도 잘 모르겠구나." 그는 길 건너편에 북적거리는 역을 바라보았다. 지붕이 없는 커다란 대형 자동차가 서 있었다. 칙칙한 초록색 페인트를 엉망으로 뒤집어쓴 차에는 진흙이 곳곳에 튀어 있거나 얼룩져 있었다. 세차하지 않은 지 몇 주는 지난 것 같았다.

그 주변에서 사내 두세 명이 차에 휘발유와 엔진 오일, 냉각수를 채워 넣느라 부산스럽게 움직였다. 한 명은 바퀴 근처에서 공기 호스를 다루고 있었다.

차를 정비하는 이들 가운데 한 명이 어딘가 낯익었다. 하워드는 가던 길을 멈췄다. 길 건너편을 지긋이 바라보며 그 남자를 어디서 만났는지 기억해내려고 애썼다. 곧 기억이 떠올랐다.

6개월 전 사교 클럽에서 만난 사람이었다. 로저 디킨슨이라고, 신문사에서 근무한다고 했었다. 모닝 레코드…, 그래 그 신문이었다. 업계에서는 꽤 유명한 인물이라고 했다.

하워드는 로널드의 손을 잡고 길을 건너 디킨슨에게 다가갔다. "안녕하시오?" 그가 인사를 건넸다. "로저 디킨슨 씨 아니시오?"

디킨슨이 한 손에 걸레를 든 채 재빨리 뒤돌아섰다. 자동차 앞 유리를 닦던 중이었다.

디킨슨도 하워드를 알아보았다. "기억납니다. 원더러스 클럽에서…."

"하워드라고 하오."

"기억하고 있습니다." 디킨슨이 그를 빤히 바라보았다. "여기는 어쩐 일이십니까?"

"파리로 가는 길이라오. 안타깝게도 여기에 며칠 발이 묶여 버렸지요." 그는 디킨슨에게 실라에 관해 이야기했다.

디킨슨이 대답했다. "얼른 여기를 떠나셔야 합니다."

"왜 그러시오?"

디킨슨은 때 묻은 걸레를 만지작거리며 하워드를 바라보았다. "그게…, 독일군이 마른강(파리 근교에서 센강과 합류하는 프랑스 북동부의 강-옮긴이)을 건넜습니다." 그 말에 하워드도 상대방을 빤히 쳐다보았다. 디킨슨이 한 마디 더 덧붙였다. "그리고 이탈리아군이 남쪽에서 올라오고 있어요."

하워드는 디킨슨의 마지막 말을 제대로 듣지 못했다. "마른강을 건넜다고? 오, 정말 끔찍하구려. 정말로 끔찍해. 대체 프랑스군은 뭘 하고 있소?"

"토끼 떼처럼 달아나고 있죠." 디킨슨이 대답했다.

잠시 침묵이 내려앉았다. "이탈리아군이 어쩌고 있다 하셨소?"

"이탈리아가 프랑스에 전쟁을 선포했습니다. 모르셨습니까?"

하워드는 고개를 가로저었다. "아무런 소식도 듣지 못했소…."

"어제 일어난 일입니다. 프랑스군이 아직 소식을 발표하지 않았을 겁니다. 어쨌거나 이 내용은 사실입니다."

그들 옆 길가에 놓여 있던 연료 탱크가 가득 차서 휘발유가 조금 흘러나왔다. 누군가가 호스를 치우고 구멍 입구를 쾅 닫았다. 쨍그랑하는 금속음이 울렸다.

"그렇구려." 하워드가 디킨슨에게 말했다. "나는 길 건너편으로 가서 빵을 좀 사려고 하오. 이제 슬슬 가봐야겠소."

디킨슨이 하워드 쪽으로 돌아섰다. "여기서 꼭 빠져나가셔야 합니다. 당장이요. 최소한 오늘 밤 안에 파리에 도착한다면 괜찮을 겁니다. 아마도요. 생말로에서 영국으로 가는 배가 아직 있더군요."

하워드는 상대를 가만히 바라보았다. "그럴 수는 없소, 디킨슨 씨. 다른 아이가 한 명 더 있는데 열이 난 상태라서."

디킨슨은 어깨를 으쓱했다. "저는 솔직하게 말씀드린 겁니다. 프랑스군은 못 버틸 겁니다. 아니 벌써 패배했죠. 일부러 과장하는 게 아닙니다. 정말로 사실입니다."

하워드는 길거리를 바라보았다. "어디로 가실 계획이오?"

"사부아(프랑스 남동부 지방-옮긴이)로 내려가서 이탈리아군이 그 지방에서 어쩌고 있는지 살펴볼 겁니다. 그런 다음에 빠져나가려고요. 아마 마르세유에서 국경을 건너 스페인으로 갈 듯합니다."

하워드가 미소 지었다. "행운을 빌겠소. 전쟁터에 너무 가까이 가지는 마시고."

디킨스가 대답했다. "하워드 씨는 어쩌실 계획입니까?"

"잘 모르겠소. 생각해봐야지요."

하워드는 로널드의 손을 잡고 호텔로 걸어갔다. 길 아래 90미터쯤 떨어진 곳에서 진흙으로 얼룩진 초록색 차가 서서히 다가오더니 도로 경계석 옆에 섰다.

디킨슨이 운전석 창문으로 몸을 내밀었다. "이보십시오, 하워드 씨!" 그가 말을 걸었다. "차에 자리가 있습니다. 아이 두 명도 태울 수 있고요. 아이들은 무릎 위에 앉혀서 가도 괜찮을 테니까요. 앞으로 며칠 동안은 여정이 힘들 겁니다. 운전을 교대로 맡아서 밤새도록 달릴 계획이라서요. 다른 아이를 챙겨서 10분 안에 내려올 수 있으시다면 기다리고 있겠습니다."

하워드는 차 안을 찬찬히 바라보았다. 디킨슨의 말은 인심 좋은 신사의 감사한 제안이었다. 차 안에는 이미 네 명이 타고 있었고, 짐도 아주 많았다. 어른이 한 명 더 끼어서 탈 수 있을 것 같지 않았다. 거기에 아이 두 명까지 더 태우는 것은 말도 안 되는 일이었다.

차에는 지붕도 없었다. 캔버스 천으로 만든 작은 덮개가 하나 달려 있을 뿐 옆 창문도 없었다. 그런 상태로 산길을 통과해 밤새도록 달린다면 열에 시달리는 아이는 몹시 힘들어할 것이다.

"정말로, 정말로 친절하시구려. 하지만 아무래도 우리끼리 가는 편이 더 나을 것 같소."

디킨슨이 대답했다. "잘 알겠습니다. 여비는 충분하시겠죠?"

하워드는 그렇다고 대꾸했다. 커다란 자동차가 슬며시 움직이더니 도로를 따라 사라졌다. 로널드가 눈물이 잔뜩 어린 채로 그 광경을 바라보았다. 이윽고 코를 훌쩍이기 시작했다. 그러자 하워드가 로널드의 상태를 알아차렸다.

"무슨 일이니?" 그가 자상하게 물었다. "왜 그러니?"

아이는 아무 대답도 하지 않았다. 금방이라도 눈물이 뚝뚝 떨어질 것 같았다.

하워드는 아이의 문제가 무엇일지 곰곰이 생각해보았다. "저 자동차 때문이니? 저 차를 탈 수 있을 줄 알았는데 못 타서 그런 거야?"

아이는 말없이 고개를 끄덕였다.

그는 몸을 구부려서 아이의 눈가를 닦아주었다. "괜찮단다. 우리는 실라가 다 나을 때까지 기다려야 해. 그때가 되면 다 함께 차를 타고 가자꾸나."

그는 가능하다면 디종에서 생말로까지 타고 갈 차를 한 대 빌릴 생각이었다. 그러면 제법 돈이 들겠지만, 위급한 상황이니 그 정도 비용은 감수할 수 있을 듯했다.

"곧 차를 타나요?"

"내일모레면 될 거야. 실라가 다 나아서 우리와 차를 탈 수 있게 되면."

"점심 먹고 나서 트럭이랑 장갑차 보러 가도 돼요?"

"그때까지 트럭이랑 장갑차가 남아 있으면 가서 구경하자꾸나. 대신 잠깐만이다." 잔뜩 실망한 아이에게 뭐라도 해줘야 했다. 하지만 나중에 역 구내로 가보니 대형 트럭이며 장갑차며 모두 떠나버린 뒤였다.

객실에서는 다들 기분 좋게 시간을 보냈다. 하워드와 로널드가 호텔 방으로 돌아가니 로즈가 있었다. 검은 머리를 길게 기른 로즈는 수줍음이 많았지만, 아이들을 따뜻하게 돌볼 줄 알았다.

실라는 이미 로즈에게 푹 빠져 있었다. 로즈는 실라에게 하워드의 지저분한 손수건 두 장과 짤막한 끈 조각 세 개로 토끼를 만들어주었다.

어젯밤 로널드가 자던 자리에는 이불을 부풀려서 만든 토끼굴도 생겨났다. 실라가 '우우'하고 외치면 토끼가 굴로 폴짝 뛰어들었다. 로즈의 교묘한 손놀림 덕분이었다.

실라는 하워드에게 그동안 무슨 일이 있었는지 빠짐없이 말해주려고 애썼다. 꼬마는 눈을 반짝거리며 영어와 프랑스어를 섞어서 떠들었다. 그들이 재잘재잘 이야기를 나누던 중에 비행기 세 대가 기차역과 호텔 위를 아주 낮게 날아서 지나갔다.

하워드는 시내에서 산 물건들을 꺼냈다. 실라에게 코끼리 바바르 그림책을 건넸다. 바바르는 로즈도 어릴 적부터 잘 알고 지낸 친구였다. 로즈는 로널드도 침대에 앉혀놓고 그림책을 집어 들더니 이야기를 읽어주기 시작했다.

로널드는 바바르 이야기에 금방 싫증을 냈다. 비행기가 소년의 관심사에 더 잘 들어맞았다. 아이는 창가로 다가가서 비행기가 한 대 더 지나가길 바라며 창밖으로 고개를 내밀었다.

하워드는 아이들을 그대로 방에 두고 홀로 내려갔다. 호텔에서 전화를 빌려 쓸 생각이었다. 오랫동안 기다린 끝에야 어렵사리 시도통 마을의 호텔로 전화를 걸 수 있었다.

캐버나 부부에게 귀국 여정이 얼마나 힘겨운지 반드시 알려줘야 했다. 루카르 부인은 캐버나 부부가 전날에 제네바로 떠났다고 말했다. 틀림없이 그들은 하워드 일행이 지금쯤 영국에 도착했으리라고 믿을 것이다.

그는 제네바의 국제 연맹 사무소로 연락해서 캐버나 씨와 통화하려고 해봤지만, 스위스로 연결되는 통화 서비스가 중단되었다는 퉁명스러운 설명만 들었다.

전보를 보낼 수 있는지도 알아보았다. 스위스로 가는 전보는 직접 담당 관청으로 가져가서 내용을 검열받은 다음에야 보낼 수 있었다. 게다가 검열을 기다리는 전보가 아주 많이 쌓여 있다고도 했다.

점심 식사 시간이었다. 그는 캐버나 부부에게 연락하는 일을 당분간 접어두기로 했다. 사실, 캐버나 부부에게 연락하는 일이 처음부터 크게 내키지 않았다. 연륜이 깊은 그는 아이들 부모에게 걱정스러운 소식을 알려봤자 좋을 일이 없다는 사실을 잘 알았다.

캐버나 부부와 연락이 닿더라도, 그가 스위스 국경을 넘어서 부모에게 아이들을 다시 데려다주는 일은 불가능할 것이다. 반대로 캐버나 부부가 국경을 넘어서 프랑스로 아이들을 데리러 오는 일 역시 불가능할 것이다. 그는 약속한 대로 아이들을 영국에 데리고 가야 했다. 스위스에 있는 캐버나 부부는 어떤 도움도 줄 수 없었다.

호텔은 텅 비어서 이상하리만치 고요했다. 그날 군인들 전부 다른 곳으로 옮겨간 것 같았다. 그는 호텔 식당으로 가서 아이들과 함께 먹을 점심을 객실로 보내달라고 주문했다.

얼마 후 하녀가 점심 식사를 객실로 가져왔다. 하녀는 코끼리 바바르 그림책과 손수건으로 만든 토끼를 보고 아주 기뻐하며 환하게 미소 지었다. 하녀가 보기에 아이들은 꼭 파티를 즐기는 것 같았다.

하워드가 말을 건넸다. "로즈가 실라와 놀 수 있게 해줘서 정말로 고맙네. 둘은 벌써 친구가 되었다네."

하녀는 입심 좋게 대답했다. "별거 아니에요, 선생님. 로즈는 어린아이들이랑 노는 걸 좋아하거든요. 새끼 고양이나 강아지하고도요. 정말이랍니다. 꼭 엄마 같아요. 꼬마 엄마죠." 하녀는 애정을 듬뿍 담아 로즈의 머리를 쓰다듬었다. "괜찮으시면 점심을 먹인 후에 또 데려올게요."

그러자 실라가 말했다. "로즈가 점심을 먹고 또 왔으면 좋겠어요, 하워드 할아버지."

하워드는 느릿느릿한 말투로 대답했다. "점심을 다 먹고 나면 낮잠을 자야지." 하녀를 돌아보며 말했다. "혹시 4시에 로즈를 데려올 수 있겠나?" 로즈에게도 말을 건넸다. "오후에 우리와 차를 마시겠니? 영국식으로 차를 즐겨보자꾸나."

로즈는 부끄러워하며 대답했다. "네, 선생님."

하녀가 방을 나가자 하워드는 아이들에게 점심을 먹였다. 실라는 여전히 미열이 있었다. 아이들이 밥을 다 먹자 그는 쟁반을 문밖에 내놓고 로널드와 실라를 침대에 나란히 눕혔다.

그 역시 안락의자에 몸을 쭉 뻗고 앉아서 캐버나 부인에게서 받은 동화책을 읽어주기 시작했다. 『서커스에 간 아멜리안』이라는 책이었다. 잠시 후 아이들은 잠에 빠져들었다. 그도 책을 내려놓고 한 시간쯤 눈을 붙였다.

오후가 되자 그는 캐버나 씨에게 보낼 장문의 전보를 주머니에 챙겼다. 로널드의 손을 잡고 도심을 걸어서 시청으로 갔다.

얼마간 헤맨 끝에야 전보 담당 부서를 찾았다. 불안해하며 불만을 쏟아내는 프랑스 사람들이 무리 지어서 모여 있었다.

담당 사무실의 문은 닫혀 있었다. 전보 검열관은 사무실을 닫아놓고 오후 내내 자리를 비웠다. 검열관이 어디에 갔는지 아는 사람은 아무도 없었다. 다음 날 아침 9시에 검열 업무를 재개한다고만 했다.

"이러면 안 되지!" 사람들이 투덜거렸다. 하지만 아무것도 해결되지 않을 듯했다.

하워드는 로널드와 함께 호텔로 돌아왔다. 군대가 다시 디종 시내에 들어와 있었다. 대형 트럭들이 길게 늘어선 호송대가 역 근처에서 북쪽으로 향하는 도로를 가로막았다. 역 구내에는 굉장히 커다란 전차 세 대가 정차해 있었다. 대포도 구내를 꽉 메웠다. 전차며 대포며 모두 무시무시하게 생겼고, 더럽고, 지저분했다.

피로에 찌든 전차병들이 유조 트럭의 휘발유를 전차에 채워 넣고 있었다. 뚱한 얼굴로 느리게 움직이는 모습을 보니 아무런 의욕도 없는 듯했다. 군인들이 엉망진창으로 작업하는 모습을 보자 하워드는 오싹하게 소름이 돋았다. 디킨슨은 이런 모습을 두고 말했던 걸까? "토끼 떼처럼 달아나고 있죠."

디킨슨의 말이 사실일 리가 없었다. 프랑스군은 언제나 용감무쌍하게 싸웠었다.

로널드가 전차를 구경하고 싶다고 간절하게 졸랐다. 두 사람은 광장을 건너가서 전차를 이모저모 뜯어보았다. 로널드가 말했다. "전차는 벽을 짓밟고 갈 수 있어요, 심지어 집도요. 그 위로 바로 갈 수 있다니까요!"

하워드는 괴물 같은 전쟁 무기들을 빤히 바라보았다. 어린 소년의 말이 맞을지도 몰랐다. 하지만 그는 눈앞의 무기에 감동하지 않았다. "아주 불편해 보이는구나." 그가 부드럽게 말했다.

로널드는 하워드를 놀리듯 대답했다. "전차는 아주 빨리 달려요. 저 대포들 전부 쾅, 쾅, 쾅 하고 터지고요." 아이는 하워드를 바라보며 질문했다. "전차가 오늘 밤에도 여기에 계속 있을까요?"

"잘 모르겠구나. 아마 그럴 거야. 이제 가자꾸나. 실라가 차 마실 시간을 기다리고 있을 거란다. 너도 차를 마시고 싶지 않니?"

음식은 자석처럼 사람을 끌어당긴다. 로널드는 아쉬운 듯 어깨 너머를 뒤돌아보았다. "내일 또 와서 구경해도 돼요?"

"전차가 내일도 여기에 있으면."

실라와 로즈는 객실에서 즐겁게 놀고 있었다. 로즈는 동물 울음소리 흉내 내는 놀이를 잘 아는지 온갖 동물이 등장하는 동요를 쉴 새 없이 반복해서 불렀다.

우리 증조할머니는 투르에 살아요~♪
할머니네 집에는 체리 나무가 있어요~♬
작은 생쥐도 있고요. (찍찍, 찍찍)
커다란 사자도 있고요. (으르렁, 으르렁)
산비둘기도 있고요. (구구, 구구)

이렇게 노랫말이 끝없이 이어졌다. 동물 울음소리를 따라 하는 게임은 머리를 꽁꽁 싸매지 않아도 할 수 있었다. 실라는 더없이 즐거워했다. 이윽고 하워드와 로널드까지 게임에 끼어들었다. 바로 그때 하녀가 방으로 들어왔다.

하녀는 얼굴에 웃음을 가득 띤 채 차를 들고 왔다. "저도 투렌에서 그 게임을 배웠어요. 어렸을 적이죠. 재미있는 게임이에요, 그렇죠? 아이들이라면 누구나 '우리 증조할머니는 투르에 살아요' 노래를 좋아하죠. 선생님, 영국에도 아이들이 비슷한 놀이를 하나요?"

"비슷한 게 있지." 그가 대답했다. "어느 나라에서나 아이들은 비슷한 게임을 하고 논다네."

그는 아이들에게 우유와 빵, 버터, 잼을 나누어 주었다. 설탕을 입힌 과일과 사탕으로 장식한 생강 쿠키 케이크도 꺼냈다. 시청 근처에서 봐두었던 제과점에서 사 온 디저트였다. 집안 살림에 익숙하지 않았던 그가 직접 고른 케이크라, 다 같이 나눠 먹을 만한 크기보다 세 배는 더 컸다.

그는 케이크를 화장대에 올려놓고 주머니칼로 잘라서 모두에게 한 조각씩 건넸다. 다과 시간은 몹시 흥겨웠다. 어찌나 즐거웠던지, 창밖에서 전차의 무한궤도 바퀴가 삐걱거리며 돌아가는 소리와 트럭 배기관에서 터져 나오는 요란한 배기음을 아무도 듣지 못했다.

다들 차를 마신 후에도 게임을 조금 더 했다. 게임이 끝나자 하워드는 아이들을 씻겼고, 하녀는 침대를 정돈했다. 두 사람은 함께 아이들의 겉옷을 벗기고 새 잠옷을 입혔다. 그런 뒤 하녀는 통통한 무릎 위에 실라를 앉혔다. 하워드는 실라의 겨드랑이 아래로 조심스럽게 체온계를 밀어 넣어 체온을 쟀다. 여전히 정상 체온보다 1도 정도 높았지만, 실라는 확실히 회복한 듯했다.

무슨 병을 앓았든 이제는 다 끝났다. 그래도 당장 다음날 길을 떠난다면 위험할 것 같았다. 또다시 불편한 환경에 아이들을 내몰아서 도로 병에 걸리게 하고 싶지는 않았다.

내일모레쯤이면 떠나도 괜찮을 것이다. 아침 일찍 길을 나선다면 그날이 가기 전에 생말로에 도착할 수 있을 것이다. 그는 저녁에 차를 알아봐야겠다고 마음먹었다.

로널드와 실라는 곧 침대에 누웠고 굿나잇 키스를 받았다.

하워드는 하녀와 로즈와 함께 밖으로 나갔다. 하녀가 복도에서서 말을 건넸다. "선생님. 오늘 밤에 아이들이 잠들면요, 매트리스를 들고 와서 바닥에 깔고 정리해드릴게요. 안락의자보다 더 편할 거예요."

"자네는 참 친절하군." 그가 대답했다. "왜 이렇게까지 친절을 베풀어주는지 모르겠구먼. 정말로 고맙네."

"정말로 친절한 사람은, 선생님이세요…."

그는 하녀가 야단스럽게 친절을 베푸는 이유가 무엇일지 살짝 궁금해하며 로비로 내려갔다.

호텔은 다시 장교들로 가득 찼다. 그는 군인들을 밀치며 프런트로 가서 안내원에게 말을 걸었다. “차를 한 대 빌리고 싶네. 당장은 아니고, 모레 필요하다네. 먼 길을 떠나야 해서. 어느 영업소가 가장 좋은지 알려줄 수 있겠나?”

“먼 길을 떠나신다고요? 얼마나 멀리 가시죠?”

“노르망디의 생말로까지. 아이가 아직 완전히 낫지는 않았다네. 차를 타고 가면 더 나을 것 같네.”

안내원은 확신이 없다는 듯 말했다. “시트로엥 영업소가 가장 좋을 거예요. 하지만 차를 빌리는 게 쉽지는 않을 겁니다, 선생님. 아시다시피 군에서 차를 전부 징발해갔거든요. 기차로 가시는 게 더 나을 텐데요.”

그는 고개를 가로저었다. “차로 가는 게 나을 듯하네.”

안내원은 그를 잠시 바라보았다. “그러면 선생님은 모레 떠나시는 거죠?”

“그렇네. 아이가 다시 여행해도 될 만큼 회복한다면 말일세.”

안내원이 어색한 말투로 말을 이어갔다. “저는 또 외로워지겠네요. 어쨌거나 선생님께서는 늦어도 모레에는 떠나셔야겠죠. 만약 그 꼬마가 계속 아프면, 시내의 다른 곳에 방을 잡아드릴 수 있는지 알아볼게요. 그런데 오늘 오후에 들은 소식이 있는데, 내일 파리의 철도청 본사가 우리 호텔을 수용한대요.”

하워드는 안내원을 빤히 바라보았다. “본사를 파리에서 이곳으로 옮긴다는 건가?”

안내원은 고개를 끄덕였다. “제가 아는 건 그것뿐이에요, 선생님. 투숙객 모두 객실을 비워야 한대요.”

하워드가 잠시 입을 닫고 있다가 말을 꺼냈다. “그 영업소 이름이 뭐라고 했던가?”

“시트로엥 영업소요. 제가 전화해서 물어볼까요?”

“그렇게 해주게.”

안내원이 전화 부스로 들어갔다. 그는 초조해하며 프런트에서 기다렸다. 자꾸만 상황이 원치 않은 곳으로 자신을 밀어붙이면서 바짝 죄어오는 것 같았다. 생말로까지 타고 갈 차를 구한다면 역경을 뚫고 자유를 찾을 수 있을 것이다. 전화 부스의 유리창 너머로 안내원이 수다스럽게 통화하는 모습이 보였다.

그는 조바심치며 기다렸다.

이내 안내원이 돌아왔다. “안 된다고 하네요. 그렇게 쓸 수 있는 차가 하나도 없대요. 안타까워요. 영업소 주인인 뒤발 씨도 안타깝대요. 어쨌거나 선생님은 기차로 가셔야 해요.”

하워드는 들릴 듯 말 듯 한 목소리로 말했다. “분명히 어떻게든 차를 마련할 수 있지 않겠나? 어떤 차든 분명히 있을 텐데.”

안내원은 어깨를 으쓱했다. “선생님께서 영업소에 가셔서 뒤발 씨를 한 번 만나보세요. 디종에서 그런 여정에 쓸 만한 차를 만드는 사람은 뒤발 씨뿐이에요.”

안내원이 길을 알려주었다.

10분 후, 그는 뒤발의 사무실에 도착했다. 뒤발은 꽤 긍정적인 사람이었다. “차는 가능합니다.” 그가 분명하게 말했다. “차야 별것 아니지요, 선생. 차는 구할 수 있습니다. 하지만 휘발유가 문제입니다. 군에서 마지막 1리터 까지 모조리 징발해갔습니다. 부정한 짓을 저질러야만 휘발유를 구할 수 있을 겁니다. 이해하시겠습니까? 게다가 도로도 문제죠. 도로에서 차를 몰고 파리까지 갈 수 없습니다. 아예 불가능합니다, 선생님."

"마지막으로…," 뒤발이 한 마디 더 보탰다. "가시려는 길을 운전해줄 운전기사도 못 찾을 겁니다. 독일군이 센강을 건넜어요, 선생. 마른강도 건넜고요. 내일은 또 어디까지 쳐들어올지 누가 알겠습니까?"

하워드는 침묵을 지켰다.

뒤발이 다시 말을 꺼냈다. "선생께서 영국으로 돌아가고 싶으시다면 기차로 가셔야 합니다. 당장 떠나셔야 해요."

하워드는 조언해줘서 고맙다고 인사한 뒤 거리로 나왔다. 땅거미가 어둑하게 내려앉고 있었다. 그는 생각에 깊이 잠긴 채 인도를 따라 걸었다. 카페가 보이기에 들어가서 물을 탄 페르노 한 잔을 시켰다. 술을 마신 후에는 자리를 옮겨서 벽에 붙은 테이블에 앉았다. 담벼락에 붙은 요란한 광고 그림을 멍하니 바라보며 한동안 그렇게 앉아 있었다.

상황이 갈수록 심각해졌다. 지금 당장 출발한다면 힘들더라도 생말로를 거쳐 영국까지 갈 수 있을 것이다. 36시간을 더 지체한다면, 그 사이에 생말로에도 독일군이 물밀듯이 들이닥칠 것이 분명했다. 칼레와 불로뉴가 독일군의 수중에 떨어졌듯이 생말로도 넘어갈 것이다.

독일군의 진격 속도가 그렇게 빠르다는 사실이 여전히 믿기지 않았다. 틀림없이, 틀림없이 파리에 입성하기 전에는 저지당

하지 않을까? 파리가 적군의 손에 넘어가는 일은 불가능하지 않을까?

파리의 철도청 본사가 디종으로 대피한다는 사실도 마음에 걸렸다. 정말로 불길했다.

이제 호텔로 돌아가야 할 것이다. 아이들에게 옷을 챙겨 입히고, 숙박비를 지불하고, 기차역으로 떠나야 할 것이다. 로널드는 괜찮을 것이다. 실라는…. 글쎄, 어쨌거나 코트를 입을 테니까. 어쩌면 숄을 하나 구해서 아이를 꽁꽁 싸맬 수 있을지도 모른다.

그런데 이미 날이 저물었고, 기차 시간은 불규칙하게 변할 것이다. 오지도 않을 기차를 기다리느라 밤이 내려앉은 플랫폼에서 몇 시간이고 앉아 있어야 할 수도 있다. 그렇더라도 캐버나 부부에게 약속한 대로 아이들을 영국에 데려갈 수는 있으리라.

그런데 실라가 다시 아프게 되면? 감기에 걸리거나 폐렴에 걸리면?

그런 일이 벌어진다면, 그는 절대로 자기 자신을 용서하지 못할 것이다. 이제 아이들을 책임지는 사람은 하워드였다. 아이들이 허약하고 아픈데도 머나먼 길, 심지어 확실하지도 않은 길을 떠나겠다고 한밤중에 기차역으로 내몬다면 제대로 돌보는 것이 아니었다. 그건 신중하지 못한 태도였다.

그는 희미하게 웃었다. 당장 떠나려는 것은 그저 겁에 질린 태도다. 그런 태도는 이겨내야 한다. 아이들을 돌본다는 것은 결국 아이들이 아플 때 보살펴준다는 뜻 아닌가. 그런 뜻이다.

분명히 그런 뜻이다. 그는 아이들을 책임지기로 약속했다. 처음 아이들을 맡기로 했을 때는 예상하지 못했던 곤경에 빠진 듯했지만, 그렇더라도 끝까지 아이들을 책임져야 했다.

그는 일어서서 호텔로 돌아갔다. 로비에 이르자 안내원이 말을 걸었다.

"선생님, 차는 구하셨어요?"

그는 고개를 저었다. "모레까지 여기에 머무를 예정이네. 아이가 완전히 회복하면 그때 기차로 떠날 걸세."

그는 잠시 멈추었다가 다시 입을 열었다. "부탁이 하나 있네. 이제는 우리 셋의 짐을 모두 넣은 작은 가방 하나만 들고 다닐 수 있을 걸세. 낚싯대를 이곳에 두고 가면 한동안 보관해줄 수 있겠나?"

"당연하죠, 선생님. 여기에 안전하게 맡아둘게요."

그는 식당으로 가서 자리를 잡고 앉았다. 낚싯대를 안전하게 맡겨둘 곳을 찾아서 마음이 놓였다. 이 작은 문제를 해결하고 나자, 그동안 낚싯대가 마음을 얼마나 괴롭혔는지 깨닫고 깜짝 놀랐다. 걱정할 일이 하나 없어졌으니 앞날을 더 차분하게 마주할 수 있을 것이다.

그는 식사를 마치고 객실로 올라가던 길에 복도에서 하녀와 마주쳤다. 복도에는 갓을 씌우지 않은 희미한 램프 하나만 노란 불을 밝히고 있어서 우중충했다.

"마룻바닥에 매트리스를 깔아놓았어요." 하녀가 낮은 목소리로 말했다. "가서 한 번 보세요." 하녀가 그대로 돌아섰다.

"정말로 고맙네." 그가 인사를 건넸다. 그런데 하녀가 어딘가 이상해 보였다. 불빛이 흐릿해서 또렷하게 보이지는 않았지만, 하녀가 흐느끼고 있는 것 같았다.

"무슨 문제라도 있나?" 그가 다정하게 물었다.

하녀는 앞치마 끝자락을 들어 올려서 눈가를 닦았다. "아무것도 아니에요." 하녀가 중얼거렸다. "정말로 아무것도 아니에요."

그는 이러지도 저러지도 못하고 서 있었다. 하녀에게 문제가 생겼다면, 혼자 내버려 둔 채 방으로 들어가서 문을 닫아버릴 수는 없었다. 지금까지 로널드와 실라 남매를 엄청나게 도와준 사람 아니던가.

"호텔 안주인에게 혼났나?" 그가 다시 물었다. "일을 잘못했다고 혼내던가? 그러면 내가 가서 말해보겠네. 자네가 나를 얼마나 많이 도와줬는지 알려줌세."

하녀는 고개를 저으며 눈가를 훔쳤다. "그런 게 아니에요, 선생님. 그게…, 저, 해고당했어요. 내일까지만 나오래요."

그는 깜짝 놀랐다. "도대체 이유가 뭔가?"

"5년이나 일했어요." 하녀가 불평을 쏟아냈다. "5년이나 이곳에서 일했죠. 일 년 내내요, 선생님. 꼬박 5년을요! 그런데 단 하루 만에 해고당했어요! 견딜 수가 없네요." 하녀는 조금 더 큰 소리로 훌쩍거렸다.

"왜 해고한다던가?"

"소식 못 들으셨어요? 내일 호텔이 문을 닫는대요. 철도청이 여기를 사무실로 쓴대요." 하녀가 눈물로 얼룩진 얼굴을 들었다. "직원들 모두 해고됐어요, 선생님. 모두요. 이제 로즈와 어떻게 살아야 할지 모르겠어요."

그는 말문이 막혔다. 하녀에게 뭐라고 위로의 말을 건네야 할지 몰랐다. 호텔이 철도청 사무실로 바뀐다면, 당연히 객실 담당 하녀는 필요 없을 것이다. 호텔 직원 전체가 일을 그만두어야 할 것이다. 그는 어쩔 줄 몰라서 우물쭈물했다.

"다 괜찮을 걸세." 마침내 그가 입을 뗐다. "자네처럼 훌륭한 객실 담당 종업원이라면 쉽게 일자리를 구할 수 있을 거라네."

하녀는 고개를 가로저었다. "아니에요. 디종에 있는 호텔 전부 문을 닫을 거래요. 게다가 요즘 하녀를 둘 만큼 여유 있는 집이 어디 있겠어요? 선생님께서는 참 친절하게 말씀해주셨지만, 말씀대로는 안 될 거예요. 이제 어떻게 살아야 할지 모르겠어요."

"찾아갈 가족이나 친척이 당연히 있겠지?"

"아무도 없어요, 선생님. 제게는 오빠뿐이에요. 로즈의 아빠요. 그런데 오빠는 지금 영국에 있잖아요."

하워드는 하녀의 오빠가 러셀 스퀘어의 디킨스 호텔에서 와인 웨이터로 일한다는 말을 떠올렸다. 그는 변변찮은 위로와 낙관의 말을 한두 마디 건네고 이내 방으로 도망쳤다. 힘든 상황에 부닥친 하녀를 도울 수 있는 일이 하나도 없었다.

방으로 가보니 하녀가 바닥에 매트리스를 깔아서 꽤 편안한 잠자리를 마련해놓았다. 그는 침대로 다가가서 아이들을 살펴보았다. 아이들은 새근새근 자고 있었다. 다만 실라가 여전히 열이 있는 것 같았다.

그는 안락의자에 앉아서 잠시 책을 읽었지만, 금방 피곤해졌다. 지난밤에 제대로 자지 못한 데다, 그날도 온종일 불안에 떨며 지냈다. 그는 겉옷을 벗고 마룻바닥의 매트리스에 누웠다.

그가 눈을 뜨자 날이 밝아오고 있었다. 육중한 전차가 굼뜨게 나아가는지 덜거덕거리는 커다란 소음이 창밖에서 들려왔다. 아이들은 이미 깨어나서 침대에 누운 채로 장난치고 있었다. 그는 잠든 척하며 그대로 잠시 누워있다가 일어났다. 실라는 열이 완전히 내려서 몸 상태가 꽤 좋아 보였다.

그는 옷을 차려입고 실라의 체온을 쟀다. 정상 체온보다 아주 약간 높을 뿐이었다. 무엇이 문제였든 실라는 완전히 회복된 것이 분명했다. 그는 아이들을 씻기고, 로널드가 혼자서 옷을 갈아입게 했다. 그런 다음 아침을 주문하러 아래층으로 내려갔다.

호텔은 이미 어수선하게 변해 있었다. 사람들이 식당에서 가구를 빼내고 있었다. 이제 식당에서는 식사하지 못할 것이다.

그가 주방으로 들어가 봤더니 하녀가 다른 직원들과 의기소침하게 대화하고 있었다. 하녀는 그의 객실로 올려보낼 아침식사를 준비해주었다.

그날은 걱정스럽고 견디기 어려운 날이었다. 북쪽에서 날아온 소식은 하나같이 나빴다. 시내에서는 사람들이 삼삼오오 모여서 목소리를 낮춰 수군거렸다. 그는 파리로 가는 기차 편을 알아보려고 아침을 먹고 나서 역으로 갔다. 실라는 로즈가 정성스럽게 보살피도록 맡겨두고 로널드만 데리고 나섰다.

역에서는 군사 상황 때문에 파리행 기차 편에 혼선이 생겼다고 설명했다. 그래도 파리행 기차는 서너 시간마다 한 대씩 있을 것이다. 아직은 파리에서 생말로로 가는 기차 편도 정상 운행 중이라고 했다. 다만 루에스트 철도회사에서 운영하는 노선만 남아 있었다.

그는 로널드와 함께 시내 중심가로 걸어갔다. 커다란 백화점의 아동용품 가게에 쭈뼛거리며 발을 들여놓자 통통한 프랑스 여성이 다가와서 응대했다.

그는 아이들이 입을 양모 스웨터 두 벌과 양털처럼 폭신한 회색 담요를 한 장 샀다. 담요는 순전히 필요할 것 같다는 직감이 들어서 샀다. 여행길이 고생스러울까 봐 염려스러웠기 때문이다. 무엇보다도 아이들이 다시 아플까 봐 걱정이 이만저만이 아니었다.

하워드와 로널드는 마지막으로 군것질거리를 조금 더 사고 호텔로 돌아왔다. 호텔의 홀은 벌써 언짢아 보이는 프랑스 공무원들로 가득 차 있었다. 본사를 옮기며 한바탕 논쟁을 벌인 데다 먼 길을 오느라 짜증이 가득해 보였다. 하워드는 위층으로 올라가면서 프런트 안내원과 마주쳤다. 안내원은 그에게 하룻밤 더 호텔에 머물러도 좋다고 알려줬다.

그 대신 다음 날에는 반드시 객실을 비워야 했다. 안내원은 식사를 마련해서 객실로 올려보내 주려고 애썼지만, 소용없었다. 하워드는 상황을 이해할 수 있었다. 아무리 안내원이 원하더라도 호텔 서비스는 계속될 수 없을 것이다.

그는 안내원에게 고맙다고 인사를 건네고 방으로 올라갔다.

로즈가 실라에게 코끼리 바바르 그림책을 읽어주고 있었다.

두 아이는 침대에 쌓아 올린 이불 더미를 둘둘 감고서 함께 그림책을 들여다보고 있었다. 실라가 기운차고 명랑한 모습으로 하워드를 올려다보았다. 꼬마는 그가 시도통 마을에서 보았던 모습으로 돌아와 있었다.

"봐봐요!" 실라가 말했다. "여기 자코가 바바르의 등에 올라타서 꼬리를 기어오르고 있어요!" 실라는 엄청나게 흥분하며 꼼지락거렸다. "정말 짓궂어요!"

그는 침대 곁에 서서 아이들과 함께 그림책을 들여다보았다. "자코는 짓궂은 원숭이로구나, 그렇지?"

실라가 대답했다. "끔찍하게 짓궂어요."

그러자 로즈가 아이들에게 프랑스어로 소곤소곤 말을 걸었다. "하워드 선생님께서 뭐라고 말씀하셨어?"

로널드가 로즈에게 프랑스어로 설명했다. 영어와 프랑스어를 자유자재로 말할 수 있는 로널드와 실라는 계속해서 프랑스어로 이야기했다. 하워드에게 말할 때는 반드시 영어를 썼지만, 다른 아이들과 놀 때는 프랑스어가 저절로 나왔다.

하워드는 두 남매가 어떤 언어를 더 편안하게 느끼는지 짐작하기 어려웠다. 대체로 로널드는 영어로 말하는 편을 더 좋아하는 듯했다. 실라는 프랑스어를 더 자연스럽게 말했다. 나이도 어린 데다, 최근까지 프랑스인 보모나 로즈의 보살핌을 더 많이 받았기 때문일 것이다.

아이들은 자기들끼리 즐겁게 놀았다. 하워드는 작은 여행 가방을 꺼내서 살펴보았다. 세 사람에게 필요한 물건을 다 넣기에는 너무 작았다. 그 가방은 로널드가 들고 다니도록 하고, 자신은 짐을 추가로 더 챙길 수 있는 큰 가방을 드는 편이 나을 듯했다. 새로운 계획에 흥분한 그는 천으로 만든 저렴한 짐가방을 사러 곧장 밖으로 나갔다.

층계참에서 하녀와 마주쳤다. 하녀는 머뭇거리더니 그를 불러 세웠다. "선생님께서는 내일 떠나시죠?"

"그래야 한다네. 호텔에서 방을 비워달라고 하더군." 그가 대답했다. "게다가 꼬마 아이가 회복해서 길을 나서도 될 것 같다네. 곧 점심을 먹여야지. 오후에는 우리와 함께 밖으로 나가서 잠시 산책할 수 있을 걸세."

"아, 그러면 좋겠네요. 햇빛을 받으면서 잠깐 산책하면 좋죠." 하녀는 다시 머뭇거리더니 어렵게 입을 열었다. "선생님께서는 곧바로 영국에 가시나요?"

그가 고개를 끄덕였다. "파리에 머무를 수가 없다네. 생말로로 가는 첫 기차를 탈 걸세."

하녀는 나이에 비해 빨리 늙어버린 주름진 얼굴로 그를 애원하듯 바라보며 말했다. "선생님…. 이런 말씀을 드려서 정말로 죄송해요. 혹시 우리 로즈를 영국에 데려가 주실 수 있나요?"

그는 아무 대답도 하지 않았다. 뭐라고 대답해야 할지 몰랐다.

하녀가 서둘러서 말을 덧붙였다. "여비도 드릴 거예요, 선생님. 로즈는 착한 아이예요. 참 착한 아이죠. 신생님께 귀찮게 굴지도 않을 거고, 작은 생쥐를 데리고 다니는 것보다 수월할 거예요."

그의 직감은 하녀의 부탁을 단칼에 거절해야 한다고 경고했다. 스스로 인정하지는 않았지만, 어린아이 둘을 보살펴야 하는 귀국 여정이 에너지를 완전히 고갈시키리라는 사실을 그도 잘 알았다. 마음속 깊은 곳에는 두려움이 도사리고 있었다. 금방이라도 닥쳐올 끔찍한 재앙에 대한 두려움이었다.

그는 불안에 떨며 눈물로 얼룩진 하녀의 얼굴을 가만히 내려다보았다. 선뜻 대답할 수 없어 괜한 질문을 던졌다. "그런데 왜 로즈를 영국으로 보내려는 건가? 디종까지 전쟁이 번지지는 않을 텐데. 로즈는 여기서도 안전하게 지낼 수 있을 거라네."

"제게 돈이 없어요, 선생님. 로즈의 아빠는 영국에 있는데 이곳으로 돈을 보낼 수가 없고요. 로즈가 영국에 가는 게 더 나아요."

"아이의 아버지가 돈을 보낼 수 있도록 내가 도와줄 수 있을 걸세." 그의 신용장 잔액이 아직 상당히 남아 있었다. "아이를 떠나보내고 싶지 않을 텐데, 안 그런가?"

"선생님, 선생님은 영국 분이시라 프랑스에서 일어나는 일을 이해하지 못하세요. 우리는 앞으로 닥쳐올 일을 두려워하고 있어요, 우리 모두요…."

두 사람은 잠시 침묵을 지켰다.

"상황이 몹시 나쁘다는 것은 나도 잘 아네." 그가 나지막하게 말했다. "지금은 영국 사람인 나도 영국에 들어가는 일이 어려울 것 같네. 실제로 어렵다는 것이 아니라 아마도 어려울 것 같다는 말일세. 로즈는 어떤 이유로든 프랑스에서 벗어나지 못할 수도 있을 거라네."

하녀는 얼굴을 찡그리며 앞치마 끝자락으로 눈가를 닦았다. “영국이라면 안전할 거예요.” 하녀가 중얼거렸다. “여기에 무슨 일이 닥칠지 모르겠어요. 여기, 디종에요. 두려워요.” 하녀는 다시 눈물을 흘리기 시작했다.

그는 하녀의 어깨를 어색하게 토닥였다. “내가 오후에 생각 좀 해보겠네. 급하게 결정할 일은 아니지 않은가.” 그는 하녀를 두고 길거리로 나갔다.

거리로 나온 그는 애초에 무엇 때문에 외출하려고 했는지 잊어버렸다. 어떻게 하면 아이 한 명을 더 떠맡는 부담을 피할 수 있을지 고민하며 그저 멍하니 시내 중심가까지 걸어갔다.

카페에 앉아서 독한 흑맥주 한 잔을 주문했다. 로즈가 탐탁지 않은 것은 아니었다. 오히려 그는 로즈를 좋아했다. 로즈는 말수가 적은 소녀였고, 더 어린 두 남매를 어머니처럼 돌봐주었다. 그래도 로즈는 짐이 될 것이다.

그는 이제 더는 부담을 떠안아서는 안 된다는 사실을 직감적으로 알았다. 그 자신도 위험에 빠질 것이다. 독일군이 무서운 기세로 프랑스를 휩쓸며 진격하고 있다는 사실이 만천하에 드러났다. 지난번 전쟁에서 순식간에 벨기에를 휩쓸었던 것과 똑같았다.

이번에는 공세가 더욱 거셌다. 조금이라도 더 지체한다면 침략군에 사로잡히고 말 것이다. 그는 영국인이니 강제 수용소로 보내질 것이다. 그 나이에 강제 수용소는 곧 죽음을 의미했다.

그는 보도에 나와 있는 카페 테이블에 앉아서 햇빛에 젖은 고요한 광장을 가만히 내다보았다. 프랑스에 시련이 다가오고 있었다. 두 남매와 한시라도 빨리 프랑스에서 벗어나야 했다.

프랑스가 독일에 항복한다면, 전시 약탈의 후유증과 굶주림이 반드시 뒤따를 것이다. 피할 수 없는 패배를 마주한 이곳은 점점 혼란스러운 무정부 상태에 빠져들 것이다. 두 남매가 그런 상황에 휘말리도록 내버려 둘 수 없었다. 프랑스가 굴복한다면, 이곳의 아이들은 고난을 겪을 것이다.

로즈에게는 안 된 일이었다. 그는 로즈에게 아무런 악감정도 없었다. 사실, 로즈는 지난 이틀 동안 그를 도와주지 않았던가. 로즈가 없었다면 실라를 돌보기가 어려웠을 것이다. 로즈 덕분에 갓난아기나 다름없는 실라가 즐겁고 행복하게 지낼 수 있었다. 하워드 혼자였다면 절대로 그럴 수 없었을 것이다.

로즈를 데려갈 수 없다니 참 안타까웠다. 평소라면 기꺼이 로즈를 데려갔을 것이다. 그런데 시도통 마을에서 떠나기 전에 칼레까지 동행하며 아이들을 돌봐줄 처녀를 구하려고 하지 않았던가? 물론, 로즈는 겨우 열 살짜리 어린애였다. 하지만 프랑스 시골 소녀이기도 했다. 프랑스 시골 아이들은 아주 빨리 자란다….

로즈를 데려가는 일이 정말로 불가능할까?

이제는 로즈를 프랑스에 남겨두고 떠나는 것이 지독하게 잔인한 짓으로 느껴졌다.

그는 결단을 내리지 못한 채 비참한 마음으로 30분 동안 앉아 있었다. 마침내 일어나서 천천히 호텔로 걸어갔다. 걱정에 시달린 모습이 5년은 더 늙어 보였다.

층계참에서 하녀를 만났다. "마음을 정했네." 그가 힘겹게 말을 꺼냈다. "영국에 로즈를 데리고 가겠네. 로즈의 아버지에게 데려다줄걸세. 내일 아침 7시까지 준비해두게."

4장
포화 속으로

그날 밤, 하워드는 제대로 잠을 이루지 못했다. 바닥에 깔아 놓은 매트리스에 누워서 앞으로 해야 할 일을 곰곰이 생각했다. 상황이 틀어진다면 어떤 대체안을 선택해야 하는지도 찬찬히 숙고했다.

파리에 가지 못하는 일은 없을 것이다. 틀림없이 파리까지는 안전하게 도착할 것이다. 기차가 서너 시간마다 한 대씩 있다고 했다. 파리에 도착한 후에는 어떻게 될까? 파리를 빠져나와 생말로에 가서 배를 타고 영국으로 돌아갈 수 있을까? 복잡한 문제였다.

파리는 '프로이센-프랑스' 전쟁에서도 포위 공격을 견뎌냈었다. 이번에도 포위를 견뎌낼 수 있으리라. 그에게는 돌봐야 할 아이가 셋이나 있으니 적군에게 포위당한 도시에서 꼼짝 못 하고 발이 묶여서는 안 됐다. 무슨 수를 써서라도 파리에 도착하기 전에 영국으로 가는 길을 찾아내야 했다.

그는 5시 30분에 일어나서 면도하고 옷을 갈아입었다. 곧바로 두 남매를 깨우자 새벽같이 일어나야 하는 아이들은 투정을 부렸다. 실라는 울음을 터뜨리기까지 했다. 그는 아이를 무릎에 앉혀서 눈물을 닦아주며 어르고 달랬다. 실라는 징징거리기는 했지만, 열도 떨어져 있었고 몸 상태도 좋았다. 이내 얼굴을 씻기고 옷을 입혀주는 하워드의 손길도 고분고분하게 받아들였다.

로널드가 졸린 목소리로 물었다. "우리 자동차를 타고 가요?"

"아니란다." 하워드가 대답했다. "오늘은 아니야. 타고 갈 차를 못 구했단다."

"그러면 장갑차를 타고 가요?"

"아니, 기차를 타고 갈 거야."

"침대칸을 타고 가요?"

그는 인내심 있게 고개를 흔들었다. "침대칸도 못 구했단다. 그래도 오늘 밤은 바다 위에서 보낼 것 같구나."

"배를 타고요?"

"그래. 가서 이를 닦으렴. 칫솔에 치약을 짜놓았단다."

호텔 위로 하늘을 뒤흔드는 굉음이 울렸다. 비행기 한 대가 낮게 날며 기차역 위를 휩쓸고 지나갔다. 짙은 초록색으로 칠한 비행기가 하워드의 객실 창문 바로 옆으로 날아갔다. 멀리서 덜컹거리는 작은 소리가 두서없이 들려왔다. 소총으로 원거리를 사격하는 듯했다.

그는 침대에 앉아서 멀리 사라지는 비행기를 빤히 바라보았다. 설마, 그럴 리가 없었다….

로널드가 물었다. "하워드 할아버지, 저 비행기 낮게 날지 않았어요?"

독일군은 저렇게까지 저공 비행할 배짱이 없었다. 분명히 프랑스 공군의 비행기였을 것이다. "아주 낮게 날더구나." 그가 약간 떨리는 목소리로 대답했다. "얼른 이를 닦으렴."

얼마 후 노크 소리가 들렸다. 하녀가 커피와 롤빵을 얹은 쟁반을 들고 들어왔다. 그 뒤로 가장 좋은 나들이옷을 차려입은 로즈가 따라왔다. 커다란 검은색 밀짚모자를 쓰고, 몸에 딱 맞는 검은색 코트도 입고, 새하얀 양말도 신고 있었다. 아이는 무척 불안해 보였다.

하워드가 프랑스어로 친절하게 인사를 건넸다. "안녕, 로즈. 우리랑 영국으로 가는 거지?"

로즈가 대답했다. "네, 선생님."

하녀가 거들었다. "로즈가 어제 밤새도록 기차를 타고 영국에 가서 아빠와 함께 지낼 거라고 떠들었어요. 잠을 거의 못 잤답니다." 하녀는 미소 짓고 있었지만, 꼭 찡그리는 것처럼 보였다. 금방이라도 눈물을 떨굴 것 같았다.

"괜찮다네." 그가 하녀를 돌아보며 말했다. "앉아서 함께 커피 좀 마시게. 로즈도 그렇게 하겠니?"

"고맙습니다, 선생님. 하지만 저는 샌드위치를 준비해야 해서요. 이미 커피도 마셨고요."

하녀는 조카의 어깨를 쓰다듬었다. "애, 너는 커피 한 잔 더 마실래?"

하녀는 로즈를 방에 두고 나갔다. 하워드는 아이들과 함께 앉아서 버터를 바른 롤빵과 연하게 탄 커피로 아침을 먹었다.

아이들은 먹는 속도가 아주 느렸다. 하워드가 식사를 마칠 무렵 아이들은 겨우 절반쯤 먹은 상태였다. 그는 허둥대며 작은 여행 가방에 짐을 쌌다. 로즈가 챙겨온 작은 가방은 바닥에 놓여 있었다.

아이들은 부지런하게 아침을 먹었다. 곧 하녀가 허겁지겁 싼 큼직한 도시락 꾸러미를 가지고 돌아왔다. 우유를 가득 담은 커다란 와인 병도 하나 있었다. "여기 있어요." 하녀가 불안하게 말했다. "오늘 배를 주릴 사람은 아무도 없을 거예요!"

그 시시한 농담에 아이들은 배를 잡고 깔깔댔다. 로즈는 아침 식사를 마쳤고, 로널드는 마지막 한입을 삼키고 있었지만, 실라는 여전히 빵을 꼭꼭 씹고 있었다. 이제 더는 준비할 것이 없었다.

하워드는 혹시라도 기차를 놓칠까 봐 서둘러서 역으로 가고 싶었다. "그건 다 안 먹어도 된단다." 그는 실라가 반쯤 먹은 롤빵을 가리키며 말했다. "그냥 내버려 두렴. 이제 가야 해."

"먹고 싶어요." 실라가 반항하듯 말했다.

"하지만 이제 가야 한단다."

"먹고 싶어요."

이런 문제로 아이와 실랑이하며 힘을 낭비할 수 없었다. "좋아. 그러면 빵을 싸서 가져가자." 그는 짐을 들고 아이들을 복도로 내보냈다.

호텔 입구에서 하녀를 돌아보았다. "무슨 문제라도 생기면 여기로 돌아올 걸세. 안 그러면 전에 말했던 대로 영국에 도착해서 전보를 보내겠네. 로즈를 아버지에게 데려다주고 말이야."

하녀가 재빨리 대답했다. "선생님께서 굳이 그러시지 않아도 괜찮아요. 테누아 오빠가 전보를 보낼 거예요."

그는 하녀의 마음 씀씀이에 감동했다. "어쨌든, 우리가 런던에 도착하는 대로 전보를 받아볼 수 있을 걸세. 잘 지내게."

"조심히 가세요, 선생님. 행운이 따르길 빌어요." 하녀는 하워드가 어렴풋한 햇살을 받으며 길 건너편으로 아이들을 데려가는 모습을 지켜보았다. 얼굴의 주름 사이로 눈물이 뚝뚝 흘러내렸다.

기차역은 엄청나게 혼란스러웠다. 기차가 도착할 시간이나 도착할 가능성은 말할 것도 없고, 심지어 북적북적 몰려 있는 수많은 군인 사이에서 아이들이 앉을 자리를 구할 수 있을지조차 알아낼 수 없었다.

하워드가 알아낸 정보는 파리행 기차가 4번 플랫폼에 들어온다는 사실과 지난밤 자정 이후 파리행 기차가 딱 두 대 있었다는 사실뿐이었다. 그는 로즈의 좌석표를 사려고 매표소로 갔다. 매표소는 닫혀 있었다.

"이제 표는 안 사도 됩니다." 행인이 말을 걸었다. "더는 필요 없어요."

하워드는 그를 빤히 바라보았다. "그러면 기차에 타서 돈을 내는 거요?"

그는 어깨를 으쓱했다. "아마도요."

플랫폼으로 나갈 때 표를 확인하는 사람은 아무도 없었다.

그는 붐비는 군중을 뚫고 아이들을 플랫폼으로 데려갔다. 실라는 벌써 뜨거워진 손으로 단단히 움켜쥔 롤빵을 씹었다. 놀랍게도 4번 플랫폼은 텅 비어 있었다. 파리행 기차를 타려고 사람들을 밀치며 경쟁할 필요가 없을 듯했다. 기차 편 모두 반대 방향으로 가는 것 같았다.

그는 기관사를 발견하고 다가갔다. "파리행 기차가 여기에 들어오는 게 맞습니까?"

"확실합니다."

기관사의 말을 들어도 안심할 수 없었다. 비어 있는 플랫폼을 보니 마음이 불안해졌다. 텅 빈 플랫폼은 비정상이었고 불길했다. 그는 조금 걸어서 벤치를 찾아냈다. 짐과 여행 가방을 벤치에 올려두고, 편히 앉아서 기차가 들어오기를 기다렸다.

아이들은 직접 만들어낸 게임을 하며 플랫폼을 이리저리 뛰어다녔다. 그는 아이들이 땀을 흘리면 감기에 걸려 일정이 또 지체될까 봐 염려스러웠다. 로널드와 실라를 불러서 코트를 벗겼다. 기차에 타면 다시 입힐 생각이었다. 뒤늦게 로즈도 생각이 났다.

"너도 마찬가지란다." 로즈에게 말을 걸었다. "너도 코트를 벗고 노는 게 더 낫겠구나. 모자도."

그는 아이들의 코트를 받아서 벤치 옆자리에 얹었다. 그런 다음 담배 파이프에 불을 붙이고 침착하게 기차를 기다렸다.

거의 8시 30분이었다. 하워드 일행이 역으로 온 지 한 시간 반쯤 지났다. 그제야 사람들이 플랫폼으로 들어왔다. 그나마 겨우 몇 명일 뿐 많지 않았다.

기관차가 사람들 위로 연기를 내뿜으며 역에 들어왔다. 기관사가 서 있어야 할 기관차의 발판에는 군인 두 명이 열차 승무원과 함께 서 있었다.

다행스럽게도 기차는 붐비지 않았다. 그는 최대한 잽싸게 움직여서 일등칸으로 다가갔다. 일등칸에는 언짢아 보이는 프랑스 공군 장교 두 명만 앉아 있을 뿐이었다.

기차 안으로 뛰어든 두 남매와 로즈는 객차 이곳저곳을 기어오르고 눈에 띄는 것이라면 전부 만지작거리며 프랑스어와 영어로 재잘재잘 떠들었다. 두 장교의 낯빛이 더욱 어두워졌다.

결국 그들은 오 분이 채 지나기도 전에 벌떡 일어서서 낮은 목소리로 욕설을 지껄이고는 다른 객차로 가버렸다.

하워드는 장교가 떠나는 모습을 힘없이 바라만 보았다. 사과하고 싶었지만, 뭐라고 말을 건네야 할지 몰랐다.

그는 아이들을 자리에 앉혔다. 아이들이 감기에 걸릴까 봐 걱정스러워서 말을 건넸다. "이제 코트를 입는 게 좋겠구나. 로즈, 너도 코트를 입으렴."

그가 실라에게 코트를 입히는데 로즈가 멍하니 객차 안을 둘러보며 말했다. "선생님, 제 코트 어디에 있어요? 제 모자는요?"

그는 고개를 들어 아이를 바라보았다. "응? 기차에 탈 때 옷을 챙기지 않았니?"

로즈는 옷을 까맣게 잊고 있었다. 아무 생각 없이 두 남매와 떠들며 기차에 뛰어오르기만 했었다. 하워드도 짐을 챙겨서 기차에 오르느라 정신이 없었다. 로즈의 코트와 모자는 플랫폼의 벤치에 그대로 남겨지고 말았다.

로즈가 얼굴을 찡그리더니 눈물을 뚝뚝 흘리기 시작했다. 하워드는 잠시 짜증스럽게 로즈를 바라보았다. 그는 로즈가 도움이 되리라 생각했었다.

다행히 70년 가까이 무수한 실망에 부딪히며 길러온 인내심이 힘을 발휘했다. 그는 로즈를 끌어당겨 눈물을 닦아주었다. "걱정하지 말렴." 아이를 다정하게 달랬다. "파리에 가서 코트와 모자를 새로 사자꾸나. 네가 직접 고른 옷으로 사도록 하자."

로즈가 흐느끼며 대답했다. "하지만 옷이랑 모자는 너무 비쌀 거예요."

그는 다시 눈물을 닦아주었다. "괜찮단다. 어쩔 수 없는 일이었잖니. 네 고모에게 전보를 보낼 때 네 잘못이 아니었다고 말해주마."

아이는 곧 눈물을 그쳤다. 그는 도시락 꾸러미 하나를 풀었다. 모두가 오렌지를 한 조각씩 먹고 나자 걱정거리는 씻은 듯이 사라졌다.

기차는 느릿느릿하게 나아갔다. 역마다 정차했고, 이따금 철로에 멈추어 서기도 했다. 디종에서 토네르까지는 113킬로였다. 디종에서 출발한 지 세 시간이 지난 11시 30분쯤, 기차가 토네르역을 빠져나갔다. 지금까지는 아이들이 여정을 잘 견뎌주었다.

기차를 타고 두 시간쯤 지나고부터는 시끄럽게 소리 지르며 객차 안을 뛰어다녔다. 그러는 동안 하워드는 객차 구석에서 불안한 마음을 달래며 선잠을 잤다.

그는 토네르역을 지나서 깨어났다. 아이들을 모두 불러 앉혀서 샌드위치와 오렌지로 점심을 먹였다. 다들 차창 밖에 시선을 자주 빼앗기는 바람에 먹는 속도가 느렸다. 아이들은 창밖을 구경할 때마다 샌드위치를 엉뚱한 곳에 내려놓곤 했다. 그러면 샌드위치는 좌석 쿠션 사이로 사라졌다.

모두 배부르게 샌드위치를 먹자 그는 우유를 한 컵씩 따라주었다. 마침내 식사 시간이 끝났다. 그는 실라를 좌석에 눕힌 다음 디종 시내에서 산 담요를 덮어주었다. 로즈와 로널드는 조용히 앉아서 코끼리 바바르 그림책을 읽도록 했다. 그제야 편안히 쉴 수 있었다.

토네르에서 주와니까지는 48킬로였다. 기차는 기어가다시피 느리게 달렸고, 별 이유도 없이 오랫동안 중간에 멈추곤 했다.

그렇게 정차해 있는 동안 한 번은 대규모 비행 편대가 굉장히 높이 날며 차창 밖으로 지나갔다. 시끄러운 포성이 들리더니 저 멀리 구름 한 점 없는 하늘에서 하얀 연기가 뭉게뭉게 피어올랐다.

하워드는 그 광경에 충격받았다. 말도 안 되는 일 같았지만, 독일군의 비행기가 분명했다. 그는 책에 푹 빠져 있는 아이들의 주의를 끌지 않으려고 애쓰면서 눈을 크게 뜨고 전투기를 찾았다. 전투기는 한 대도 보이지 않았다. 독일군의 비행기는 아무 효과도 없었던 포격에 조금도 방해받지 않고 천천히 선회하더니 동쪽으로 돌아갔다.

그는 의자에 몸을 깊숙이 파묻었다. 마음속에 불안과 의심이 가득 차올랐다.

시계가 1시를 알린 직후 기차가 주와니역에 들어섰다. 그는 깜빡 졸고 있었다. 기차는 역에서 뜨거운 햇살을 받으며 지루하게 서 있었다. 그때 누군가가 객차의 복도를 걸어 다가왔다.

"내리십시오, 선생님." 그 사람이 말했다. "이 기차는 더 이상 운행하지 않습니다."

하워드는 어안이 벙벙해서 그를 빤히 쳐다보았다. "하지만 이 기차는 파리행 기차 아니오?"

"여기서 갈아타셔야 합니다. 모두 내려야 합니다."

"다음 파리행 기차는 몇 시에 있소?"

"모르겠습니다, 선생님. 전시 상황이라서요."

그는 아이들에게 코트를 입히고 짐을 챙겼다. 짐가방을 모두 들고 아이들 셋을 뒤따르게 해서 플랫폼으로 나갔다. 곧장 역장의 사무실로 갔더니 장교가 있었다. 수송대장이었다. 하워드는 단도직입적으로 몇 가지 물었지만, 단호한 대답만 돌아왔다.

"파리행 기차는 이제 없습니다, 선생님. 단 한 대도 없습니다. 이유는 말씀드릴 수 없습니다. 어쨌거나 주와니에서 북쪽으로 가는 기차는 이제 없을 겁니다."

장교의 말투에서 논쟁을 전혀 용납하지 않는 단호함이 묻어났다. 하워드가 다시 물었다. "나는 이 아이들 셋과 함께 생말로를 거쳐 영국으로 가야 한다오. 어떻게 가면 좋을지 알려주시겠소?"

젊은 장교는 그를 빤히 바라보았다. "생말로요? 이제 거기로 가기는 쉽지 않습니다, 선생님." 그는 잠시 생각에 잠기더니 말을 이어갔다. "샤르트르에서 생말로로 가는 기차가 있을 겁니다. 한 시간 뒤 2시 30분에 몽타르지행 버스가 출발합니다. 몽타르지로 가십시오, 선생님. 버스로 몽타르지까지 가서 피티비에로 떠나십시오. 다시 피티비에에서 앙제르빌을 거쳐 샤르트르로 가시고요. 샤르트르에서는 기차를 타고 생말로에 갈 수 있을 겁니다."

장교는 하워드 뒤에 서 있던 화난 프랑스 여자에게로 고개를 돌렸다. 그 여자는 하워드를 밀치며 앞으로 나갔다. 그는 조금 전 장교에게서 들은 지명을 기억하려고 애쓰며 플랫폼으로 돌아갔다.

그때 여행 안내서를 지니고 있다는 사실이 떠올랐다. 책을 꺼내서 장교가 추천한 경로를 살펴보았다. 샤르트르는 파리에서 서쪽으로 100킬로 정도 떨어져 있었다. 버스만 있다면 장교가 추천해준 경로를 따라 샤르트르까지 갈 수 있었다. 하지만 목적지에 도착하기까지 얼마나 걸릴지는 오직 하늘만이 알 것이다.

그는 프랑스 시골 버스에 관해 잘 알았다. 곧바로 바깥으로 나갔더니 역 구내에 버스가 서 있었다. 아이들과 버스에 올라타서 자리에 앉았다. 10분만 늦었더라도 자리는 구경조차 하지 못했을 것이다.

상황이 몹시 걱정스러운 데다 아이들이 재잘재잘 떠드는 소리 때문에 산만하기까지 했다. 그래도 그는 새롭게 여정을 짜보려고 애썼다. 몽타르지로 가는 일은 유일하게 가능한 선택지로 보였다. 하지만 과연 현명한 선택일까? 다시 디종으로 돌아가는 편이 더 낫지 않을까? 여행 안내서를 살펴보니 몽타르지를 거쳐서 샤르트르로 가는 경로는 꽤 합리적이었다.

샤르트르까지 주요 도로가 160킬로 정도 이어졌다. 이 버스로 55킬로에서 65킬로 남짓 이동할 테니, 몽타르지에서 샤르트르와 생말로행 기차까지 남은 거리는 95킬로 정도였다. 그 95킬로를 이동할 버스만 탈 수 있다면 별 탈 없을 것이다.

일이 전부 잘 풀리면 그날 밤에 샤르트르에 다다를 것이고, 다음 날 아침이면 생말로에 닿을 것이다. 거기서 해협을 건너는 배를 타고 고향 땅 영국으로 갈 수 있다.

괜찮은 계획으로 보였다. 하지만 정말로 현명한 선택일까? 디종으로 돌아갈 수도 있다. 물론, 확실하게 돌아갈 수 있다고 장담할 수는 없었지만….

그런데 디종에 도착한다고 해도 그다음에는 어찌해야 할까?

독일군은 북쪽에서, 이탈리아군은 남쪽에서 프랑스로 진격하고 있었다. 디종은 그사이에 끼여서 진퇴양난으로 보였다. 언제까지나 디종에 머물 수는 없을 것이다. 용기를 내서 버스를 타고 해협과 조국이 있는 북쪽으로, 서쪽으로 이동하는 편이 확실히 더 나았다.

버스는 더위에 땀을 뻘뻘 흘리는 프랑스 시골 사람들로 꽉 찼다. 전부 언짢은 표정으로 불안에 떨고 있었다. 전부 커다란 짐을 들고 서쪽으로 향하고 있었다.

하워드는 조금이라도 공간을 더 만들고자 실라를 무릎에 앉혔다. 로널드는 그의 다리 사이 비좁은 틈에 섰다. 로즈는 하워드 옆에 앉아서 그를 짓눌렀다.

몸집이 거대한 여자가 자그마한 젖먹이를 품에 안은 채 그 옆자리를 비집고 앉았다. 하워드는 버스 안 사람들이 나누는 대화를 들으며 독일군이 여전히 공세를 쏟아붓고 있다는 사실을 알아차렸다.

파리는 마지막까지 버틸 것이다. 독일군이 어디까지 진격해 왔는지, 독일군이 주와니에 얼마나 가까이 있는지 아는 사람은 아무도 없었다. 서쪽으로 더 멀리 이동해서 친척이나 연고가 있는 지인들과 지내는 것이 현명했다.

누군가 말했다. "의회가 파리를 떠났소. 지금 투르에 있지."

그러자 다른 사람이 그 소문은 사실이 아니라고 대꾸했다.

두서없는 언쟁이 시작되었다. 의회의 소재에 관심이 있는 사람은 아무도 없는 듯했다. 이곳의 농민들에게 파리나 다른 도시들은 별 의미가 없었다.

버스는 숨 막히도록 더웠다. 두 남매는 생각보다 더위를 잘 견뎠다. 오히려 영국 아이들보다 로즈가 더 힘들어하는 것 같았다. 하워드는 고개를 돌리다가 로즈의 낯빛이 아주 창백해진 것을 발견했다. 그는 아이를 향해 고개를 숙이고 다정하게 말을 건넸다.

"피곤하니?" 로즈는 말없이 고개만 저었다. 그는 몸을 돌려서 창문을 열어보려고 안간힘을 썼다. 곧 창문이 조금 열렸고, 따사롭고 신선한 공기가 들어왔다.

때마침 운전기사가 운전석에 앉았다. 사람도 짐도 엄청나게 많이 실은 버스가 느릿느릿 광장을 빠져나갔다. 버스가 달리자 차창을 통해 공기가 조금 더 들어왔다.

버스는 정거장을 두어 군데쯤 거쳤다. 정거장에 설 때마다 사람들이 우르르 몰려와 버스 지붕 위에 올라탔다. 주와니를 벗어난 버스는 곧게 뻗은 기나긴 프랑스 도로를 따라 달려갔다.

관리 상태가 엉망인 도로에는 흙먼지가 가득했다. 흙먼지는 육중한 버스 주위로 소용돌이치며 피어올랐다. 열어놓은 창문으로 먼지가 날아들어 왔다. 하워드의 다리 사이에 서 있던 로널드는 창가에 꼭 매달려서 바깥 풍경을 하나도 놓치지 않으려고 했다. 하워드는 무릎에 앉힌 실라도 바깥을 구경할 수 있도록 어렵사리 돌려 앉혔다.

하워드 옆에 앉은 로즈가 작은 소리로 훌쩍이기 시작했다.

그가 고개를 돌려 아래를 내려다보자 아이의 창백한 얼굴이 푸르죽죽하게 변해 있었다. 그가 어떻게 해볼 새도 없이 아이가 바닥에 토하고 말았다.

그는 깜짝 놀란 데다 잠시 메스꺼워지기까지 했다. 이내 인내심이 돌아왔다. 아이들이 어떻게 구토를 참을 수 있겠는가. 로즈는 콜록거리며 훌쩍였다. 그는 손수건을 꺼내 아이의 얼굴을 닦으며 달래주었다.

"가여운 것." 서투르게 아이를 달랬다. "이제 괜찮아질 거야. 더워서 그런 거란다."

그는 몇 차례 애쓴 끝에 실라를 옆자리로 옮기고 로즈를 무릎 위에 앉혔다. 이제는 로즈가 바깥을 보며 공기를 쐴 수 있었다. 로즈는 여전히 엉엉 울었다. 그는 아이의 눈물을 닦아주며 할 수 있는 한 다정하게 말을 건넸다. 옆에 앉은 뚱뚱한 아낙이 그에게 조용히 미소 지었다. 이 사태가 아무렇지 않은 듯했다.

"차가 흔들려서 그래요." 그녀가 프랑스 중부 사투리로 부드럽게 말했다. "바다에 나가 있는 것 같죠. 저도 어렸을 때는 차만 타면 멀미를 했답니다. 항상 그랬어요, 항상요. 기차를 타건 버스를 타건 늘 똑같았죠." 그녀는 고개를 숙여 로즈를 달랬다. "걱정하지 마, 아가야. 아무것도 아니란다."

로즈는 그 여자를 흘끗 올려다보더니 울음을 멈추었다. 하워드는 손수건에서 가장 깨끗한 모서리로 아이의 눈가를 닦았다.

이윽고 로즈는 조용히 하워드의 무릎에 앉아서 창밖으로 느릿느릿 지나가는 풍경을 구경했다.

"나는 차에 타서 멀미해본 적이 한 번도 없어요." 로널드가 영어로 자랑스럽게 말했다. 옆자리의 여자가 호기심 가득한 눈으로 하워드 일행을 바라보았다. 이제까지 프랑스어로만 말하던 그들이 외국어를 썼기 때문이었다.

도로는 차로 꽉 막혀 있었다. 하나같이 서쪽으로 가는 차였다. 고물 자동차며 대형 트럭이며, 온갖 수레가 전부 몽타르지로 떠나는 사람들을 잔뜩 태우고 있어서 금방이라도 무너질 것 같았다. 붐비는 차량 사이로 짐을 빽빽하게 실은 수레와 유모차, 심지어 외바퀴 손수레를 미는 사람들도 요리조리 지나다녔다.

하워드는 눈 앞에 펼쳐진 광경이 믿기지 않았다. 시골 주민

전체가 독일군이 들이닥치기 전에 대피하는 것 같았다. 들판에서 밭일하는 여자들이 때때로 고개를 들고 고속도로를 꽉 매운 낯선 대피 행렬을 빤히 쳐다보았다. 그러다가도 다시 허리를 숙이고 작물을 수확했다. 도로에서 떼지어 몰려가는 낯선 무리보다 농사일이 더욱 중요했다.

몽타르지까지 절반 정도 갔을 무렵, 버스가 길가 쪽으로 서서히 기울어졌다. 운전기사는 기어와 씨름하며 균형을 잡아보려 애썼다. 뒷바퀴 근처에서 덜커덕 부딪히는 소리가 규칙적으로 들려왔다. 기사가 천천히 속력을 줄여서 길가에 차를 댔다.

기사가 자리에서 일어나 뒷바퀴를 살펴보러 갔다. 이내 그는 어정어정 버스 입구로 돌아왔다. "바퀴 문제요." 그가 간단히 말했다. "내려야 합니다! 전부 다요. 바퀴를 갈아야 해요!"

하워드는 안도하며 버스에서 내렸다. 두 시간 가까이 버스에 앉아 있던 참이었다. 그중 한 시간은 달리는 버스에 앉아 있었다. 더위를 이기지 못한 아이들이 지쳐서 투정을 부렸다. 잠시 환경이 바뀐다면 확실히 좋을 것이다.

그는 자상한 태도로 아이들을 한 명씩 데리고 내려서 작은 덤불 뒤에서 쉬게 했다. 로널드가 영어로 말했던 일이 버스 근처에 모여 있던 승객들 사이에서 퍼져나갔다. 사람들은 서로를 슬쩍 찌르며 수군댔다. "영국인이래…."

운전기사와 승객 두어 명이 버스에 달라붙어 용을 썼다. 차체를 잭으로 들어 올려서 바람 빠진 바퀴를 빼내야 했다. 하워드는 작업을 잠시 구경했다. 그때 아이들이 간식을 먹기에 좋은 때라는 생각이 문득 떠올랐다.

그는 짐을 올려둔 선반에서 도시락 꾸러미를 가지고 나왔다. 아이들을 승객들로부터 몇 미터쯤 떨어진 길가로 데려갔다. 나무 그늘이 드리워진 풀밭에 앉히고 샌드위치와 우유를 나눠 주었다.

도로는 서쪽으로 곧게 뻗어 있었다. 눈길이 닿는 데까지 전부 차가 혼잡스럽게 꽉 차 있었다. 차는 한 대도 빠짐없이 같은 방향으로 달렸다. 그는 정말로 보기 드문 광경이라고 생각했다. 수많은 사람이 한꺼번에 같은 방향으로 이동하는 모습은 한 번도 본 적이 없었다.

그때 로즈가 비행기 소리를 들었다고 말했다. 그는 본능적으로 고개를 돌렸다. 아무 소리도 들리지 않았다.

"나도 들었어요." 로널드가 말했다. "비행기가 아주 많나 봐요."

실라가 따라서 이야기했다. "나도 비행기 소리 듣고 싶어요."

"이 바보야!" 로널드가 동생을 놀렸다. "비행기가 엄청 많다니까. 안 들려?"

하워드는 귀를 기울여봤지만, 여전히 아무 소리도 들리지 않았다. "비행기가 어디에 있는지 보이니?" 그가 태연한 척하며 물었다. 마음속 깊은 곳에서는 간담이 서늘해지는 공포가 피어올랐다.

아이들이 하늘을 훑어보았다. "저기요!" 로즈가 별안간 하늘을 가리켰다. "비행기 세 대예요!"

로널드는 한껏 신이 나서 하워드를 바라보며 소리쳤다. "우리 쪽으로 오고 있어요! 가까이서 볼 수 있을까요?"

"어디에 있다고?" 하워드가 다시 물었다. 그는 눈을 크게 뜨고 비행기가 오고 있다는 방향을 바라보았다. "오, 보이는구나. 이 근처로는 오지 않겠구나. 보렴, 저쪽으로 날아가잖니."

"아…." 로널드가 실망에 가득 차서 말했다. "진짜로 비행기를 가까이서 보고 싶었는데."

그들은 비행기 세 대가 3킬로쯤 멀리 떨어진 도로 쪽으로 낮게 날아가는 모습을 지켜보았다. 하워드는 비행기가 길가의 들판에 착륙하길 바랐지만, 비행기는 착륙하지 않았다. 그저 고도를 낮게 유지하며 가로수 꼭대기 위에 바짝 붙어서 날았다.

두 대는 도로 양쪽에 한 대씩, 나머지 한 대는 그 뒤의 도로 한가운데에 정렬해 있었다.

비행기가 아래로 내려오자 기계가 부딪치며 덜컹거리는 작은 소리가 들렸다. 하워드는 믿을 수 없다는 듯 비행기를 빤히 쳐다봤다. 설마…, 그럴 수는 없었다.

그때 뒤쪽에 있던 비행기가 빠른 속도로 폭탄 다섯 개를 도로에 떨어뜨렸다. 그는 폭탄이 비행기에서 떨어지는 광경을 보았다. 도로에서 거대한 불기둥 다섯 개가 치솟았다. 기묘하고 이상한 파편들이 공중으로 휘말려 올라갔다.

버스 쪽에서 어느 여자가 날카롭게 비명을 질렀다. "독일군이다!" 동시에 아수라장이 벌어졌다. 45미터쯤 떨어진 곳에서 작은 푸조 자동차를 몰던 사람은 도로 위의 군중이 요란스럽게 아우성치는 광경을 보았다. 그는 어깨 너머를 뒤돌아보며 자동차를 몰다가 노새가 끄는 수레 뒤를 들이받았다.

수레바퀴 하나가 박살 났고, 수레에 타고 있던 사람들이 짐과 함께 도로로 우르르 쏟아져 나왔다.

버스 주위에 서 있던 사람들은 버스 문을 향해 미친 듯이 내달렸다. 가련한 군중은 유리창과 합판으로 이루어진 차체가 폭탄을 막아주리라고 기대하며 입구에 잔뜩 밀려들었다. 비행기가 버스 입구를 꽉 메운 사람들을 향해 날아왔다. 비행기의 기관총이 불꽃을 내뿜었다.

뒤쪽 한가운데 있던 비행기는 폭탄을 떨어뜨리고 전방 오른쪽으로 날아갔다. 앞쪽 오른편에 있던 비행기가 도로에 폭탄을 퍼부을 준비를 마치고 S자를 그리며 날아서 뒤쪽 가운데로 파고들었다.

순식간에 벌어진 일이라 아무것도 할 수 없었다. 미처 피할 새도 없었고, 달리 피할 곳도 없었다. 하워드는 실라와 로널드를 바짝 끌어당기고 땅에 엎드렸다. 로즈에게도 재빨리 엎드리라고 소리쳤다.

비행기가 그들 위로 다가왔다. 짙은 초록색으로 칠한 비행기였다. 기묘하게 굽은 날개도 달려 있었다. 앞에서 나란히 날고 있는 비행기 두 대가 버스를 향해 집중적으로 총알을 퍼부었다.

가운데에서 날고 있는 뒤쪽 비행기에서는 예광탄(목표물을 지시하거나 신호를 주기 위해 밝은 빛을 내며 날아가는 총탄-옮긴이)이 빗줄기처럼 도로 위로 쏟아져 나왔다. 하워드와 아이들이 엎드린 풀밭 바로 위로도 총탄이 몇 발 떨어졌다. 몇 미터 떨어진 땅에도 총탄이 후두두 떨어졌다.

하워드는 비행기의 후부 조종석에서 총을 쏘고 있는 포수를 얼핏 보았다. 스물을 넘겼을까 싶을 정도로 젊은 사내였다. 햇볕에 그을린 얼굴이 날카로웠다. 노란색 학도병 모자를 쓴 그는 사격하며 웃고 있었다.

도로 양옆에서 나란히 나는 비행기 두 대가 지나가고, 가운데서 뒤따라가던 비행기가 아주 가까이 다가왔다. 하워드가 고개를 들자 날개 아래에 매달린 폭탄이 보였다. 그는 고통스러워하며 폭탄이 떨어지기를 기다렸다. 폭탄은 떨어지지 않았다. 비행기는 하워드 일행에게서 30미터도 채 떨어지지 않은 곳을 지나쳐갔다.

그는 안도감에 몸서리치며 비행기가 지나가는 모습을 지켜보았다. 비행기는 250미터 정도 떨어진 도로에 폭탄을 떨구었다.

그는 폭탄을 맞고 튀어 오르는 파편을 멍하니 바라보았다.

수레에서 떨어져 나간 바퀴 하나가 공중으로 날아오르더니 들판에 내팽개쳐졌다.

비행 편대는 우아한 회전 비행을 다시 시작했다. 뒤에서 날고 있던 비행기가 전면의 왼쪽 비행기와 자리를 바꾸었다. 그러더니 모두 멀리 사라졌다. 얼마 후, 도로 너머에서 폭탄이 터지는 우레 같은 소리가 들려왔다.

하워드는 아이들을 일으켜서 앉혔다. 로널드는 흥분해서 얼굴이 발갛게 물들어 있었다. "비행기가 가까이 왔었어요!" 소년이 소리쳤다. "똑똑하게 볼 수 있었어요. 실라, 너도 제대로 봤지? 비행기에서 총을 발사하는 소리도 들었어?"

로널드는 기쁨에 겨워서 어쩔 줄을 몰랐다. 실라는 공습이 아무렇지도 않은 듯했다. "오렌지 먹어도 돼요?"

하워드는 기계처럼 느릿느릿 대답했다. "안 돼, 충분히 먹었잖니. 우유를 마시렴." 로즈를 돌아보았더니 소녀는 금방이라도 눈물을 떨굴 것 같았다. 그는 무릎을 대고 일어서서 로즈에게 다가갔다. "어디 다친 데 있니?" 그가 프랑스어로 물었다.

로즈는 말없이 고개만 가로저었다.

"울음을 그치렴." 그가 친절하게 말했다. "와서 우유를 마셔봐. 진정될 거란다."

로즈는 하워드를 올려다보며 물었다. "비행기가 다시 올까요? 비행기에서 나는 소리가 싫어요."

그는 아이의 어깨를 토닥이며 조금 불안한 목소리로 말했다. "괜찮아. 소리는 네게 아무런 해도 못 끼친단다. 비행기가 다시 올 것 같지는 않구나." 그는 컵에 우유를 따라서 로즈에게 건넸다. "우유 좀 마시렴."

로널드가 말했다. "저는 겁먹지 않았어요. 그렇죠?"

실라가 오빠의 말을 따라 했다. "저도 겁먹지 않았어요, 그렇죠?"

하워드는 참을성 있게 대답했다. "아무도 겁먹지 않았어. 로즈는 저런 소리가 싫을 뿐이야. 그건 겁먹은 게 아니란다." 그는 버스 주변에 모여 있는 사람들을 빤히 바라보았다. 무슨 일이 일어난 듯했다. 가서 살펴봐야 했다. "너희들 오렌지도 먹으렴. 세 조각으로 나눠서 먹으면 되겠구나. 로즈 네가 껍질을 까주겠니?"

"네, 선생님."

아이들은 간식을 더 먹을 수 있다는 생각에 들떴다. 그는 즐거워하는 아이들을 그대로 두고 버스로 천천히 다가갔다. 버스 주변에 모여 있는 사람들은 정신없이 격렬한 아우성을 치고 있었다. 여자들은 대체로 분노와 충격에 빠져 눈물을 흘렸다.

놀랍게도 노파 한 명을 제외하면 다친 사람은 아무도 없었다. 노파는 왼손 손가락 관절에 총알을 맞아 손가락 두 개가 잘려 나갔다. 농장에서 생활하며 응급조치하는 데 익숙했던 여자 세 명이 능숙하게 노파를 돌봤다.

하워드는 아무도 목숨을 잃지 않아서 깜짝 놀랐다. 버스 오른쪽을 보니 총탄 열 발가량이 차체를 관통해서 뒤쪽으로 빠져나간 듯했다. 왼쪽에는 앞바퀴와 보닛, 라디에이터 모두 처참하게 총에 맞은 상태였다. 버스 안으로 들어가려고 문가에 우르르 몰려 있던 시골 사람들은 그 사이에서 다행히도 총탄을 피했다.

작은 푸조 자동차에 타고 있던 사람들도 부상을 피했다. 노새 수레에 앉아 있던 여자들 가운데 한 명은 넓적다리에 관통상을 입었다. 노새는 숨통이 끊어져서 도로에 쓰러져 있었다.

하워드가 다친 여자들을 도울 길은 전혀 없었다. 그는 울적한 표정으로 버스 운전기사를 둘러싼 남자 몇 명에게로 눈길을 돌렸다. 그들은 보닛을 들어 올려 힘없이 엔진을 쳐다보고 있었다.

하워드도 그들에게 다가갔다. 기계를 거의 모르는 그의 눈에도 엔진 상태는 엉망이었다. 버스 엔진 아래에 커다란 물웅덩이가 고여 있었다. 라디에이터와 엔진 실린더에 생긴 구멍에서 갈색 녹물이 계속 흘러나왔다.

엔진을 보고 있던 사내 가운데 한 명이 고개를 돌려서 침을 탁 뱉었다. "이제 안 굴러가겠구먼." 간단명료한 진단이었다.

하워드는 잠시 후에야 그 말이 무슨 뜻인지 깨달았다. "이제 어찌합니까?" 운전기사에게 물었다. "다른 버스가 더 있소?"

"버스를 몰 미친놈을 찾는다면야…." 긴장감 어린 침묵이 흘렀다. 이내 운전기사가 입을 뗐다. "이제 걸어가야 합니다."

하워드는 버스 기사의 말이 끔찍한 진실이라는 사실을 깨달았다. 벌써 오후 네 시였다. 몽타르지까지는 25킬로 정도 남았다. 이제는 주와니보다 몽타르지가 더 가까웠다.

주와니에서 여기까지 오는 데 시골 마을을 한두 곳쯤 지나쳤으니, 분명히 몽타르지까지 가는 길에도 마을이 한두 곳쯤 있을 것이다. 하지만 그런 마을에서 출발하는 버스가 있을 리는 없었다. 호텔이 있을 리도 없었다.

생각만 해도 간담이 서늘해졌지만, 유일한 선택지였다. 그와 아이들은 걸어야 했다. 몽타르지까지 가는 도중에 차를 얻어탈 가능성도 거의 없을 것이다.

그는 엉망으로 망가진 버스 안에 들어가서 손가방 두 개, 작은 여행 가방 한 개, 남은 도시락 꾸러미를 챙겨 나왔다. 그가 그 많은 짐을 혼자서 들고 먼 길을 떠날 수는 없었다. 아이들이 가방 한두 개라도 들어줘야 했다. 아이들과 짐을 나눠서 든다고 해도 오래지 않아 힘에 부칠 것이다.

실라는 아무것도 들 수 없었다. 어쩌면, 그가 가는 내내 실라를 안고 걸어야 할 것이다. 로널드와 로즈도 25킬로를 걸어가려면 짐이 가벼워야 했다.

그는 짐을 모두 들고 아이들에게로 돌아가서 풀밭에 내려놓았다. 가장 큰 여행 가방을 들고 길을 떠날 수는 없었다. 그는 당장 필요하지 않은 물건들만 여행 가방에 따로 챙긴 다음, 언젠가 되찾을지도 모른다는 희미한 희망을 품고 버스 안에 다시 갖다두었다.

이제 짐이 불룩하게 들어찬 작은 가방 두 개와 도시락 꾸러미만 남았다. 이 정도는 그가 혼자서 들고 다닐 수 있을 것이다.

"이제 걸어서 몽타르지에 가야 한단다." 그가 아이들에게 설명했다. "버스가 움직일 수 없어."

"왜요?" 로널드가 물었다.

"엔진에 문제가 생겼다는구나."

"우와! 저 보러 가도 돼요?"

하워드가 단호하게 대답했다. "지금은 안 돼. 이제 걸어야지." 그는 로즈를 돌아보며 말했다. "버스 타는 것보다 걷는 게 더 나을 거란다."

로즈가 대답했다. "그때는 너무 아팠어요."

"몹시 더워서 그랬던 게야. 이제는 좀 나아졌니?"

아이가 미소 지었다. "네, 선생님."

일행은 몽타르지 방향으로 걷기 시작했다. 뜨거웠던 한낮의 열기가 가라앉고 있었다. 아직 선선해지지는 않았지만, 걷기 힘들 정도는 아니었다. 그들은 실라의 느린 발걸음에 맞춰서 아주 천천히 걸었다.

하워드는 인내심을 가지고 느긋하게 걸었다. 괜히 아이들을 재촉해서 힘들게 할 필요는 없었다. 아직 갈 길이 한참이니, 아이들이 자신의 속도에 맞춰서 걷게 해야 했다.

이윽고 두 번째 공습이 있었던 지점에 다다랐다. 도로에 커다란 구멍이 두 개나 생겨 있었다. 길가의 나무 사이로도 큰 구멍이 세 개 더 패어 있었다. 폭탄이 떨어진 자리에는 수레가 있었던 것 같았다.

사람들이 도롯가에 몇 명씩 번잡하게 모여 있었다. 죽음을 피하기에는 너무 늦었던 듯했다. 하워드는 아이들이 끔찍한 광경을 보게 될까 봐 걱정스러워서 다른 쪽 길로 돌아가려고 했다.

로널드가 호기심을 보이며 또박또박 말했다. "하워드 할아버지, 저 사람들 죽었어요?"

그는 아이들을 도로 반대편으로 데려가며 낮은 목소리로 대답했다. "그렇단다. 그러니 저 사람들을 안타깝게 생각해야지."

"가서 봐도 돼요?"

"안 돼. 목숨을 잃은 사람들은 구경거리가 아니야. 그 사람들은 방해받고 싶지 않을 거란다."

"죽은 사람은 우스워 보여요. 안 그래요, 하워드 할아버지?"

그는 그런 질문에 뭐라고 대답해야 할지 몰랐다. 그저 아무 말 없이 아이들을 데리고 길을 걸었다. 실라는 작은 소리로 노래를 흥얼거릴 뿐, 죽은 사람들에게 아무런 관심도 보이지 않았다. 로즈는 십자가를 그은 후 죽은 사람들에게서 눈을 돌린 채 빠르게 걸었다.

그들은 느릿느릿한 걸음으로 차도를 걸어갔다. 차도 옆에 샛

길이 있었다면 좋았겠지만, 샛길은 없었다. 도로 옆에 펼쳐진 들판을 통과해서 우회하는 것은 불가능했다. 주와니로 되돌아가봤자 별 소용 없을 것이다. 계속 몽타르즈지로 나아가는 편이 나았다.

그들은 다른 부상자들도 지나쳤다. 아이들은 그다지 관심을 보이지 않았다. 그는 가능한 한 빠르게 이동할 수 있도록 아이들을 이끌었다. 마지막 공습이 있었던 지점만 지나면 이 죽음의 행렬도 끝날 것이다. 800미터쯤 앞에 마지막 공습 위치가 보였다. 자동차 두 대가 도로를 막고 있었다. 나무 몇 그루가 쓰러진 듯했다.

그들은 느리게, 아주 느리게 그곳까지 나아갔다. 도로 위의 차들 중 한 대는 도저히 수리하지 못할 만큼 망가져 있었다.

시트로엥에서 나온 세단이었다. 폭탄이 차 바로 앞에서 터졌는지, 라디에이터가 두 개로 쪼개졌고 앞 유리창이 폭발해서 사라져버렸다. 차 지붕 위로 곧장 쓰러진 나무 한 그루가 천장을 박살 내고 차대에 얹혀 있었다. 길 위에는 피가 흥건했다.

다 낡아빠진 승합차에서 내린 남자 넷이 도로 위에 쓰러진 나무를 갓길로 치우려고 용쓰고 있었다. 차가 통과할 만한 길을 내려는 듯했다. 도로 옆 풀밭 가장자리에는 바닥 깔개로 대충 가려 놓은 무더기가 있었다.

승합차에서 내린 남자들이 나무를 끌어당기거나 들어 올리며 어렵사리 차에서 떨어뜨려 놓았다. 겨우 좁은 길이 만들어졌다. 그들은 땀으로 흠뻑 젖은 이마를 닦고는 낡은 승합차에 기어올랐다.

운전석에 앉은 남자가 시동을 걸자 하워드가 다가가서 말을 걸었다. "누가 죽었소?" 그가 낮은 목소리로 물었다.

운전석의 남자는 씁쓸하게 대꾸했다. "어떤 것 같습니까? 더러운 독일 놈들!" 그가 페달을 밟자 차는 천천히 움직이며 나무를 빙 둘러서 앞으로 뻗은 도로로 나아갔다.

차는 45미터쯤 가더니 멈췄다. 차에서 한 명이 고개를 내밀고 하워드에게 소리쳤다. "이보시오! 애들 데리고 있는 당신! 꼬마애 좀 잘 보살펴주시오!"

그들은 다시 페달을 밟고 떠났다. 하워드는 어리둥절한 표정으로 로즈를 내려다보며 물었다. "저 사람이 뭐라고 말한 거니?"

"꼬마애가 있다고 말했어요."

그는 주변을 둘러보았다. "여기에 꼬마는 없는데?"

로널드가 말했다. "여기에는 죽은 사람들밖에 없어요. 저기 깔개 밑에요!" 아이가 손가락으로 깔개를 가리켰다.

그러자 실라도 깔개 밑에 무엇이 있는지 알아차렸다. "나 죽은 사람들 보고 싶어요."

하워드는 실라의 손을 꼭 잡고 대답했다. "아무도 죽은 사람들을 보러 가면 안 된단다. 말했잖니." 그는 여전히 혼란스러운 표정으로 주변을 살펴보았다.

실라가 다시 보챘다. "그러면 꼬마애랑 놀아도 돼요?"

"여기에는 꼬마애가 없단다, 얘야."

"있어요. 저쪽에요."

실라가 길가의 나무 뒤로 멀리 20미터쯤 떨어진 곳을 가리켰다. 정말로 대여섯 살쯤 되어 보이는 어린 남자아이가 완전히 얼어붙은 채로 서 있었다. 무릎 위까지 올라오는 회색 양말에 회색 반바지, 회색 저지 스웨터까지 온통 회색 옷차림이었다. 아이는 미동도 없이 서서 길 아래 하워드 일행을 빤히 바라보았다. 낯빛이 아무런 생기도 없이 희끄무레했다.

하워드는 소년을 발견하고는 깜짝 놀라서 숨을 헉하고 들이마셨다. 나지막한 탄성이 흘러나왔다. "오, 세상에!" 70년 가까이 살면서 그런 얼굴을 한 아이는 처음 보았다.

그는 재빨리 아이에게 다가갔다. 두 남매와 로즈도 뒤따랐다. 아이는 다가오는 그를 멍하니 바라볼 뿐, 꼼짝도 하지 않았다. 그가 말을 건넸다. "어디 다친 데라도 있니?"

아무런 대답이 없었다. 아이는 하워드의 말을 듣지도 못한 것 같았다. "무서워하지 않아도 된단다." 그는 힘들게 한쪽 무릎을 꿇었다. "이름이 뭐니?"

여전히 대답이 없었다. 그는 도움을 구할 수 있을까 해서 주변을 둘러보았다. 지나가는 사람은 아무도 없었다. 자동차 두어 대가 도롯가에 쓰러진 나무를 빙 둘러서 천천히 지나갔다.

면도하지 않은 얼굴에 피곤이 절어 있는 프랑스 군인들을 태운 대형 트럭도 한 대 지나갔다. 아무도 하워드를 도와주지 않았다.

그는 다시 일어섰다. 너무 당황스러워서 어찌할 바를 몰랐다.

계속 가야 했다. 몽타르지까지 가야 했을 뿐만 아니라 차가 폭탄으로 엉망진창이 된 참혹한 광경에서도 벗어나야 했다. 만약 아이들이 그 차에 어떤 소름 끼치는 일이 벌어졌는지 깨닫는다면, 남은 평생 그 광경에 시달릴 것이다. 쓸데없이 그곳에서 미적거릴 수는 없었다.

그 소년을 그대로 두고 떠나는 것도 불가능해 보였다. 다음 마을에, 적어도 몽타르지에 수녀원이 있을 것이다. 아이는 수녀들에게 맡기면 될 것이다.

그는 아이들에게 그대로 있으라고 말한 뒤 서둘러서 도로 반대편으로 건너갔다. 깔개 모서리를 들추어보았다. 품위 있게 잘 차려입은 부부의 시신이 보였다. 나이가 많아봤자 서른도 채 되지 않았을 그들의 몸이 끔찍하게 훼손되어 있었다.

그는 용기를 내서 남자의 코트 안쪽을 살펴보았다. 안주머니에서 찾아낸 지갑에 신분증이 들어 있었다. 장 뒤쇼, 빅투아르가 8번지 2호.

그는 장 뒤쇼의 지갑과 편지 몇 통을 챙겨서 주머니 안에 쑤셔 넣었다. 나중에 경찰관을 만나면 그 지갑과 편지를 넘겨줄 생각이었다. 누군가 뒤쇼 부부의 시신을 매장해주어야 하겠지만, 하워드가 할 일은 아니었다.

그는 아이들에게 돌아갔다. 실라가 웃으면서 그에게 달려왔다. "저 애 정말 웃겨요." 실라는 명랑하게 이야기했다. "아무 말도 안 해요!"

로널드와 로즈는 회색으로 차려입은 창백한 소년에게서 한 걸음 물러선 채 어린아이다운 호기심으로 빤히 쳐다보고 있었다. 소년은 여전히 망가진 자동차 잔해만 멍하게 바라봤다. 하워드는 짐가방을 내려놓고 두 손으로 실라를 붙잡았다. "가만히 두렴. 아무래도 지금은 놀고 싶지 않은가 보구나."

"왜 놀고 싶지 않은데요?"

그는 대답하는 대신 로널드와 로즈를 돌아보며 말했다. "잠시 가방을 하나씩 들어주겠니?" 그는 소년에게 다가가서 말을 건넸다. "우리와 함께 갈래? 우리는 몽타르지로 갈 거란다."

아무런 대답이 없었다. 아이는 말을 들었다는 기척조차 하지 않았다.

하워드는 당황스러워서 잠시 그대로 서 있었다. 그러다 몸을 숙여 소년의 손을 잡았다. 그 더운 오후에 아이의 손은 차갑고 축축했다. "같이 가자꾸나, 얘야." 그는 다정하면서도 단호하게 말했다. "우리는 몽타르지에 갈 거야."

회색 옷을 입은 소년은 움찔하더니 고분고분하게 그를 따라 종종걸음쳤다. 하워드는 한 손으로는 실라를, 다른 한 손으로는 소년을 잡고 길게 뻗은 도로를 따라 천천히 걸었다. 로널드와 로즈가 가방을 하나씩 들고 따라갔다.

자동차가 더 많이 그들을 지나쳤다. 이제는 일반 차량 사이에 섞인 군용 트럭의 수가 눈에 띄게 늘어났다. 일반 시민들만 서쪽을 향해 줄을 지어 이동하는 것이 아니었다. 군인들도 상당수가 서쪽으로 가는 듯했다. 군용 트럭에서 낡은 타이어가 덜거덕거리며 구르는 소리와 케케묵은 기어가 삐걱거리는 소리가 들렸다.

트럭의 절반쯤은 라디에이터 위에 아세틸렌 헤드라이트를 얹고 있었다. 트럭이 제1차 세계대전에서 사용되었다는 사실을 알려주는 흔적이었다. 평화로운 시골 마을의 막사 뒤편 차고에 20년 동안 보관되어 있던 트럭들이 다시 길 위로 나왔다. 하지만 이번에는 가는 방향이 달랐다.

트럭이 일으키는 먼지 때문에 아이들이 몹시 힘들어했다. 더위를 뚫고 먼 길을 걷는 아이들은 곧 지치기 시작했다. 로널드는 가방 때문에 팔이 아프다고 불평했다. 실라는 목마르다고 보챘지만, 우유는 한 방울도 남지 않았다. 로즈는 발이 아프다고 투정했다. 오직 회색 옷을 입은 힘없는 소년만 아무런 불평 없이 걸었다.

하워드는 아이들의 힘을 북돋우려고 애썼지만, 아이들은 눈에 띄게 지쳐있었다. 그리 멀지 않은 곳에 농장이 보였다. 그는 농가로 다가가서 문간의 초췌한 노파에게 우유를 살 수 있는지 물었다. 노파는 우유가 전혀 없다고 대답했다.

그는 다시 아이들이 마실 물을 청했다. 노파는 안뜰의 두엄더미에서 살짝 떨어진 우물가로 하워드 일행을 데려가더니 두레박으로 물을 퍼 올렸다. 그는 의심이나 근심 걱정을 모두 접어두고 두레박을 받았다. 모두 우물물을 들이켰다.

다들 우물가에서 한숨 쉬었다. 안뜰로 나 있는 헛간에 낡은 농장 수레가 하나 보였다. 바퀴가 하나 부러져 있는 데다 오랫동안 쓰지 않은 것이 분명했다. 수레 안에는 온갖 쓰레기가 잡다하게 쌓여 있었다. 쓰레기더미 사이로 유모차처럼 보이는 고물도 하나 있었다.

그는 헛간 안으로 슬그머니 다가가서 유모차를 더 자세히 살펴보았다. 노파가 매처럼 날카로운 눈초리로 그를 관찰했다. 그 고물은 정말로 유모차가 맞았다. 40년이나 50년쯤 됐을 유모차는 오물로 뒤덮여 있었고, 용수철도 하나 고장 나 있었다.

그래도 어쨌거나 유모차였다. 그는 노파에게 다가가서 유모차를 두고 흥정하기 시작했다.

10분 후, 유모차는 하워드의 것이 되었다. 150프랑을 받은 노파는 낡아서 해진 밧줄도 덤으로 주었다. 그 밧줄로 부러진 용수철을 그럭저럭 묶을 수 있었다.

유모차 위에 올라앉아서 쉬던 암탉들 때문에 유모차 겉면에 닭똥이 잔뜩 묻어 있었다. 그는 로널드와 로즈에게 닭똥을 닦아낼 풀을 한 움큼 뜯어오게 했다. 오물을 다 닦아낸 그는 제법 만족스럽게 유모차를 살펴보았다. 여전히 더러웠고, 말도 안 되게 비쌌지만 그래도 수많은 문젯거리를 해결해줄 터였다.

그는 작은 빵 덩이도 하나 사서 유모차 안에 챙겨놓았다. 놀랍게도 아이들은 아무도 유모차에 타려고 하지 않았다. 그 대신 다들 유모차를 밀고 싶어 했다. 그가 유모차를 미는 차례를 정해줘야 했다. "막내가 먼저란다. 실라가 먼저 밀어보자꾸나."

그때 로즈가 물었다. "신발 벗어도 돼요? 발이 아파요."

그는 어떻게 해야 할 줄 몰라서 잠시 고민했다. "아무래도 좋은 생각은 아닌 것 같구나. 맨발로 걷기에는 길 상태가 좋지 않을 거야."

"하지만 선생님, 사람들은 신발을 아예 안 신고 다녀요. 디종에서만 신고요."

로즈는 맨발로 다니는 데 정말로 익숙한 듯했다. 그는 잠시 망설인 끝에 신발을 벗어도 좋다고 허락했다. 로즈의 신발과 스타킹은 유모차 안에 넣었다. 로즈는 맨발로도 자유롭게 다녔고, 도로에서 가장 거친 곳도 쉽게 걸었다.

그 뒤로 15분 동안 그는 로즈를 따라 하겠다고 졸라대는 두 남매를 말려야 했다.

얼마 안 가 실라가 유모차를 미는 데 싫증을 냈다. 그러자 로즈가 나섰다. "이제 피에르 차례예요." 로즈는 엄마처럼 따뜻한 태도로 회색 옷을 입은 소년을 돌아보며 말했다. "자, 피에르. 이렇게 하면 돼." 로즈는 여전히 새하얗게 질린 얼굴로 힘없이 서 있는 소년 앞에 유모차를 끌어다 놓았다. 그러더니 금이 간 손잡이에 소년의 손을 올려놓고 함께 유모차를 밀었다.

하워드가 로즈에게 물었다. "아이 이름이 피에르인 건 어떻게 알았니?"

로즈가 그를 빤히 바라보며 대답했다. "그렇게 말해줬어요. 농장에서요."

그는 소년이 말하는 것을 한 번도 보지 못했다. 사실, 소년이 말하는 능력을 잃은 것은 아닌지 내심 걱정하고 있었다. 그는 자신과 아이들 사이에 놓인 틈, 노인과 어린아이 사이에 뻗어 있는 커다란 틈을 새삼스레 깨달았다.

아무래도 어색하고 낯선 위로나 질문을 퍼부어대서 겁주는 것보다 다른 아이들과 어울릴 수 있게 내버려 두는 편이 나을 듯했다.

그는 로즈와 피에르가 유모차를 미는 모습을 찬찬히 바라보았다. 로즈는 어린 피에르에게 자신 있게 말을 붙일 수 있을 만큼 친해진 것 같았다. 로즈는 유모차를 같이 밀면서 어린아이다운 귀여운 말투로 재잘재잘 떠들고 즐거워했다.

로즈가 유모차를 밀며 총총 걸어가면, 피에르가 로즈의 발걸음에 맞춰 종종걸음쳤다. 피에르는 로즈가 걸으면 따라 걸었다. 하지만 다른 일에는 아무런 반응도 보이지 않았다. 텅 빈 듯한 표정과 눈빛은 아이의 얼굴에서 결코 떠나지 않았다.

로널드가 하워드에게 물었다. "하워드 할아버지, 왜 저 애는 아무 말도 안 해요? 정말 웃겨요."

실라도 따라서 물었다. "왜 저 애는 아무 말도 안 해요?"

"아주 슬픈 일을 겪어서 그렇단다. 너희들은 할 수 있는 한 친절하게 대해줘야 해."

아이들은 잠시 입을 닫고 하워드의 대답을 곰곰이 생각했다.

이내 실라가 입을 열었다. "할아버지도 저 애한테 친절하게 대해야 하나요?"

"물론이지. 모두가 친절하게 대해줘야 해."

그러자 실라가 프랑스어로 재차 말했다. "그러면 저 애한테도 호루라기를 만들어주세요. 우리한테 만들어주신 것처럼요."

로즈가 벌떡 고개를 들었다. "호루라기?"

로널드가 프랑스어로 설명했다. "할아버지는 나뭇가지로 호루라기를 엄청나게 잘 만드셔. 시도통에 있을 때 우리한테 만들어주셨어."

로즈는 신이 나서 방방 뛰었다. "봐봐, 피에르! 선생님께서 네게 호루라기를 만들어주신대!"

아이들 모두 기대에 차서 환한 얼굴로 하워드를 올려다보았다. 아이들에게는 호루라기가 어떤 병이든 낫게 해주고 쓰라린 마음을 달래주는 만병통치약인 것이 분명했다. 모두가 한마음으로 그렇게 생각하는 듯했다.

"호루라기를 만들어준다면 나도 기쁘겠구나." 그가 차분하게 말했다. 호루라기를 만들어준다고 해서 피에르의 기분이 나아질지는 의심스러웠지만, 다른 아이들은 기쁘게 해줄 수 있을 것이다. "알맞은 나무 덤불을 찾아야 한단다. 개암나무 덤불 말이야."

"개암나무야!" 로널드가 프랑스어로 다시 말했다. "개암나무를 찾아보자."

그들은 도로를 따라 유모차를 밀고 개암나무 덤불을 찾으며 걸어갔다. 따스한 오후였다. 이윽고 하워드가 개암나무를 발견했다. 농장에서 출발해 45분 동안 걸었으니 이제 아이들이 쉬어야 할 때였다.

그는 덤불로 다가가서 주머니칼로 곧은 가지를 잘라 왔다. 차들이 지나다니는 도로에서 살짝 물러나 들판으로 아이들을 데려가서 앉혔다. 오렌지도 하나 꺼내서 나눠 먹으라고 주었다.

두 남매와 로즈는 하워드가 나뭇가지로 호루라기를 만드는 모습을 넋을 잃고 바라보았다. 오렌지는 쳐다보지도 않았다. 피에르는 로즈의 품에 안겨서 풀밭에 앉았다. 그 무엇에도 집중하지 못하는 것 같았다. 심지어 오렌지 조각도 입에 넣어줘야 했다.

하워드는 나뭇가지를 다듬고 껍질을 알맞은 자리에 묶었다. 완성된 호루라기를 입에 대고 불자 살짝 낮은 음이 흘러나왔다. 소리가 깨끗하고 맑았다.

"받으렴." 그가 피에르에게 말했다. "이건 피에르 거란다."

로즈가 호루라기를 받았다. "이것 봐, 피에르. 선생님께서 네게 만들어주신 거야." 로즈가 피에르 대신 호루라기를 불어 보았다.

로즈는 곧 피에르의 입술 사이로 호루라기를 부드럽게 밀어 넣었다. "불어 봐, 피에르."

도로에서 군용 트럭들이 우르릉거리며 나아가는 소리 위로 나무 호루라기에서 흘러나온 작은 소리가 울려 퍼졌다.

5장
네덜란드 꼬마

그들은 금방 도로로 올라와서 몽타르지를 향해 걸어갔다. 저녁이 다가오고 있었다. 구름 한 점 없는 하늘에서 해가 지평선 너머로 저물었다. 영국이라면 무덥고 길었던 하루를 마친 새들이 지저귀기 시작할 때였다. 프랑스 중부에는 시골 사람들이 일요일마다 새를 잡는 통에 새가 별로 없었다. 그래도 하워드는 새들의 노랫소리가 들려오길 기대하며 저도 모르게 귀를 기울였다.

귀에 닿은 것은 다른 노랫소리였다. 멀리서 비행기들이 윙윙거렸다. 훨씬 더 멀리서 날카로운 포성이 울려 퍼졌다. 폭탄이 터졌는지 요란한 폭음도 들렸다. 도로에는 프랑스 군인들을 가득 태운 채 서쪽으로 나아가는 군용 트럭이 그 어느 때보다 많았다.

그날 안에 몽타르지에 도착하기란 보나 마나 불가능했다. 도로가 끝도 없이 이어졌다. 계산해보니 버스를 떠나 8킬로 정도 걸은 듯했다. 앞으로 16킬로쯤은 더 가야 했다. 밤이 내려앉고 있었다. 아이들은 녹초가 되었다. 로널드와 실라는 자꾸 티격태격 말다툼을 벌였다.

잔뜩 지친 실라는 얼마 지나지 않아서 왈칵 성질을 부리며 눈물을 터뜨릴 게 분명했다. 로즈도 이제 활기를 잃었고, 더는 피에르에게 수다스럽게 말을 붙이지도 않았다. 그저 한 손으로 피에르를 잡고 맨발로 묵묵히 걸었다.

피에르는 여전히 낯빛이 창백했고 아무 말이 없었다. 한 손으로는 호루라기를 꼭 쥐고, 다른 손으로는 로즈의 손을 쥔 채 이따금 비틀거리면서 로즈와 발맞추어 걸었다.

그날 밤 묵을 곳을 찾아봐야 했다. 선택할 수 있는 곳은 많지 않았다. 도로 오른편에 농장이 하나 있었고, 800미터 앞 도로 왼편에도 농장이 하나 있었다. 아이들은 그보다 멀리 걷지 못할 것이다.

그는 오른편의 가까운 농장으로 들어갔다. 말뚝에 '개 조심'이라고 적힌 표지판이 못 박혀 있었다. 그는 경고문을 눈여겨 보았지만, 아이들은 제대로 보지도 않고 지나쳤다.

거대한 얼룩무늬 개가 무시무시한 소리로 짖어대며 목줄이 늘어나는 데까지 뛰쳐나왔다. 아이들은 허둥지둥 뒷걸음치며 흩어졌다. 실라는 깜짝 놀라서 비명을 지르며 눈물을 터뜨렸고, 로즈는 훌쩍거렸다. 개와 아이들이 경쟁하듯 소란을 피워대는 동안 하워드는 농가의 문간으로 다가가서 하룻밤 묵어가도 되는지 물었다.

쭈글쭈글한 노파가 대꾸했다. "여기엔 침대 같은 거 없수다. 여기가 호텔인 줄 아시오?"

더 젊고 토실토실한 아낙이 뒤에서 말했다. “헛간에서 자면 될 거예요, 어머니.”

“뭐? 헛간?” 노파가 하워드를 아래위로 훑어보며 말했다. “군대에서 민가 숙박 명령서를 보내면 군인들을 헛간에 재워주긴 했지. 돈은 있수?”

“아이들을 괜찮은 곳에서 재울 수 있다면 값은 넉넉히 드리리다.”

“10프랑.”

“10프랑 좋소. 먼저 헛간 좀 살펴봐도 되겠소?”

노파는 외양간을 가로질러 헛간으로 그를 데려갔다. 그들 뒤로 젊은 아낙도 따라왔다. 한쪽 끝에 타작마당이 딸린 헛간은 널따랗고 휑뎅그렁했다. 사람이 편히 쉴 수 있을 가구나 집기는 하나도 없었다.

하워드는 고개를 흔들었다. “나야 외딴곳에서 지내도 되지만, 아이들은 반드시 침대에서 재워야 하오. 아무래도 다른 곳에 가봐야겠소.”

젊은 아낙이 건초 다락에 관해 무어라고 속삭였다. 그러자 노파가 불같이 화를 냈다. 아낙이 노파를 살살 달랬다. “다들 지쳤잖아요, 어린 애들인데….” 두 사람은 헛간 구석으로 가더니 머리를 맞대고 수군거렸다.

건초 다락은 상태가 나쁘지 않았다. 어쨌거나 쉼터로 쓸 만했고 아이들을 재울 수 있을 듯했다. 그는 15프랑에 건초 다락을 사용하겠다고 흥정했다. 농장에 우유는 넉넉히 있었지만, 음식은 거의 없었다.

그는 아이들을 다락에 남겨두고 개를 지나쳐서 밖에 세워둔 유모차로 갔다. 유모차에 보관해두었던 빵을 두 덩이로 쪼개서 하나를 아낙에게 건넸다. 아낙은 끓인 우유에 빵을 적셔서 아이들이 먹을 저녁거리를 만들어주었다.

30분 후, 그는 건초 더미 위에 편안한 잠자리를 만들려고 애썼다. 다락으로 따라 들어온 아낙이 그 모습을 잠시 지켜보았다. "담요 안 갖고 계세요?"

그는 고개를 가로저었다. 담요를 버스 안에 두고 온 것이 무척 후회스러웠다. "무엇이든 두고 떠나야 했소." 조용하게 대답했다.

여자는 아무 말도 없이 자리를 떴다. 10분쯤 지났을까, 말을 덮는 데 쓰는 거친 담요 두 장을 들고 돌아왔다. "우리 어머니한테는 말하지 마세요." 아낙이 무뚝뚝하게 말했다.

그는 감사 인사를 건넨 다음 서둘러 아이들 잠자리를 만들었다. 아낙은 그대로 서서 아무 말 없이 잠자코 그를 바라보았다.

이내 아이들은 건초 침대 위에 편안하게 누워서 잠을 청했다. 그는 헛간 문가로 걸어 나가서 바깥을 내다보았다.

아낙이 곁으로 다가와서 말을 걸었다. "지치셨겠어요, 선생님."

그는 몹시 피곤했다. 당분간은 아이들을 신경 쓰지 않아도 되자 문득 피로가 몰려와서 온몸에 힘이 빠졌다. "조금 피로할 뿐이오. 얼른 저녁을 먹고 아이들과 함께 자야겠소. 안녕히 주무시오."

아낙은 농가로 돌아갔고, 그는 유모차로 다가갔다. 남은 빵

덩이를 찾아가려는데 문가에 있던 노파가 날카롭게 그를 불러 세웠다. "괜찮으면 들어와서 함께 수프나 드시구려."

그는 고마운 마음으로 농가 부엌에 들어섰다. 숯불 화로 위에서 수프 냄비가 부글부글 끓고 있었다. 식탁보 없이 행주로 문질러 닦기만 한 소박한 식탁이 곁에 놓여 있었다. 노파가 커다란 그릇에 김이 모락모락 피어오르는 수프를 담아 숟가락과 함께 내놓았다. 그는 감사를 표하고 앉아서 가져온 빵을 곁들여 수프를 먹었다.

노파가 불쑥 입을 열었다. "알자스(독일과 맞닿아 있는 프랑스 북동부 지방-옮긴이)에서 오셨수? 독일사람처럼 말하던데."

그는 고개를 저었다. "영국인이오."

"아, 영국인!" 노파와 아낙은 새롭게 호기심을 띠고 그를 바라보았다. "그런데 애들은 영국인이 아닌 거 같더구먼."

젊은 아낙도 말을 보탰다. "큰 남자애랑 어린 여자애는 영국사람인가 봐요. 우리 말을 안 쓰던걸요."

그는 어렵게 상황을 설명했다. 두 사람은 그의 말을 조용히 들었지만, 그가 하는 말을 절반도 믿지 않는 듯했다. 노파는 살면서 한 번도 휴가를 즐겨본 적이 없었다. 장이 서는 더 큰 마을 너머에 어쩌다 한 번씩 가봤을 뿐이었다.

노파와 아낙은 고작 낚시나 하려고 고향에서 멀리 벗어나 다른 나라까지 여행하는 사람들이 이 세상에 있다는 사실을 잘 이해하지 못했다. 더욱이 다른 사람의 아이들을 떠맡아 돌보는 노인은 듣도 보도 못한 존재였다.

두 사람이 질문 세례를 멈추자 그는 말없이 수프 그릇을 비웠다. 뜨끈한 수프를 먹고 나자 몸이 한결 가뿐해졌다. 그는 엄숙한 예의를 갖춰 고맙다고 인사를 건네고 마당으로 나갔다.

날이 어둑하게 저물어 있었다. 도로에는 여전히 군용 트럭들이 드문드문 지나갔다. 포격은 완전히 멈춘 듯했다.

"오늘 밤에는 안 멈출 거요." 문가로 따라 나온 노파가 도로를 가리키며 말했다. "그제 밤에는 헛간이 꽉 찼었수. 군인들을 재워주는 데 22프랑을 받았지. 단 하룻밤에 말이오." 노파는 돌아서서 집 안으로 들어갔다.

그도 건초 다락으로 올라갔다. 아이들은 이상한 자세로 웅크린 채 잠자고 있었다. 피에르는 잠에 빠져서도 얼굴을 씰룩거리며 훌쩍였다. 한 손에는 여전히 호루라기를 꼭 쥐고 있었다.

그는 조심스럽게 아이의 손에서 호루라기를 빼내 건초 절단기 위에 올려두었다. 아이들 위로 담요를 반듯하게 덮어준 다음, 건초를 조금 밟아 다져서 잠자리를 하나 더 만들고 그 위에 재킷을 덮고 누웠다.

그는 곧바로 잠들지 못하고 15분 정도 괴로워했다. 상황이 정말로 난처했다. 처음에는 계속 이동하는 편이 나아 보였지만, 애초에 주와니를 떠난 것이 실수였다. 파리로 갈 수 없다는 사실을 알았을 때, 스위스와 연결되는 교통편이 모두 끊어졌다는 사실을 알았을 때, 곧장 디종으로 돌아가야 했다.

버스를 갈아타며 샤르트르로 가겠다는 계획은 완전히 실패했고, 결국 이 사달이 나고 말았다! 건초 다락에서 자야 했고, 그 없이는 아무것도 하지 못하는 아이들이 넷이나 딸린 데다, 기세 좋게 몰려드는 독일군에게 곧장 다가가고 있었다!

그는 불안한 마음으로 뒤척였다. 어쩌면 상황이 그렇게 나쁘지 않을 수도 있었다. 어쨌거나 독일군은 파리를 통과하지 못할 공산이 컸다. 독일군은 북쪽 지방을 맹렬히 공격하고 있었다. 그가 가려는 곳은 훨씬 서쪽이니, 북부 지방이 틀림없이 독일군의 공세를 막아줄 것이다.

내일은 몽타르지에 도착할 것이다. 남은 16킬로를 내내 걸어야 한다고 해도 가능할 것이다. 아이들도 천천히 걷는다면 16킬로쯤은 갈 수 있을 듯했다. 어린 실라와 피에르를 이따금 유모차에 태울 수도 있을 것이다.

몽타르지에 도착하면 회색 옷을 입은 피에르를 수녀들에게 맡기고, 경찰에게 부모의 죽음을 신고하면 된다. 몽타르지쯤 되는 도시라면 피티비에로 가는 버스가 있으리라. 어쩌면 샤르트르까지 곧바로 가는 버스가 있을지도 모른다.

이런 생각이 밤새도록 마음을 괴롭혔다. 그는 간혹 한기를 느끼며 불안한 선잠에 빠질 뿐, 제대로 잠을 이루지 못했다.

새벽 4시가 되자 동이 터왔다. 가느다랗고 희부연 빛줄기가 다락으로 슬며시 들어와서 서까래 사이에 걸린 거미줄을 비췄다. 그는 다시 깜빡 잠이 들었다.

6시쯤에 완전히 깨어나서 사다리를 타고 마당으로 내려갔다. 수도 펌프 곁에서 얼굴을 씻었다. 턱에서 까칠하게 자라난 수염이 따끔따끔하게 손바닥을 찔렀다. 그래도 수도 펌프 옆에서 면도하고 싶지는 않았다. 몽타르지에 호텔이 있을 것이다. 면도는 그때까지 미뤄둘 수 있었다.

노파와 아낙은 벌써 농장 일을 하느라 분주했다. 그는 노파에게 아이들이 마실 커피를 끓여달라고 부탁했다. 아이들 모두 마실 양은 3프랑이라는 대답이 돌아왔다. 그는 돈을 꼭 내겠노라고 노파를 안심시킨 다음, 아이들을 깨우러 다락으로 올라갔다.

아이들은 이미 일어나서 뛰어다니고 있었다. 그가 마당으로 내려가는 모습도 보았다고 했다. 그는 얼른 세수하라며 아이들을 수돗가로 내려보냈다. 피에르만 쭈뼛거리며 뒤에 남았다. 로즈가 사다리에 서서 재촉했지만, 아이는 발을 떼지 않았다.

하워드는 담요를 개며 아이를 힐끗 쳐다봤다. "얼른 가서 세수하렴." 프랑스어로 말을 걸었다. "로즈가 부르고 있잖니."

아이는 오른손을 배에 갖다 대더니 꾸벅 허리를 굽혀 인사했다. "선생님…." 들릴 듯 말 듯 작은 목소리였다.

그는 깜짝 놀라서 아이를 물끄러미 바라보았다. 처음으로 아이의 목소리를 들었다. 피에르는 여전히 가만히 서서 한 손을 배에 얹은 채 애원하듯 그를 바라보았다.

"얘야, 무슨 일 있니?" 프랑스어로 물었다. 아무런 대답이 없었다. 그는 뻣뻣하게 한쪽 무릎을 꿇고 앉아서 아이와 눈높이를 맞추었다. "무슨 일이야?"

피에르가 속삭였다. "호루라기를 잃어버렸어요."

그는 일어서서 어젯밤 절단기 위에 챙겨두었던 호루라기를 건넸다. "여기 있단다. 내가 안전하게 잘 보관해뒀지. 이제 내려가 보렴. 로즈가 얼굴을 씻겨 줄 거야."

그는 아이가 사다리를 타고 아래로 내려가는 모습을 지긋이 바라보았다. "로즈, 피에르 얼굴 좀 씻겨 주렴."

그는 아이들을 농가 부엌으로 데려가서 커피를 마시게 했다. 어제 먹고 남은 빵도 주고, 이것저것 해달라고 보채는 것도 해결해주었다. 노파에게는 잠자리와 음식을 마련해준 값으로 20프랑을 건넸다.

7시 15분쯤, 아이들을 한 명씩 데리고 나가서 사나운 개를 지나쳐 도롯가에 데려다 놓았다. 이제 유모차를 밀며 걸을 때였다.

눈부시게 아름다운 여름 아침이었다. 구름 한 점 없이 옅은 파랑으로 물든 하늘 위로 비행기 몇 대가 지나갔다. 프랑스군인지 독일군인지 알 수 없었다. 도로에는 군용 트럭이 그 어느 때보다 많았다. 다들 면도도 하지 않고 지저분한 모습이었다.

그날은 서쪽으로 피난 가는 행렬이 그리 많지 않은 듯했다. 자전거를 탄 사람들, 걸어가는 사람들, 짐까지 잔뜩 실은 수레에 올라탄 가족들은 어제만큼 많았지만, 자동차를 타고 가는 사람들은 눈에 띄게 줄었다. 하워드는 걷기 시작하고 한 시간 정도는 계속 뒤를 돌아보며 버스가 오는지 살폈다. 단 한 대도 오지 않았다.

아이들은 무척 즐거워했다. 도로를 달리고, 서로 수다스럽게 떠들고, 하워드에게 다가와서 재잘거리고, 게임을 하느라 정신이 없었다. 지친 운전병이 모는 먼지 낀 트럭 바퀴에 몇 차례나 깔릴 뻔한 바람에 하워드가 나서서 제지해야 했다.

날이 점차 따뜻해지자 그는 아이들의 코트와 저지 스웨터를 벗겨서 유모차에 얹었다. 로즈는 당연히 맨발로 걸었다. 그는 로즈처럼 맨발로 걷고 싶다는 두 남매를 이기지 못하고 양말과 스타킹을 벗도록 허락했다. 그래도 신발은 신어야 한다고 고집했다. 피에르의 양말도 벗겨주었다.

피에르는 여전히 안색이 창백하고 눈빛이 멍했지만, 행동이 조금 더 자연스러워진 듯했다. 한 손에는 호루라기를 꼭 움켜쥐고 있었다. 호루라기는 여전히 소리가 잘 났다. 이따금 실라가 호루라기를 빼앗으려고 들었지만, 눈여겨보고 있던 하워드가 막아섰다.

"계속 피에르를 괴롭히면 다시 스타킹을 신길 테다." 그는 이맛살을 찌푸리며 경고했다. 실라는 살며시 하워드를 올려다보고는 그의 말이 진심이라는 사실을 깨달았다.

"호루라기를 불어 봐, 피에르." 가끔 로즈가 피에르에게 몸을 숙이고 말을 걸었다. "날 위해서 불어줘." 그러면 피에르는 호루라기를 입에 물었다. 가냘픈 소리가 울려 퍼졌다. "와, 솜씨가 좋다." 로즈는 아침 내내 피에르를 칭찬했다. 종종 하워드를 올려다보며 수줍게 미소 짓기도 했다.

그들은 느릿느릿 걸었다. 한 시간에 2.5킬로 밖에 가지 못했다. 그는 아이들을 재촉해서 좋을 게 없다고 생각했다. 어쨌거나 저녁이면 몽타르지에 도착할 것이다. 그러려면 아이들이 제게 맞는 속도로 걸어야 했다.

10시가 됐을 무렵, 북쪽에서 포격 소리가 터져 나왔다. 대포와 곡사포가 집중적으로 포탄을 쏘는 소리였다. 하워드는 당황스러웠다. 포격은 멀리서, 아마 15킬로나 그 이상 떨어진 곳에서 벌어진 듯했다. 하지만 분명히 북쪽에서, 다시 말해 그들과 파리 사이에서 벌어지고 있었다. 근심스럽고 당혹스러웠다.

설마 독일군이 남쪽에서 파리를 에워쌌을까? 그런 일은 절대로 불가능하지 않을까? 파리행 기차가 주와니에서 멈춰섰던 것도 독일군이 파리의 남쪽에 들어와 있기 때문이었을까?

10시 정각 즈음, 하워드 일행은 라크루아라는 자그마한 마을에 도착했다. 구멍가게를 겸한 작은 카페가 딱 하나 있어서 변변찮은 식료품을 팔았다. 벌써 세 시간 가까이 걸어온 탓에 아이들이 지치기 시작했다. 쉬어야 할 때였다. 그는 카페로 들어갔다. 아이들이 둘씩 나눠서 마실 수 있도록 커다란 오렌지 주스를 두 잔 사주었다.

다른 피난민들도 카페에 침울한 기색으로 말없이 앉아 있었다. 어느 노인이 누구에게랄 것도 없이 말을 꺼냈다. "독일 놈들이 파리를 점령했다더구먼!"

카페를 지키고 있던 주름이 쪼글쪼글한 노파가 사실이라고 대꾸했다. 라디오에서 뉴스가 나왔다고 했다. 어느 군인에게서도 똑같은 소식을 들었다고 했다.

하워드는 그 소식에 심장이 요동치는 것 같았다. 파리가 점령당했다니 믿을 수가 없었다. 다시 정적이 카페 안을 휘감았다. 모두 할 말을 잃은 것 같았다. 오직 아이들만 의자에서 꼼지락대며 음료수에 관해 재잘거렸다. 바닥 한가운데 앉은 개 한 마리가 부지런히 가려운 데를 긁거나 파리를 덥석 물곤 했다.

그는 아이들을 그대로 앉혀두고 카페 옆에 붙은 가게로 들어갔다. 오렌지를 살 수 있을까 기대했지만, 오렌지도 신선한 빵도 동이 난 뒤였다. 그가 사정을 설명했더니 노파가 얼마 안 되는 식료품 재고를 내놓았다. 그는 꼼꼼하게 살펴본 후 딱딱하고 두꺼운 비스킷을 여섯 개 골랐다. 지름이 23~25센티쯤 될 만큼 큰 비스킷은 우중충한 잿빛이어서 개 먹이용 비스킷처럼 보였다.

과연 먹어도 될지 의심스러운 기다란 갈색 소시지도 하나 고르고, 버터도 얼마간 샀다. 자신의 지친 몸을 달래줄 싸구려 브랜디도 한 병 보탰다. 마지막으로 오렌지 주스를 네 병 사서 쇼핑을 마무리했다. 그렇게 돌아서려는데 초콜릿 바가 꽉 차 있는 상자 하나가 눈에 들어왔다. 아이들에게 주전부리로 줄 초콜릿 바까지 12개 더 샀다.

휴식 시간이 끝났다. 그는 아이들을 데리고 다시 도로로 나갔다. 아이들을 기운 나게 해주려고 초콜릿 바 하나를 정확하게 네 조각으로 쪼개서 나눠주었다. 남매와 로즈는 신나서 초콜릿에 달려들었다. 피에르는 말없이 고개를 저으며 거절했다.

"괜찮아요, 선생님." 아이가 중얼거렸다.

하워드는 프랑스어로 자상하게 말했다. "피에르, 초콜릿을 별로 안 좋아하니? 참 맛있단다."

피에르는 다시 고개를 저었다.

"조금만 먹어봐." 나머지 아이들이 피에르가 신기하다는 듯 쳐다보았다.

피에르가 다시 중얼거렸다. "고맙습니다, 선생님. 그런데 엄마가 안 된다고 했어요. 꼭 점심을 먹고 나서 먹어야 한댔어요."

하워드는 길가에 바닥 깔개로 대충 덮어놓은 채 남겨두고 왔던 훼손된 시신이 떠올랐다. 억지로 그 생각을 떨쳐내야 했다.

"그렇구나." 프랑스어로 대답했다. "그러면 이 초콜릿 조각은 남겨두자꾸나. 점심을 먹고 나서 먹으렴." 그가 초콜릿 조각을 유모차 구석에 조심스럽게 놓자 피에르가 물끄러미 바라보았다. "여기에 두면 괜찮을 거야."

피에르는 제법 만족스러운 얼굴로 하워드 옆에서 종종걸음 쳤다.

어린 실라와 피에르는 오래 지나지 않아 다시 기운을 잃었다. 네 시간에 9.5킬로 남짓 걷는 사이에 날씨가 무더워졌다. 그는 실라와 피에르를 유모차에 앉히고 밀기 시작했다. 로널드와 로즈가 그 곁에서 걸었다. 이상하게도 이제는 군용 트럭 행렬이 보이지 않았다. 도로에는 피난민들만 남았다.

피난민들이 도로를 가득 메웠다. 몸집이 커다란 말이 끄는 농장 수레가 사람이 걷는 속도와 다를 바 없이 느릿느릿하게 도로 한가운데서 굴러갔다. 수레에 올라탄 사람들 사이로 세간과 침구, 식량 자루도 한껏 실려 있었다.

수레 사이사이로 자동차들이 들끓었다. 대형 자동차와 소형 자동차, 이따금 보이는 구급차와 오토바이까지 전부 서쪽으로 가는 중이었다.

자전거를 탄 사람들도 셀 수 없을 만큼 많았다. 찌는 듯한 6월의 더위 속에서 손수레와 유모차를 밀며 걸어가는 사람들도 꼬리에 꼬리를 물고 이어졌다. 전부 흙먼지 때문에 숨도 제대로 쉬지 못했다. 전부 땀을 뻘뻘 흘리며 괴로워했다. 전부 몽타르지로 꾸역꾸역 나아갔다.

때때로 비행기 한 대가 도로 근처를 날았다. 그럴 때마다 사람들이 공황 상태에 빠져서 허둥대는 바람에 사고가 한두 건씩 터졌다. 하지만 그날 몽타르지로 가는 길에는 폭탄도, 기관총탄도 쏟아져 내리지 않았다.

더위가 맹렬하게 기승을 부렸다. 정오가 15분쯤 남았을 즈음, 도롯가를 흐르는 작은 개울물이 나왔다. 농장 마차를 몰던 사람들이 말에게 물을 먹이려고 한꺼번에 멈춰선 탓에 도로가 혼잡해졌다.

하워드도 잠시 쉬어야겠다고 마음먹고 유모차를 도로 바깥 들판으로 밀고 갔다. 개울에서 쓸려 나온 흙으로 만들어진 자그마한 모래톱이 나무 아래에 펼쳐져 있었다.

"여기서 점심을 먹자꾸나." 그가 아이들에게 말했다. "냇가로 가서 손과 얼굴을 씻고 오렴." 그는 음식을 꺼내서 나무 그늘 밑에 앉았다. 무척 피곤했지만, 아직 몽타르지까지 8킬로쯤 더 가야 했다. 그래도 몽타르지에 가면 분명히 버스가 있을 터였다.

로널드가 말을 걸었다. "하워드 할아버지, 물에 들어가서 걸어 다녀도 돼요?"

그가 몸을 일으키며 대답했다. "괜찮으면 목욕해도 된단다. 날이 너무 덥구나."

"정말 목욕해도 돼요?"

실라도 오빠의 말을 따라 했다. "나도 정말 목욕해도 돼요?"

그는 풀밭에 일어나 섰다. "안 될 거 있겠니." 느긋하게 말을 이었다. "옷을 벗으렴. 괜찮다면 점심 먹기 전에 목욕하자꾸나.”

두 남매에게는 더 재촉할 필요도 없었다. 로널드는 당장 얇은 옷을 벗더니 물속으로 뛰어들어서 첨벙거렸다. 실라는 혼자서 민소매 속옷을 벗느라 끙끙대는 바람에 하워드가 도와줘야 했다. 그는 물속에서 노는 아이들을 바라보자 기분이 좋아졌다. 이내 로즈를 돌아보며 프랑스어로 물었다. “너도 물에 들어가지 않으련?”

로즈는 깜짝 놀라서 낯빛마저 변하더니 도리질 쳤다. “부끄러운 일이에요, 선생님. 절대 안 돼요.”

그는 햇빛을 받아 반짝거리는 두 남매의 알몸을 힐끗 바라봤다. “아니란다….” 생각에 잠겨서 느릿하게 말을 이었다. “부끄러운 일이 아니야. 어쨌거나 로널드와 실라는 계속 목욕하도록 두는 편이 낫겠구나.” 피에르에게도 물었다. “너도 목욕하겠니, 피에르?”

회색 옷을 입은 피에르는 눈이 휘둥그레져서 영국 아이들을 바라보았다. “아니요, 괜찮아요, 선생님.”

“그러면 신발 벗고 발을 담가보기라도 하지 않으련? 물속에 말이야.” 피에르는 미심쩍은 표정으로 하워드를 빤히 바라보더니 다시 로즈를 쳐다봤다. “물에 들어가면 시원하단다. 로즈, 피에르가 물에 발을 담그도록 해주렴.”

로즈가 피에르의 신발과 양말을 벗기고는 함께 개울물로 갔다. 둘 다 겨우 물가 끝에 발만 살며시 담갔다. 하워드는 다시 나무 그늘로 돌아와 앉아서 아이들을 바라보았다.

실라가 로즈와 피에르에게 물을 튀겼다. 로즈가 실라를 나무랐다. 그런데 얕은 물가에 서 있던 피에르가 몸을 굽히더니 손을 물에 담그고 실라에게 슬쩍 물을 튀겼다. 아이들이 왁자지껄 떠드는 소리 사이로 작고 새된 소리가 들렸다. 하워드가 처음 들어보는 소리였다. 피에르가 웃고 있었다.

하워드 뒤에서 어느 사내가 목소리를 높였다. "세상에나! 저 망할 아이들 좀 보십시오. 꼭 브라이턴(영국 해협의 해변 휴양 도시-옮긴이)에 온 것 같습니다."

다른 사내가 말을 받았다. "망할…, 신경 쓰지 마. 저 진흙 뒤집어쓴 꼴 좀 보라고. 저런 진흙탕 물은 라디에이터에 못 써. 상류 쪽으로 더 가보지. 서두르지 않으면 밤새도록 이 빌어먹을 곳에 있어야 할걸."

하워드가 뒤를 돌아보았다. 영국 군인 제복을 입은 사내 둘이 면도도 하지 않고 지저분한 모양새로 들판에 서 있었다. 한 명은 하사였고, 다른 한 명은 운전병이었다.

하워드가 벌떡 일어서서 소리쳤다. "나도 영국 사람이라오! 혹시 차를 갖고 있소?"

하사가 깜짝 놀라서 그를 빤히 쳐다봤다. "댁은 대체 누구요?"

"영국 사람이오. 저 아이들도 영국인이라오. 저 넷 중에 둘이 그렇소. 지금 샤르트르로 가는 길이오."

"샤르트르?" 하사가 어리둥절한 표정으로 되물었다.

"지명입니다." 운전병이 설명했다. "지도에서 봤습니다."

하워드가 재차 물었다. "차를 갖고 있소?"

"화물 트럭입니다." 하사가 대꾸하더니 운전병을 돌아보며 명령했다. "빌어먹을 물이나 얼른 구해서 채워 넣어, 버트!" 운전병이 양철통을 흔들며 개울 상류 쪽으로 걸어갔다.

하워드가 다시 말을 건넸다. "우리를 좀 태워줄 수 있겠소?"

"저 애들까지 전부요? 글쎄올시다, 선생. 어디까지 가려는 거요?"

"영국으로 가려고 하오."

"그건 우리도 마찬가지요."

"샤르트르까지만 태워주시오. 샤르트르에서 생말로까지 기차가 다닌다고 했소."

"설마 이 멍청한 프랑스 놈들이 하는 말을 다 믿는 건 아니시겠지. 어제는 수잔인지 뭔지 하는 동네를 통과하면 괜찮을 거라고 하는 거요. 거기엘 갔더니 염병할 독일 놈들이 득시글거리더라고! 죄다 총을 쏘아대는데 나랑 버트가 무슨 사격 표지판인 줄 알았다니까! 선생은 10톤짜리 트럭 몰아본 적 있소?"

하워드는 고개를 가로저었다.

"뭐, 소형 승용차처럼 말을 잘 듣는 놈은 아니오. 어쨌거나 버트가 액셀을 미친 듯이 밟아서 돌아 나왔지. 나는 앞 유리창에 낡아빠진 기관총을 올려두고 있었고. 꼭 자동차 경주장에 있는 경사 트랙을 밟는 것 같더라고. 그렇게 빠져나오면서 전동 발전기에 딱 두 발만 맞았소. 조명 켜는 전기를 만드는 거거든 그게. 절삭 선반 뒤쪽 다리가 살짝 떨어져 나가긴 했는데, 장교가 발견하지만 않으면 별일 없을 거요. 어쨌거나 거기를 지나갈 수 있다니 말도 안 되는 소리지! 동네 이름이 수잔이랬나 뭐랬나."

하워드는 놀란 눈으로 군인을 바라봤다. "어디로 가는 길이오?"

"브레스트라는 곳이오. 나 같으면 도시에 그런 이름은 안 붙일 텐데, 이 프랑스 놈들은 꼭 그런다니까. 장교가 낙오되면 거기로 가라고 했소. 거기서 배에 트럭을 싣고 영국으로 갈 거요."

"우리도 데려가 주시오."

하사는 머뭇거리며 아이들을 바라보았다. "이거 뭐라고 해야 하나. 자리가 있을지 모르겠소. 저 애들은 영국인도 아니고."

"두 명은 영국인이 맞소. 프랑스어로 말하고는 있지만, 그건 프랑스에서 자라서 그렇소."

운전병이 물이 뚝뚝 떨어지는 양철통을 들고 그들을 지나쳐서 도로로 나갔다.

"나머지 둘은?"

"프랑스인이오."

"프랑스 애들은 안 태울 거요." 하사가 대꾸했다. "일단 자리가 없소. 게다가 내 생각으로는 프랑스 애니까 여기에 남겨두는 게 맞는 것 같은데. 선생이랑 저 영국 애들 둘을 돕는 거야 싫지 않다만."

"잘못 알고 있구려. 저 프랑스 아이 두 명도 내가 돌보는 아이들이오." 그는 하사에게 사정을 설명했다.

"그래도 어쩔 수 없소, 선생. 전부 태울 자리가 없다니까."

"알겠소…." 하워드는 도로를 지나가는 피난민 행렬을 잠시 멍하니 바라보다가 천천히 말을 이었다. "만약 자리가 없어 문제라면, 아이들 네 명만 브레스트까지 데려가 주겠소? 아이들이니 자리를 많이 차지하지 않을 거요. 브레스트에 있을 수송 지휘관에게 보내는 편지를 써주리다. 영국에 있는 내 변호사에게 부칠 편지도 주겠소. 아이들에게 들어갈 여비도 주겠소."

하사가 미간을 찌푸렸다. "선생을 여기에 두고 가라는 말이오?"

"나야 괜찮을 거요. 사실, 아이들이 없으면 더 빨리 샤르트르까지 갈 수 있소."

"그러니까 선생 대신 프랑스 애들 둘을 데려가라고? 그런 뜻이오?"

"나는 괜찮을 거요. 프랑스를 제법 잘 안다오."

"그렇게 약해빠진 소리 하지 마쇼. 게다가 나 혼자서 망할 애들 넷을 어떻게 돌본단 말이오? 버트밖에 없는데." 하사가 휙 돌아섰다. "그러면 같이 가시든가. 빨리 애들 옷이나 입히쇼. 밤새 기다려줄 생각은 없으니까. 애들이 절삭 선반을 엉망으로 만들어놓으면 엉덩이를 흠씬 두들겨 줄 거요. 진심이오."

하사는 트럭을 향해 걸어갔다. 하워드는 서둘러 모래톱으로 가서 아이들을 불렀다. "얼른 와서 옷을 입으렴. 트럭을 타고 갈 거란다."

로널드가 홀랑 벗은 채로 그를 빤히 바라보았다. "정말요? 어떤 트럭이에요? 하워드 할아버지, 저 조수석에 앉아도 돼요?"

실라도 알몸이나 다름없는 꼴로 다가와서 오빠의 말을 그대로 반복했다. "나도 조수석에 앉아도 돼요?"

"와서 옷을 입으렴." 그는 로즈를 바라보며 프랑스어로 말했다. "로즈, 스타킹을 신고 피에르가 옷 입는 것 좀 도와주려무나. 얼른 챙겨야 해."

그는 최대한 서둘러서 아이들의 옷을 입혔지만, 몸이 젖어 있어서 옷이 딱 달라붙었다. 물기를 닦아줄 수건도 없었다. 그가 채비를 마치기도 전에 군인 두 명이 다가왔다. 급히 떠나야 해서 걱정스러운 기색이었다. 마침내 아이들이 옷을 다 입었다.

"이 유모차도 차에 실을 수 있겠소?" 그가 자신 없는 목소리로 물었다.

하사가 대꾸했다. "그딴 건 못 가져가요, 선생. 1달러도 안 되겠는데."

"나도 알고 있소. 하지만 다시 걸어야 할 일이 생기면 어린아이들을 태울 게 이것뿐이오."

운전병이 끼어들었다. "지붕 위에 싣도록 하죠. 그 위에 얹어 둬도 괜찮을 겁니다, 하사님. 기름을 못 구하면 우리도 걸어야 하지 않습니까."

"빌어먹을…." 하사가 말했다. "이건 화물 트럭이라고! 염병할 크리스마스트리도 아니고. 알겠어, 지붕에 실어."

운전병은 서둘러서 도로로 나갔다. 도롯가에 세워놓은 트럭은 거대했다. 피난 행렬이 트럭을 빙 둘러 소용돌이치며 지나갔다. 트럭에는 기계류가 한가득 실려 있었다.

한가운데에 크기가 어마어마한 절삭 선반이 보였다. 한쪽 끝에는 숫돌바퀴와 밸브 가공 기계가 있었고, 반대편 끝에는 줄질하는 기계와 통나무를 자르는 기계가 있었다. 선반 아래에는 전동발전기 세트가 보관되어 있었다. 그 위로는 기다란 배전반이 있었다. 기계들 사이 좁은 틈에 군용 배낭 두 개가 놓여 있었다.

하워드가 허겁지겁 유모차에서 점심을 꺼내자 운전병이 유모차를 트럭 지붕 위에 실었다. 하사는 아이들을 조수석에 앉힐 수 없다고 딱 잘라 거부했다. "거기에 기관총을 놔뒀거든, 보이시오? 독일 놈들하고 맞부닥쳤는데 총 대신 망할 애들이 옆에 있으면 안 되잖소."

"알겠소." 하워드가 하사에게 대답하고 로널드를 달랬다. 그는 아이들을 먼저 화물칸의 기계 사이에 앉히고 마지막으로 화물칸에 올라탔다. 하사는 하워드 일행이 자리 잡은 것을 확인한 후 조수석에 올라탔다. 낮게 부르릉거리는 소리가 울리며 차체가 한 차례 요동치더니 트럭이 피난 행렬 사이로 들어갔다.

30분이 지났을 무렵, 하워드는 허둥지둥 짐을 챙기느라 실라의 팬티를 개울가에 두고 왔다는 사실을 깨달았다.

다들 트럭 여행에 적응했다. 그래도 하워드는 화물칸 내부가 불편했다. 제대로 앉아서 쉴 공간이 없어서 군용 배낭 위에 반쯤 무릎을 꿇다시피 해서 구부정하게 웅크리고 있어야 했다.

몸집이 작은 아이들은 더 편하게 앉았다. 하워드는 점심으로 먹을거리와 오렌지 주스를 알맞은 양으로 조금씩 나눠주었다.

로즈에게는 허기만 달랠 정도로 먹어야 멀미하지 않고 차를 탈 수 있다고 알려주었다. 피에르에게는 유모차에서 꺼내두었던 초콜릿을 건넸다. 물론, 밥을 다 먹은 후였다. 어린 피에르는 진지한 얼굴로 초콜릿을 받아서 입안에 밀어 넣었다. 그 모습을 보자 하워드는 몹시 즐거웠다.

"맛있는 거야, 피에르." 로즈가 피에르 쪽으로 고개를 숙이고 미소 지었다.

피에르가 진지하게 고개를 끄덕이며 속삭였다. "정말 맛있어."

트럭은 금방 몽타르지에 도착했다. 좌석과 화물칸 사이 칸막이에 난 작은 문으로 하사가 말을 걸었다. "여기 와 본 적 있소, 선생?"

"기차를 타고 지나가기만 했었소, 그것도 몇 년 전이오."

"빌어먹을 임시 휘발유 창고가 어디에 있는지 모르시고? 어디에서든 기름 좀 구해야 하는데."

하워드는 고개를 가로저었다. "잘 모르겠소. 원한다면 다른 사람들에게 물어봐 줄 수 있소."

"세상에, 프랑스어를 그렇게 잘한다고?"

그러자 운전병이 끼어들었다. "전부 프랑스어를 할 줄 압니다, 하사님. 심지어 저 망할 애들까지요."

하사가 다시 하워드를 돌아보며 말했다. "그냥 애들이나 바닥에 납작 엎드리게 하시오. 수잔인지 뭔지 했던 마을에서처럼 독일 놈을 발견할 수도 있으니까."

하워드는 깜짝 놀랐다. "독일군이 이렇게 서쪽까지 왔을 것 같지는 않소." 그래도 아이들을 화물칸 바닥에 엎드리게 했다.

아이들은 재미있는 장난을 친다고 생각했다. 즐거워서 꺅 비명을 지르는 아이들을 싣고 트럭은 몽타르지 시내로 들어갔다. 곧 차는 시내 중심의 교차로에 멈춰 섰다.

하워드는 하사의 부탁으로 트럭에서 내려 마을 사람들에게 군용 휘발유 보관소로 가는 길을 물어보았다. 제빵사가 도시 북쪽이라고 알려주었다. 하워드는 화물칸 대신 앞쪽의 좌석에 앉아서 시내를 가로질러 가는 길을 안내했다.

프랑스군 수송 단지는 쉽사리 찾아갈 수 있었다. 하워드는 통역을 위해 하사와 함께 내려서 수송대 책임자인 중위를 만나러 갔다. 프랑스군은 휘발유를 줄 수 없다며 무뚝뚝하게 대답했다. 군대도 몽타르지에서 철수하는 중이라고 했다. 휘발유를 구할 수 없다면 트럭을 버리고 남쪽으로 가야 했다.

그러자 하사가 상스러운 욕설을 퍼부었다. 어찌나 상스럽던지, 하워드는 영국 욕설을 알아들을 두 남매를 트럭 화물칸에 두고 와서 다행이라고 생각했다.

"나는 이것들 전부 브레스트까지 가져가야 한단 말이야!" 그가 외쳤다. "저놈 말대로 여기다 버리고 갈 수는 없지." 그는 갑자기 진지한 태도로 하워드를 돌아보며 말했다. "이봐요, 선생. 아무래도 선생은 애들이랑 떠나는 게 낫겠소. 빌어먹을 독일 놈들이랑 엮이고 싶지는 않으시겠지."

"휘발유가 없다면 그쪽도 우리와 함께 가는 편이 나을 거요."

"아니, 선생은 모른다니까. 나는 이 물건들 전부 브레스트까지 가져가야 한단 말입니다. 저 커다란 절삭 선반요. 선생은 저 선반이 어떤 건지 잘 모르겠지만, 저건 특별한 거요. 진짜로. 장비를 영국에 되가져가야 해요. 저 선반을 영국에 가져가야 한다고. 그렇게 해야 한다고! 독일 놈들이 저걸 노획물로 가져가게 둔다니! 어림도 없지!"

하사는 수송 단지를 둘러보았다. 더럽고 낡은 프랑스군 트럭이 단지를 빼곡하게 메우고 있었다. 얼마 남지 않은 군인들은 황급히 떠나는 중이었다. 휘발유를 주지 않겠다고 거절했던 중위는 작은 시트로엥 자동차를 타고 빠져나갔다.

"저 어디에 기름이 있다는 데 돈이라도 걸지." 하사가 투덜거렸다. 그는 뒤돌아서 운전병을 불렀다. "이봐, 버트! 이리로 와 봐."

군인 두 명은 휘발유를 찾아 트럭 사이를 돌아다녔다. 휘발유 저장고는 보이지 않았지만, 두 사람은 버려진 트럭의 기름 탱크에서 휘발유를 뽑아내 양철통에 부었다. 이 트럭에서 1갤런, 저 트럭에서 1갤런씩 모으니 모두 8갤런쯤 됐다. 그들은 트럭의 거대한 기름 탱크에 휘발유를 들이부었다. 8갤런이 찾을 수 있는 전부였다.

"얼마 안 되네." 하사가 말했다. "65킬로쯤 가려나. 그래도 당장 차가 퍼지는 것보다야 낫지. 빌어먹을 지도나 보자, 버트." 빌어먹을 지도는 피티비에까지 40킬로를 가야 한다고 알려주었다. "출발하지." 그들은 다시 서쪽을 향해 길을 나섰다.

날씨가 끔찍하게 더웠다. 화물칸의 옆 벽면은 나무로 만들어져 있었다. 선반을 사용해야 할 때 벽면을 바깥으로 펼쳐서 바닥 공간을 넓힐 수 있었다. 이 나무 벽 사이로는 빛이 거의 들어오지 않았다. 거대한 장비 틈은 어두침침했을 뿐만 아니라 답답해서 숨이 막혔고 퀴퀴한 냄새까지 났다.

아이들은 그다지 힘들어하지 않는 듯했지만, 연로한 하워드는 힘겨웠다. 얼마 지나지 않아 머리가 쪼개질 듯 아프기 시작했다. 비좁은 곳에 웅크리고 앉은 자세 때문에 팔다리로 통증이 퍼져나갔다.

피티비에로 가는 길은 불길할 만큼 텅 비어 있었다. 트럭은 빠르게 달렸다. 이따금 비행기 한 대가 차도 위로 낮게 날았다.

한 번은 비행기의 기관총이 트럭과 굉장히 가까운 곳에 총탄을 퍼부었다. 하워드는 운전석의 팔걸이 쪽에 난 작은 창문을 향해 몸을 구부렸다.

"독일 놈 폭격기요." 하사가 말했다. "슈투카(제2차 세계대전 당시 독일의 급강하 폭격기-옮긴이)지. 그렇게 부르더라고."

"우리에게 총을 쏜 거요?"

"그렇소. 몇 킬로는 떨어져서 쏜 거요." 하사는 별로 불안하지 않은 듯했다.

한 시간 후, 몽타르지에서 40킬로를 달려온 트럭은 피티비에 인근에 도착했다. 그들은 마을 입구에서 800미터 정도 떨어진 곳 길가에 차를 세우고 의견을 나누었다. 쭉 뻗은 도로 너머 마을 주택에서는 사람의 흔적이 전혀 보이지 않았다. 마을 길거리에서도 아무런 움직임이 없었다. 마을은 이글거리는 오후의 햇살 아래 버려진 것 같았다.

그들은 이러지도 저러지도 못하고 마을을 빤히 바라보기만 했다. "들어가야 할지 모르겠네." 하사가 말했다. "찜찜한데."

운전병이 말을 받았다. "망할, 아무도 없네요. 설마 저기가 독일 놈들 천지라고 생각하십니까, 하사님? 뭐 매복해 있다거나?"

"모르겠어…."

하워드가 칸막이에 난 문에 얼굴을 갖다 대고 군인들의 어깨 너머로 말을 걸었다. “내가 먼저 가서 살펴보고 오리다. 여기서 기다리시오.”

“먼저 걸어가 보겠다고요?”

“그렇게 위험하지는 않을 성싶소. 피난민과 다녀보니 새로운 마을에 들어서는 게 그렇게 위험한 것 같지는 않았소. 게다가 혹시라도 적군이 총을 쏠 가능성이 있다면, 차를 타고 들어가는 것보다 걸어가는 편이 나을 거요.”

“그 말이 맞는 것 같습니다.” 운전병이 말했다. “만약에 독일 놈들이 정말로 저기에 있다면, 이번에는 돌아 나올 길을 못 찾을 수도 있습니다.”

그들은 1, 2분 정도 더 상의했다. 마을을 통과할 수 있는 다른 길은 없었다. 그렇다고 다시 16킬로가 넘는 몽타르지 방향으로 되돌아갈 수도 없었다.

“그것도 진짜 마음에 안 드네.” 하사가 말했다. “우리 뒤에서 오는 독일 놈들하고 마주칠걸? 십중팔구 그렇지.” 하사는 결심하지 못하고 망설였다. “좋아.” 드디어 입을 뗐다. “들어가서 한 번 둘러보시오, 선생. 다 괜찮으면 신호를 보내고. 뭐든 흔들면 들어가도 좋다는 뜻으로 알 테니까.”

“아이들을 데려갈 생각이오.”

“빌어먹을! 여기서 온종일 못 기다린다니까, 선생.”

“아이들과 떨어질 수 없소.” 그는 잠시 입을 다물었다가 다시 말을 이었다. “알다시피 아이들은 내 책임이오. 당신이 선반을 책임지듯이.”

운전병이 웃음을 터뜨렸다. "딱 맞는 말입니다, 하사님. 하사님께서 망할 선반을 책임지시는 거랑 똑같죠."

"뭐, 그러면 해보시든가."

하워드는 트럭에서 먼저 내린 후 아이들을 한 명씩 텅 빈 도로에 내려주었다. 뜨거운 햇살이 내리쬐는 도로에는 흙먼지가 자욱했다. 그는 양손으로 어린 실라와 피에르의 손을 붙잡고 마을로 뻗은 도로를 걸어가기 시작했다.

혹시나 트럭으로 돌아가지 못하게 되어 유모차를 영영 잃게 된다면 어쩌나 불안했다. 최대한 서둘러서 걸었지만, 아이들과 함께 마을 입구로 들어서는 데 20분이나 걸렸다.

독일군은 전혀 보이지 않았다. 마을은 버려진 것이나 다름없어 보였다. 쪼글쪼글한 노파 한두 명만 창문 커튼 너머나 가게의 반쯤 닫힌 문 근처에서 하워드 일행을 뚫어지도록 바라보았다.

북쪽으로 이어지는 도로의 배수로에서 더러운 누더기 차림의 어린아이가 뭔가 역겨운 것을 질겅질겅 씹고 있었다. 짧고 헐렁한 셔츠를 입은 그 아이는 남자인지 여자인지 알아보기 힘들었다.

몇 미터 앞 도롯가에 죽은 말이 쓰러져 있었다. 인도로 반쯤 끌려 나온 말 사체는 썩어서 크게 부풀어 있는 데다 지독한 냄새를 풍겼다. 개 한 마리가 사체를 뜯고 있었다.

그 작은 마을은 지저분하고 불쾌했다. 하워드는 주택 문가에 있던 노파에게 말을 걸었다. "여기에 독일군이 있소?"

"북쪽에서 오고 있수." 노파가 떨리는 목소리로 대답했다.

"우리를 전부 강간한 다음 총을 쏴버릴 거라우."

하워드는 본능적으로 노파의 대답이 터무니없다고 생각했다. "이 마을에서는 독일인을 본 적이 없소?"

"저기 한 명 있수."

그는 깜짝 놀라서 주변을 둘러보았다. "어디…."

"저기." 노파는 여윈 손을 덜덜 떨며 배수로에 있는 아이를 가리켰다.

"저 아이?" 노파는 침략군에 대한 두려움으로 제정신을 잃은 게 분명했다.

"독일어만 하던걸. 간첩의 자식이오."

노파는 망령이 들어 발작이라도 하듯 하워드의 팔을 붙잡았다. "돌을 던져서 좀 쫓아주시우. 저기에 내버려 두면 이 집까지 독일군을 몰고 올 거라우."

그는 노파의 팔을 밀어냈다. "여기에 독일군은 아직 오지 않은 거요?"

노파는 대답하는 대신 배수로의 아이를 향해 저주를 퍼부으며 날카롭게 비명을 질렀다. 남자애처럼 보이는 아이는 고개를 들어 노파를 바라보았다. 어린아이여서 그런지 노파를 별로 신경 쓰지 않는 표정이었다. 그러더니 금방 역겨운 음식을 다시 입에 넣기 시작했다.

그 심술궂은 노파가 알려줄 수 있는 내용은 그뿐인 듯했다. 마을에 독일군이 없다는 사실은 분명했다. 그는 그대로 돌아섰다. 쿵 하고 무언가 부서지는 굉음이 들리더니 큼지막한 돌덩이가 독일군 간첩 꼬마를 향해 인도를 굴러갔다.

아이는 45미터 정도 살금살금 도망치더니 도로 경계석 위에 쭈그리고 앉았다.

하워드는 몹시 분개했다. 하지만 먼저 해야 할 일이 있었다. 그는 로즈를 돌아보며 말했다. "로즈, 잠시만 아이들을 돌봐주렴. 아이들이 아무 데도 못 가게 해야 해. 그리고 누구한테도 말을 걸어서는 안 된단다."

그는 서둘러 마을 입구로 걸어갔다. 200미터가량 걸어가자 800미터 앞 도롯가에 서 있는 트럭이 눈에 들어왔다. 모자를 흔들자 트럭이 마을을 향해 다가왔다. 그는 트럭이 움직이는 것을 확인한 후 아이들에게로 돌아갔다.

마을 한가운데 교차로 근처에서 트럭이 그를 따라잡았다. 하사가 차창 밖으로 몸을 내밀었다. "여기에 기름이 좀 있을 것 같소?" 하워드는 무슨 영문인지 모르겠다는 얼굴로 하사를 바라보았다. "휘발유 말이오, 선생."

"아, 잘 모르겠소. 여기에 그리 오래 머물지는 않아서."

"그야 그렇죠." 운전병이 투덜댔다. "여기서 나갑시다. 영 찜찜해 보여요."

"기름을 구해야지."

"5갤런 정도는 남았습니다. 앙제르빌까지 갈 수 있습니다."

"오케이." 하사가 하워드에게 다시 말했다. "가서 애들을 데려오쇼. 얼른 뜨게."

하워드는 아이들을 찾아 주변을 둘러보았다. 아이들은 그가 두고 간 곳에 없었다. 독일군 간첩 꼬마가 있는 길가까지 올라가 있었다. 간첩 꼬마는 구슬프게 울고 있었다.

"로즈!" 그가 소리쳤다. "이리 오렴. 아이들도 데리고 와!"
로즈는 가냘프고 새된 소리로 대답했다. "얘가 다쳤어요."
"어서 오렴!" 그가 다시 소리쳤다. 아이들은 그를 바라보기만 할 뿐, 꼼짝도 하지 않았다. 그가 허둥지둥 아이들에게 달려갔다. "부르는데 왜 오질 않니?"
그를 올려다보는 로즈의 작은 얼굴이 분노에 차서 새빨갛게 달아올라 있었다. "누가 돌을 던져서 얘가 맞았어요. 사람들이 그러는 걸 봤어요. 그러면 안 돼요."
로즈의 말이 사실이었다. 아이의 목덜미에서 찐득찐득한 핏줄기가 흘러내려 지저분한 옷을 적시고 있었다. 갑자기 몽타르지를 향한 혐오감이 밀려와 그를 휩쌌다. 그는 손수건을 꺼내 아이의 상처를 닦았다.
로즈가 말을 이었다. "어린애한테 돌을 던지는 건 나쁜 짓이에요. 그것도 다 큰 여자가요. 선생님, 그런 건 나쁘고 더러운 짓이에요."
로널드도 보탰다. "데려가요, 하워드 할아버지. 전기 모터 옆에 있는 버트 아저씨의 배낭 끝에 앉히면 되잖아요."
"얘는 이곳 사람이잖니. 데려갈 수 없단다." 그는 이렇게 대답하면서도 아이를 데려가는 편이 나을 것 같다고 생각했다.
"여기 사람이 아니에요." 로즈가 대꾸했다. "여기에 겨우 이틀 있었대요. 저 할머니가 그렇게 말했어요."
그들 뒤로 황급하게 다가오는 무거운 발걸음 소리가 들렸다.
"맙소사!" 하사였다.
하워드는 하사를 향해 돌아섰다. "사람들이 이 아이한테 돌을 던지고 있소." 아이의 목덜미에 난 상처를 보여주었다.

"누가 돌을 던진다고요?"

"마을 사람 전부요. 이 아이가 독일군 간첩이라고 생각하더군."

"누구, 얘가?" 하사가 아이를 빤히 바라보았다. "일곱 살도 안 될 거 같은데!"

"그 할머니가 그러는 걸 봤어요." 로널드가 말했다. "저기 저 집이요. 할머니가 얘한테 돌을 던졌어요."

"환장하겠네." 하사가 하워드를 돌아보며 말했다. "어쨌든, 지금 가야 하오."

"알고 있소." 하워드는 움직이지 못하고 머뭇거렸다. "어쩌면 좋겠소? 이 역겨운 곳에 아이를 두고 가야겠소? 아니면 데려가도 괜찮겠소?"

"데려오시든가. 선생 마음대로 하시오. 저 조그만 놈이 간첩질을 해봤자지."

하워드는 아이를 향해 몸을 숙이고 프랑스어로 말을 건넸다. "우리와 함께 가겠니?"

자그마한 아이는 다른 나라 말로 대답했다.

그는 독일어로 다시 물었다. "독일어를 할 줄 아니?" 그 순간 떠오르는 독일어는 그것뿐이었다. 아이는 아무 대답도 하지 않았다.

하워드는 새로운 책임감에 무거운 마음을 안고 몸을 일으켰다. "데리고 가야겠소." 그가 낮은 목소리로 말했다. "여기에 내버려 두면 사람들이 죽이고 말 거요."

"당장 여길 안 뜨면…," 하사가 말을 받았다. "빌어먹을 독일 놈들이 몰려와서 우릴 죽이고 말 거요."

하워드는 간첩 꼬마를 안아 들었다. 아이는 여전히 아무 말도 없었다. 모두 다급하게 트럭으로 돌아갔다. 간첩 꼬마는 고약한 냄새를 풍겼다. 빈대며 벼룩이며 온갖 벌레도 온몸에 들끓고 있었다. 하워드는 구역질이 올라와서 고개를 돌렸다.

앙제르빌에는 아이를 맡길 수녀원이 있을 것이다. 이제는 짐짝처럼 느껴지지 않는 피에르까지 맡길 수 있을지도 모른다.

하워드와 하사는 아이들을 화물칸에 태웠다. 하워드가 마지막으로 화물칸에 올라가자 하사가 조수석에 올라탔다. 커다란 트럭은 파리에서 뻗어 나와 앙제르빌로 이어지는 도로를 달려갔다. 목적지까지는 27킬로였다.

"앙제르빌에서도 기름을 못 구하면 정말 끝장날 겁니다." 운전병이 말했다.

하워드는 절삭 선반 옆에 쭈그려 앉았고, 아이들이 그 주변을 둥그렇게 에워쌌다. 그는 끈적끈적한 초콜릿 꾸러미를 꺼내서 초콜릿 바 하나를 정확하게 다섯 조각으로 쪼갰다. 간첩 꼬마는 하워드의 손에 들린 것이 무엇인지 깨닫자마자 때 묻은 손을 뻗었다. 아무도 이해할 수 없는 말을 건넨 다음 걸신들린 듯이 초콜릿을 삼키더니 더 달라고 손을 또 뻗었다.

"조금만 기다리렴." 하워드는 먼저 다른 아이들에게 초콜릿을 나눠주었다. 그러자 피에르가 속삭였다. "괜찮아요, 선생님."

로즈가 피에르에게 몸을 기울이고 말을 붙였다. "저녁 먹고 나서 먹을 거니, 피에르? 나중에 먹을 수 있게 선생님께 보관해달라고 할까?"

"일요일에만. 일요일에만 저녁을 먹고 나서 초콜릿을 먹을 수 있어요. 오늘이 일요일인가요?" 피에르가 여전히 작은 목소리로 중얼거렸다.

"오늘이 무슨 요일인지 잘 모르겠구나. 그래도 오늘은 어머니께서 저녁을 먹은 후에 초콜릿을 먹도록 허락해주실 것 같구나. 나중에 먹을 수 있도록 잘 챙겨두마."

그는 다시 음식 꾸러미를 뒤졌다. 아침에 사두었던 딱딱하고 두꺼운 비스킷을 하나 꺼내서 어렵사리 둘로 쪼갰다. 한 조각을 꾀죄죄한 독일 간첩 꼬마에게 건넸다. 아이는 비스킷을 받아들더니 게걸스럽게 우적댔다.

로즈가 프랑스어로 간첩 꼬마를 나무랐다. "그렇게 먹으면 어떡하니? 새끼 돼지가 너보다 더 우아하게 먹겠다, 얘. 정말이야. 새끼 돼지가 더 낫겠다니까. 그리고 선생님께 고맙다고 인사도 해야지."

간첩 꼬마는 로즈를 물끄러미 바라보았다. 왜 자기를 꾸짖는지 모르겠다는 표정이었다.

"넌 예절 교육을 한 번도 못 받았니? 이렇게 따라 말해봐." 로즈는 하워드를 바라보고 고개를 숙이면서 프랑스어로 말했다. "고맙습니다, 선생님."

간첩 꼬마는 로즈의 말을 이해하지 못했다. 그래도 로즈의 몸짓은 분명히 이해할 수 있었다. 꼬마는 어리둥절한 표정으로 더듬더듬 인사했다. "당크. 마인히어. 당크 우 벨(고맙습니다,

선생님. 고맙습니다)."

하워드는 당황스러워서 꼬마를 빤히 쳐다봤다. 북부 국가의 언어였지만, 독일어는 아니었다. 아무래도 플랑드르어나 왈론어(벨기에 동남부 주민이 사용하는 프랑스어 방언의 하나-옮긴이) 같았다. 어쩌면 네덜란드어일 수도 있었다. 어쨌든, 어느 지역 언어인지는 그다지 중요하지 않았다. 그는 플랑드르어든 왈론어든 네덜란드어든 한마디도 할 줄 몰랐기 때문이다.

트럭은 무더운 오후를 뚫고 기세 좋게 나아갔다. 군인 둘은 좌석 천장에 나 있는 해치를 열어두었다. 이따금 하워드는 칸막이의 작은 문으로 고개를 숙여 군인 둘 사이로 보이는 풍경을 살폈다. 그들 앞에 뻗어 있는 도로는 수상할 정도로 텅 비어 있었다. 피난민만 겨우 두어 명 지나쳤을 뿐이었다.

아주 가끔 평소처럼 농장 일을 하는 농장 수레가 한 대씩 나타났다. 군인은 전혀 보이지 않았다. 주와니와 몽타르지 사이 도로를 꽉 메웠던 피난 행렬도 흔적조차 없었다. 시골 전체가 텅 비어서 아무런 생명도 남지 않은 것 같았다.

앙제르빌까지 4.8킬로 정도 남았을 무렵, 하사가 뒤를 돌아보며 해치를 통해 말을 걸었다. "다음 마을까지 거의 다 왔소. 거기서 기름을 못 구하면 다 끝이오."

"길에서 누구라도 발견하면 알려주시오. 내가 군 보급소가 어디인지 물어보리다."

"오케이."

몇 분간 더 달리자 농장이 보였다. 농장 밖에 차가 한 대 서 있었다. 사내 한 명이 곡물인지 사료인지 무언가 담은 자루를 차에서 꺼내 농장으로 옮기고 있었다.

"차를 세워보시오." 하워드가 말했다. "저 사람한테 물어보겠소."

트럭은 도롯가에 멈춰 섰다. 운전병은 휘발유를 조금이라도 더 아끼려고 곧바로 시동을 껐다. "이제 겨우 1갤런쯤 남았습니다." 운전병이 말했다. "진짜 아껴서 몰아야 합니다, 실수해도 절대 안 되고요."

하워드가 내려서 농장으로 걸어갔다. 농장 사내가 주차해둔 차를 향해 다가왔다. 쉰 살쯤 되어 보이는 얼굴에 희끗희끗한 턱수염을 길렀고, 깃이 없는 셔츠를 입고 있었다.

"휘발유가 필요하오." 하워드가 말을 건넸다. "앙제르빌에 군 수송대를 위한 보급소가 있지 않소?"

사내는 그를 빤히 쳐다보았다. "앙제르빌에는 독일군이 있소."

잠시 침묵이 내려앉았다. 그는 농장 안마당을 살펴보았다. 여윈 돼지가 두엄더미를 코로 파서 먹이를 찾고 있었다. 마찬가지로 말라빠진 닭들이 땅을 긁어 파고 있었다. 아무래도 궁지에 몰린 것 같았다.

"온 지 얼마나 되었소?" 하워드가 낮은 목소리로 물었다.

"새벽에 왔소. 북쪽에서."

독일군에 관해서는 더 물어볼 것이 없었다. "휘발유 있소? 있는 대로 사겠소. 가격은 부르는 대로 드리리다."

시골 농부의 눈이 번뜩였다. "리터 당 100프랑이오."

“얼마나 있소?”

사내는 낡은 차의 계기판 게이지를 쳐다봤다. “7리터. 700프랑이오.”

7리터라면 1.5갤런이다. 그 정도로는 10톤짜리 트럭이 얼마 달리지 못할 것이다. 그는 하사에게 돌아갔다.

“별로 좋은 소식은 아니오. 독일군이 앙제르빌에 있다고 하오.”

정적이 흘렀다. “제기랄!” 마침내 하사가 입을 뗐다. 별안간 피로가 몰려오기라도 한 듯 굉장히 낮은 목소리였다. “얼마나 있답니까?”

하워드가 다시 농장 사내에게 물었다. “연대가 하나 있다는군. 천 명을 말하는 것 같소.”

“북쪽에서 내려온 것 같습니다.” 운전병이 거들었다.

더는 독일군에 관해 말할 것이 없었다. 하워드는 농장 사내에게서 들은 휘발유 이야기를 전했다. “거, 정말 별론데.” 하사가 말했다. “지금 있는 기름으로는 16킬로도 못 가겠군. 망할 지도나 줘봐.”

그들은 함께 골똘히 지도를 바라보았다. 하워드도 좌석에 올라타서 함께 경로를 고민했다. 지금 있는 곳과 앙제르빌 사이에 다른 샛길은 전혀 없었다. 대략 11킬로 안에는 남쪽으로 내려가는 길도 없었다.

“우리가 가는 방향으로는 다른 길이 없습니다.” 운전병이 말했다.

하사가 나지막한 목소리로 말을 받았다. “그런데 돌아가면 다른 빌어먹을 동네에서 우릴 쫓아오는 독일 놈들이랑 마주치겠지? 사람들이 간첩이라고 했던 꼬마 녀석을 데려왔던 그 동네 말이야."

"그렇습니다." 운전병이 대답했다.

"담배 있나?"

운전병이 담배를 꺼냈다. 하사가 불을 붙여 한 모금 빨더니 길게 연기를 내뱉었다. "그러면…," 이내 그가 입을 뗐다. "끝났군."

운전병과 하워드는 침묵을 지켰다.

"저 큰 절삭 선반을 가지고 조국에 돌아가고 싶었다고…." 하사가 계속 말을 이었다. "멀쩡하게 갖고 가고 싶었단 말이야. 살면서 그렇게 간절하게 바란 것도 없었는데." 그가 하워드를 돌아보며 말했다. "진심이오, 진심. 그런데 이제는 못 하게 됐소."

하워드가 친절하게 대답했다. "정말 유감이오."

하사가 고개를 저었다. "가장 바라는 일이라도 늘 해낼 수는 없는 법 아니겠소." 감정에 북받친 것 같았다. "뭐, 성공한다고 해도 아기한테 새 옷 한 벌 못 사줄 텐데."

하사가 트럭에서 내렸다. "이제 어쩔 생각이오?" 하워드가 물었다.

"어쩔 생각인지 보여드리지." 그는 하워드를 데리고 거대한 트럭 옆으로 데려갔다. 트럭 한가운데쯤, 사이드 멤버(차체의 뒤틀림과 구부러짐을 막기 위해 앞뒤 방향으로 뻗어 있는 차체 뼈대 구조-옮긴이) 사이로 새빨갛게 칠한 손잡이가 하나 튀어나와 있었다.

"이걸 당길 거요. 그런 다음에 죽어라 달려야지."

"폭약입니다." 운전병이 가까이 다가와서 말했다. "저걸 당기면 차가 터지죠."

"자, 갑시다. 가서 망할 애들을 내려야지. 더 멀리 태워다주지 못해 미안하게 됐소, 선생. 그래도 길은 있을 거요."

"그러고 나서는 어떻게 할 거요?" 하워드가 다시 물었다.

"이 나라를 가로질러서 남쪽으로 내려갈 거요. 계속 독일 놈들보다 앞서길 빌어야지." 하사가 머뭇거리더니 살짝 어색하게 말을 건넸다. "선생은 괜찮을 거요. 그놈들이 선생한테는 아무 짓도 안 하겠지. 애들을 데리고 있으니까."

"우리야 괜찮을 거요. 우리 걱정은 하지 마시오. 당신들은 조국으로 돌아가서 다시 싸워야 하지 않겠소."

"일단은 빌어먹을 독일 놈들을 피하고 봐야지."

그들은 아이들을 길가에 내려주었다. 트럭 지붕에 실었던 유모차도 내렸다. 하워드는 지니고 있던 얼마 안 되는 물건을 챙겨서 유모차 안에 집어넣었다. 마지막으로 하사의 집 주소를 받아적었고, 자신의 주소도 알려주었다. 더는 꾸물거릴 이유가 없었다.

"잘 가시오, 선생." 하사가 인사했다. "언젠가 또 봅시다."

하워드도 인사를 건넸다. "잘 가시오."

그는 아이들을 불러 모아 천천히 앙제르빌을 향해 걷기 시작했다. 유모차를 밀 사람을 정하느라 시시한 말다툼이 한 차례 벌어졌다. 결국, 실라가 유모차를 밀고 로널드가 옆에서 도와주기로 했다. 로즈는 그 옆에서 피에르의 손을 잡고 걸었다. 그 뒤로 이상하고 더러운 옷을 입은 낯선 꼬마가 따라갔다.

하워드는 꼬마를 안쓰럽게 바라보며 어디에서든 어떻게서든 아이를 씻겨야겠다고 마음먹었다. 간첩 꼬마는 벼룩과 빈대가 들끓고 몹시 지저분했을 뿐만 아니라, 목덜미와 옷에 말라붙은 핏자국이 엉겨있기까지 했다.

일행은 늘 그렇듯이 느릿느릿 걸었다. 하워드는 이따금 어깨 너머를 뒤돌아보았다. 군인 두 명이 트럭에서 개인 소지품을 정리하고 있는 것 같았다. 얼마 후, 운전병이 작은 보따리를 하나 들고 남쪽을 향해 들판을 가로지르기 시작했다. 하사는 트럭에서 무슨 작업을 하는지 몸을 숙이고 있었다.

이내 하사가 몸을 일으키고 운전병을 향해 냅다 뛰어갔다. 발을 헛디뎌 비틀거리면서 마구 내달렸다. 그가 200미터쯤 멀어졌을 무렵 트럭이 굉음을 내며 폭발했다.

거대한 불덩이가 트럭 밖으로 퍼져나갔다. 불덩이는 공기를 타고 치솟기도 했고 도로와 들판 위로 떨어지기도 했다. 곧 트럭이 낮게 주저앉았다. 날름대는 불꽃이 보였다. 트럭 전체가 화염에 휩싸였다.

로널드가 외쳤다. "와! 하워드 할아버지, 저게 터진 거예요?"

실라가 똑같이 외쳤다. "저게 터진 거예요, 하워드 할아버지?"

"그렇단다." 그가 침울한 목소리로 대답했다. "그렇게 됐어." 트럭에서 시꺼먼 연기가 자욱하게 피어올랐다. 그는 고개를 돌렸다. "더는 쳐다보지 말자꾸나."

3킬로 앞에 있는 앙제르빌의 지붕들이 눈에 들어왔다. 이제는 적군의 그물망 안으로 들어가는 것이나 다름없었다. 무거운 마음으로 아이들을 이끌고 마을로 향했다.

6장
앙제르빌의 독일군

내가 그의 이야기를 끊었다. "이번 폭탄은 멀지 않은 곳에서 터지겠는데요?" 숨이 조금 막힐 것 같았다.

우리는 난롯가 앞의 의자에 앉아 잔뜩 긴장한 채 귀를 기울였다. 폭탄이 윙 하고 날아가는 소리가 점점 커졌다. 클럽 건물과 아주 가까운 곳에서 폭탄이 터졌다. 파괴된 건물 잔해가 우르릉거리며 무너지는 소리가 한 차례 들리더니, 무언가 무너져 내리는 소리가 또다시 들려왔다. 이번에는 훨씬 더 가까운 곳이었다.

폭발의 충격으로 클럽 건물이 뒤흔들리고 창문에서 유리가 부서져 나왔다. 우리는 의자에서 꼼짝하지 않았다. 세 번째 폭탄이 날아가는 소리가 점점 날카로워졌다. 이번에는 클럽 바로 맞은편 건물이 폭발했다.

"사정거리를 재느라 우리 앞뒤로 폭탄을 떨어뜨렸군." 하워드가 긴장을 깨고 입을 열었다. "다 괜찮을 거요."

일제 폭격의 네 번째 폭탄은 먼 곳에 떨어졌다. 폭격이 멈추자 집중적인 기관총 사격이 시작됐다. 나는 자리에서 일어나 복도로 나갔다. 복도는 어두컴컴했다. 작은 발코니로 나 있는 창문이 활짝 열려 있었다. 발코니로 나가 바깥을 둘러보았다.

도시 위로 펼쳐진 하늘은 기관총에서 뿜어져 나오는 불꽃 때문에 짙은 선홍색으로 물들어 있었다. 클럽 건물 주변으로 낙하산 조명탄 세 개가 공중에서 눈부신 노란빛을 뿜어내고 있었다. 대공용 경기관총이 조명탄을 떨어뜨리려고 덜커덕거리며 총탄을 쏟아냈다. 길 아래 아주 가까운 곳에서도 대공 사격이 벌어지고 있었다.

옆을 돌아보았더니 하워드가 곁에 와 있었다. "오늘 밤은 꽤 덥구려."

내가 고개를 끄덕였다. "지하 대피소로 내려가실 겁니까?"

"갈 생각이오?"

"거기라고 해서 여기보다 더 안전할 것 같지는 않군요."

우리는 무엇이든 도울 수 있을까 해서 아래층 홀로 내려갔지만, 달리 할 일이 없기에 곧바로 흡연실에 돌아왔다. 난롯가의 의자에 다시 앉아서 마르살라 와인을 한 잔 더 따랐다. 내가 말을 건넸다. "이야기나 계속해주시죠."

그가 주저하며 입을 뗐다. "이 이야기 때문에 지루해지는 게 아닌지 모르겠소."

*

앙제르빌은 파리와 오를레앙을 잇는 도로 위의 작은 도시였다. 하워드 일행이 앙제르빌을 향해 걷기 시작했을 때는 거의 5시였다. 무덥고 메마른 오후였다.

하워드는 인생에서 가장 힘겨운 순간을 꼽는다면 그때라고 말했다. 시도통 마을을 떠나고부터는 계속해서 영국을 향해 이동했었다. 가면 갈수록 두려움이 커졌다. 여정이 아무리 힘들어도 조국에 도착하지 못하는 일은 없을 것 같았다.

하지만 앙제르빌로 걸어 들어가던 순간, 귀국길이 불가능하다는 사실을 깨달았다. 그와 고국의 바다 사이에는 독일군이 버티고 있었다. 앙제르빌로 들어가는 것은 재앙으로, 포로수용소로, 그리고 어쩌면 죽음으로 들어가는 것과 마찬가지였다.

죽음을 맞는 것은 그리 염려스럽지 않았다. 이미 늙고 지친 몸이었다. 당장 죽음이 찾아오더라도 아쉬울 게 별로 없었다. 며칠 더 낚시를 즐기는 것, 정원에서 빈둥거리며 여름을 몇 차례 더 누리는 것. 아쉬울 게 있다면 그 정도였다. 하지만 아이들은 달랐다. 어떻게 해서든 아이들을 안전하게 지켜야 했다.

로즈와 피에르는 프랑스 경찰에게 맡길 수 있을 것이다. 경찰이 조만간 가족이나 친척에게 돌려보낼 것이다. 하지만 실라와 로널드를 위해서는 대체 무엇을 해줄 수 있을까? 두 남매는 어떻게 될까? 게다가 피티비에에서 데려온 그 꾀죄죄하고 자그마한 아이는? 맹목적 증오심과 공포에 이성을 잃은 노파가 던진 돌을 맞았던 그 아이는 어떻게 될까?

하워드는 몹시 괴로웠다.

앙제르빌을 향해 똑바로 걸어가는 것 말고는 아무 일도 할 수 없었다. 독일군이 그들 뒤로 바짝 따라붙었다. 북쪽에도,

동쪽에도, 서쪽에도 독일군이 있었다. 영국 군인 둘을 따라서 프랑스를 가로질러 남쪽으로 가는 일도 가망 없을 듯했다. 빠르게 진격하는 독일군보다 훨씬 앞서가지는 못할 것이다. 가던 길로 계속 나아가서 자신을 기다리고 있는 운명에 용감하게 맞서는 편이 더 나았다. 아이들을 최대한 도울 수 있도록 힘도 아껴야 했다.

그때 로널드가 입을 열었다. "악단의 음악 소리가 들려!"

앙제르빌은 800미터가량 떨어져 있었다. 로즈가 신나서 피에르를 바라보며 소리쳤다. "들어봐, 피에르. 들어봐!"

"뭐라고?" 하워드가 상념에서 깨어났다. "뭐라고 했니?"

로널드가 대답했다. "악단이 마을에서 연주하고 있어요. 우리 구경하러 가도 돼요?" 아이들보다 귀가 어두운 하워드에게는 아무런 소리도 들리지 않았다.

마을에 더 가까워지자 그의 귀에도 〈사랑의 꿈〉 선율이 들렸다. 마을로 들어서니 도롯가에 굉장히 지저분한 군용 트럭들이 줄지어 서 있었다. 트럭은 차례로 주유 차고로 다가가서 펌프로 기름 탱크를 채웠다. 트럭 주변을 돌아다니는 군인들이 낯설어 보였다.

하워드는 지난 몇 시간 동안 마주치리라 예상했던 이들을 마침내 보게 되었다는 사실을 깨닫고 큰 충격에 빠졌다. 그들은 독일군이었다.

오픈칼라와 겉주머니가 달린 어두운 회색 군복의 오른쪽 가슴에는 날개를 펼친 독수리가 수 놓여 있었다. 군모를 쓰지 않은 군인도 있었고, 독일군 특유의 철모를 쓴 군인도 있었다. 다들 슬픈 얼굴이거나, 지쳐서 아무런 표정도 없는 얼굴이었다. 꼭 수많은 기계처럼 일을 해치울 뿐이었다.

실라가 질문을 꺼냈다. "하워드 할아버지. 저 사람들 스위스 군인이에요?"

"아니란다. 스위스 군인이 아니야."

"스위스 군인이랑 같은 모자를 쓰고 있는걸요." 로널드가 말했다.

로즈도 물었다. "그러면 누구예요?"

그는 아이들을 가까이에 모아놓고 프랑스어로 설명했다. "얘들아, 무서워하지 말렴. 저 사람들은 독일 군인이야. 하지만 너희들을 해치지 않을 거란다."

그들이 작게 무리 지은 독일군을 지나치는데 독일군 상급 하사가 다가왔다. 그의 기다란 검은 부츠 위로 군복 바지에 기름이 얼룩져 있었다. "당연히 그래야지." 그가 프랑스어로 말했다. 어색하고 거친 억양이 귀에 거슬렸다. "우리 독일군은 너희들의 친구다. 우리는 평화를 가져다준다. 너희들은 금방 집에 갈 수 있을 것이다."

아이들은 독일군을 빤히 바라보았다. 그의 말을 전혀 이해하지 못한 표정이었다. 그럴 만도 한 것이 상급 하사의 프랑스어는 형편없었다.

하워드가 프랑스어로 대꾸했다. "다시 평화가 찾아오면 좋겠구려." 영국인이라는 사실을 들키기도 전에 체념하고 모든 것을 털어놓을 필요는 없었다.

상급 하사가 미소 지었다. 아무런 온기도 느낄 수 없는 부자연스러운 미소였다. "얼마나 멀리서 왔소?"

"피티비에에서."

"계속 걸어서 왔소?"

"그건 아니요. 트럭을 얻어 탔는데, 몇 킬로를 남겨두고 고장이 났소."

"그렇군. 이제 배가 고플 거요. 저기 광장에 무료 급식소가 있으니 가도 좋소."

"고맙소." 하워드는 이렇게만 말했다. 달리 할 말이 없었다.

상급 하사는 하워드의 인사에 기분이 좋아진 듯했다. 하워드 일행을 훑어보더니 더러운 셔츠를 입은 꼬마를 보고 눈살을 찌푸렸다. 꼬마에게 한 발짝 다가가서 목덜미를 조심스럽게 붙잡고 상처를 살펴보았다.

이내 아이의 머리를 만졌던 자기 손을 내려다보고 역겹다는 듯 닦아냈다. "성당 옆에 야전 병원이 있소. 아이를 의무병에게 데려가시오." 그는 그렇게 짤막한 말만 남기고 다시 무리로 돌아갔다.

무리에 있던 군인 한두 명이 무표정한 얼굴로 그들을 무기력하게 바라보았다. 말을 거는 사람은 아무도 없었다. 그들은 마을 중심가까지 걸어갔다. 시장 광장의 중심 교차로에서 도로가 왼쪽으로는 오를레앙 방향으로, 오른쪽으로는 파리 방향으로 갈라졌다. 커다란 잿빛 성당이 지키고 선 광장 가운데에서 악단이 악기를 연주하고 있었다.

독일군의 군악대였다. 스무 명쯤 되는 독일군이 광장에 서서 단호하고 질서 정연하게 총통을 위한 의무를 다하고 있었다.

군악대는 부드러운 천으로 만든 군모를 쓰고 있었다. 어깨 위에서 은실로 만든 장식 술이 흔들거렸다. 지휘자는 체격이 건장한 중년의 중사였다. 작은 지휘대에 올라선 중사는 손가락 끝으로 살며시 붙잡은 지휘봉을 흔들었다. 지휘봉을 휘저을 때마다 양옆을 돌아보며 청중을 향해 인자한 미소를 보냈다. 군악대 뒤에는 전차와 장갑차가 서 있었다.

광장에 나와서 음악을 듣는 사람은 주로 프랑스인이었다. 독일군 몇 명도 힘없이 서 있었다. 기력이 없어서 몸도 가누지 못할 것처럼 보였다. 나머지는 모두 마을 주민이었다. 주민들은 입을 떡 벌린 채 호기심 어린 눈빛으로 침략군을 바라보았다. 독일군 전차를 자세히 뜯어보거나 독일군의 제복과 장비를 슬그머니 살펴보기도 했다.

그때 로널드가 불쑥 영어로 말을 걸었다. "저기에 군악대가 있어요, 하워드 할아버지. 우리 가서 구경해도 돼요?"

하워드는 재빨리 주변을 둘러보았다. 아무도 로널드의 말을 듣지 못한 것 같았다. "지금은 안 돼." 프랑스어로 대답했다. "이 아이의 목에 난 상처를 치료하게 병원부터 가야지." 그는 아이들을 군중에게서 멀리 떨어진 곳으로 데려갔다. "여기에 있는 동안은 영어를 쓰면 안 된단다." 로널드를 바라보며 나직하게 말했다.

"왜 안 되나요, 하워드 할아버지?"

실라도 물었다. "나는 영어로 말해도 돼요? 하워드 할아버지?"

"아니. 독일군은 영어로 말하는 사람을 좋아하지 않는단다."

그러자 실라가 다시 영어로 물었다. "로즈가 영어를 써도 싫어할까요?"

지나가던 프랑스 여자가 그들을 수상하게 바라봤다. 하워드는 짜증을 억눌렀다. 어쨌거나 로널드도 실라도 어린아이일 뿐이었다. "앞으로 영어로 말하면 입에다 자그마한 개구리를 집어넣을 테다." 프랑스어로 으름장을 놓았다.

로즈가 외쳤다. "어머, 선생님께서 뭐라고 하셨는지 들었니? 개구리래! 정말 끔찍하겠다."

아이들은 반쯤은 웃고 반쯤은 걱정스러워하며 프랑스어로 재잘재잘 떠들었다.

야전 병원은 성당 한쪽 끝에 있었다. 하워드 일행이 병원으로 다가가자 마주치는 독일 군인마다 기계적으로 미소를 지었다. 아무런 온기도 느낄 수 없는 부자연스러운 미소였다.

처음 독일군을 마주했을 때는 아이들이 멈춰서서 군인을 물끄러미 바라보는 통에 하워드가 재촉해야 했다. 아이들은 독일군을 대여섯 명 정도 더 지나치고 나서야 관심을 끊었다.

독일군은 프랑스어로 말을 걸기도 했다. "얘들아, 안녕."

하워드도 프랑스어로 조용히 인사를 건네고 지나갔다. "안녕하시오." 몇 발자국만 더 가면 의료 텐트가 있었다. 적군의 포위망이 그를 바짝 조여왔다.

야전 병원은 군용 트럭에 연결해놓은 대형 천막에 설치되어 있었다. 의무근무를 맡은 병장이 입구에 서서 지루한 표정으로 이를 쑤시며 빈둥거렸다.

"여기에 있으렴. 아이들이 아무 데도 못 가게 해주겠니?" 그는 로즈에게 당부하고 나서 간첩 꼬마를 의료 텐트로 데려갔다. "이 아이가 다쳤소. 붕대 같은 게 있소?" 의무병에게 프랑스어로 말했다.

의무병이 미소 지었다. 마찬가지로 전혀 즐거워 보이지 않는 부자연스러운 미소였다. 그가 능숙하게 아이의 상처를 살펴보더니 입을 열었다. "이리 오시오, 들어와요."

하워드는 아이를 데리고 텐트 안으로 들어갔다. 붕대 처치를 담당하는 의무병이 손에 화상을 입은 군인을 돌보고 있었다. 그 두 사람을 제외하면 텐트 안에는 하얀 가운을 입은 군의관뿐이었다. 입구에서 하워드를 맞았던 의무병이 아이를 군의관에게 데려가서 상처를 보여주었다.

군의관은 고개를 살짝 끄덕였다. 아이의 목덜미에 조명을 비추고 무표정한 얼굴로 상처를 자세히 살펴보았다. 때 묻은 옷을 벗겨서 가슴도 살펴본 다음 과장된 동작으로 손을 씻었다.

군의관이 하워드에게 다가왔다. "다시 오시오." 그의 프랑스어에서 강한 독일어 억양이 묻어났다. "한 시간 후에." 손가락도 하나 펴 보였다. "한 시간." 상대가 제대로 이해하지 못했을까 봐 손목시계를 내보이며 손가락으로 숫자를 가리키기까지 했다. "여섯 시."

"잘 알겠소." 하워드가 대답했다. "여섯 시." 앞으로 어떤 시련이 닥쳐올지 근심하며 텐트 밖으로 나갔다. 살짝 베인 상처에 붕대를 감아주는 데 한 시간이나 걸릴 것 같지는 않았다.

하지만 그가 할 수 있는 일은 없었다. 감히 독일인 군의관과 오랫동안 대화를 나눌 수도 없는 노릇이었다. 말을 몇 차례 주고받다 보면 영국식 억양 때문에 금방 정체가 탄로 날 것이다.

아이들에게 돌아가서 함께 야전 병원을 떠났다.

그날 일찍(하루가 얼마나 길었는지!) 실라의 팬티를 잃어버린 탓에 아이가 힘들어했었다. 사실, 실라나 다른 아이들은 잃어버린 속옷을 대수롭지 않게 생각했다. 그래도 하워드의 마음은 무거웠다. 이제는 새로운 속옷을 사줘야 할 때였다.

우선 전차를 보고 싶다고 졸라대는 로널드의 소원도 들어줄 겸 광장으로 나가서 독일군 전차를 10분쯤 구경했다. 그런 다음 야전 병원에서 그리 멀지 않은 포목점을 찾았다.

가게 문을 밀고 들어가자 독일 군인이 계산대에 서 있었다. 그대로 되돌아나가기에는 너무 늦었다. 그러면 의심만 살 것이다. 그는 가게 한쪽에 가만히 서서 독일군이 계산을 끝내기를 기다렸다. 이내 그는 독일군이 야전 병원 입구에 있던 의무병이라는 사실을 알아챘다.

계산대에는 옷가지가 쌓여 있었다. 노란색 저지 스웨터와 갈색 아동용 반바지, 양말, 조끼였다. "45프랑이요." 계산대를 지키고 있던 통통한 노부인이 가격을 불렀다.

독일군은 노부인의 입에서 빠르게 흘러나오는 숫자를 알아듣지 못했다. 노부인은 가격을 몇 차례 더 불렀다. 결국 독일군이 작은 메모지를 내밀자 노부인이 가격을 썼다. 독일군은 가격을 유심히 바라보았다. 그 밑에 자기 이름과 소속 부대를 꼼꼼하게 써넣더니 메모지를 뜯어서 내밀었다.

"돈은 나중에 받을 겁니다." 그가 더듬더듬 프랑스어로 말하고 옷을 챙겨 들었다.

노부인이 따지고 들었다. "돈을 안 내고는 그 옷 못 가져가요. 우리 남편이 엄청 짜증 낼 거라고요. 길길이 날뛸 거라니까. 정말이에요, 그렇게는 못 해요."

독일군은 무심하게 대꾸했다. "괜찮습니다. 돈은 나중에 받을 겁니다. 이 종이만 있으면 됩니다."

노부인이 씩씩거렸다. "전혀 안 괜찮다니까. 돈을 줘야죠."

"그게 돈입니다. 좋은 독일 돈. 믿지 못하면 헌병대를 부르겠습니다. 당신 남편은 독일 돈을 받는 게 좋습니다. 감사할 줄 알아야 합니다. 유대인입니까? 우리는 유대인 다루는 법을 잘 압니다."

노부인은 아무 대꾸도 못 하고 독일군을 빤히 바라보았다. 잠시 정적이 가게에 내려앉았다. 곧 의무병은 옷가지를 모아들고 으스대며 걸어 나갔다. 노부인은 믿지 못하겠다는 듯 메모지를 만지작거리며 독일군을 바라보았다.

하워드가 다가가서 말을 건넸다. 그제야 노부인은 정신을 차리고 아동용 속옷을 보여주었다. 색깔과 모양에 관한 로즈의 조언을 한참이나 들은 후 마침내 실라에게 알맞은 팬티를 골랐다. 3프랑을 주고 사서 가게에서 곧바로 입혔다.

노부인은 하워드가 건넨 돈을 만지작거리며 가만히 서 있었다. "독일인이 아니신가 보죠?" 손에 쥔 돈을 흘끗 내려다보며 침울하게 말을 건넸다.

하워드는 고개를 끄덕였다.

"독일인인가 했어요. 플랑드르 분이세요?"

무슨 일이 있어도 국적을 밝혀서는 안 됐다. 언제라도 아이들이 무심코 진실을 말할 수 있어서 걱정스러웠다. "노르웨이 사람이오." 그는 문가로 돌아서며 떠오르는 말을 아무렇게나 뱉었다. "내 조국도 똑같은 고통을 겪었다오."

"우리나라 사람은 아니겠다고 생각했어요." 노부인이 말을 받았다. "우리에게 무슨 일이 벌어질지 모르겠네요."

그는 가게를 나와서 파리 방향 도로를 따라 조금 길었다. 사람들과 마주치고 싶지 않았다. 독일 군인들이 자꾸만 마을 중심으로 쏟아져 들어오고 있었다. 점점 늘어나는 군중 사이를 걷다 보니 매 순간 불안과 두려움에 떨어야 했다. 드디어 여섯 시가 되었다. 병원에 가볼 시간이었다.

아이들은 성당 옆에 남겨두었다. "아이들이 어디 못 가도록 잘 돌봐주겠니?" 로즈에게 당부했다. "얼른 병원에 다녀오마. 내가 돌아올 때까지 여기에 꼭 붙어 있어야 한다."

그는 불안하고 지친 마음을 안고 텐트로 다가섰다. 의무병이 그를 알아보고 말했다. "여기서 기다리십시오. 소령님을 불러 오겠습니다."

의무병이 텐트 안으로 사라졌다. 하워드는 참을성 있게 입구에서 기다렸다. 선선한 저녁 바람이 불어오는 가운데 따사로운 마지막 햇볕이 기분 좋게 그를 감쌌다. 자유로운 몸이라면, 영국으로 돌아갈 수만 있다면 정말로 즐거울 것이다. 하지만 지금은 너무나, 너무나 지치고 피곤했다. 아이들만 편안하게 돌봐주고 나면 쉴 수 있을 터였다.

텐트 안에서 사람들이 움직이는가 싶더니 군의관이 꼬마의 손을 잡고 걸어 나왔다. 꼬마는 완전히 달라진 모습이었다. 사탕을 핥고 있는 모습이 낯설었다. 이발기로 머리카락을 아주 짧게 깎은 데다가 차림새도 티끌 하나 없이 깨끗했다. 노란 가정용 비누와 소독약 냄새도 강하게 풍겼다. 그제야 정말로 소년 같아 보였다. 노란 저지 스웨터와 갈색 반바지를 입었고, 양말과 새 신발도 신었다. 옷은 하나같이 새것이었고, 어딘가 낯익었다.

목에는 깨끗한 흰 붕대를 감고 있었다. 꼬마는 하워드를 보자 씩 미소 지었다. 하워드는 깜짝 놀라서 멍하니 아이를 바라보았다. 군의관이 상냥하게 말을 건넸다. "의무병이 아이를 목욕시켰소. 더 나아졌지 않소?"

"훌륭하오, 의사 선생. 옷도 그렇고, 목에 붕대도 감았구려. 어떻게 감사드려야 할지 모르겠소."

군의관이 굉장히 뿌듯한 눈치였다. "고마워해야 할 대상은 내가 아니오, 친구." 군의관의 말투는 무척 친절했다. "독일에 고마워해야 하오! 우리 독일인은 당신들에게 평화를 주러 왔소. 청결함과 질서 있는 삶도. 그게 진정한 행복이오. 더는 전쟁이 없을 거요. 더는 떠돌아다니지 않아도 되오. 우리 독일인은 당신의 친구요."

"정말이오…." 그가 힘없이 대답했다. "우리도 잘 알고 있소."

"그렇소. 독일은 이 아이에게 해준 일을 프랑스에, 유럽 전체에 똑같이 해줄 거요. 새로운 질서가 시작됐소."

잠시 어색한 침묵이 흘렀다. 하워드가 적당한 말을 꺼내려는 순간, 노란 저지 스웨터가 눈길을 잡아끌었다. 포목점 노부인의 얼굴이 떠올라서 말이 입 밖으로 나오지 않았다. 아무 말도 못 하고 쭈뼛거리며 그대로 서 있었다.

군의관이 하워드를 향해 아이를 살짝 밀었다. "독일은 이 네덜란드 아이에게 해준 일을 전 세계 아이들에게 똑같이 해줄 거요. 데려가시오. 아이의 아버지시오?"

하워드의 머릿속으로 공포가 빠르게 번져나갔다. 진실은 절반쯤만 말하는 편이 가장 나았다. "내 아이가 아니라오. 피티비에에 홀로 버려져 있었소. 수녀원에 데려다줄 거요."

군의관은 만족스러운 얼굴로 고개를 끄덕였다. "똑같이 네덜란드 사람인 줄 알았소. 여기 프랑스인과 억양이 다르시군."

이번에도 노르웨이인이라고 말할 수는 없었다. 노르웨이는 독일과 너무 가까운 나라였다. "남쪽 출신이오." 다른 거짓말을 꾸며냈다. "툴루즈(스페인과 가까운 프랑스 남부 도시-옮긴이)에서 왔소. 아들과 몽미라이에서 머물고 있었는데 몽타르지에서 헤어졌소. 그가 어디에 있는지 모르겠소. 데리고 있는 아이들은 손주들이오. 지금 광장에 있소. 아주 착한 아이들이라오. 그래도 집에 갈 수 있다면 좋겠소."

횡설수설 말을 늘어놓다 보니 이야기가 자연스럽게 이어졌다. 쉽사리 노인다운 수다가 터져 나왔다. 그러자 군의관이 불쑥 돌아섰다. "자, 아이를 데려가시오. 이제 집에 갈 수 있소. 더는 전쟁이 없을 거요."

군의관은 다시 텐트 안으로 들어갔다.

하워드는 꼬마의 손을 잡고 성당을 빙 둘러 아이 옷을 팔았던 가게 반대편으로 걸어갔다. 그가 두고 갔던 곳에 로즈가 그대로 서 있는 모습이 보였다. 곁에 실라와 피에르는 있었지만,

로널드는 흔적도 보이지 않았다.

"로즈, 로널드는 어디에 갔니? 어디 있니?" 그가 걱정스럽게 물었다.

"선생님, 걔는 너무 짓궂어요. 전차가 보고 싶다잖아요. 그래서 가면 안 된다고 말했어요. 정말로, 정말로 못된 아이라고 혼냈어요, 선생님. 선생님께서 몹시 화내실 거라고도 했어요. 그런데도 혼자 가버렸어요."

그러자 실라가 영어로 말했다. "나도 전차 보러 가도 돼요, 하워드 할아버지?" 크고 또랑또랑한 목소리였다.

하워드의 입에서 자동으로 프랑스어가 튀어나왔다. "오늘 저녁은 안 돼. 모두 여기에 있으라고 말했잖니."

그는 난처해서 어찌할 바를 모르며 주변을 둘러보았다. 아이들을 이곳에 남겨두고 혼자서 로널드를 찾으러 가야 할지, 아니면 모두 데리고 나서야 할지 판단이 서지 않았다. 어느 쪽을 선택하든 아이들을 위험에 빠뜨릴 것 같았지만, 아이들을 두고 가면 훨씬 더 큰 문제가 생길 듯했다. 유모차를 밀며 발걸음을 뗐다. "따라오렴."

피에르가 가까이 다가오더니 속삭였다. "제가 밀어봐도 되나요?" 피에르가 먼저 의견을 내세우는 일은 처음이었다. 그는 유모차 손잡이를 내주었다. "물론이지. 로즈, 피에르를 도와주겠니?"

그는 유모차를 미는 피에르 곁에 서서 전차와 트럭을 향해 나아갔다. 불안한 마음으로 광장에 모여든 군중을 훑어보았다. 전차와 트럭 주변에는 지친 얼굴을 한 독일 군인들이 북적거렸다. 회색 군복 차림의 군인들은 점령군을 수상쩍게 여기는 주민들을 친절하게 대하느라 힘쓰고 있었다.

군복을 빠는 군인도 있었고, 기계를 살펴보는 군인도 있었다. 작은 프랑스어 회화집을 들고 마을 주민들과 이야기를 나눠보려 애쓰는 군인들도 보였다. 프랑스 시골 사람들은 뚱한 표정을 하고선 좀처럼 입을 열려고 하지 않았다.

실라가 느닷없이 소리쳤다. "로널드 오빠 저기 있어요, 저기예요!"

하워드가 주변을 돌아보았지만, 로널드는 보이지 않았다. "어디?"

로즈도 로널드를 발견했다. "나도 보여요. 아! 진짜 못된 아이예요. 저기 있어요, 선생님. 전차 바로 안에요, 저기요. 독일군들이랑 같이 있네!"

그는 간담이 서늘해졌다. 시력이 좋지 않은 탓에 눈을 가늘게 뜨고 로즈가 가리키는 방향을 뚫어지게 쳐다보았다. 로즈의 말이 사실이었다. 로널드는 전차 안에 들어가 있었다. 로널드의 자그마한 머리통이 전차 포탑 꼭대기의 강철 해치 위로 삐죽 튀어나와 있었다. 아이는 독일군과 신나게 떠들기까지 했다. 군인이 로널드를 안아 올려서 전차장이 어떻게 전차를 지휘하는지 알려주는 것 같았다. 점령군과 점령지 주민의 교류를 잘 보여주는 장면이었다.

그는 재빨리 생각을 정리했다. 틀림없이 로널드는 거의 프랑스어로만 이야기했을 것이다. 괜히 영어로 말해야 한다고 압박감을 느낄 만한 상황도 전혀 없었을 것이고. 하지만 섣불리 로널드와 독일군 가까이 다가가서는 안 됐다. 어린 실라가 로널드에게 가까이 가도록 해서도 안 됐다. 하워드나 실라를 보면 로널드가 잔뜩 흥분해서 영어로 전차에 관해 떠들어댈 것이 분명했다.

로널드가 전차에 푹 빠져 있는 지금 당장 데리고 나와야 했다. 아이가 머릿속에 하워드나 영국으로 돌아가는 여정을 떠올리는 순간, 순진하게 모든 사실을 다 떠벌리고 말 것이다.

로널드가 전차를 향한 흥미를 잃는 데는 5분도 채 걸리지 않으리라. 그러면 자기가 영국인이라는 사실도, 영국인 노신사 한 명이 마을을 떠돌고 있다는 사실도 독일군에게 알려줄 것이다.

실라가 하워드의 소맷부리를 잡아당겼다. "저 밥 먹고 싶어요. 지금 밥 먹어도 돼요? 제발요, 하워드 할아버지. 지금 밥 먹으러 가도 돼요?"

"곧 갈 거란다." 그는 별생각 없이 대답했다. "곧 저녁 먹으러 갈 거야." 그 순간 괜찮은 생각이 떠올랐다. 지금 실라가 배고프다면 로널드 역시 배가 고플 것이다. 혹시 독일군에게 군것질거리를 얻어먹지 않았는지 걱정스럽기는 했다.

그래도 하워드는 모험해보기로 마음먹었다. 마을 입구에서 만난 독일군이 알려준 무료 급식소가 근처에 있었다. 광장에서 90미터 정도 떨어진 곳에 솥이며 냄비며 조리 도구가 보였다.

그는 로즈에게 급식소 쪽을 가리켜 보였다. "나는 나머지 아이들을 데리고 먼저 저기에 가 있으마. 연기가 피어오르는 저기가 저녁을 먹는 곳이란다." 걱정할 일은 하나도 없다는 듯 자연스러운 말투였다. “너는 가서 로널드를 데려오렴. 우리가 기다리고 있을게. 너도 배고프지?”

“네, 선생님.” 로즈도 배고프다고 대답했다.

“따뜻하고 맛있는 저녁을 먹을 거란다. 뜨끈한 수프도 있고 빵도 있을 거야.” 상상력을 발휘해서 군침 도는 장면을 이야기했다. “가서 로널드에게도 말해주렴. 로널드와 같이 오려무나. 나는 더 어린 꼬맹이들과 먼저 가고 있으마.”

그렇게 로즈를 보냈다. 로즈가 붐비는 사람들 사이를 뚫고 맨발로 경쾌하게 뛰어가는 모습을 잠시 바라보았다. 나머지 아이들은 전차에서 멀리 떨어진 곳으로 데려갔다. 혹시라도 로널드가 일행을 발견하고 인사라도 한다면 큰일 날 것이다. 로즈가 전차로 다가가서 독일군에게 다급하게 말하는 모습이 보였다. 어느덧 로즈가 시야에서 사라졌다.

그는 로즈가 저도 모르는 구출 임무에 성공하기를 간절하게 기도하면서 돌아섰다. 피에르가 유모차를 밀 수 있도록 도와주며 무료 급식소로 향했다. 이제 그가 할 수 있는 일은 없었다. 그들의 앞날은 어린아이 둘의 손에, 신의 손에 달려 있었다.

급식소에는 널따란 탁자 하나와 벤치가 있었다. 그는 유모차를 한쪽 구석에 세워두고 실라와 피에르, 이름 모를 네덜란드 꼬마를 앉혔다. 한 사람당 두꺼운 사발에 담긴 수프 한 그릇과 커다란 빵 한 덩이씩 가져갈 수 있었다.

그가 수프 네 그릇을 들고 식탁으로 돌아오자 로즈가 서 있었다. 곁에는 얼굴이 발갛게 달아오른 로널드도 있었다. 로널드는 여전히 황홀해서 어쩔 줄을 모르며 영어로 떠들었다. "절 전차 안에 태워줬어요!"

하워드는 프랑스어로 자상하게 대답했다. "프랑스어로 말하면 피에르도 네 말을 이해할 수 있지 않겠니?" 누가 로널드의 영어를 들은 것 같지는 않았다. 그래도 앙제르빌은 끔찍하게 위험한 곳이었다. 언제라도 아이들이 영어로 말하다가 정체를 들킬 수 있었다.

로널드는 프랑스어로 재잘대기 시작했다. "할아버지, 엄청나게 커다란 대포가 달려 있어요. 작은 총도 두 개나 더 있고요. 핸들 두 개로 조종하는데 한 시간에 70킬로를 달린대요!"

"얼른 앉아서 저녁을 먹으렴." 그는 수프 그릇과 빵을 내밀었다.

실라는 오빠가 샘나는 듯했다. "오빠, 정말로 전차를 직접 몰아봤어?"

우리의 전차 모험가는 곧바로 대답하지 못하고 우물쭈물했다. "직접 몰아본 건 아니야. 그래도 군인들이 내일이든 다른 날이든 같이 전차를 타고 달려봐도 된다고 허락해줬어. 그런데 진짜 웃기게 말하더라. 무슨 말을 하는지 제대로 알아들을 수가 없었어. 저 내일 전차 타러 가도 될까요, 하워드 할아버지? 군인들이 괜찮다고 했어요."

"한 번 두고 보자꾸나. 내일이면 우리가 여기를 떠날지도 모른단다."

실라가 자꾸 로널드에게 질문했다. "오빠, 군인들이 왜 웃기게 말했는데?"

로즈가 불쑥 대꾸했다. "더러운 독일 놈들이니까. 사람들을 죽이러 여기에 온 거야."

하워드가 크게 쿨럭거리며 헛기침했다. "어서 저녁 먹으렴. 너희들 모두 말이야. 이제 수다는 그만." 더는 아이들이 이야기하게 내버려 둘 수 없었다. 배식하는 독일군이 아이들 말을 우연히 들었더라면 사달이 났을 것이다.

앙제르빌은 안전한 곳이 아니었다. 무슨 일이 있어도 아이들을 데리고 빠져나가야 했다. 이대로 한두 시간이면 정체가 들통날 것 같았다. 그는 잠시 생각에 잠겼다. 날이 완전히 저물기까지는 아직 몇 시간이 남았다. 아이들이 지치긴 했지만, 서둘러 마을을 빠져나가는 편이 더 나아 보였다.

다음 목적지는 샤르트르였다. 생말로로 가는 기차를 탈 수 있는 곳이었다. 그날 밤 안에 샤르트르에 도착할 수는 없을 것이다. 서쪽으로 48킬로나 더 가야 했다. 독일군이 점령한 지역에서 벗어날 가능성은 거의 없었다. 하지만 다른 대안이 없으니 샤르트르까지 가야 했다. 사실, 다른 대안은 머릿속에 떠오르지도 않았다.

아이들은 매우 느리게 먹었다. 가장 어린 피에르와 실라가 밥을 다 먹는 데 거의 한 시간이나 걸렸다. 하워드는 오랜 세월 살아오며 기른 인내심을 발휘해서 기다렸다. 아이들을 재촉해 봤자 좋을 게 없었다.

마침내 아이들이 식사를 끝내자 입가를 닦아주었다. 독일군 취사병에게 공손히 감사 인사를 건네고 유모차를 끌고 와서 샤르트르를 향해 길을 떠났다.

아이들은 맥없이 터덜터덜 걸었다. 벌써 8시가 지나 있었다. 평소라면 잠들었을 때를 훌쩍 넘긴 시간이었다. 게다가 아이들 모두 양껏 밥을 먹은 후였다. 지평선으로 뉘엿뉘엿 넘어가는 마지막 햇볕은 여전히 포근했다. 그리 멀리까지 가지 못하리라는 사실은 불 보듯 뻔했다. 하워드는 한시라도 바삐 앙제르빌에서 벗어나야 한다는 불안감에 발걸음을 멈추지 못했다.

네덜란드 꼬마 문제가 마음에 걸렸다. 원래 계획했던 대로 수녀원에 맡기고 오지 못했다. 앙제르빌에서 수녀원을 찾아다니면 위험할 것 같았다. 역시 수녀원에 맡기리라고 다짐했던 피에르도 그들과 함께 있었다.

이제 피에르는 짐스럽게 느껴지지 않았지만, 새로운 네덜란드 아이를 책임지는 일은 심각한 문제였다. 그는 네덜란드어를 한마디도 할 줄 몰랐다. 심지어 꼬마의 이름조차 몰랐다. 어쩌면 옷에 이름이 수 놓여 있을 수도 있었다.

실망스럽게도 아이의 원래 옷을 영영 잃어버리고 말았다는 사실이 떠올랐다. 독일군이 아이의 몸에 들끓던 이를 잡고 목욕시키면서 원래 옷을 가져 가버렸다. 지금쯤이면 그 셔츠를 불태웠을 것이다. 전쟁이 끝나서 조사해보기 전까지는 아이의 신원을 알 수 없을 듯했다. 어쩌면 끝끝내 알 수 없으리라.

생각이 여기까지 미치자 몹시 심란해졌다. 네덜란드 꼬마의 신원은 사실상 찾아낼 수 없었다. 신원을 확인할 수 있는 아이를 수녀원에 맡기는 것과는 전혀 다른 문제였다.

그는 길을 걸어가며 이 새로운 문젯거리를 곰곰이 생각했다.

지금 유일한 단서는 그가 6월 어느 날에 피티비에에서 버림

받은 꼬마를 발견했다는 사실이었다. 단서라고 해봤자 그가 혼자만 아는 내용일 뿐이었다. 언젠가는 이 단서로 아이의 부모나 친척을 찾아낼 수 있을지도 모른다. 지금 아이를 수녀원에 떠맡기면, 아이의 과거를 찾아낼 단서는 세상에서 영영 사라지고 말 것이다.

길은 먼지가 자욱했다. 실라가 투정을 부렸다. "발이 아파요."

아이는 완전히 녹초가 되어 있었다. 그는 실라와 피에르를 유모차에 태웠다. 피에르에게는 초콜릿도 한 조각 주었다. 저녁을 먹고 나면 초콜릿을 주겠다고 낮에 약속했기 때문이었다. 그러자 다른 아이들에게도 초콜릿을 주어야 했다. 초콜릿을 먹은 아이들은 기운을 되찾아서 잠시 명랑해졌다. 그는 힘겹게 유모차를 밀고 나아갔다. 얼른 그날 밤을 묵어갈 곳을 찾아야 했다.

곧 농장이 나타났다. 그는 아이들과 유모차를 도로에 세워둔 채 농장 마당으로 들어가서 잠자리를 얻을 수 있을지 살펴보았다. 농장은 이상하게도 쥐 죽은 듯이 조용했다. 갑자기 튀어나와서 짖어대는 개도 없었다.

그는 어스름한 저녁 빛을 받고 서서 사람을 불렀다. 누군가 나오기를 기대했지만, 대답하는 이는 아무도 없었다. 농가 문을 열어보려고 했지만, 문은 잠겨 있었다. 외양간에 가보았더니 소가 한 마리도 없었다. 암탉 두 마리만 두엄더미를 파헤치고 있었다. 암탉을 제외하면 생명의 흔적이 전혀 없었다.

농장은 버려진 것이 분명했다.

그들은 전날 밤처럼 건초 다락에서 잤다. 이번에는 덮을 담요도 없었지만, 하워드가 이불로 쓸 만한 것을 찾다가 커다란 돛 같은 덮개를 발견했다. 짚을 이을 때 쓰는 천 같았다.

그는 덮개를 다락까지 끌고 와서 건초 위에 펼쳤다. 아이들이 덮개 한쪽에 모여 눕자 나머지 부분을 이불처럼 덮어주었다.

아이들이 까칠까칠한 덮개에 짜증을 내며 투정 부릴까 봐 걱정스러웠지만, 모두 이불 따위에 불평할 힘도 없을 만큼 지쳐 있었다. 다들 누워서 쉴 수 있다는 사실에 기뻐했고, 이내 잠에 곯아떨어졌다.

그도 아이들 곁에 누웠다. 너무나 피로했다. 걸어오는 동안 마지막 순간에는 피곤을 참고 견디느라 브랜디를 몇 모금 마시기까지 했다. 버려진 농장의 건초 위에 몸을 눕히자 피로가 커다란 파도처럼 밀려왔다. 상황이 절망적으로 느껴졌다. 이제는 영국으로 돌아갈 수 있다는 희망이 모두 사라진 것 같았다. 독일군이 훨씬 더 앞서 있었다. 지금쯤이면 영국에도 쳐들어갔을지 모른다. 프랑스 전역에 독일군이 들끓었다.

언제든 정체를 들킬 수 있었다. 그런 순간은 금방 닥칠 것이다. 피할 수 없는 일이었다. 그의 프랑스어는 유창했지만, 영국식 억양이 강했다. 그 자신도 잘 알았다. 유일한 희망은 탈출 계획이 떠오를 때까지 아이들과 함께 프랑스 사람의 집에 숨어 지내는 것이었다. 하지만 이 지역에는 아는 사람이 아무도 없었다. 지인이 있다고 하더라도 하워드 일행을 쉽사리 숨겨주지 못할 것이다. 그는 비몽사몽간에 앞날을 고민하며 괴로워했다.

지인이 아예 없는 것은 아니었다. 아주 가까운 사이는 아니지만, 샤르트르에 알고 지내는 가족이 있었다. 루제 가족이었다. 아니…, 루강 가족이었던가? 루제롱…, 루제롱 가족이었다. 1년 반 전에 존과 함께 스키를 타러 시도통 마을을 방문했다가 알게 된 사이였다. 루제롱 가족은 샤르트르에 살았다.

육군 대령인 루제롱 씨가 지금쯤 어떻게 되었을지 조금 궁금했다. 살집이 통통한 루제롱 부인은 전형적인 프랑스 여자였다. 굉장히 온화하고 사근사근했다. 딸 니콜은 스키를 잘 탔다. 밀려드는 잠에 취한 그에게 니콜이 존을 따라서 눈보라를 뚫고 슬로프를 날 듯이 내려가는 모습이 떠올랐다. 프랑스 스타일로 정성 들여서 매만진 금발이 눈에 선했다.

루제롱 대령과는 제법 친분이 두터웠다. 시도통에서 저녁마다 대령과 페르노를 한 잔씩 마시며 체커 게임을 하곤 했다. 과연 전쟁이 다시 터질지를 두고 진지하게 이야기를 나누기도 했다. 그는 루제롱 가족을 찾아간다는 계획을 진지하게 생각하기 시작했다. 어떻게 해서든 샤르트르에 갈 수만 있다면, 희망이 있을 것이다. 루제롱 가족이 도와줄 것 같았다.

어쨌든 괜찮은 조언이라도 얻을 수 있으리라. 그 순간 그는 성인과 대화하고 싶은 마음이 얼마나 간절한지 깨달았다. 어른을 만나서 어려움을 털어놓고 계획을 세우고 싶었다. 루제롱 가족을 생각할수록, 분별력 있는 성인을 만나서 기탄없이 대화하고 싶은 마음이 절실해졌다.

샤르트르는 그렇게 멀지 않았다. 40킬로도 채 떨어져 있지 않았다. 운이 따른다면 내일 샤르트르에 도착할 것이다. 루제롱 가족이 피난을 떠났을 수도 있지만, 그래도 한 번 모험해볼 가치는 있었다.

그는 곧 잠에 빠져들었다.

밤새도록 몇 차례나 숨을 헐떡이며 깨어났다. 심장이 몹시 불편했다. 그럴 때마다 몸을 똑바로 일으키고 30분 정도 앉아서 브랜디를 홀짝였다. 그러다가 다시 누워서 뒤숭숭한 마음으로 선잠에 빠져들었다. 아이들도 잠자리가 불편한 듯했지만, 깨어나지는 않았다.

그는 새벽 5시에 완전히 깨어났다. 건초더미에 앉아서 아이들을 깨워야 할 때를 기다리며 가만히 쉬었다.

샤르트르에 가서 루제롱 가족을 찾을 작정이었다. 힘겨웠던 어젯밤이 경고처럼 느껴졌다. 힘이 바닥나고 있는 것 같았다. 정말로 기력을 다 잃는다면, 반드시 아이들을 누군가에게 안전하게 맡겨야 했다.

루제롱 가족이라면, 루제롱 가족을 찾아갈 수 있다면, 아이들은 안전할 것이다. 아이들을 돌보는 데 들어갈 돈도 건넬 것이다. 영국 돈이기는 했지만, 그래도 도움이 될 것이다. 루제롱 가족이 그에게 침대를 하나 내어줄 수도 있다. 그러면 이 치명적인 피로를 털어낼 때까지 쉴 수 있으리라.

6시 반쯤에 피에르가 눈을 떴다. "조용히 누워있으려무나. 아직 일어날 시간이 아니란다. 조금 더 자렴."

7시에 실라가 일어나서 꿈틀대며 건초 침대 밖으로 빠져나갔다. 실라가 꼼지락대는 바람에 다른 아이들도 눈을 떴다. 그는 뻣뻣하게 굳은 몸을 일으켜서 아이들을 깨웠다. 모두 사다리를 타고 마당 아래로 내려갔다. 그는 수도 펌프 곁에 아이들을 세워놓고 한 명씩 세수하게 했다.

뒤에서 인기척이 들렸다. 그가 돌아섰더니 몸집이 거대한 여자가 서 있었다. 농장 안주인이 여기서 뭐 하고 있냐며 심술궂게 따져 물었다.

그는 조심스러운 태도로 대답했다. "부인, 아이들과 이곳 건초 다락에서 하룻밤 묵었소. 정말로 큰 실례인 줄은 알지만, 달리 갈 곳이 없었다오."

안주인은 몇 분 동안 그를 호되게 나무랐다. "그런데 누구시오? 우리나라 사람은 아닌데. 딱 보면 알지. 영국인이구먼. 이 애들도 영국인이우?"

"아이들은 국적이 다양하다오. 둘은 프랑스 사람이고, 둘은 스위스 사람이오. 제네바에서 왔소. 나머지 하나는 네덜란드 사람이라오." 그는 미소 지으며 말을 이었다. "정말로, 우리 출신지가 좀 다양한 편이라오."

안주인은 날카로운 눈초리로 그를 쏘아보았다. "하지만 댁은, 댁은 영국인이잖수?"

"부인, 내가 영국인이라고 해도 그게 무슨 문제가 되오?"

"앙제르빌에서 하는 말을 들어보니 영국이 우리를 배신했다던데. 영국군이 죄다 도망쳤잖우. 덩케르크에서."

아무래도 큰 위험에 빠진 것 같았다. 이 여자가 그들을 모조리 독일군에 넘길 수도 있었다.

그는 농장 안주인의 눈을 똑바로 바라보며 대담하게 말했다. "정말로 영국이 프랑스를 저버렸다고 생각하시오? 아니면 독일이 거짓말한다고 생각하시오?"

안주인은 대답하지 못하고 우물쭈물했다. "다 더러운 정치놀음이지." 마침내 입을 뗐다. "내가 아는 건 이 농장이 결딴 났다는 거요. 이제 어떻게 살아야 할지 모르겠수."

그가 간단히 대답했다. "신의 은총으로 살아야 하지 않겠소, 부인."

안주인은 잠시 침묵을 지키더니 입을 열었다. "댁은 영국인이 맞나보네, 그렇지 않수?"

그는 아무 말 없이 고개만 끄덕였다.

"얼른 떠나는 게 좋을 거요. 누가 보기 전에…."

그는 돌아서서 아이들을 불러 모았다. 유모차를 밀며 농장 입구로 걸어갔다.

안주인이 뒤에서 소리쳤다. "어디로 가시우?"

그는 멈춰서서 대답했다. "샤르트르요." 말을 마치자마자 경솔하게 사실대로 털어놓은 것을 후회했다.

"트램을 타고 가시우?"

"트램?" 그가 머뭇거리며 되물었다.

"8시 10분에 한 대 있수. 아직 30분은 남았는데."

그는 차도 옆으로 달리는 협궤 철도를 까맣게 잊고 있었다. 탈것을 이용해 샤르트르로 갈 수 있다는 희망이 샘솟았다. "부인, 트램이 아직 다니고 있소?"

"왜 안 다니겠수? 독일군은 자기들이 이 나라에 평화를 가져왔다고 그러던데. 그러면 뭐 당연히 트램도 다니겠지."

그는 고맙다고 인사를 건네고 도로로 올라갔다. 400미터 정도 걸어가자 철로와 차도가 교차하는 곳이 나왔다. 전날 사두었던 비스킷과 초콜릿을 아이들에게 먹이며 전차를 기다렸다.

얼마 후, 공중으로 가느다랗게 피어오른 연기가 기차의 도착을 알렸다. 주변 주민들이 트램이라고 부르는 소형 협궤 기차였다.

세 시간 후, 하워드 일행은 유모차를 밀며 샤르트르 길거리로 들어섰다. 정말로 쉬운 여정이었다. 그동안 아무런 사건도 사고도 터지지 않았다.

샤르트르도 앙제르빌처럼 독일군이 가득했다. 어딜 가나 독일군이 들끓었다. 특히 호화스러운 사치품 가게에 독일군이 많았다. 독일군은 지폐를 손에 쥐고 실크 스타킹이며 속옷, 갖가지 수입 식품을 사 갔다. 온 도시가 축제일을 맞은 것 같았다.

독일군은 단정했고 규율이 잘 잡혀 있었다. 독일군에게 불평거리가 있다면 그들의 존재 그 자체였을 뿐, 눈살을 찌푸릴 만한 행동은 온종일 단 한 건도 없었다.

프랑스 시민의 환영을 곧이곧대로 믿지 못한 독일군은 신중하고 분별력 있게 행동했다. 하지만 가게 안에서는 프랑스의 환영을 의심할 필요가 없었다. 독일군은 진짜 프랑스 지폐를 물 쓰듯이 썼다. 샤르트르에 독일군을 향한 의심이 단 한 톨이라도 있다면, 전부 굳게 잠긴 은행 금고 안에 있었을 것이다.

하워드는 공중전화 부스의 전화번호부에서 루제롱 가족의 주소를 찾아냈다. 루제롱 가족은 근처 거리의 아파트에 살고 있었다. 그는 전화를 걸지 않았다. 형편을 전화로 설명하자니 조금 난처했다. 그 대신 사람들에게 길을 물어서 직접 아파트를 찾아 나섰다. 유모차를 밀며 나아가는 하워드 뒤로 아이들이 졸졸 따라갔다.

좁은 거리의 높다란 잿빛 건물들에는 덧문이 모두 내려와 있었다. 그는 아파트 정문에 있는 초인종을 눌렀다. 문이 스르르 열리더니 공동 계단이 나타났다. 루제롱 가족의 집은 3층이었다. 그는 아이들을 뒤세우고 천천히 계단을 올랐다. 숨이 가빴다. 마침내 루제롱 가족 집의 초인종을 눌렀다.

현관문 너머에서 여자 목소리가 들렸다. 발걸음 소리가 들리는가 싶더니 문이 열렸다. 루제롱 부부의 딸이었다. 1년 반 전 시도통 마을에서 보았던 모습 그대로였다.

"무슨 일이세요?"

아파트 복도는 어두컴컴했다. "잘 지냈소?" 그가 입을 뗐다. "부친을 만나러 왔소. 루제롱 대령 말이오. 날 기억할지 모르겠구려. 예전에 만난 적이 있소. 시도통에서."

아무 대답이 없었다. 하워드는 눈을 깜박였다. 피곤한 눈으로 니콜을 바라보니 문고리를 꼭 쥐고 있는 것 같았다. 니콜은 예전과 변함없는 모습이었다. 머리카락도 여전히 프랑스 스타일로 짧게 말고 있었다. 회색 치마와 짙은 파란색 스웨터 차림에 검은 스카프를 두르고 있었다.

마침내 니콜이 입을 열었다. "아버지는 집에 안 계세요. 저도…, 선생님께서 누구신지 아주 잘 기억하고 있어요."

그의 입에서 프랑스어가 자연스럽게 흘러나왔다. "그렇게 말해주니 정말 기쁘구려. 나는 하워드라고 하오."

"잘 알고 있어요."

"대령은 오늘 집에 돌아오시오?"

"아버지는 석 달 전에 떠나셨어요, 하워드 씨. 메스(독일과 가까운 프랑스 북동부 지역-옮긴이)에 계셨죠. 우리 가족이 마지막으로 들은 소식으로는 그래요."

기대가 컸던 만큼 실망감도 그에 못지않게 강했다. 그는 잠시 망설인 끝에 그대로 물러나기로 했다.

"정말 안타깝구려. 이렇게 샤르트르에 온 김에 대령을 만나 볼 수 있을까 했었소. 아버지 소식을 석 달간 듣지 못했다니 진심으로 애도하는 바요. 충분히 괴로울 테니 더는 폐를 끼치지 않겠소."

"혹시…, 저하고 상의할 일이라도 있으신가요, 하워드 씨?"

그는 니콜이 자신을 문가에 붙들어두려는 것 같다는 기이한 인상을 받았다. 니콜은 거의 애원하는 태도였다

하지만 니콜과 루제롱 부인에게 자신의 짐까지 지울 수는 없었다. 그들도 힘겨운 상황이었다. "별거 아니라오." 그가 대답했다. "사소한 신상 문제라 부친과 이야기를 나누고 싶었을 뿐이오."

니콜은 가까이 다가와서 하워드의 눈을 똑바로 마주 보았다. "우리 아버지와 말씀을 나누고 싶으신 건 이해해요, 하워드 씨." 니콜은 침착하게 말을 이었다. "하지만 아버지는 집에 없어요. 지금 어디에 있는지도 모르고요. 그리고 저는…, 저는 어린애가 아니에요. 무슨 일로 여기까지 오셨는지 잘 알고 있어요. 우리가 같이 상의해볼 수 있을 거예요, 하워드 씨하고 제가

요."

니콜이 문가에서 살짝 물러섰다. "들어오시겠어요?"

7장
니콜과의 동행

하워드는 돌아서서 아이들에게 손짓했다. 니콜을 슬쩍 쳐다보니 깜짝 놀라서 어안이 벙벙해진 표정이었다. "미안하지만, 일행이 좀 많소." 그가 변명하듯 말했다.

"그런데…, 무슨 일이신지 모르겠네요, 하워드 씨. 손자분들인가요?"

그가 미소 지었다. "내가 돌보는 아이들이라오. 내 손주들은 아니오." 잠시 주저하다가 다시 입을 뗐다. "내가 지금 어려움에 부닥쳤소."

"아…."

"그래서 부친과 상의하고 싶었던 거요." 그는 난처해하며 이맛살을 찌푸렸다. "아무래도 같이 상의하기는 어렵지 않겠소?"

니콜은 서둘러 대꾸했다. "아니에요, 하워드 씨. 전혀 아니에요." 휙 뒤돌더니 루제롱 부인을 불렀다. "엄마! 얼른 나와보세요. 하워드 씨께서 오셨어요. 시도통에서 만났던 분이요!"

몸집이 작고 통통한 루제롱 부인은 부산을 떨며 나왔다.

그는 격식을 갖춰 루제롱 부인에게 인사를 건넸다. 그들은 이내 좁은 거실로 자리를 옮겼다. 하워드는 자신에게 딱 달라붙은 아이들 다섯 명에게 둘러싸인 채 우두커니 서서 상황을 설명하려고 애썼다. 쉬운 일은 아니었다.

결국 루제롱 부인이 말을 끊고 나섰다. "어쨌거나 여기에 오셨네요." 복잡한 전후 사정을 모두 듣지 않아도 되어서 기쁜 눈치였다. "아이들이 점심은 먹었나요? 배가 고플 텐데요."

아이들은 수줍게 미소 지었다. "부인, 아이들이야 늘 배고픈 법 아니겠소. 굳이 수고하지 않으셔도 된다오. 우리가 시내에 나가서 식사하고 오리다."

루제롱 부인은 그런 일은 생각지도 말라고 대답했다. "니콜, 하워드 씨와 여기에 있으렴. 내가 식사를 준비하마." 부인은 법석을 떨며 부엌으로 들어갔다.

니콜이 그를 돌아보았다. "좀 앉아서 쉬세요. 정말로 지쳐 보이세요." 아이들에게도 말을 건넸다. "너희들도 마찬가지야. 앉아서 조용히 기다리렴. 곧 점심이 준비될 거야."

하워드는 때로 얼룩진 두 손을 내려다보았다. 디종을 떠나고부터는 제대로 씻지도 못했고 면도도 못했다. "지저분한 행색으로 나타나서 부끄럽구려. 먼저 씻고 와도 되겠소?"

니콜은 미소를 지어 보였다. 그는 니콜의 웃음에서 편안함을 느꼈다. "요즘 같은 때에 청결을 유지하는 게 쉽지는 않죠. 처음부터 다 말씀해주세요, 하워드 씨. 대체 어쩌다가 프랑스에 오시게 됐나요?"

그는 의자에 몸을 기댔다. 니콜에게 전부 말하는 편이 나을 듯했다. 다른 사람에게 처지를 모두 털어놓으려니 마음이 아팠다. “나를 이해해주시오.” 그가 이야기를 시작했다. “올해 초에 몹시 힘겨운 일이 있었다오. 하나밖에 없는 아들이 목숨을 잃었소. 알다시피 아들은 공군에서 복무했었다오. 공습에 나섰다가 전사했소.”

“알아요, 하워드 씨. 뭐라고 위로의 말씀을 드려야 할지 모르겠네요.”

그는 잠시 머뭇거렸다. 니콜이 자신의 말을 제대로 이해했는지 확신이 서지 않았다. 아무래도 프랑스어 관용 표현을 잘못 쓴 것 같았다. 어쨌거나 말을 이어갔다. “영국에서 지내기가 정말로 힘들었소. 다른 환경에 가서 새로운 사람들을 만나보고 싶었다오.”

그는 자신의 이야기에 푹 빠져들었다. 시도통 마을에서 캐버나 가족을 만난 일과 실라가 아팠던 일, 디종에서 며칠 지체했던 일, 디종 호텔의 하녀와 그녀의 조카 로즈를 만난 일을 죽 늘어놓았다.

주와니에 발이 묶였던 일도 말했고, 몽타르지로 가는 길에서 맞닥뜨렸던 공포에 대해서도 간단히 설명했다. 어쩌다 피에르를 데려오게 되었는지 알려주어야 했기에 공습 사건을 빼놓을 수 없었다.

영국 군인의 트럭을 얻어탔던 일과 피티비에에서 네덜란드 꼬마를 만난 일도 말했다. 마지막으로 샤르트르까지의 여정을 짧게 설명하고 이야기를 마무리했다.

노인다운 차분하고 느긋한 말투로 천천히 말하다 보니 15분이 흘렀다. 니콜은 경탄에 가득 찬 눈으로 그를 바라보았다.

"그러니까 하워드 씨, 이 아이들 가운데 하워드 씨와 관련 있는 아이는 아무도 없는 거네요?"

"그래요." 그가 대답했다. "그런 식으로 본다면 그럴 수도 있겠구려."

"로널드와 실라 남매를 디종에 두고 떠나실 수도 있었잖아요? 부모가 제네바에서 아이들을 데리러 오도록 하고요. 그러면 제때 영국으로 돌아가셨을 텐데요." 니콜이 정곡을 찔렀다.

그는 슬며시 미소 지었다. "그랬겠구려."

니콜이 그를 물끄러미 바라보았다. "우리 프랑스 사람은 영국 사람을 절대로 이해하지 못할 거예요." 부드러운 목소리였다. 그러더니 이내 고개를 돌렸다.

그는 조금 당황스러웠다. "뭐라고 했소?"

니콜이 자리에서 일어났다. "씻고 싶으시겠어요. 이리로 오시겠어요? 욕실로 안내해드릴게요. 아이들도 씻겨야겠네요."

니콜이 안내해준 욕실은 어수선했다. 보아하니 루제롱 가족이 부리던 하인을 내보낸 듯했다. 그는 면도기를 찾아 욕실을 둘러보았다. 대령이 집을 너무 오래 비운 탓인지 남성용품은 보이지 않았다. 우선은 씻는 데 만족하고, 면도할 수 있는지 얼른 알아보기로 마음먹었다.

니콜은 아이들을 침실로 데려가서 한 명씩 꼼꼼하게 씻겼다.

이제 점심 먹을 시간이었다. 루제롱 부인은 점심거리에 쌀을 더해서 리소토를 만들었다. 다들 거실 테이블에 둘러앉았다.

하워드가 디종을 떠난 이후 처음으로 맛보는 세련된 음식이었다.

식사 시간이 끝났다. 그는 루제롱 부인과 니콜과 함께 어질러진 테이블에 둘러앉아 커피를 마시며 앞날을 논의했다. 아이들은 응접실 구석에서 놀았다.

"물론 영국으로 돌아가고 싶소." 하워드가 입을 뗐다. "여전히 그렇다오. 하지만 당장은 상황이 여의치 않을 듯하구려."

"이제는 영국으로 가는 배가 없어요, 하워드 씨. 독일군이 전부 중단시켰죠." 루제롱 부인이 대답했다.

그는 고개를 끄덕였다. "그럴 것 같았소." 낮은 목소리로 덧붙였다. "스위스로 돌아갔더라면 더 좋았을 것을…."

니콜은 어깨를 으쓱했다. "다 지나간 후에 돌이켜보면서 현명한 판단을 내리는 건 쉽죠. 우리 모두 일주일 전만 해도 스위스가 공격당할 거로 생각했어요. 저는 지금도 그렇게 생각하고요. 스위스가 안전할 것 같지는 않아요."

침묵이 흘렀다.

루제롱 부인이 입을 열었다. "길에서 만난 아이들요, 하워드 씨. 피에르라는 아이랑 네덜란드 꼬마 말이에요. 이 아이들도 영국으로 데려가실 건가요?"

바닥에서 놀다가 싫증 난 실라가 다가와서 하워드의 소매를 잡아당기며 귀찮게 굴었다. "밖에 나가고 싶어요. 하워드 할아버지, 우리 나가서 전차 구경해도 돼요?"

그는 무심코 한쪽 팔로 실라를 껴안았다. "지금은 안 된단다. 잠시 얌전히 있겠니? 나중에 나가보자꾸나." 그는 루제롱 부인을 돌아보며 대답했다. "저 아이들을 내버려 두고 떠날 수는 없소. 친척들에게 맡기는 게 아니라면 말이오. 이 문제를 오랫동안 고민해봤지만, 지금으로서는 아이들 친척을 찾는 일이 몹시 어려울 거요."

"정말 그럴 거예요."

그의 생각이 꼬리에 꼬리를 물고 이어졌다. "저 아이들을 영국으로 데려갈 수 있다면, 전쟁이 끝날 때까지 미국에 보낼까 하오. 미국이라면 안전하지 않겠소? 내 딸이 미국에서 살고 있소. 뉴욕 롱아일랜드에 커다란 집도 있고. 전쟁이 다 끝날 때까지 딸이 애들을 돌봐줄 거요. 그때라면 아이들 부모를 찾을 수 있을 테니."

"코스텔로 부인을 말씀하시는 거죠?" 니콜이 물었다.

그는 조금 놀라서 니콜을 바라봤다. "그렇소. 결혼해서 성이 코스텔로라오. 저 아이들과 또래인 아들도 있다오. 우리 딸이 아이들을 잘 돌볼 거요."

"분명히 그럴 거예요."

영국으로 탈출하는 일의 어려움은 잠시 뒷전으로 물러났다. "저 네덜란드 꼬마의 부모를 찾는 일은 사실상 불가능할듯싶소. 심지어 아이의 이름조차 모른다오."

하워드의 품에 안겨 있던 실라가 불쑥 말했다. "나는 저 애 이름 알아요."

그가 실라를 빤히 내려다보았다. "이름을 안다고?" 그때 아이들이 먼저 피에르의 이름을 알아냈던 일이 떠올랐다. "저 아이의 이름이 뭐니?"

"빌렘이요. 윌리엄이 아니래요. 그냥 빌렘이래요."

"성은 모르니?"

"없는 거 같아요. 그냥 빌렘이에요."

바닥에 앉아 있던 로널드가 고개를 들었다. "거짓말하지 마." 아이는 심드렁하게 말했다. "성도 있어요, 하워드 할아버지. 아이베예요. 내 이름이 그냥 로널드가 아니라 로널드 캐버나인 거랑 같아요. 그러니까 저 애 이름은 빌렘 아이베예요."

"아하…." 실라가 대답했다.

그러자 루제롱 부인이 물었다. "저 아이는 프랑스어도 영어도 못 하던데, 어떻게 알아냈니?"

바닥에 있던 아이들이 어리둥절한 표정으로 루제롱 부인을 빤히 바라보았다. 멍청한 어른들을 참아주기 어렵다는 태도였다. "걔가 우리한테 알려줬어요."

하워드가 다시 물었다. "아이가 자기에 관해서 뭐라고 더 말하지는 않던?" 아무 대답이 없었다. "그러니까 엄마나 아빠 이야기를 하지 않았니? 아니면 어느 동네에서 왔는지도?"

실라가 대꾸했다. "그런데 저 애가 하는 말은 하나도 못 알아듣겠어요." 다른 아이들은 여전히 입을 다물고 있었다.

"그래, 괜찮단다." 그는 다시 루제롱 가족을 돌아보며 말을 이었다. "아이들은 하루 이틀이면 저 꼬마에 관해 모조리 알아낼 거라오. 그저 시간이 조금 걸릴 뿐이지요."

니콜이 끄덕였다. "네덜란드어를 하는 사람을 찾아볼 수도 있고요."

루제롱 부인은 다르게 생각했다. "그건 위험할 거야. 그런 건 가볍게 생각하고 결정할 일이 아니란다. 늘 독일군을 염두에

눠야지." 부인은 하워드에게 말을 건넸다. "그러니까, 하워드 씨. 하워드 씨께서 어려운 상황이라는 건 분명하네요. 이제 어떻게 하고 싶으세요?"

그는 천천히 미소 지었다. "이 아이들과 함께 영국으로 돌아가고 싶소, 부인. 그뿐이오." 그는 잠시 생각에 잠기더니 온화하게 말을 이었다. "한 가지 더 있소. 친구들을 곤란하게 만들고 싶지도 않다오." 그러더니 자리에서 일어섰다. "우리에게 점심을 대접해주셔서 정말로 감사하구려. 대령을 만나 뵙지 못해 참 안타깝소. 다음에 만날 때는 대령도 꼭 볼 수 있기를 바라오."

니콜이 벌떡 일어났다. "가시면 안 돼요. 귀국이 완전히 불가능한 것도 아니에요." 니콜은 어머니를 돌아보며 채근했다. "우리가 어떻게든 머리를 짜내야 해요, 엄마."

루제롱 부인은 어깨를 으쓱할 뿐이었다. "불가능해. 독일군이 사방에 있잖니."

"아빠가 여기에 있었다면 어떡해서든 계획을 마련했을 거예요."

방 안에 침묵이 내려앉았다. 로널드와 로즈가 나지막한 목소리로 숫자 노래를 부르는 소리만 작게 들렸다. 시내의 중앙 광장에서 군악대가 연주하는 소리도 희미하게 들려왔다.

마침내 하워드가 입을 뗐다. "우리 때문에 불편함을 겪을 필요는 없소. 우리는 정말로 잘 지낼 수 있을 거요. 정말이라오."

"하지만 하워드 씨, 지금 옷차림만 해도 그래요. 프랑스 패션이 아니잖아요. 누구든 한눈에 영국 사람인 걸 알아차릴 거예요. 한 눈에요." 니콜이 대꾸했다.

그는 울적한 표정으로 옷차림을 훑어보았다. 니콜의 말이 옳았다. 해리스 트위드 정장을 선택한 자신의 안목이 늘 자랑스러웠지만, 지금 상황에 그 옷차림은 두말할 나위 없이 부적절했다. "그런 것 같구려. 우선 프랑스 옷을 구해야겠소."

"아버지가 여기 계셨다면 기쁜 마음으로 옷을 빌려드렸을 거예요, 하워드 씨." 니콜은 어머니에게도 말했다. "그 갈색 양복이요, 엄마."

루제롱 부인은 고개를 저었다. "회색 정장이 더 나아. 눈에도 덜 띄고." 부인은 하워드에게 차분히 말했다. "다시 앉아 보세요. 니콜이 맞아요. 뭐든 계획을 짜내야 해요. 오늘 밤은 여기에 머무시는 게 더 나을 거예요."

그는 다시 자리에 앉았다. "너무 큰 폐를 끼치는 것 같구려. 그래도 옷을 빌려주신다면 정말로 감사히 받으리다."

실라가 뾰로통한 얼굴로 다시 다가왔다. "이제 나가서 전차 구경하면 안 돼요, 하워드 할아버지?" 아이는 영어로 불만을 쏟아냈다. "진짜로 나가고 싶어요."

"곧 나가자꾸나." 그는 프랑스어로 루제롱 가족에게 상황을 설명했다. "아이들이 나가고 싶어 하는구려."

니콜이 일어섰다. "제가 아이들을 데리고 산책 다녀올게요. 여기서 쉬고 계세요."

그는 니콜의 제안을 사양했지만, 결국 물러섰다. 몹시 피곤했다. "하나 부탁이 있소. 누가 쓰던 면도기라도 빌려다 줄 수 있겠소?"

니콜은 그를 욕실로 데려가서 필요한 물건을 모두 꺼내주었다. "아이들은 걱정하지 마세요. 문제에 휘말리지 않게 잘 챙길게요."

그는 면도기를 손에 든 채 니콜을 돌아보았다. "아이들이 절대로 영어를 쓰지 못하게 주의해야 하오." 그가 당부했다. "영국인 아이 둘은 프랑스어를 잘 알아듣소. 말도 유창하게 한다오. 가끔 영어로 말할 때가 있는데, 요즘 같은 때에는 위험하지 않겠소? 아이들에게 늘 프랑스어로만 말해야 하오."

니콜은 웃음을 터뜨렸다. "걱정은 붙들어 매세요, 하워드 씨. 전 영어를 아예 모르잖아요. 겨우 한두 마디쯤 알죠." 잠시 생각에 잠기더니 영어로 또박또박 말을 이었다. "좋아하는 것은 적당히 즐겨야 이롭다(a little bit of what you fancy does you good)." 그러더니 다시 프랑스어로 말했다. "술을 두고 하는 말 맞죠?"

"그렇소." 그는 다시 당황스러운 얼굴로 니콜을 물끄러미 바라봤다.

니콜은 하워드의 표정을 눈치채지 못했다. "또 하나 있어요. 누구를 꾸짖을 때요, '호되게 야단친다(tear somebody off a strip)'라고 하죠? 제가 아는 영어는 이것뿐이에요, 하워드 씨. 아이들은 저랑 있으면 영어를 쓸 일이 전혀 없을 거예요."

갑자기 오랜 고통이 밀려와 멍해졌다. "누가 그런 표현을 알려줬소? 요즘 유행하는 표현이라오." 그는 낮은 목소리로 물어보았다.

니콜은 돌아서며 어색하게 대답했다. "잘 모르겠어요. 아마

책에서 읽었나 봐요."

그는 니콜이 아이들을 챙기는 것을 거들어주고, 함께 아파트 정문까지 내려가서 배웅했다. 다시 집으로 돌아오니 루제롱 부인은 보이지 않았다. 그는 욕실에서 면도를 마친 후 거실 소파 끄트머리에서 잠을 청했다. 불안한 마음을 달래며 두 시간 정도 잤다.

산책을 마치고 돌아온 아이들이 그를 깨웠다. 로널드가 소리치며 그에게 달려들었다. "폭격기를 봤어요!" 아이는 흥분해서 어쩔 줄을 몰랐다. "진짜 독일 폭격기요. 진짜로 컸어요! 독일군이 폭탄도 보여줬어요. 가까이 가서 폭탄을 만져보게도 해줬어요!"

실라도 따라 말했다. "나도 가서 만져봤어요!"

로널드는 수다스럽게 떠들었다. "폭격기가 나는 것도 봤어요. 이륙하는 거랑 착륙하는 것도요. 바다에 있는 배에 폭탄을 떨어뜨리려고 날아갔어요! 진짜 재밌었어요, 하워드 할아버지."

그는 인자하게 대답했다. "니콜 양이 그렇게 재미난 산책에 데려가 주었으니 '고맙습니다' 하고 인사해야지."

아이들은 니콜에게 후다닥 뛰어갔다. "정말 고맙습니다."

그가 니콜에게 말을 건넸다. "덕분에 아이들이 무척 행복한 오후를 보냈구려. 아이들을 어디로 데려갔었소?"

"비행장으로 데려갔어요, 하워드 씨." 니콜은 머뭇거리다가 입을 뗐다. "거기가 그럴 줄 알았으면…, 안 데려갔을 거예요.

그래도 무슨 상황인지 잘 모르더라고요. 아이들은요."

"그렇소." 그가 대답했다. "아이들에게는 그저 재미있는 일일 뿐이라오." 그는 니콜을 흘긋 보며 다시 물었다. "폭격기가 얼마나 있었소?"

"60기나 70기 정도요. 어쩌면 더 많을 거예요."

"그것들이 우리나라 배를 폭격하러 나갔단 말이오?" 그가 조용히 말했다.

니콜이 고개를 떨구었다. "그럴 줄 알았으면 아이들을 안 데려갔을 거예요." 같은 말을 반복했다. "정말로 몰랐어요."

그는 미소 지었다. "어쨌거나 폭격기를 막기 위해 할 수 있는 일이 별로 없잖소? 그러니 걱정해봤자 소용 없다오."

루제롱 부인이 거실로 들어왔다. 벌써 6시였다. 부인은 아이들 저녁거리로 수프를 끓여두었다. 실라와 로즈를 위해 이미 안방에 잠자리도 마련해놓았다. 남자아이 세 명은 복도 마룻바닥에 이부자리를 펴고 자면 될 것이다. 하워드에게도 침실을 따로 하나 마련해주었다. 그는 폐를 끼쳐서 미안하고 감사하다고 인사했다.

"우선 아이들을 재워야겠어요." 부인이 말했다. "그런 다음에 상의해보죠. 계획도 짜고요."

한 시간 후, 아이들 모두 부른 배를 두드리며 잠자리에 누웠다. 하워드는 루제롱 부인과 니콜과 함께 걸쭉한 고기 수프에 빵과 치즈를 곁들여서 저녁을 먹었다. 물을 탄 레드 와인도 조금 마셨다. 식사 후에는 상을 치우는 것을 돕고, 특이한 시가를 한 대 받았다. 루제롱 대령이 남겨두고 떠난 시가 상자에 얇고 건조한 검은색 시가가 들어 있었다.

그가 먼저 입을 열었다. "오늘 오후에 생각을 좀 해보았소, 부인. 스위스로 돌아가지는 않을 거요. 스페인으로 넘어가는 편이 더 나을 것 같소."

부인이 대답했다. "그러면 아주 먼 길을 가셔야 해요." 세 사람은 스페인 국경을 넘는 일을 잠시 의논했다. 분명히 어려운 여정이었다. 스페인으로 떠난다고 하더라도 국경을 넘을 수 있다고 장담할 수 없었다.

니콜도 의견을 꺼냈다. "저도 생각 좀 해봤어요. 다만 반대 방향으로 가시는 방법을 떠올렸죠." 니콜이 어머니를 돌아보며 말했다. "장 앙리 씨요." 장과 앙리를 연이어서 발음하는 바람에 꼭 '장리'처럼 들렸다.

루제롱 부인은 차분하게 대답했다. "앙리 씨는 벌써 떠났을 거야, 얘야."

하워드가 물었다. "그가 누굽니까?"

니콜이 대답했다. "르콩케(프랑스 북서부 브레스트에서 30킬로 정도 떨어진 어촌-옮긴이)의 어부예요. 브르타뉴 지방에 있어요. 앙리 씨에게 정말로 괜찮은 배가 있거든요. 저희 아버지와 친한 친구세요, 하워드 씨."

루제롱 부인과 니콜이 앙리에 관해 낱낱이 알려주었다. 루제롱 대령은 30년 동안 매해 여름마다 브르타뉴를 찾았다. 프랑스 사람답지 않은 유별난 취향이었다. 대령은 인구가 희박한 돌투성이 시골과 돌로 지은 오두막, 거친 해안에 이끌렸고, 대서양의 거센 바닷바람을 맞으며 기력을 회복했다.

대령은 휴가지를 찾을 때마다 바다에 잘 어울리는 옷을 차려 입었다. 배를 타고 낚시하러 나갈 때는 지역 어부가 입는 옷을 입었다. 빛바랜 적갈색이나 담홍색 돛천으로 만든 작업복에 헐렁하게 늘어지는 커다란 검은색 모자까지 갖추었다.

"그이는 나막신도 곧잘 신었어요. 결혼한 지 얼마 안 됐을 때요." 루제롱 부인이 찬찬히 이야기를 이어나갔다. "그런데 발에 티눈이 생겼지 뭐예요. 나막신을 포기해야 했죠."

루제롱 부인과 니콜도 해마다 대령과 함께 브르타뉴를 방문해 작은 하숙집에서 지냈다. 대령이 어부들과 함께 배를 타고 나가거나 카페에 앉아 빈둥거릴 때면, 두 사람은 지루한 산책길을 조금씩 걷곤 했다.

"그렇게 신나는 휴가는 아니었어요." 니콜이 말했다. "어느 해에는 프랑스 북부에 있는 피서지로 휴가를 떠났죠. 그런데 그다음 해에 다시 브르타뉴로 돌아갔어요."

니콜은 오랫동안 브르타뉴를 찾으며 아버지의 어부 친구들과도 잘 아는 사이가 되었다. "앙리 씨라면 하워드 씨를 도와줄 거예요." 자신 있는 말투였다. "크고 괜찮은 배가 있어요. 영국까지 쉽게 갈 거예요."

하워드는 니콜의 제안을 진지하게 고민했다. 그도 브르타뉴 어부들을 조금 알았다. 데번의 엑서터에서 사무 변호사로 일했을 때 이따금 브르타뉴 어부와 관련된 법률 사건을 맡았다. 해안 3해리 이내 영해에서 조업해야 한다는 규정과 관련된 사건들이었다.

기상 상황이 나쁠 때는 브르타뉴 어부들이 토베이(영국 데번에 있는 항구도시이자 휴양지-옮긴이)로 피신하는 일도 종종 있었다.

조업 규정을 사소하게 어기는 것만 빼면, 브르타뉴 어부들은 데번에서 인기가 좋았다. 어부들도 그들의 배도 우람하고 튼튼했다. 그들은 뛰어난 뱃사람이었다. 그들이 쓰는 언어는 게일어와 굉장히 비슷해서, 때때로 웨일스 사람이 알아듣기도 했다.

세 사람은 앙리의 도움을 얻는 일을 의논했다. 스페인을 거쳐 영국으로 돌아가는 것보다 확실히 희망 차 보였다. "갈 길이 멀구려." 그가 조금 침울하게 말했다. 사실이었다. 브레스트는 샤르트르에서 320킬로 정도 떨어져 있었다. "어쩌면 기차를 타고 갈 수 있겠소." 그러려면 파리를 거쳐야 할 것이다.

그들은 모든 면에서 계획을 점검했다. 지금 앙리가 어디에 있는지 샤르트르에서 알아내는 것은 불가능했다. 직접 르콩케로 가서 그를 찾아볼 수밖에 없었다.

"앙리 씨가 떠났다고 하더라도…," 루제롱 부인이 말했다. "다른 어부들도 있으니까요. 하워드 씨가 우리 남편과 가까운 사이라는 걸 알면 누군가는 도와줄 거예요." 부인은 그렇게 단순하게 믿었다.

니콜도 확신에 차서 말했다. "누군가는 도와줄 거예요."

"이렇게 제안해주시다니 정말로 친절하시구려. 대령의 친구분들 주소를 알려주시겠소? 그러면 내가 내일 아이들과 함께 찾아가 보리다." 그는 잠시 머뭇거렸다. "서둘러야 할 것 같소. 나중에는 독일군의 경계가 더 삼엄해질 수도 있으니 말이오."

"주소를 알려드릴게요." 부인이 대답했다.

어느새 시간이 훌쩍 지났다.

부인은 자리를 떴다. 얼마 후 니콜이 어머니를 따라갔다. 거실에 홀로 남은 하워드는 두 사람이 부엌에서 낮은 목소리로 속삭이는 소리를 들었다. 무슨 이야기를 하는지는 알 수 없었고, 알려고 하지도 않았다. 그는 루제롱 가족의 도움과 격려가 진심으로 고마웠다. 영국 군인 두 명과 헤어진 후로 낙담해 있던 차였다.

루제롱 가족을 만나고 영국으로 돌아갈 수 있으리라는 희망이 다시 느껴졌다. 물론, 먼저 브르타뉴까지 가야 했다. 그 여정만으로도 힘겨울 것이다.

그에게는 신분을 증명할 서류가 영국 여권뿐이었다. 아이들에게는 신분증이 아무것도 없었다. 독일군이 그들을 불러세워서 신분증을 요구한다면 모든 일이 끝장날 것이다. 그래도 아직은 한 번도 검문을 받은 적이 없었다. 아무도 그를 수상쩍게 여기지 않는다면 다 잘 풀릴 것이다.

니콜이 혼자 부엌에서 나와 거실로 들어왔다. "어머니는 자러 들어가셨어요. 아침에 일찍 일어나시거든요. 안녕히 주무시라고 대신 인사 전해달라고 하셨어요."

그도 공손하게 대답했다. "나도 이만 자야겠소. 요 며칠은 이 늙은이에게 너무도 힘들었다오."

"그러셨을 거예요, 하워드 씨." 니콜은 잠시 주저하더니 쭈뼛거리며 말을 꺼냈다. "어머니와 이야기를 잠시 해봤는데요, 제가 하워드 씨와 함께 브르타뉴까지 가는 편이 나을 것 같아요. 저도 그렇고, 어머니도 그렇게 생각하세요."

잠시 정적이 흘렀다. 하워드는 니콜의 말에 깜짝 놀랐다.

“정말로 감사한 제안이오.” 마침내 그가 입을 뗐다. “그렇게까지 마음을 써주다니 무척 고맙소. 하지만 그 제안을 받아들여서는 안 될 것 같소.”

그는 미소 지으며 말을 이어나갔다. “이해해주시오. 독일군과 문제가 생길 수도 있소. 니콜 양까지 그런 곤경에 빠뜨리고 싶지는 않소.”

“그렇게 말씀하실 줄 알았어요. 하지만 어머니하고 이미 이야기를 마쳤어요. 제가 함께 가는 편이 나아요. 그렇게 마음을 정했답니다.”

“니콜 양이 큰 도움이 되리라는 사실은 부인할 수 없소. 하지만 이런 문제를 한순간에 결정할 수는 없는 법이라오. 하룻밤 자면서 진지하게 고민해 봐야겠소.”

날이 어둑하게 저물고 있었다. 어스름한 거실에서 바라보니 깜박거리는 니콜의 눈이 환히 빛나는 것 같았다. “거절하지 마세요, 하워드 씨.” 한참 후 니콜이 말했다. “진심으로 돕고 싶어요.”

그는 니콜의 마음씨에 감동해서 자상하게 대답했다. “니콜 양의 안전을 생각했을 뿐이라오. 이미 우리에게 많은 것을 베풀어주지 않았소. 왜 더 힘겨운 일에 나서려 하시오?”

“우리의 오랜 우정을 위해서죠.”

그는 마지막으로 한 번만 더 니콜을 설득하려 했다. “나도 우리 우정을 소중하게 생각한다오. 하지만 우리가 알고 지낸 시간은 아주 짧지 않소. 휴양지 호텔에서 만나 친분을 쌓은 것뿐인데. 니콜 양은 내가 기대했던 것 이상으로 우리를 도와주었다오."

"하워드 씨는 잘 모르실 거예요. 아드님이랑 저는…, 존은…, 우리는 좋은 친구였어요."

잠시 어색한 침묵이 흘렀다.

"그래서 그렇게 정했어요." 니콜이 돌아서며 말했다. "어머니도, 저도 생각이 같아요. 자, 이제 침실을 보여드릴게요."

복도를 지나니 하워드가 쓸 방이 나왔다. 침대 위에 루제롱 부인이 펼쳐둔 리넨 잠옷이 보였다. 대령의 잠옷이었다. 화장대에는 칼날이 길고 예리한 재래식 면도기, 면도칼용 가죽숫돌, 자주 사용한 흔적이 보이는 면도크림 튜브와 향수병이 있었다.

니콜이 방을 둘러보며 말했다. "필요하신 물건은 다 있을 거예요. 혹시 더 필요하신 게 있으면, 제가 근처에 있을 테니 불러주시겠어요?"

"이보다 더 편안한 곳은 없을 것 같구려."

"아침에 서두르시지 않아도 괜찮아요. 브르타뉴로 출발하기 전에 처리해야 할 일들이 있어서요. 남몰래 알아봐야 할 것들이요. 이해하시죠? 그런 일은 어머니와 제가 따로 처리하는 게 더 나을 거예요. 그러니 편히 쉬고 계세요."

"하지만 아이들도 있잖소. 일찍 일어나서 아이들을 돌봐야 하오."

니콜이 싱긋 웃었다. "영국에서는 집에 여자가 두 명이나 있는데도 남자가 아이들을 돌보나요?"

"어, 음…. 그러니까 아이들 일로 폐를 끼치고 싶지 않다는 뜻이오."

니콜이 다시 미소 지었다. "그냥 편히 쉬세요. 8시쯤에 침실로 커피를 가져다드릴게요."

니콜이 침실 문을 닫고 나갔다. 그는 한동안 니콜이 나간 자리를 골똘히 바라보았다. 니콜은 아주 특이한 아가씨 같았다. 니콜을 조금도 이해할 수 없었다. 그가 기억하기로 시도통에서 니콜은 스키에 열광하는 젊은이였다. 프랑스의 젊은 중산층 여성들과 마찬가지로 수줍음을 많이 탔고 말수도 적었다.

그가 주로 기억하는 모습은 외모와 운동 능력의 부조화였다. 곱슬곱슬하게 말아 올린 머리카락, 공들여서 매만진 머리, 섬세하게 다듬은 눈썹, 깔끔하게 손질한 손. 그런 니콜이 스키를 신으면 가장 가파른 슬로프를 아찔한 속도로 내려갔다.

스키를 제법 잘 타는 존도 니콜보다 앞서느라 애를 먹었다고 했다. 존이 지그재그로 활강하며 내려갈 때 니콜은 일자로 쭉 내려가면서도 털끝 하나 다치지 않았다. 오히려 평평한 땅에서 시력이 나빴다. 존이 평지를 앞서서 질주할 때 니콜은 뒤에서 느리게 나아가곤 했다.

하워드가 기억하는 니콜의 모습은 이게 전부였다. 그는 천천히 옷을 벗기 시작했다. 아무래도 니콜이 많이 변한 듯했다. 프랑스인 특유의 독특한 방식으로 존과 좋은 친구였다고 말해주다니 참으로 고마웠다. 그는 마음이 따뜻해졌다. 니콜도, 루제롱 부인도 그에게 한없이 친절했다.

브르타뉴까지 같이 가겠다는 니콜의 제안은 터무니없게 느껴질 정도로 친절했다. 그 제안을 뿌리칠 수 없었다. 하마터면 단호하게 거절하다가 니콜에게 고통을 안겨줄 뻔했었다. 더는 물리치지 않을 생각이었다. 니콜의 도움을 받아들인다면 아이들과 영국으로 가는 데 성공할 가능성이 훨씬 더 커질 것이다.

그는 긴 잠옷을 입고 침대에 누웠다. 건초 다락에서 이틀 밤을 보내고 났더니 푹신한 매트리스와 부드러운 시트가 더없이 아늑했다. 시도통을 떠난 이후로 제대로 된 침대에서 잠을 이룬 적이 없었다.

니콜은 많이 변했다. 여전히 공들여서 머리카락을 곱슬하게 말고 있긴 했다. 곱게 다듬은 눈썹과 깔끔하게 정돈한 손도 그대로였다. 하지만 표정이 완전히 달라져 있었다. 나이가 열 살은 더 들어 보였다. 목에 두르고 있는 검은 스카프처럼 눈 아래 그늘이 짙었다.

그 순간, 니콜이 꼭 남편을 잃은 여자처럼 보인다는 생각이 머릿속을 스쳤다. 니콜은 결혼하지 않은 젊은 아가씨였지만, 꼭 젊은 과부처럼 보였다. 혹시 전쟁통에 약혼자를 잃은 것은 아닌지 궁금해졌다.

샤르트르를 떠나기 전에 루제롱 부인에게 조심스럽게 물어봐야 할 것이다. 니콜을 괴롭게 할 만한 이야기를 꺼내지 않으려면 꼭 알아야 했다.

니콜은 아주 이상해 보였다. 그는 니콜을 도무지 이해할 수 없었다. 하지만 피로에 전 팔다리를 쭉 뻗고 눕자 활발하게 돌아가던 사고도 서서히 느려졌다. 그는 곧 잠에 빠졌다.

밤새도록 한 번도 깨지 않고 깊이 잤다. 그 나이에 흔치 않은 일이었다. 8시 15분에 니콜이 쟁반에 커피와 롤빵을 받쳐 들고 왔을 때도 여전히 잠들어 있었다. 그는 개운하게 일어나 앉아서 고맙다는 인사를 건넸다.

니콜은 이미 외출복을 차려입고 있었다. 문틈으로 복도를 내다보니 씻고 옷을 갈아입은 아이들이 방 안을 빼꼼 들여다보고 있었다. 피에르는 방 안으로 몇 발자국 들어오기까지 했다.

"잘 잤니, 피에르?" 그가 근엄한 목소리로 인사했다. 피에르는 한 손을 배에 얹고 몸을 꾸벅 숙였다. "안녕히 주무셨어요, 하워드 선생님."

니콜이 미소 지으며 피에르의 머리카락을 쓰다듬었다. "얘는 예의가 바르네요. 하워드 씨께서 줄줄이 모아 온 다른 아이들하고는 달라요."

그는 조금 근심스러운 목소리로 대답했다. "아이들이 귀찮게 굴지는 않았을까 걱정스럽소."

"저는 아이들이 절대로 귀찮지 않답니다, 하워드 씨."

다시 봐도 니콜은 아주 특이한 방식으로 자신을 소개하는 독특한 아가씨였다.

루제롱 부인은 벌써 시장에 나가서 이것저것 알아보고 있다고 했다. 30분쯤 뒤에 부인이 돌아오면 브르타뉴로 떠날 계획을 세울 수 있을 것이다.

니콜은 대령이 입던 옷을 가져왔다. 약간 닳고 해진 회색 정장, 낡은 갈색 캔버스화, 끔찍한 보라색 셔츠, 오래되어 살짝 노랗게 바랜 셀룰로이드 칼라, 그다지 마음에 들지 않는 넥타이였다.

"아주 세련된 옷은 아니죠." 니콜이 변명하듯 말했다. "그래도 이런 옷을 입으시는 게 나을 거예요. 이런 옷이라면 소도시 중산층처럼 보일 테니까요. 하워드 씨 옷은 조심해서 보관할게요, 약속드려요. 좀이 슬 수도 있으니 덮개로 잘 덮어서 삼나무 장롱에 넣어둘 거예요."

45분 후, 그는 일어나서 옷을 갈아입었다. 거실로 나가자 니콜이 예리한 눈길로 그를 살펴보았다. "벌써 또 면도하실 필요는 없으셨는데…. 옷차림과 달리 너무 깔끔해서 역효과만 날 거예요."

그는 유감스럽게 됐다고 대꾸했다. 그제야 니콜의 차림새가 눈에 들어왔다. "우리와 함께 가려고 일부러 초라하게 입었구려. 참으로 세심하시오."

"하녀였던 마리한테서 이 옷을 빌렸어요."

니콜은 발목까지 내려오는 밋밋한 검은색 원피스를 입고 있었다. 장신구도 전혀 없었다. 검은 스타킹도 올이 굵고 거칠었고, 구두 역시 투박하고 굽이 낮았다.

루제롱 부인이 돌아와서 거실 테이블 위에 장바구니를 올려놓았다. "정오에 렌(프랑스 서북부의 도시-옮긴이)으로 떠나는 기차가 한 대 있어요." 아무런 감정도 실리지 않은 침착한 말투였다. "독일군 한 명이 개찰구를 지키고 서서 도시를 떠나는 이유를 물어봐요. 하지만 신분증을 살펴보지는 않더라고요. 태도가 아주 정중해요." 부인은 잠시 멈추더니 다시 말을 이었다. "그런데 문제가 하나 있어요."

부인은 원피스 주머니에서 광고 전단을 한 장 꺼냈다. "오늘 아침에 독일군이 아파트 관리인에게 이걸 전했어요. 아파트마다 다 돌렸대요."

부인이 접어놓은 전단을 펼쳐서 테이블 위에 올려놓았다. 전단에는 프랑스어가 적혀 있었다.

공화국의 시민들이여!

우리에게 이 불필요한 전쟁을 강요했던 배신자 영국인이 우리나라에서 난동을 부리며 도망치고 있다. 숨어 있는 영국인을 찾아내지 않으면 이들이 프랑스에서 새로운 문젯거리를 꾀할 것이다. 이제는 우리가 떨치고 일어나서 이 금권정치 전쟁광들을 몰아내야 한다.

이 비열한 악당들은 우리 국토를 배회하고, 역겨운 기생충처럼 우리의 집안에 몰래 숨어 지낸다. 이들은 간첩 짓을 일삼으며 우리나라를 파괴할 것이다. 더 나아가 이 땅에 평화로운 체제를 건설하는 것을 염원할 뿐인 독일과 우리의 사이를 갈라놓으려 들 것이다.

이 비겁한 도망자들이 프랑스에서 파괴와 간첩 행위를 저지르려 든다면, 독일은 우리의 아버지들, 우리의 남편들, 우리의 아들들을 오랫동안 붙잡아 둘 수밖에 없다. 이 해충들을 몰아내서 하루바삐 우리 프랑스 사내들을 집으로 데려오자!

숨어 지내는 영국인을 알고 있다면, 헌병대나 가까운 독일군에게 신고해야 한다. 누구나 할 수 있는 이 간단한 일이 사랑하는 우리 조국에 평화와 자유를 가져올 것이다.

영국 쥐새끼들을 보호하는 이들은 엄벌을 면치 못할 것이다.

프랑스 만세!

하워드는 말없이 두 번이나 전단을 꼼꼼하게 읽었다. "나도 이 쥐새끼 가운데 하나인 것 같소, 부인. 이걸 보니 니콜 양 없이 우리끼리만 가는 편이 나을 것 같구려."

루제롱 부인은 그런 생각은 하지도 말라고 대답했다. 게다가 니콜이 절대로 물러서지 않으리라고 덧붙였다.

니콜도 마찬가지였다. "정말이에요. 지금 같은 상황에서 저 없이 떠나시면 안 돼요. 얼마 가지도 못해서 독일군에게 국적을 들키실 거예요. 그런 옷차림이라고 해도요." 니콜은 역겹다는 표정으로 전단을 휙 집어 던졌다. "이건 독일이 만든 거예요. 프랑스 사람이 이렇게 말한다고 생각하시면 안 돼요, 하워드 씨."

"진실이나 다름없는 글 아니오." 그가 울적하게 대꾸했다.

"터무니없는 거짓말이죠." 니콜이 반박했다.

니콜은 그대로 거실을 나가버렸다. 하워드는 기회를 놓치지 않고 루제롱 부인에게 질문을 던졌다. "부인, 따님이 크게 변한 것 같소. 시도통에서 알던 모습과 다르구려."

루제롱 부인이 그를 바라보며 대답했다. "저 애가 아주 힘든 일을 겪었답니다, 하워드 씨."

"그런 말을 들으니 안타깝구려. 무슨 일인지 알려주시겠소? 대화할 때 상처가 될 말은 피하고 싶다오."

부인은 그를 물끄러미 바라보았다. "그러면 아무것도 모르세요?"

"내가 니콜 양의 문제를 어떻게 알 수 있겠소?" 그가 다정하게 대답했다. "우리가 시도통에서 만난 이후에 벌어진 일이겠구려."

부인은 잠시 머뭇거리다가 입을 열었다. "어떤 젊은이와 사랑에 빠졌어요. 우리 부부가 만남을 주선해준 건 아니고요. 우리에게는 아무 말도 안 했거든요."

"젊은이들이 다 그렇지 않소." 그가 나직하게 대답했다. "우리 아들도 똑같았다오. 그 청년은 지금 독일군 포로로 잡혀 있나 보구려."

"아니에요, 하워드 씨. 그 청년은 죽었어요."

니콜이 불쑥 거실로 들어왔다. 손에 천으로 만든 작은 짐가방이 들려 있었다. "이건 유모차에 싣고 가면 될 거예요. 이제 가시죠, 하워드 씨. 전 준비됐어요."

루제롱 부인과 더 이야기를 나눌 시간이 없었다. 하지만 하워드는 감을 잡은 것 같았다. 예상했던 그대로였다. 니콜은 힘들었을 것이다. 지독하게 힘들었을 것이다. 하워드 일행과 함께 브르타뉴로 가는 여정이 아무리 위험하더라도 그다지 끔찍한 일로 느껴지지 않을 것이다. 어쩌면 이 여정이 진통제처럼 고통을 누그러뜨리고 울적한 마음을 달래줄지도 모른다.

드디어 출발할 때가 되자 한바탕 법석이 일어났다. 루제롱 부인도 아파트 정문까지 함께 내려갔다. 부인이 마련한 수많은 음식 꾸러미는 유모차에 실었다. 아이들은 어른들을 둘러싸고 귀찮게 굴었다.

"하워드 할아버지, 우리가 가는 곳에 전차 있어요?" 로널드가 영어로 말했다. "독일군이랑 전차를 타러 가도 된다고 하셨잖아요."

하워드가 프랑스어로 대답했다. "오늘은 안 돼. 니콜 양과 함께 있을 때는 프랑스어로 말하렴, 로널드. 다른 사람이 모르는 말을 쓰는 건 예의에 어긋나는 일이란다."

로즈가 거들었다. "맞아요, 선생님. 제가 로널드한테 영어로 말하는 건 예의가 아니라고 몇 번이나 말했었어요."

루제롱 부인도 딸에게 낮은 목소리로 한마디 했다. "그게 현명하겠구나." 니콜이 고개를 끄덕였다.

"저는 영어로 말하지 않아요, 선생님." 피에르가 대뜸 입을 열었다.

"그래, 피에르." 하워드가 대꾸했다. "너는 언제나 예의가 바르구나."

"빌렘도 예의가 바른가요?" 실라가 프랑스어로 물었다.

니콜이 대답했다. "너희들 모두 예의가 바르단다. 아주 착한 아이들이야. 자, 이제 떠날 시간이네." 니콜은 돌아서서 어머니에게 작별의 키스를 했다.

"애태우지 마세요." 다정한 목소리였다. "5일, 길어야 일주일이면 집에 돌아올 거예요. 날 위해서라도 마음 편히 있어요, 엄마."

루제롱 부인이 몸을 바들바들 떨었다. 갑자기 훌쩍 나이가 든 것 같았다. "조심하렴…." 부인이 떨리는 목소리로 당부했다. "이 독일군들, 사악하고 잔인한 사람들이야."

"안심하세요. 아무 탈 없이 돌아올 거예요." 니콜은 따뜻하게 대답하고 하워드를 향해 돌아섰다. "가시죠, 하워드 씨. 이제 가야 해요."

일행은 아파트를 빠져나와 길거리로 나섰다. 하워드가 짐을 잔뜩 실은 유모차를 밀고, 니콜이 아이들을 이끌었다. 그는 니콜이 마련해준 낡은 검은색 중절모를 썼다. 회색 정장과 갈색 캔버스화에 모자까지 더하자 그는 영락없이 프랑스 사람처럼 보였다. 니콜은 어깨에 숄을 두르고 하워드 곁에서 걸었다. 아이들 때문에 걷는 속도가 느렸다.

곧 니콜이 말을 걸었다. "저한테 유모차를 주세요, 하워드 씨. 이런 차림에서는 여자가 유모차를 미는 게 더 자연스러워요."

그가 유모차를 넘겨주었다. 꾸며낸 옷차림에 맞게 행동해야 했다. "기차역에 도착하면…," 니콜이 말을 이어갔다. "아무 말도 하지 마세요. 제가 전부 알아서 할게요. 훨씬 더 나이가 많은 것처럼 행동해주시겠어요? 말하는 것도 힘겨운 노인처럼요."

"몹시 연로한 노인처럼 행동하라는 거요? 최선을 다해보리다."

니콜이 고개를 끄덕였다. "우리는 아라스(프랑스 북부 도시-옮긴이)에서 온 거예요. 하워드 씨는 제 삼촌이고요, 아시겠죠? 영국군이 아라스에 있는 우리 집을 파괴했다고 할 거예요. 하워드 씨는 형제가 한 명 더 있어요. 저의 다른 삼촌인 거죠. 그 삼촌이 랑데르노(브르타뉴 지역의 농업 중심지-옮긴이)에 살아요."

"랑데르노…." 그가 따라 말했다. "거기가 어디요?"

"브레스트에서 샤르트르 방향으로 20킬로 떨어진 작은 시골 도시예요. 거기에 도착하면 해안까지 갈 수 있어요. 내륙이라 바다에서 40킬로쯤 떨어져 있거든요. 해안까지 곧장 갈 수는 없겠지만, 독일군이 랑데르노까지는 가게 해줄 거예요."

일행은 역 근처에 도착했다. "아이들 곁에 계세요." 니콜이 조용하게 말했다. "누가 뭐라고 말을 걸면, 노망이라도 난 것처럼 행동하세요."

역 입구는 독일군 수송 트럭으로 붐볐다. 그 주변으로 독일군 장교와 병사들이 떼를 지어 모여 있었다. 규모가 상당히 큰 파견부대가 방금 기차를 타고 도착한 것 같았다. 독일군뿐만 아니라 피난민도 역을 빼곡하게 메우고 있었다.

니콜이 유모차를 밀고 매표소를 향해 나아갔다. 하워드와 아이들도 뒤따랐다. 하워드는 일부러 비틀거리며 걸었다. 입도 조금 헤 벌리고, 머리도 자꾸 흔들었다.

니콜이 그를 흘깃 바라봤다. "잘하고 계세요. 연기하는 중이라는 거 잊으시면 안 돼요."

니콜은 유모차를 하워드 곁에 세워두고 군중을 밀치며 혼자 매표소로 다가갔다. 잿빛이 도는 녹색 군복을 말쑥하게 차려입은 독일군 중사가 니콜을 멈춰 세우고 질문을 건넸다. 혼잡한 군중 사이로 두 사람이 보였다.

하워드는 고개를 축 늘어트리고 눈을 반쯤 감은 채, 니콜이 시골 처녀를 흉내 내며 수다스럽게 설명을 늘어놓는 모습을 바라보았다.

니콜이 하워드와 아이들을 가리켰다. 중사는 하워드 일행을 힐끗 쳐다보았다. 초라한 그들의 짐이라고는 고물 유모차 하나뿐이었다. 아무런 해도 끼치지 않을 사람들로 보였다. 중사는 끝없이 쏟아지는 니콜의 수다를 자르더니 매표소 쪽으로 손짓했다. 독일군은 금방 다른 여자에게 주의를 돌렸다.

니콜이 기차표를 들고 돌아왔다. "렌까지만 가요!" 거친 시골 억양이었다. "기차가 거기까지만 간대요!"

"뭐?" 그가 축 늘어트린 머리를 흔들며 되물었다.

니콜이 하워드의 귓가에 대고 소리쳤다. "렌까지만 간다고요!"

그가 쉰 목소리로 웅얼거렸다. "렌에는 가기 싫은데."

니콜은 짜증스럽다는 몸짓을 해 보이더니 그를 개찰구로 떠밀고 갔다. 독일군이 개찰원 옆에 서 있었다. 하워드는 개찰구에 서서 노망난 사람처럼 어리둥절한 표정으로 니콜을 바라보았다. 니콜은 신경질을 부리며 그를 앞으로 떠밀었다.

니콜이 개찰원에게 변명했다. "우리 삼촌이세요. 좋은 분이신데, 이 아이들보다 돌보기가 더 어렵네요."

"렌행 기차는 오른쪽입니다." 개찰원은 이렇게만 말하고 하워드 일행을 통과시켰다. 독일군도 심드렁하게 바라볼 뿐이었다. 독일군이 보기에 피난민 무리는 다들 비슷했다. 그 덕분에 하워드 일행은 무사히 플랫폼으로 나가 몹시 낡은 열차에 올라탔다. 객차의 의자는 딱딱한 나무였다.

"이 기차에서 잠을 자나요, 하워드 할아버지?" 로널드가 프랑스어로 물었다.

"오늘 밤은 아니란다. 이 기차를 그리 오래 타지는 않을 거야."

하워드의 예상이 틀렸다. 샤르트르에서 렌까지는 약 260킬로였다. 그 거리를 가는 데 여섯 시간이 걸렸다. 푹푹 찌는 여름 오후였다. 기차는 역마다 정차했다. 역 사이 철로에 멈추는 일도 잦았다. 객차에는 서쪽으로 이동하는 독일군이 가득했다. 프랑스 시민은 가장 뒤쪽 객차 세 량에만 탈 수 있었고, 하워드 일행도 마찬가지였다. 객차의 다른 승객들은 몇 정거장을 지나자 내렸다. 종착역까지 간 승객은 하워드 일행뿐이었다.

가는 내내 불안했다. 하워드와 니콜은 두려움에 떨며 다른 사람인 척 연기해야 했다. 객차에 다른 사람들이 타면, 하워드는 노망난 척하기 시작했다. 니콜은 새로운 승객에게 다시 거짓말을 늘어놓았다. 영국군이 아라스의 집을 파괴해버려서 랑데르노의 친척 집에 가고 있다는 내용이었다.

처음에는 아이들이 문제였다. 아이들은 하워드와 니콜의 거짓말에 절대로 맞장구치지 않으려고 했다. 하워드와 니콜은 꾸며낸 이야기를 새로운 사람들에게 다시 들려줄 때마다 칼날 끝에 서 있는 기분이었다. 새로운 승객에게도 집중해야 했고, 동시에 아이들이 대화에 끼어들지 못하도록 막는 데에도 신경 써야 했다.

이내 아이들은 어른들의 대화에 흥미를 잃었다. '우리 증조할머니는 투르에 살아요' 노래를 부르며 동물 울음소리를 흉내내는 놀이에 푹 빠졌다.

열차 복도를 신나게 뛰어다니기도 하고, 창밖을 구경하는 데

열중하기도 했다. 게다가 하워드 일행과 같은 기차에 탄 시골 농민이나 소매 상인들은 너무 불안해서 아예 대화를 시작하지 않으려고 했다. 니콜의 말을 듣고 나서도 무엇이든 수상쩍게 여기며 자신의 이야기는 털어놓지 않았다.

맹렬한 한낮의 열기가 한풀 꺾일 무렵, 드디어 기차가 렌역에 들어섰다. 렌이 종착역이기 때문에 모두가 기차에서 내려야 했다. 독일군은 질서정연하게 두 줄로 서서 플랫폼을 빠져나갔다.

작업반이 독일군의 배낭을 트럭에 실었다. 검표원 곁에도 독일군 장교가 서 있었다. 하워드는 최대한 열심히 노망난 노인처럼 행세했다. 니콜은 곧장 검표원에게 다가가서 랑데르노까지 가는 기차가 있는지 물었다.

하워드는 실눈을 뜨고 니콜을 바라봤다. 기차 여행 탓에 꾀죄죄해진 아이들이 그를 둘러싸고 칭얼거렸다. 불안해서 마음이 극도로 괴로웠다. 당장에라도 독일군 장교가 신분증을 요구할 것 같았다. 그러면 모든 일이 끝장날 것이다. 하지만 독일군은 어깨를 으쓱하며 니콜에게 작은 종잇조각을 건넨 다음 통과시켰다.

"세상에!" 일행에게 돌아온 니콜이 짜증스럽게 소리쳤다. "유모차는 어디 있어요? 제가 하나하나 다 챙겨줘야 해요?"

유모차는 여전히 수화물 운반차에 있었다. 하워드가 휘청대며 화물칸으로 걸어갔다. 그러자 니콜이 그를 옆으로 밀치고 화물칸에 올라가서 직접 유모차를 내렸다. 유모차를 밀고 온 니콜은 되는대로 옹기종기 모여 있는 하워드와 아이들을 개찰구 쪽으로 몰아 나갔다.

"챙겨야 할 어린애가 다섯인 줄 알았더니…," 니콜이 검표원에게 날카롭게 말했다. "여섯이네요!" 검표원이 웃음을 터뜨렸다. 독일군도 희미하게 미소 지었다. 하워드 일행은 그렇게 렌 시내로 빠져나갔다.

니콜이 나지막한 소리로 말을 건넸다. "화나신 건 아니시죠, 하워드 씨? 제가 짜증 난 것처럼 굴어야 할 듯해서요. 그래야 더 자연스러워 보이잖아요."

"그럴 리가 있겠소? 정말로 잘하셨소."

"이제, 아무런 의심도 받지 않고 절반은 왔어요. 브레스트행 기차가 내일 아침 8시에 있대요. 그 기차를 타고 랑데르노까지 가면 돼요."

니콜은 독일군 장교에게서 받은 종잇조각을 꺼내서 보여주며 장교가 랑데르노까지 가는 것을 허락했다고 덧붙였다. "오늘 밤은 피난민 쉼터에서 자야겠네요. 이 표를 보여주면 들어갈 수 있어요. 거기에 가는 게 나을 것 같아요. 다른 피난민들처럼요."

그도 같은 생각이었다. "쉼터는 어디에 있소?"

"극장이래요. 극장에서 자는 건 처음이네요."

"니콜 양, 이런 어려움을 겪게 해서 진심으로 미안하오."

니콜은 미소 지었다. "걱정하지 마세요. 쉼터는 아마 독일군이 관리할 거예요. 그러니 깨끗하겠죠. 우리 프랑스 사람들은 그런 일에 소질이 없잖아요."

하워드 일행은 쉼터 입구에서 표를 내고 안으로 들어가서 주변을 둘러보았다. 극장 좌석은 모두 사라지고 없었고, 묵은 지푸라기를 가득 채운 매트리스가 벽에 쌓여 있었다. 쉼터에 온 사람은 많지 않았다. 독일군이 프랑스를 장악하고 이동 제한이 더욱 심해지면서 피난민 행렬이 줄어들었다.

프랑스인 노파 한 명이 매트리스와 담요를 하나씩 내어주며 구석 자리를 가리켰다. 다른 피난민들과 떨어져서 잠자리를 만들 수 있을 듯했다. "저기라면 아이들이 조용히 잘 수 있을 거요."

독일군 취사병이 극장 한쪽 끝에 놓인 테이블에서 무료 수프를 나눠주었다. 점령지 주민에게 상냥하게 대해야 한다는 본분을 잊지 않은 그는 잠시도 환한 미소를 잃지 않았다.

한 시간 뒤, 아이들은 매트리스 위에 누워서 잠들었다. 아이들을 떠날 엄두가 나지 않았던 하워드는 벽에 기대어 앉았다. 무척 피곤했지만, 아직 졸리지는 않았다.

니콜이 극장 밖으로 나가더니 이내 프랑스제 싸구려 담배 한 갑을 가지고 돌아왔다. "이걸 사 왔어요. 늘 피우시던 영국 담배는 감히 못 사겠더라고요. 위험할 것 같아서요."

그는 대단한 애연가는 아니었다. 그래도 니콜의 자상한 마음씨에 감동해서 고마운 마음으로 담배 한 개비를 물었다. 니콜은 머그잔에 브랜디도 조금 따라주었다. 음수대에서 떠온 물도 건넸다. 술을 한 모금 마시고 나니 기력이 돌아왔다. 담배를 한 모금 빨자 마음이 느긋해졌다. 니콜도 하워드 곁으로 다가와서 벽에 기대어 앉았다.

두 사람은 목소리를 낮게 깔고 다음 날 계획에 관해 이야기했다. 혹시 누가 대화를 엿들을까 봐 걱정스러웠던 그는 곧 주제를 바꿔서 루제롱 대령에 관해 물어보았다.

니콜도 아는 것이 별로 없었다. 루제롱 대령은 메스에서 가까운 마지노선 요새를 지키는 사령관이었다. 대령에게서는 5월부터 아무런 소식이 없었다.

"정말로, 정말로 유감이오. 니콜 양." 그는 잠시 침묵을 지켰다가 입을 뗐다. "그 불안감이 어떤지 나도 잘 안다오…. 알다마다. 그런 일이 있고 나면 온 세상이 어두컴컴해지지."

니콜이 나지막하게 대답했다. "맞아요. 매일같이 기다리고, 또 기다리죠. 그러다가 편지가 와요. 전보일 수도 있고요. 무슨 내용일지 두려워서 차마 열어볼 수도 없어요." 니콜도 잠시 입을 다물었다. "그러다 결국에는 열어보죠."

그는 고개를 끄덕였다. 니콜의 심정을 충분히 이해할 수 있었다. 그도 똑같은 일을 겪었다. 존이 실종되었을 때, 그 역시 기다리고 또 기다렸다. 사흘을 꼬박 기다렸다. 그러자 결국 전보가 왔다. 니콜도 똑같은 일을 겪어본 것이 분명했다. 루제롱 부인도 그렇게 말하지 않았던가. 그는 니콜이 이루 말할 수 없을 만큼 가여웠다.

니콜에게 아들에 관해 이야기하고 싶다는 충동이 불쑥 찾아왔다. 그 일이 벌어진 후로 누구에게도 아들 이야기를 할 수 없었다. 사람들의 동정이 두려웠다. 주제넘게 나서는 사람들도 싫었다. 하지만 니콜은 존과 잘 아는 사이였다. 함께 스키를 즐기는 사이였고, 심지어 니콜은 친구였다고 말하지 않았던가.

그는 담배 연기를 길게 내뱉었다. "알다시피, 나도 아들을 잃었소." 아들 이야기를 꺼내는 것이 어려웠던 그는 앞만 뚫어지도록 바라보며 힘들게 운을 뗐다. "아들은 비행 중에 죽었소. 영국 공군에서 비행 중대를 이끌고 있었다오. 공습 작전을 끝내고 돌아오는 길에 메서슈미트(제2차 세계대전에서 독일 공군이 널리 사용한 전투기-옮긴이) 세 대에 격추당했소. 헬골란트 상공에서…."

정적이 흘렀다.

니콜이 그를 돌아보았다. "저도 알아요." 나직한 목소리였다. "중대에서 저한테 편지를 보냈거든요."

8장
회상

극장은 절반쯤 찼다. 사람들은 이리저리 돌아다니거나 매트리스에 누워 잠을 청했다. 극장 끝에 놓인 조리용 난로에서 연기가 자욱하게 피어올라 극장 안을 메웠다. 프랑스산 담배 연기도 공중으로 퍼져나갔다. 흐릿한 불빛 속에서 공기가 탁하고 무겁게 느껴졌다.

하워드는 니콜을 휙 돌아보았다. "우리 아들을 그렇게 잘 알았단 말이오? 전혀 모르고 있었소."

이번에는 니콜이 모두 털어놓고 싶다는 충동을 느꼈다. "편지를 주고받았어요." 니콜은 빠르게 설명을 이어나갔다. "시도통에서 만난 이후로 계속 편지를 썼어요. 거의 매주 그랬죠. 한 번 만난 적도 있어요. 파리에서요. 전쟁이 터지기 직전이었죠. 6월에요." 잠시 말을 멈추더니 나직하게 마지막 말을 덧붙였다. "그게 거의 일 년 전 오늘이에요."

"세상에, 나는 정말 아무것도 모르고 있었구려."

"그러셨을 거예요. 우리 부모님께도 말씀드리지 않았어요."

침묵이 내려앉았다. 그는 생각을 정리하려고 애썼다. "중대에서 니콜 양에게 편지를 썼다고 했잖소." 마침내 입을 열었다. "군에서 니콜 양의 주소를 어떻게 알았던 거요?"

니콜은 어깨를 으쓱했다. "존이 군에 알려줬을 거예요. 그는 정말 다정했어요, 하워드 씨. 정말로, 정말로 다정했죠. 우리는 절친한 친구였어요…."

그가 조용히 대답했다. "나를 아주 다르게 보고 있었겠소. 매우 무례하다고 말이오. 하지만 장담하는데, 이 일에 관해서는 아무것도 모르고 있었다오. 하나도 몰랐소."

다시 짧게 정적이 흘렀다.

"하나 물어봐도 되겠소?" 그가 곧 입을 열었다.

"그럼요, 하워드 씨."

그는 어색하게 앞을 빤히 바라보았다. "모친께서 니콜 양이 아주 힘든 일을 겪었다고 알려주셨소. 마음에 둔 젊은이가 한 명 있었는데, 그가 목숨을 잃었다고 말이오. 그 청년은 당연히 다른 사람 아니오?"

"다른 사람은 없어요." 니콜이 나지막하게 대답했다. "존 말고는 아무도 없어요."

니콜은 몸을 슬쩍 떨고는 똑바로 앉았다. "자, 매트리스를 깔아야겠어요. 안 그러면 벽 쪽 자리를 다 뺏길 거예요." 니콜이 일어서서 그를 살짝 흔들었다. 니콜이 무더기로 쌓인 매트리스 하나를 내리기 시작하자 혼란스러웠던 그도 마지못해 일어나서 힘을 보탰다. 15분쯤 지나자 잠자리 두 개가 완성됐다.

"됐네요." 니콜이 한 걸음 뒤로 물러서서 잠자리를 살펴보며 말했다. "이게 최선이에요." 니콜은 자신 없다는 듯 그를 바라봤다. "하워드 씨, 여기서 주무실 수 있으시겠어요?"

"당연하다오."

니콜이 쿡쿡 웃었다. "그러면 한 번 시도해봐요."

그는 담요를 든 채 매트리스 위에 서서 니콜을 바라보았다. "하나 더 물어봐도 되겠소?"

니콜이 그를 돌아보았다. "네, 하워드 씨."

"니콜 양은 내게 무척 잘해주었다오." 그가 나긋하게 말했다. "이제야 이해할 것 같구려. 존 때문이었소?"

오랫동안 침묵이 흘렀다. 니콜은 가만히 서서 건너편만 바라보았다. "아니에요." 마침내 입을 열었다. "아이들 때문이었어요."

그는 아무 말도 하지 않았다. 니콜의 말이 무슨 뜻인지 이해되지 않았다.

"사람들은 믿음을 잃곤 해요." 니콜이 조용하게 말을 이었다. "세상 전부가 거짓이고 악하다고 생각하죠."

그는 당황스러운 기색으로 니콜을 흘긋 쳐다보았다.

"존만큼 다정하고 용감한 사람이 또 있을까 싶었어요. 그런데 제가 틀렸더라고요, 하워드 씨. 한 명 더 있었어요. 존의 아버지였죠."

니콜이 몸을 돌렸다. "자, 어서 자야 해요." 차갑게 느껴질 만큼 딱딱한 말투였다. 그는 니콜이 선을 긋는다고 생각했다. 그렇다고 화가 나지는 않았다. 니콜이 퉁명스럽게 구는 이유를 이해할 수 있었다. 더는 질문받고 싶지 않을 것이다. 더는 말하고 싶지도 않을 것이다.

그는 매트리스 위에 누웠다. 짚단을 채운 거친 베개를 편안한 위치로 옮기고 담요를 덮었다. 아이들 매트리스 너머에 자리를 깐 니콜도 누웠다.

그는 잠들지 못했다. 머릿속이 복잡했다. 그간 아들과 니콜 사이를 어렴풋이 짐작했었지만, 확실하게 알지는 못했던 것 같았다. 루제롱 가족의 아파트에서 머물렀던 시간을 돌이켜보니, 둘 사이를 알아차릴 만한 단서가 조금 있었다.

니콜은 존이 칵테일에 관해 노상 하던 표현을 그대로 말했다. '좋아하는 것은 적당히 즐겨야 이롭다.' 돌이켜 생각하니, 니콜이 영어로 그 표현을 읊었을 때 마음이 찌르르하게 아팠다는 사실이 떠올랐다. 그저 그때는 미처 깨닫지 못했을 뿐이었다.

그렇다면 둘 사이는 얼마나 가까웠을까? 존과 니콜은 자유롭게 편지를 주고받았다. 게다가 전쟁이 터지기 직전에 파리에서 만나기까지 했다. 그는 아들이 전쟁 직전에 파리를 방문했다는 사실을 조금도 눈치채지 못했었다.

이제 와서 생각해보니, 주말마다 찾아왔던 아들을 작년 6월에 두 주 동안 보지 못했다는 사실이 기억났다. 그때는 아들이 비행 중대 일 때문에 자신을 보러 오지 못하는 줄로만 알았다. 심지어 전화할 여유도 없나보다고 생각했었다. 그때였을까? 분명히 그럴 것이다.

다시 니콜이 떠올랐다. 니콜이 아주 이상한 아가씨라고 생각했었다. 니콜의 처지를 지금처럼 생각하지 못했었다. 그제야 니콜이 존의 일로, 하워드 자신의 일로 얼마나 힘겨웠을지 조금씩 이해되기 시작했다. 니콜이 어머니에게는 존에 관해 어느 정도 이야기한 듯했다. 루제롱 부인은 사정을 정확히 알지도 못한 채 딸의 슬픔을 달래주었을 것이다.

그런데 어느 날 존의 아버지가 느닷없이 문간에 나타난 것이다. 남몰래 괴로워하고 있던 니콜에게는 몹시 당혹스러운 일이었으리라.

그는 몸을 뒤척였다. 니콜을 가만히 내버려 두어야 했다. 말하고 싶을 때만 말하게 하고, 침묵을 지키고 싶을 때는 침묵하도록 내버려 둬야 했다. 시간이 흐르면 언젠가 모든 사실을 털어놓을 것이다. 니콜이 존에 관해 이야기한다면, 니콜이 원할 때여야 했다.

그는 이 문제를 고민하며 몇 시간이나 잠들지 못했다. 시간이 한참 지난 후에야 겨우 잠에 빠졌다.

그는 흐느끼는 소리를 듣고 한밤중에 잠에서 깼다. 아이들 가운데 한 명이 흐느끼고 있었다. 그는 눈을 뜨고 일어나 앉았다. 니콜이 더 빨랐다. 그가 잠을 완전히 떨쳤을 무렵 니콜은 벌써 매트리스 밖으로 나와서 우는 아이 곁에 쭈그리고 앉았다. 남자아이가 얼굴이 새빨갛게 달아올라서 서럽게 울고 있었다.

빌렘이었다. 빌렘은 심장이 터질 듯 울었다. 니콜이 한쪽 팔로 빌렘을 껴안고 아기를 어르듯 프랑스어로 부드럽게 말을 건넸다. 그도 담요를 걷어내고 뻣뻣한 몸을 일으켜 빌렘에게 다가갔다.

"무슨 일이오?" 그가 물었다. "무슨 문제라도 있소?"

니콜이 대답했다. "악몽을 꿨나 봐요. 그뿐이에요. 곧 잠들 거예요." 니콜이 다시 빌렘을 바라보며 달랬다.

그는 몹시 무력하게 느껴졌다. 이제까지 그가 아이들을 돌보는 방식은 자상하게 말을 건네고 모두 똑같이 대하는 것이었다. 그런 방식은 아이들과 같은 언어를 사용하지 않는 이상 아무런 소용이 없었다.

그는 네덜란드 꼬마가 하는 언어를 단 한마디도 할 줄 몰랐다. 니콜이 없었다면 그는 아이를 무릎에 앉혀놓고 남자 대 남자로 이야기해보려 했을 것이다. 절대로 니콜처럼 아이를 달래주지 못했을 것이다.

그는 니콜과 아이 곁으로 어색하게 무릎을 꿇고 앉았다. "아이가 아픈 것 같소? 뭘 잘못 먹어서 배탈이 난 게 아니오?"

니콜은 고개를 저었다. 아이의 흐느낌이 가라앉고 있었다. "아닌 것 같아요." 니콜이 부드럽게 대답했다. "어젯밤에도 이랬어요. 두 번이나요. 나쁜 꿈을 꾼 것 같아요. 그냥 무서운 꿈을 꿔서 그래요."

그는 불쾌했던 피티비에를 떠올렸다. 어린아이가 그런 일을 겪었으니 끔찍한 꿈에 시달리는 것도 당연했다.

"어젯밤에도 두 번이나 이렇게 울었다고 했소?" 그는 이맛살을 찌푸리며 물었다. "전혀 몰랐구려."

"피곤하셔서 깊이 잠드셨으니까요. 게다가 침실 문도 닫혀 있었고요. 제가 가서 달래줬어요. 금방 울음을 그치고 다시 잠들던걸요." 니콜이 빌렘을 굽어보더니 나긋하게 말했다. "이제 거의 잠들었어요."

침묵이 길게, 길게 이어졌다. 그는 주변을 둘러보았다. 출입문 위의 흐릿한 푸른 조명만이 경사진 기다란 바닥에 빛을 드리웠다. 매트리스 위에 웅크리고 누운 어두운 형상들이 여기저기에 보였다. 두세 명이 코를 골며 극장 안의 고요를 깨뜨렸다. 공기가 후텁지근했다.

겉옷을 입은 채로 잤더니 온몸이 끈적끈적한 것이 지저분하게 느껴졌다. 그가 영국에서 누렸던 안락하고 쾌적한 삶이 한없이 멀게만 느껴졌다. 그에게 현실은 지금 당장이었다.

그는 버려진 극장 바닥에 밀짚 매트리스를 깔고 누운 피난민이었다. 독일군이 문가에 보초를 서고 있고, 길동무라고는 프랑스 아가씨 한 명뿐이고, 돌봐야 할 외국 아이들이 줄줄이 딸려 있었다. 게다가 너무도 피곤했다. 죽을 만큼 피곤했다.

니콜이 고개를 들더니 부드럽게 소곤거렸다. "이제 잠들었어요. 곧 매트리스에 눕힐게요." 잠시 말을 멈추더니 다시 입을 열었다. "다시 주무세요, 하워드 씨. 저도 금방 자러 갈 거예요."

그는 고개를 젓고 가만히 니콜과 아이를 바라보았다. 이윽고 빌렘이 새근새근 잠이 들었다. 니콜이 매트리스 위에 아이를 살며시 내려놓고 담요를 덮어주었다. 니콜이 몸을 일으키며 나직하게 말했다. "이제 자러 가도 되겠어요. 또 깨야 할지 모르겠지만요."

"편히 주무시게, 니콜 양."

"안녕히 주무세요. 혹시 아이가 깨더라도 일어나지 마세요. 괜찮을 거예요."

날이 밝아오기까지 두세 시간밖에 남지 않았다. 하워드는 도중에 한 번도 깨지 않고 아침까지 잤다. 6시쯤 되자 극장 안이 소란스러워졌다. 그도 더는 자고 있을 수 없었다. 몸을 일으켜 옷을 최대한 단정하게 펴려고 했다. 면도도 하지 못하고, 꾀죄죄하게 느껴졌다.

니콜이 아이들을 깨웠다. 두 사람은 아이들에게 옷을 입혔다. 니콜도 온몸이며 옷차림이며 더럽고 꾀죄죄하다고 느꼈다. 곱슬곱슬하게 말았던 머리카락이 엉망으로 질질 늘어져 있었다. 게다가 두통까지 찾아왔다. 니콜은 오랫동안 목욕을 즐기고 싶었다. 하지만 극장에는 욕조는커녕 세수할 곳조차 없었다.

로널드가 투정 부렸다. "여기는 싫어요. 내일은 농장에서 자도 돼요?"

로즈가 맞받아쳤다. "오늘 밤이라는 말이에요, 선생님. 쟤는 말도 안 되는 소리를 많이 해요."

"오늘 밤에 어디서 자게 될지는 나도 모르겠구나. 어찌 될지 지켜보자꾸나." 하워드가 대답했다.

민소매 속옷을 입고 있던 실라가 어깨를 꿈틀거렸다. "몸이 가려워요."

해줄 수 있는 일이 전혀 없었다. 그는 실라의 주의를 딴 데 돌리려고 아이들을 극장 홀의 반대편 끝으로 데려갔다. 독일군 취사병이 머그잔에 커피를 따라서 나눠주고 있었다. 보기만 해도 입맛이 떨어지는 커다란 빵 덩이도 하나씩 나눠주었다. 그는 아이들을 탁자 앞에 앉혀놓고 빵과 커피를 받으러 갔다.

그가 아침거리를 가져오자 니콜도 식사 자리로 왔다. 모두 함께 아침을 먹었다. 딱딱한 빵에서는 아무런 맛도 느껴지지 않았다. 우유를 조금 탄 커피는 씁쓸하고 시큼했다. 아이들은 음식이 맛없다며 툴툴거렸다.

어른 두 사람은 독일군 취사병의 귀에 아이들의 불평이 들어가지 않게 하려고 온갖 꾀를 부려야 했다. 다행히 몽타르지로 가는 길에 사놓았던 초콜릿이 얼마간 남아 있었다. 아이들은 초콜릿으로 위안을 삼아야 했다.

얼마 후, 하워드 일행은 극장을 나섰다. 유모차를 밀며 기차역을 향해 걸었다. 렌 도심은 거리를 행진하는 독일군, 트럭을 모는 독일군, 가게에서 쇼핑하는 독일군으로 북적거렸다.

하워드 일행이 가게 몇 군데를 돌며 아이들 주전부리로 초콜릿을 사려고 했지만, 독일군이 렌에 있는 사탕과 초콜릿을 모조리 쓸어간 후였다. 결국, 이동하며 먹을 음식으로 기다란 롤빵 두어 개와 재료가 의심스러운 갈색 소시지를 하나 샀다. 과일은 도저히 구할 수 없어서 그 대신 양상추를 몇 개 샀다.

역에서는 독일군 장교에게 쉼터 숙박 허가증을 넘겨주고 아무 문제 없이 개찰구를 통과했다. 브레스트행 기차의 화물칸에 유모차를 실어놓고 삼등칸 객차에 올라탔다.

기차가 한창 목적지를 향해 달리고 있을 때, 하워드는 로즈가 새끼고양이를 돌보는 것을 발견했다. 흰색과 검은색 얼룩 고양이는 때가 덕지덕지 묻어 있었다.

니콜이 처음으로 로즈를 날카롭게 나무랐다. "고양이를 데려오면 어떡하니. 안 돼. 그 고양이든 다른 고양이든 데려갈 수 없어. 다음 역에 고양이를 내려놓으렴."

로즈가 입가를 축 늘어뜨리며 새끼고양이를 더 힘껏 껴안았다. 그러자 하워드가 나섰다. "괜찮아. 그렇게 하지 않아도 된단다. 그러면 고 녀석이 길을 잃지 않겠니?"

로널드가 대꾸했다. "녀석이 아니라 아가씨라고 불러야 해야 해요, 하워드 할아버지. 로즈가 암컷이라고 했어요. 로즈, 어떻게 암컷인 줄 안 거야?"

니콜이 반대했다. "하지만 하워드 씨. 저 작은 고양이는 다른 사람에게 맡겨야죠. 우리 고양이가 아니에요."

"이제는 우리 고양이라오." 그가 차분하게 대답했다.

니콜은 톡 쏘아붙일 듯 입을 열었다가 생각을 바꿨는지 입을 다물었다. 하워드가 니콜을 달랬다. "아주 작은 고양이지 않소, 니콜 양. 돌보는 게 그리 힘들지 않을 거라오. 게다가 아이들이 몹시 즐거워할 거요."

그의 말이 정말로 옳았다. 아이들은 새끼고양이를 둘러싸고 뚫어지도록 바라보았다. 고양이는 로즈의 무릎 위에 앉아서 앞발로 세수했다. 빌렘이 환한 얼굴로 니콜을 돌아보더니 아무도 알아들을 수 없는 말을 쏟아냈다. 그러고는 이내 황홀한 표정으로 고양이를 구경했다.

니콜이 체념했다는 말투로 말했다. "좋을 대로 하세요. 영국에서는 아무나 이렇게 고양이를 주워다 키우나요?"

그가 미소 지었다. "아니라오. 영국에서는 극장에서 밀짚 매트리스를 깔고 자는 사람들만 이런 일을 한다오. 가장 천한 사람들이오."

니콜이 웃음을 터뜨렸다. "도둑이랑 부랑자처럼요. 그렇네요. 정말이에요." 니콜은 로즈를 돌아보며 물었다. "고양이 이름이 뭐니?"

"조조예요."

로즈 주변을 올망졸망 둘러싼 아이들이 새로운 이름으로 새끼고양이를 부르며 야옹 하는 대답을 들으려고 애썼다. 고양이는 로즈의 무릎에 가만히 앉아 자그마한 앞발로 세수했다. 니콜도 고양이를 잠시 바라보았다.

"사자 같네요. 뱅센(파리 동쪽에 있는 교외 도시-옮긴이)에 있는 동물원에서 봤어요. 사자도 꼭 저렇게 하더라고요."

하워드는 파리 근교의 동물원에 한 번도 가본 적이 없었다. "거기에 사자와 호랑이가 많소?"

니콜이 어깨를 으쓱했다. "몇 마리 있을 거예요. 정확히 얼마나 많은지는 모르겠어요. 저도 딱 한 번 가봤거든요." 놀랍게도 니콜은 웃음기 가득 어린 눈으로 그를 바라보며 말을 이어갔다. "존이랑 가봤어요. 동물원에 사자와 호랑이가 얼마나 있는지 기억하는 사람은 당연히 아무도 없을 거예요."

그는 깜짝 놀랐지만, 이내 슬며시 미소 지었다. "당연히 그럴 거요." 놀랐다는 기색을 숨기고 담담하게 말했다. "어릴 때는 한 번도 동물원에 안 가봤소?"

니콜은 고개를 흔들었다. "아시겠지만, 친구에게 파리를 구경시켜줄 때나 그런 곳에 가잖아요. 저도 존이 파리를 방문해서 동물원에 가본 거예요. 존이 파리를 구경해본 적이 한 번도 없다고 했거든요. 제가 파리를 보여주겠다고 했죠. 그래서 같이 동물원에 갔어요."

그가 고개를 끄덕였다. "존이 동물원을 좋아했었소?"

"그날은 무척 행복했어요. 프랑스어의 날이었죠." 니콜은 조금 수줍다는 듯 하워드를 바라보았다. "그게…, 우리가 장난스럽게 계획을 짰거든요. 하루는 프랑스어로만 말하고, 다음날은 영어로만 말하는 거예요. 영어의 날에는 대화를 거의 안 했어요." 니콜이 추억에 잠겨서 이야기를 풀어냈다. "정말 힘들었죠. 차를 마시고 나면 영어의 날을 끝내버리자고 말하곤 했어요."

그는 조금 의아해서 질문했다. "존이 프랑스어를 잘했소?" 존의 프랑스어 실력은 유창함과 거리가 멀었다.

니콜이 깔깔 웃었다. "아니요, 전혀요. 존의 프랑스어는 정말로, 정말로 형편없었어요. 그런데 그날, 뱅센으로 가는 길에 택시를 탔는데 기사가 존에게 영어로 말을 걸더라고요. 파리에 관광객이 워낙 많이 오니까 영어를 조금 하는 택시 기사들도 있거든요. 존도 기사와 영어로 대화했죠. 그날은 제가 새로 산 여름 모자를 쓰고 있었어요. 카네이션도 꽂고요. 그렇게 세련된 모자는 아니었죠. 챙이 넓은 시골 스타일 모자 있잖아요. 어쨌든 존이 택시 기사에게 어떤 말을 프랑스어로 어떻게 말하는지 물어보더라고요."

니콜이 잠시 머뭇거리더니 곧 입을 뗐다. "제가 아주 예뻐 보인다는 말을 프랑스어로 어떻게 해야 하냐고요. 기사가 껄껄 웃더니 알려줬어요. 그래서 존이 프랑스어로 직접 말할 수 있게 됐죠. 기사한테 20프랑이나 주더라고요."

"그만한 가치가 있었을 거요, 니콜 양."

"존이 그 말을 받아적었어요. 나중에 저를 웃기고 싶을 때마다 작은 메모장을 꺼내서 그 말을 읽어줬죠."

니콜이 고개를 돌리더니 천천히 멀어져가는 차창 밖 풍경을 바라보았다. 그는 굳이 더 이야기해달라고 다그치지 않았다. 사실, 무슨 말을 건네야 마땅할지 생각나지도 않았다. 주머니에서 담뱃갑을 꺼내 니콜에게 담배를 권했다. 니콜은 거절했다.

"여기서는 안 돼요, 하워드 씨." 조용한 목소리였다. "이런 차림으로는요."

그는 고개를 끄덕였다. 프랑스에서 하위 중산층 여성은 공공장소에서 담배를 피우지 않았다. 그는 혼자서 담배를 물고 독한 연기를 길게 뿜어냈다. 창문을 모두 열어놓았는데도 객차 안이 후끈했다. 실라와 피에르는 벌써 지쳐서 칭얼거렸다.

기차는 온종일 뜨거운 햇살을 받으며 느릿느릿 나아갔다. 열차는 붐비지 않았다. 하워드 일행과 같은 객차에 탄 승객도 거의 없어서 다행이었다. 전날과 마찬가지로 독일군은 배정받은 객차를 절대 떠나지 않았다.

어느 역이든 플랫폼에 독일군이 눈에 띄게 많았다. 생브리유 같은 마을에서는 독일군 두어 명이 역 출구를 지키는 것 같았다. 도로변 간이역을 지키는 독일군은 역을 빠져나가는 승객을 신경 쓰지 않는 듯했다.

니콜이 독일군의 허술한 경계 태세를 지적했다. "잘됐어요. 랑데르노에서는 아무런 검문도 없이 역을 빠져나갈 수 있을 거예요. 혹시 질문을 받더라도 이야기를 잘 꾸며놨으니 괜찮아요."

"오늘 밤은 어디로 가야 하오? 이제 모든 일이 니콜 양의 손에 달렸다오."

"랑데르노에서 남쪽으로 8킬로쯤 가면 농장이 하나 있어요. 앙리 부인, 그러니까 앙리 씨의 부인이 결혼 전에 살던 친정집이죠. 저도 우리 아버지와 가본 적이 있어요. 랑데르노에 말 시장이 서고 축제가 열릴 때요."

"알겠소. 그 농장 주인의 성은 무엇이오?"

"아르베르예요. 아르베르 씨가 앙리 부인의 아버지예요. 그 농장은 형편이 유복한 편이에요. 아르베르 씨는 신중한 사람이죠, 아버지가 그렇게 말씀하시곤 했어요. 프랑스군을 위해 군마를 몇 마리 기르기도 하고요. 앙리 부인은 랑데르노 축제 미인대회에서 상을 받은 적도 있어요. 거기서 앙리 씨를 처음 만났대요."

"아주 아름다운 분이시겠구려."

"참 고우시죠. 그때는 제가 어렸어요. 겨우 열 살을 넘겼나 그랬죠. 지금도 여전히 아름답고요."

기차는 내리쬐는 햇살을 받으며 기어가듯 나아갔다. 역마다 정차했고, 철로에 자주 멈춰서기도 했다. 하워드와 니콜은 아이들에게 점심거리로 빵과 소시지, 레모네이드를 먹였다.

아이들은 신이 나서 열심히 점심을 먹었지만, 얼마 안 가 지루해서 온몸을 들썩거렸다.

"목욕하고 싶어요." 로널드가 먼저 불평을 쏟아냈다.

실라가 오빠의 말을 따라 했다. "우리 목욕해도 돼요, 하워드 할아버지?"

"기차에 있는 동안은 목욕할 수 없단다. 나중에 할 수 있을 거야. 복도로 나가서 놀려무나. 거기가 더 시원하단다."

하워드가 니콜에게 설명했다. "사흘인가 나흘 전을 말하는 거라오. 영국 군인을 만나기 직전에 개울가에서 목욕하게 해줬었소."

"진짜 좋았는데…." 로널드가 말했다. "아주 시원하고 재미있었어요." 아이는 동생과 함께 복도로 달려 나갔다. 빌렘이 뒤를 따라갔다.

"영국 사람들은 수영을 잘하죠, 그렇지 않나요? 심지어 저 어린애들도 물에 들어갈 생각뿐이네요." 니콜이 물었다.

그는 그런 식으로 제 나라 사람들을 생각해 본 적이 없었다. "그렇소? 우리가 그렇게 보이오?"

니콜이 어깨를 으쓱했다. "제가 영국 사람을 많이 아는 건 아니니까요." 솔직한 대답이었다. "존은 무엇보다도 수영을 좋아했어요."

그가 싱긋 웃었다. "수영을 참 잘했다오." 추억에 빠져서 대답했다. "수영을 무척 좋아했지."

"존은 정말로 고집대로 굴더라고요, 하워드 씨. 파리를 처음 찾은 사람이라면 으레 하는 것들을 하나도 하지 않으려고 했답니다. 제가 정성스럽게 준비해놨거든요. 정말이에요. 날마다 무엇을 할지 다 계획해뒀어요. 우선 첫날에는 루브르에 갈 생각이었죠. 그런데 어땠는지 아세요? 존은 관심이 아예 없더라니까요. 아예 없었어요."

그가 다시 미소 지었다. "박물관 취향이 아니었다오. 전혀 아니었지."

"영국이라면 그래도 괜찮을지 모르죠. 하지만 파리에 왔다면, 파리가 보여주는 것들을 반드시 봐야 해요. 몹시 당황스러웠어요. 정말로요. 루브르랑 트로카데로 광장을 보여주려고 계획을 세워놨거든요. 이 두 곳과 대비되는 인류학 박물관이랑 클뤼니 미술관에도 갈 생각이었고요. 현대 회화도 보여주려고 미술관 목록을 다 만들어놨었어요. 그런데 그림은 한 점도 못 봤어요!"

"안타깝게 됐구려." 그는 이렇게만 대답했다. 달리 뭐라고 말해야 할지 몰랐다. "그러면 뭘 했소?"

"몇 번이고 수영하러 갔죠. 오퇴유에 있는 수영장에요. 그때 날씨가 무척 더웠어요. 온종일 햇빛이 쨍쨍했고요. 박물관은 단 한 군데도 못 데려갔어요. 단 한 군데도요! 존은 정말로, 정말로 짓궂더라고요."

"그래도 아주 즐거웠을 것 같소."

니콜이 미소 지었다. "제가 계획한 대로는 안 풀렸지만요. 심지어 전 수영복도 없었어요. 그래서 둘이 같이 수영복을 사러 갔었죠. 저는 그때까지 수영 같은 걸 한 번도 해본 적이 없었어요. 제가 샤르트르가 아니라 파리에서 만나자고 해서 정말 다행이었죠. 프랑스에는 지켜야 할 관습이 있거든요, 하워드 씨. 아마 이해하시겠죠?"

"잘 알고 있소." 그가 대답했다. "존은 아마 그런 것들을 별로 신경 쓰지 않았을 거요. 존이 예쁜 수영복을 사주었소?"

"아주 예뻤어요." 니콜이 미소 지었다. "미국에서 온 상품이었죠. 초록색과 은색이 섞여 있었는데 대단히 세련됐어요. 참 예뻐서 입으니 기분이 좋았어요."

"뭐, 박물관에서 그런 옷을 입을 수는 없었을 테니 말이오."

니콜은 아연실색한 얼굴로 그를 빤히 바라보았다. "그렇죠…." 그러더니 크게 웃음을 터뜨렸다. "그러면 꽤 우스꽝스러울 거예요." 하워드의 말이 계속 생각나는지 얼굴에서 미소가 사라지지 않았다. "하워드 씨도 터무니없는 말씀을 하시네요. 존이랑 똑같아요."

4시가 되자 기차가 작은 랑데르노역에 들어섰다.

다들 안도하며 시끌벅적하게 기차에서 내렸다. 니콜이 아이를 한 명씩 안아서 플랫폼에 내려주었다. 다만 로널드는 끝까지 스스로 내려가겠다고 고집을 부렸다. 화물칸에서 유모차를 내리고 먹다 남은 점심거리를 챙겨 넣었다. 새끼고양이도 함께 유모차에 태웠다.

개찰구를 지키는 독일군이 없어서 곧장 도시로 빠져나갔다.

랑데르노는 인구가 6천에서 7천쯤 되는 작은 도시였다. 하천이 브레스트 정박지를 향해 흘러가는 나른한 곳이었다. 작은 숲으로 점점이 둘러싸인 완만한 구릉지에 회색 돌로 지은 도시가 들어섰다. 하워드는 요크셔 고원이 떠올랐다. 뜨겁고 답답했던 열차 안의 공기와 달리 시내에서는 공기가 신선하고 달콤했다. 바다가 멀지 않다는 사실을 알려주기라도 하듯 짭짤한 냄새도 은은하게 풍겼다.

도시 중심가에는 독일군이 별로 없었다. 강가를 따라 늘어선 광장의 플라타너스 아래 군용 트럭이 서 있었지만, 독일군은 거의 보이지 않았다. 드문드문 보이는 독일군은 불안한 기색으로 랑데르노 주민의 호기심을 가라앉히려고 했다.

이곳 주민이 영국에 우호적이라는 사실을 잘 아는 그들은 최대한 예의 바르게 처신하려고 애썼다. 창백한 얼굴에 피로가 절어 있는 군인들은 둘씩, 셋씩 무리 지어 길거리를 돌아다녔다. 낯선 간판을 힘없이 들여다보기도 했다. 한 가지는 확실했다. 이 독일군들은 절대 웃을 것 같지 않았다.

하워드 일행이 도심을 가로지르는 동안 아무도 막아서지 않았다. 그들은 남쪽으로 뻗어 있는 길을 따라 시골 지역으로 나아갔다. 아이들 때문에 속도가 더뎠다. 하워드는 아이들의 느린 발걸음에 익숙해져 있었다. 그들은 텅 빈 길을 터덜터덜 걸어갔다. 시골길은 탁 트인 고원으로 이어졌다.

하워드는 로즈와 빌렘이 신발을 벗고 맨발로 걷도록 허락했다. 니콜은 탐탁지 않아 했다. "적절한 행동인지 모르겠네요. 지금 우리가 연기하는 계층의 사람들은 이런 일을 하지 않아요."

"보는 이가 아무도 없지 않소."

결국 니콜도 별문제 없으리라는 데 동의했다. 그들은 한가로

이 걸었다. 이번에는 빌렘이 피에르와 함께 유모차를 밀었다.

저 앞, 600미터쯤 위에서 비행기 세 대가 하늘을 가로질렀다. 비행기는 목표 지점을 향해 흔들림 없이 서쪽으로 날아갔다.

그 광경에 로즈는 끔찍한 옛 기억이 되살아났는지 비명을 질렀다. "선생님, 비행기 세 대예요, 보세요! 어서 배수로로 들어가야 해요!"

하워드가 차분한 말투로 아이를 진정시켰다. "괜찮단다. 저 비행기는 우리를 해치지 않을 거야."

로즈는 안심하지 못했다. "하지만 전에는 폭탄을 떨어뜨렸잖아요. 총도 쐈고요!"

"저건 다른 비행기란다. 좋은 비행기지. 우리를 해치지 않을 거야."

피에르가 불쑥 질문했다. "좋은 비행기와 나쁜 비행기를 알아보실 수 있어요, 하워드 선생님?" 아이의 가냘프고 날카로운 목소리가 하워드의 마음에 콕콕 박혔다.

그는 몽타르지로 가는 길에 마주했던 피비린내 나는 광경이 떠올라서 마음이 아팠다. "그럼, 당연하지." 인자한 목소리로 대답했다. "니콜 양이 샤르트르에서 보여줬던 비행기 기억하니? 가까이 가서 폭탄도 만져봤던 비행기 말이야. 그 비행기는 너희를 해치지 않았잖니, 그렇지? 그건 좋은 비행기였단다. 방금 지나간 비행기도 똑같아. 우리를 해치지 않을 거란다."

전문 지식을 뽐내고 싶어 안달이 난 로널드도 한마디 보탰다. "하워드 할아버지! 좋은 비행기는 우리나라 비행기죠, 그렇죠?"

"그렇단다."

니콜이 하워드를 길가로 잡아끌더니 목소리를 낮게 깔고 말했다. "어떻게 그런 말을 생각해내셨는지 모르겠네요. 저 비행기는 독일군 비행기잖아요."

"알고 있소. 하지만 어떻게든 아이들을 진정시켜야 하지 않겠소."

니콜은 아주 멀어져서 꼭 연필처럼 보이는 비행기 세 대를 물끄러미 바라봤다. "비행기를 보고 즐거워할 수 있다니 참 놀라워요."

그가 고개를 끄덕였다. "비행기를 타본 적 있소?"

"두 번이요. 축제에서 타봤어요. 아주 잠시만 타봤었죠. 존과 함께 비행기를 타고 파리 위를 날기도 했어요. 그때는 참 경이로웠어요…."

그는 흥미를 느꼈다. "조종사가 모는 비행기를 탔겠구려. 아니면 존이 직접 비행기를 몰았소?"

"물론 존이 직접 조종했어요. 비행기에는 존과 저뿐이었어요."

"비행기를 어떻게 구했었소?" 그는 외국에서 비행하기가 어렵다는 사실을 잘 알았다.

"존이 비행클럽에서 열린 댄스파티에 절 데려갔어요. 클럽이 프랑수아 프리미에 거리에 있었죠. 거기에 아는 친구가 있더라고요. 항공대 대위였는데, 그 친구가 런던의 프랑스 대사관에서 일할 때 알게 됐대요. 그 사람이 전부 준비해줬어요."

니콜은 이야기를 멈추지 않았다. "한 번 상상해보세요, 하워드 씨! 존을 미술관 단 한 군데에도 못 데려갔었거든요, 단 한 군데도요! 비행하는 데 평생을 바친 사람이 휴가차 파리에 와 놓고 또 비행장에 가서 비행기를 몰았다니까요!"

그가 부드럽게 미소 지었다. "존은 그런 사람이었다오. 비행은 즐거웠소?"

"기가 막히게 좋았어요. 햇빛이 화창한 날이었죠. 상쾌한 산들바람도 불고요. 차를 타고 오를리로 갔었죠. 비행클럽의 격납고가 거기 있거든요. 멋진 비행기가 우리를 기다리고 있었답니다. 엔진이 벌써 돌아가고 있더라고요."

니콜의 얼굴에 그늘이 잠시 드리워지더니, 이내 미소가 되돌아왔다. "저는 비행에 관해 아는 게 별로 없어요." 니콜이 솔직하게 말했다. "비행기는 무척 세련됐었어요. 붉은 가죽 의자도 있고요. 크롬을 도금한 계단이 있어서 내부로 들어가는 게 쉬웠죠. 그런데 존이 매우 무례했어요."

"무례했다니?"

"비행기가 빈대처럼 생겼다잖아요. 물론 기계가 그의 말을 알아들을 수는 없죠. 그래도 그가 그런 말을 하니까 기분이 상한다고 쏘아붙였어요. 비행클럽 사람들이 친절하게 빌려준 비행기잖아요. 우리는 엄청난 속도로 파리 위를 날았어요. 시속 120킬로나 그보다 더 빨랐을 거예요. 그런데 존이 절 돌아보며 진짜 빈대처럼 하늘을 난다고 말하는 게 아니겠어요? 한번 생각해보세요! 프랑스 비행기는 정말 훌륭하다고요. 프랑스 사람들은 누구나 다 그렇게 말해요."

그는 다시 미소 지었다. “니콜 양이 존의 콧대를 꺾어놓았겠구려.”

니콜이 웃음을 터뜨렸다. 니콜이 그렇게 크게 웃는 모습은 처음이었다. “그럴 리가요, 하워드 씨. 저는 절대로 존의 콧대를 꺾어놓을 수 없었어요.”

“안타깝구려.” 그는 잠시 말을 멈춘 후 다시 입을 열었다. “나는 한 번도 파리 상공을 날아본 적이 없소. 아름다웠소?”

니콜은 어깨를 으쓱했다. “아름답냐고요? 하늘에서 바라본 풍경이 아름다운지는 잘 모르겠던걸요. 구름만 빼고요. 하지만 그날은 눈부셨어요. 커다랗고 폭신폭신한 양털 구름이 있었거든요. 존이 그걸 적…, 뭐라고 불렀죠.”

“적운?”

니콜이 고개를 끄덕였다. “맞아요. 한 시간 넘도록 그 구름 사이에서 놀았어요. 구름 주변으로 날기도 하고, 구름 위로 날기도 했죠. 짙은 안개 틈으로 새하얀 구름 절벽 사이를 지나가기도 했고요. 그러다가 이따금 눈을 아래로 돌리면 까마득한 아래서 파리가 보였어요. 콩코르드 광장이나 에투알 광장이요. 그날은 절대로 잊지 못할 거예요. 비행기에서 내렸더니 너무 졸려서 파리로 돌아가는 내내 택시에서 잠만 잤답니다. 존의 어깨에 머리를 기대고서요.”

두 사람은 한동안 아무 말 없이 걸었다. 유모차를 미는 데 싫증이 난 피에르와 빌렘이 로즈에게 유모차를 넘겨주었다. 실라가 로즈 곁에서 종종걸음쳤다. 새끼고양이 조조는 유모차 안에서 몸을 둥글게 말고 새근새근 잤다.

얼마 뒤, 니콜이 손을 들어 앞을 가리켰다. "저 집이에요. 저 나무들 사이요."

니콜이 가리킨 집은 1.6킬로가량 앞에 있었다. 농장은 상당히 크고 번창해 보였다. 소박한 시골 농가가 바람을 막아주는 나무 사이에 자리 잡았고, 주위에 농장 시설들이 모여 있었다. 농장 주변으로 고원의 목초지가 펼쳐져 있었다. 눈길이 닿는 곳 모두 탁 트인 목초지였다.

삼십 분쯤 걷자 농장이 가까워졌다. 기다란 마구간 건물에서 농장 주인의 관심사가 묻어났다. 말들은 농장 근처 작은 방목장에서 달리고 있었다. 농장 건물과 시설이 세심하게 배치되어 잘 유지되고 있는 것을 보니 하워드가 이제까지 묵었던 농장들과 달랐다. 평범한 농장보다 한 수 위였다.

하워드 일행은 농장 입구 곁에 서 있는 건물로 다가갔다. 관리인용 오두막인 듯했다. 니콜이 아르베르 씨를 찾아왔다고 말하자 사람들이 마구간을 가리켰다. 하워드와 니콜은 농장 대문가에 아이들과 유모차를 두고 아르베르를 찾아 나섰다.

두 사람은 마구간으로 가는 길에 아르베르와 마주쳤다.

아르베르는 쉰다섯쯤인 듯했다. 체구가 작고 여위었으며, 이목구비가 날카롭고 눈빛이 명민해 보였다. 하워드는 아르베르가 호락호락하지 않다는 사실을 한눈에 알아보았다. 미스 랑데르노로 뽑힌 미인의 아버지다운 용모라는 생각도 들었다. 세월에 더 날카롭게 다듬어진 섬세한 이목구비를 보니, 그 얼굴을 쏙 빼닮은 아가씨는 매혹적으로 아름다울 것 같았다.

아르베르는 볼품없는 검은색 정장을 입고 있었다. 목에는 옷깃 대신 때 묻은 스카프를 둘렀고, 검은 모자도 쓰고 있었다.

니콜이 인사를 건넸다. "아르베르 씨, 저 기억하세요? 저는 루제롱 대령의 딸이에요. 예전에 친절하시게도 저와 제 아버지를 이곳에 초대해주셨잖아요. 저희 아버지에게 마구간을 구경시켜주셨고요. 집안에서 저희를 멋지게 대접해주셨죠. 그게 3년 전인데, 기억하세요?"

아르베르가 고개를 끄덕였다. "물론 잘 기억하고 있소, 니콜 양. 대령께서 우리 말을 군마로 쓸까 하여 눈여겨보셨지. 내 기억이 맞다면 포병 장교이셨을 텐데…." 그는 잠시 주저하더니 말을 꺼냈다. "대령에 관해 좋은 소식을 듣고 싶구려."

"석 달 동안 아무런 소식도 듣지 못했어요. 아버지는 메스에 가셨거든요."

"유감이오, 니콜 양."

니콜이 고개를 끄덕였다. 대답할 말이 없었을 것이다. "아버지가 있었다면 틀림없이 아르베르 씨를 직접 뵈러 왔을 거예요. 아버지가 안 계셔서 이렇게 제가 대신 왔답니다."

아르베르가 미간을 슬쩍 찌푸리더니 모자를 살짝 들어 올리며 인사했다. "니콜 양이 친히 와주셔서 고맙소." 형식적인 인사였다.

"혹시 사무실에 들어가서 말씀드려도 될까요?"

"물론이오."

아르베르는 두 손님을 집안으로 안내했다. 먼지가 자욱한 사무실에는 지루해 보이는 회계장부와 서류철이 어지럽게 놓여 있었다. 구석에는 부서진 마구 조각이 내팽개쳐 있었다.

아르베르가 사무실 문을 닫고 금방이라도 무너져내릴 듯한 의자를 손님에게 내놓았다. 더 앉을 의자가 없어서 그는 책상 모서리에 기대어 섰다.

"저, 이분은 하워드 씨예요. 영국분이시죠." 니콜이 말을 꺼냈다.

아르베르는 눈썹을 살짝 치켜올렸지만, 격식을 갖춰 인사했다. "반갑소."

니콜이 계속 말을 이었다. "요점을 바로 말할게요, 아르베르 씨. 하워드 씨는 우리 가족의 오랜 친구예요. 아이들 몇 명과 함께 프랑스를 여행하고 계시죠. 독일군이 방해하지만, 영국으로 돌아가려고 애쓰고 계신답니다. 아버지가 안 계셔서 저희 어머니와 이 문제를 의논해봤어요. 사위인 앙리 씨가 도와주실 수 있을 것 같아서요. 배를 여러 척 갖고 계시니까요. 혹시 불가능하더라도 도움이 될 만한 친구를 소개해줄 수 있을 거예요. 경비는 얼마든지 드릴게요."

한동안 아르베르는 아무 대답도 하지 않았다. 마침내 그가 입을 뗐다. "독일군을 우습게 여기면 안 되오."

하워드가 대답했다. "우리도 잘 알고 있소. 누구도 우리 때문에 곤란을 겪지 않기를 바란다오. 그래서 사위분을 만나러 가기 전에 이렇게 아르베르 씨에게 먼저 찾아온 것이오."

아르베르가 하워드를 바라보았다. "대다수 영국인보다 프랑스어를 잘하시는구려."

"대다수 영국인보다 더 오래 배웠소."

아르베르가 미소 지었다. "영국으로 돌아가고 싶은 마음이 그렇게 간절하시오?"

"나 때문은 아니오. 나 혼자라면 프랑스에서 한동안 편히 지낼 수 있을 거요. 하지만 내게는 돌봐야 할 아이들이 있소. 영국 아이 두 명이 있는데, 꼭 영국으로 데려가겠다고 부모와 약속했소." 그는 머뭇거리다가 솔직하게 털어놓았다. "사실, 다른 아이도 셋이나 더 있다오."

"그 다른 아이들은 누구요? 일행이 얼마나 되는 거요? 다들 어디에서 왔소?"

사연을 정확하게 설명하는 데 거의 20분이나 걸렸다. 마침내 아르베르가 입을 열었다. "영국 아이 말고 다른 나라 아이들 말이오, 피에르라고 하는 아이와 네덜란드 아이. 이 아이들은 영국에 데려가서 어떻게 할 생각이오?"

"결혼해서 미국으로 건너간 딸이 하나 있다오. 딸아이 형편이 괜찮소. 뉴욕의 롱아일랜드에서 지내는데, 전쟁이 끝날 때까지 아이들을 돌봐줄 거요. 그때는 아이들 친척을 찾을 수 있지 않겠소? 미국에서라면 아이들이 즐겁게 지낼 거요."

아르베르가 날카로운 눈빛으로 그를 빤히 쳐다보았다. "미국? 미국이야 안전하겠지요. 하지만 아이들을 대서양 건너 따님에게 보낸다고 하셨소? 따님이 그 아이들을 잘 보살펴주겠소? 한 번도 만난 적 없는 아이들 아니오? 잘 알지도 못하는 외국인인데."

"딸에게 아들이 하나 있소. 지금은 둘째를 가질 생각이라오. 우리 딸은 아이들이라면 누구든 무척 좋아한다오. 이 아이들도 잘 챙겨줄 거요."

아르베르가 벌떡 일어났다. "그래도 불가능하오. 우리 사위가 도와주려고 나선다면 큰 위험에 빠질 거요. 독일군이 사위를 총살할 거요. 틀림없이. 우리 사위에게 그런 일을 부탁해서는 안 되오." 말을 멈추더니 한 마디를 더 보탰다. "나도 내 딸을 생각해야 하지 않겠소?"

정적이 길게 이어졌다. 마침내 하워드가 니콜을 바라보며 말했다. "다 끝난 것 같구려." 아르베르에게도 미소를 지으며 말했다. "충분히 이해하오. 우리 딸을 생각해보니, 내가 아르베르 씨 처지였어도 똑같이 말했을 거요."

아르베르는 니콜에게 대신 대답했다. "도와줄 수 없어서 정말로 안타깝소."

니콜은 어깨를 으쓱했다. "괜찮아요. 너무 신경 쓰지 마세요."

아르베르는 마음이 불편해 보였다. "그 아이들은 지금 어디에 있소?"

아이들이 길가에서 기다리고 있다는 말을 들은 아르베르는 하워드와 니콜과 함께 아이들을 보러 갔다. 벌써 저녁이 내려앉고 있었다. 연못가에서 놀던 아이들은 진흙투성이가 되어 골을 부렸다. 실라의 얼굴에는 눈물 자국까지 나 있었다.

아르베르가 어색하게 말을 꺼냈다. "오늘 밤은 이곳에서 묵어가지 않겠소? 침대가 그리 많지는 않지만, 어떻게든 잠자리를 마련할 수 있을 거요."

니콜이 따뜻하게 대답했다. "정말 친절하세요, 아르베르 씨."

하워드와 니콜이 아이들을 불러 모아서 아르베르에게 한 명씩 소개했다. 이윽고 다들 농가로 향했다. 아르베르는 문가에 도착하자 부엌에 있던 아내를 불렀다. 아르베르 부인은 무신경해 보이는 시골 아낙이었다.

아르베르가 아내에게 하룻밤 묵어갈 손님이라며 하워드 일행을 정중하게 소개했다. 부인은 니콜과 아이들을 부엌으로 데려갔다. 단둘만 남자 아르베르가 하워드를 돌아보며 말을 건넸다. "페르노 한잔하시겠소?"

페르노 한 잔이라면 여독이 풀릴 것 같았다. 두 사람은 아이들로 붐비는 부엌을 피해 응접실로 들어갔다. 격식을 갖춘 응접실에는 붉은 실크를 씌우고 다리에 금박을 입힌 가구가 놓여 있었다.

벽에는 아주 커다란 유화풍 석판화가 한 점 걸려 있었다. 새하얀 드레스를 입고 경건하게 무릎을 꿇은 소녀 위로 빛줄기가 드리우는 장면이었다. 그림 아래는 '첫영성체'라고 제목이 적혀 있었다.

아르베르가 페르노 술병과 술잔, 물을 가져왔다. 두 사람은 함께 자리 잡고 앉아서 말이나 국가 문제를 두고 대화를 나눴다. 아르베르는 영국을 방문한 적이 한 번 있었다. 아주 젊었던 시절에 경마 기수로 뉴마켓(경마로 유명한 영국 케임브리지 동쪽의 도시-옮긴이)을 찾았다고 했다. 흐뭇한 대화가 15분가량 이어졌다.

아르베르가 문득 대화 주제를 바꿨다. "따님 말이오, 하워드 씨. 따님이 이 많은 외국 아이들을 짐짝처럼 생각하지 않겠소? 따님이 아이들을 기꺼이 받아줄 거라고 확신하시오?"

"아이들을 환영할 거라오. 분명히."

"어떻게 확신하시오? 따님이 몹시 성가시다고 생각할 수도 있을 텐데."

그는 고개를 저었다. "그렇지는 않을 거요. 혹시나 아이들을 성가시게 여기더라도 어쨌거나 아이들을 돌볼 방법을 마련해 줄 거요. 자기 대신 아이들을 돌볼 보모를 구할 수도 있소. 내가 그렇게 바라기 때문이오. 나는 이 아이들이 미국에서 편안하게 지내길 바란다오. 이 모든 것에서 벗어나서 말이오." 그는 손짓을 해 보였다. "게다가 비용은 걱정할 필요가 없소."

아르베르는 술잔만 물끄러미 바라보며 침묵을 지켰다.

"아이들에게 힘겨운 시기라오. 이 더러운 전쟁 말이오." 마침내 아르베르가 입을 뗐다. "프랑스가 패배했으니 앞으로 더욱 힘들어질 거요. 당신네 영국이 우리를 굶겨 죽이려 하지 않겠소? 우리가 지난 세계대전 때 독일을 봉쇄해서 굶겨 죽이려 했듯이."

하워드는 아무 대답도 하지 않았다.

"그렇다고 영국을 비난하는 게 아니오. 하지만 이 땅의 아이들에게는 시련이 닥칠 거요."

"그럴까 봐 나도 걱정스럽소." 하워드가 대답했다. "그래서 이 아이들을 프랑스 밖으로 탈출시키려는 거요. 누구든 할 수 있는 일을 해야 하지 않겠소?"

아르베르가 어깨를 으쓱했다. "우리에게는 아이가 없소. 다행스러운 일이지. 아니, 딱 한 명이 있구려." 그가 말을 멈추더니 다시 입을 열었다. "뭐랄까, 까다로운 문제라오."

하워드는 호기심 어린 눈빛으로 상대를 바라보았다.

아르베르가 술잔에 다시 페르노를 따랐다. "파리에 있는 친구 하나가 폴란드 사람을 위해 힘을 좀 써달라고 부탁했소. 그때가 12월이었지. 딱 크리스마스 기간이었다오. 말을 키우는 폴란드 유대인이 한 명 있는데, 루마니아로 탈출한 다음 어찌어찌 바다를 건너서 마르세유로 왔소. 상황을 아시겠지만, 그를 이동시키는 데 내가 부리는 일꾼 여덟 중 다섯을 동원했다오. 정말로 힘들었소."

하워드가 고개를 끄덕였다. "그를 보호해주셨소?"

"물론이오. 에스트라이허라는 사람이오. 열 살배기 아들 마르얀과 함께 왔소. 부인도 있었는데, 괜히 그 이야기로 괴롭게 하지는 않으리다. 부인은 독일 놈들을 피하지 못했소."

하워드는 가만히 고개를 끄덕였다.

"이 에스트라이허라는 사람은 지난주까지 이곳에서 일했다오. 일솜씨가 좋았지, 과묵하고 아무런 문제도 일으키지 않았소. 어린 아들도 마구간에서 아버지를 거들었고. 그런데 지난주에 독일군이 찾아와서 그를 데리고 갔소."

"그를 데리고 갔다고요?"

"독일로 데려갔소. 강제 노동 수용소로 말이오. 아시겠지만 그는 폴란드 사람 아니오. 게다가 유대인이기도 하고. 그를 도와줄 길이 전혀 없었다오. 비열한 마을 사람 하나가 고자질한 게 분명하오. 독일군이 곧장 농장으로 와서 그를 찾았거든. 수갑을 채우더니 군용 트럭에 태워 갔소. 그 안에 다른 사람들도 몇 명 있었다오."

"아이도 데려갔소?"

"독일군이 아이를 찾지는 않았다오. 그때 아이는 작은 방목장에 가 있었소. 그래서 입을 다물고 있었지. 독일군이 그런 짓을 하는데 도와줘서는 안 될 일 아니오? 어쨌거나 그 어린아이에게는 몹시 힘든 일이었소."

하워드도 같은 생각이었다. "그러면 아이는 여전히 이곳에 있소?"

"달리 어디로 갈 수 있겠소? 게다가 마구간에서 꽤 쓸 만하다오. 그래도 오래 지나지 않아 독일군이 아이의 존재를 알아낼 것 같소. 다시 이곳으로 와서 아이를 데려가겠지."

니콜이 응접실로 들어와서 저녁 시간이라고 알렸다. 아이들은 이미 저녁을 다 먹었고, 아르베르 부인이 위층에 마련해준 침대에 누웠다고 했다.

하워드와 아르베르는 부엌으로 가서 함께 저녁을 들었다. 기다란 식탁에는 농장 일꾼 두 명과 마르얀이라는 유대인 소년도 함께 앉았다. 머리가 검은 마르얀은 저녁을 먹는 내내 입도 벙긋하지 않았다.

아르베르는 저녁상을 물린 후 하워드와 니콜을 응접실로 안내했다. 그는 도미노 카드 세트를 꺼내오더니 게임을 제안했다. 하워드가 마주 앉아서 게임을 시작했다. 하지만 아르베르는 게임에 아무 열의가 없었다. 마음이 딴 데 가 있는 듯했다.

결국 아르베르가 마음속 이야기를 털어놓았다. "하워드 씨, 미국으로 건너가는 아이들이 많소? 어떻게 아이들이 미국에서 환영받으리라고 확신하는지 이해할 수가 없구려. 미국은 아주 멀지 않소? 게다가 여기 유럽의 곤경은 조금도 신경 쓰지 않고 말이오."

하워드가 어깨를 으쓱했다. "미국 사람들은 관대하다오. 이 아이들은 미국에 간다면 잘 지낼 거요. 우리 딸이 돌봐줄 거라오. 우리 딸이 아니더라도 미국에는 아이들을 보살피겠다고 나설 사람들이 많을 거요. 미국인들은 그렇소."

아르베르는 못 믿겠다는 듯 하워드를 물끄러미 바라보았다. "아이를 몇 년씩이나 보살피려면 돈이 상당히 많이 들 거요. 연고가 전혀 없는 외국 아이를 그렇게 쉽사리 받아줄 사람은 없지 않겠소."

"미국에서는 그렇게들 한다오." 하워드가 대답했다. "그런 대의를 위해서라면 돈을 아낌없이 쏟아붓소."

하워드를 바라보는 아르베르의 눈빛이 날카로웠다. 생각이 복잡한 것 같았다. "미국인이 마르얀도 받아줄 것 같소?" 마침내 마음을 괴롭혔던 질문을 꺼냈다. "당연히 유대인은 받아주지 않겠구려."

"어린아이라면 아무 문제 없을 거요. 우리 딸은 아이가 유대인이라는 사실을 전혀 신경 쓰지 않을 거요."

니콜이 불쑥 하워드에게 다가왔다. "하워드 씨…." 그가 손을 들어 니콜의 말을 막았다. 니콜은 입을 다물고 하워드와 아르베르를 주의 깊게 바라보았다.

하워드가 침착하게 말을 이었다. "그 아이도 데려가겠소. 원하시는 게 그거라면 말이오. 다른 아이들과 함께 미국으로 보내리다. 하지만 그전에 아이들을 탈출시킬 수 있도록 도움을 받아야겠소."

"우리 사위 말이오?"

"물론이오, 아르베르 씨."

아르베르는 일어서서 마음에도 없던 도미노 게임판을 소매로 밀어 치웠다. 페르노 술병과 술잔, 물을 가져오더니 하워드를 위해 술을 따랐다. 니콜에게도 술을 권했지만, 니콜이 거절했다.

"위험천만한 일이오." 아르베르가 고집스럽게 말했다. "선생이 독일군에게 붙잡힌다면 우리 딸이 어찌 될지 생각해보시오."

"그 유대인 아이는 어찌 될지 생각해보시오." 하워드가 말을 받았다. "독일군이 아이를 노예로 끌고 갈 거요. 광산에 밀어 넣고 죽을 때까지 노동을 시킬 거요. 독일이 폴란드 아이들에게 하는 짓이 그렇지 않소."

"나도 알고 있소. 그래서 마음이 괴롭다오."

니콜이 불쑥 끼어들었다. "마르얀은 떠나고 싶어 하나요? 아이가 떠나기 싫어한다면 억지로 끌고 갈 수 없어요. 아주 어리지도 않잖아요."

"겨우 열 살이라오." 아르베르가 대꾸했다.

"그래도요. 이제 꽤 자랐잖아요. 아이가 싫어하면 데려갈 수 없어요."

아르베르가 응접실을 나갔다. 몇 분 후 마르얀과 함께 돌아왔다. "중요한 일이란다, 마르얀. 여기 이 신사분은 독일군을 피해서 영국으로 가려고 하셔. 이분과 함께 있는 아이들은 우선 영국으로 갔다가 미국으로 건너갈 거야. 미국은 안전할 거란다.

거기에는 독일군이 없어. 너도 함께 가고 싶니?"

아이는 아무 말 없이 서 있었다. 어른들이 한 번 더 설명했다. 마침내 아이가 입을 열었다. 아이의 프랑스어는 제대로 알아듣기 어려웠다. "미국에 가면 무슨 일을 해야 하나요?"

하워드가 대답했다. "우선은 학교에 가야지. 학교에서 영어도 배우고 미국에서 생활하는 법을 배울 거란다. 학교에서 앞으로 일하는 데 필요한 것들을 가르쳐줄 거야. 다 크면 무슨 일을 하고 싶니?"

아이는 아무런 망설임도 없이 대답했다. "독일군을 죽이고 싶어요."

잠시 침묵이 흘렀다. 아르베르가 다시 말을 꺼냈다. "독일군 이야기는 그만하면 됐다. 이 신사분께 미국에 가서 무엇을 배우고 싶은지 말해보렴. 매우 친절하신 분이라 너를 미국으로 데려가 주실 거란다."

아이는 아무 대답이 없었다.

그러자 니콜이 나섰다. "얘기해보렴." 다정한 목소리였다. "어른이 되어서도 말을 기르고 싶니? 아니면 물건을 사고팔아서 돈을 벌고 싶니?" 니콜은 아무래도 아이의 유대인다운 기질을 꺾어놓는 것이 어렵겠다고 생각했다. "그런 일을 해보고 싶어?"

아이는 니콜을 쳐다보며 대답했다. "소총을 아주 아주 멀리까지 쏘는 법을 배우고 싶어요. 그러면 독일군이 도로에 있을 때 언덕에서 총을 쏠 수 있어요. 칼을 정확하게 힘껏 던지는 법도 배우고 싶어요. 어두울 때나 좁은 골목길에서는 그 방법이

최고예요. 아무 소리도 안 나거든요."

아르베르가 울적하게 미소 지었다. "안타깝구려, 하워드 씨. 아무래도 아이가 좋은 인상을 주지 못한 것 같소."

하워드는 아무 말도 하지 않았다.

"언제 출발해요?" 마르얀이 물었다.

하워드는 어떻게 대답해야 할지 몰라서 머뭇거렸다. 이 폴란드 아이는 큰 골칫거리가 될 것 같았다. 다루기 힘들고 까다로운 손님이 될 것이다. 하지만 마음속 깊은 곳에서는 아이를 향한 깊은 연민이 피어올랐다.

"우리와 함께 가고 싶니?"

아이는 고개를 끄덕였다. 검은 머리칼이 흔들렸다.

"우리와 함께 간다면 독일군에 관해서는 모두 잊어야 한단다." 하워드가 말을 이어갔다. "학교에 가서 수업을 듣고, 야구도 하고, 낚시도 가야 해. 다른 소년들처럼 말이야."

아이가 진지하게 대답했다. "앞으로 2년이나 3년 동안은 독일군을 못 죽일 거예요. 제가 아직 약하잖아요. 잠든 독일군을 발견해서 배에다가 쇠스랑을 찔러넣는 게 아니라면요. 그래도 독일군이 곧바로 죽지 않고 저를 꺾을 수도 있고요. 하지만 미국에서는 뭐든지 배울 수 있어요. 크고 강해져서 열다섯 살이 되면 돌아올 거예요."

하워드가 인자하게 대답했다. "미국에서는 그런 것 말고도 배울 게 많단다."

"배울 게 아주 많다는 건 저도 알아요. 우선, 언제나 젊은 여자를 노려야 해요. 남자 말고요. 젊은 여자를 죽이면 아기를 못 낳잖아요. 그러면 얼마 안 가서 독일인이 전부 사라질 거예요."

"그만하면 됐다." 아르베르가 날카롭게 말했다. "부엌으로 돌아가서 기다리렴."

아이가 응접실을 나갔다. 아르베르가 니콜을 돌아보며 말했다. "아이가 저런 말을 해서 당황스럽구려."

니콜이 대답했다. "힘든 일을 많이 겪었잖아요. 아직 어리기도 하고요."

아르베르가 고개를 끄덕이며 울적하게 말했다. "저 애가 앞으로 어떻게 될지 모르겠구려."

하워드는 말없이 앉아서 페르노를 한 모금 홀짝였다. "아이의 미래는 둘 중 하나 아니겠소." 그가 입을 뗐다. "하나는 독일군이 머지않아 아이를 잡아간다는 거요. 그때 아이가 독일군을 죽이려 들지도 모르겠구려. 그러면 독일군이 즉시 아이를 쏠 거요. 살아남는다면 광산에 끌려가겠지요. 노역하는 내내 반항적으로 굴 테고, 머지않아 두들겨 맞아 죽을 거요. 그게 가능한 두 가지 미래 가운데 하나라오."

아르베르가 하워드 맞은 편에 의자를 끌어다 앉았다. 두 사람 사이에 페르노 술병이 놓여 있었다. 아르베르는 어쩐지 하워드의 말투가 굉장히 친숙하게 느껴졌다. "나머지 하나는 무엇이오?"

"우리와 함께 영국으로 달아나는 것이라오. 결국에는 미국에 도착해서 따뜻하게 보살핌받을 거요. 그러면 한두 해 안에 마음속의 두려움이 희미해지지 않겠소?"

아르베르가 예리한 눈초리로 하워드를 바라보았다. "둘 중 어떤 미래가 펼쳐지겠소?"

"그건 아르베르 씨의 손에 달렸소. 아르베르 씨께서 돕지 않으면 저 아이는 절대로 독일군을 피하지 못할 거요."

침묵이 오랫동안, 아주 오랫동안 응접실을 휘감았다. 땅거미가 어둑하게 지고 있었다.

마침내 아르베르가 입을 열었다. "내가 할 수 있는 일을 알아보겠소. 내일 니콜 양과 함께 르콩케로 가서 사위와 이야기를 나눠보리다. 하워드 씨는 아이들과 이곳에 숨어 계셔야 하오."

9장
마지막 작별

다음날, 하워드는 거의 온종일 방목장에 앉아서 햇볕을 쬐며 시간을 보냈다. 아이들은 그 주변에서 뛰어놀았다. 며칠째 면도하지 못해서 까칠하게 자란 수염이 지저분하게 느껴졌다. 신분을 숨기기 위해서는 수염을 그대로 내버려 둬야 했다. 수염만 빼면 다 괜찮았다. 아르베르의 농장에서 환대받으며 기력을 되찾는 중이었다.

아르베르 부인이 먼지투성이 지하창고에서 낡은 등나무 안락의자를 꺼내왔다. 부인이 의자를 천으로 깨끗하게 닦아주자 그는 고마워하며 편히 앉았다.

아이들은 고양이 조조도 밖으로 데려왔다. 우유든 뭐든 구할 수 있는 먹을거리를 잔뜩 가져와서 고양이에게 배불리 먹였다. 조조는 이내 아이들 품을 벗어나더니 하워드의 무릎 위로 기어 올라가서 잠들었다.

그는 호루라기 공장이라도 차린 듯 호루라기를 만들기 시작했다. 어느덧 아이들이 그를 둘러싸고 서서 구경했다.

이따금 마르얀이 방목장 입구로 다가와서 호기심 어린 눈길로 그들을 바라봤다. 표정만 봐서는 아이가 무슨 생각을 하는지 전혀 짐작할 수 없었다. 하워드가 마르얀에게 말을 걸어 함께 놀자고 제안했지만, 그때마다 아이는 할 일이 있다는 식으로 서툴게 중얼거렸다.

그렇게 수줍어하며 허둥지둥 달아나 놓고는 얼마 지나지 않아 다시 근처로 다가와서 아이들이 노는 모습을 지켜봤다. 하워드는 마르얀을 그대로 내버려 두기로 했다. 서둘러 친해지려고 애쓰지 않는 편이 좋을 것 같았다.

한낮이 되자 갑자기 서쪽에서 요란한 폭발음이 몇 차례 터졌다. 곧 날카로운 총성이 폭발음 사이로 섞여들었다. 아이들은 놀이를 멈추고 호기심 가득한 눈으로 소리가 들려오는 방향을 빤히 바라봤다.

그리 멀지 않은 들판 쪽에서 편대를 이룬 단발 전투기 세 대가 나타났다. 들판 위로 솟아오르는 모습이 꼭 자고새 같았다. 그들에게 다가온 비행기는 60미터쯤 위를 날아 서쪽을 향해 전속력으로 나아갔다.

로널드가 잘난 체하며 말했다. "폭탄이네! 나는 알아. 폭탄은 윙 하면서 날아가…. 그러다가 땅에 떨어져서 쾅 터지는 거야. 폭탄이랑 멀리 떨어져 있을 때는 윙 하는 소리를 못 들어."

"윙…, 쾅!" 실라가 따라서 말했다. 그러자 피에르가 실라를 따라서 소리쳤다. 이내 아이들은 윙 하는 소리와 쾅 하는 소리를 흉내 내며 뛰어다녔다.

진짜 폭발음이 점점 줄더니 완전히 사라졌다. 다시 전과 같은 여름날의 한낮으로 돌아왔다.

"독일군이 어딘가에 폭탄을 떨어뜨리고 있는 거죠, 하워드 할아버지?" 로널드가 물었다.

"그런 것 같구나." 그가 대꾸했다. "와서 이 나무껍질 좀 붙잡아주겠니? 이걸 묶어야 한단다." 호루라기를 만드는 과정이 다시 시작되자 공습은 아이들의 마음속에서 차차 사라졌다.

오후 늦게 니콜과 아르베르가 돌아왔다. 두 사람 모두 옷이 몹시 더러워져 있었다. 니콜은 한쪽 손바닥을 깊게 베여서 붕대를 대충 감고 있었다. 하워드는 니콜의 상처를 보고 깜짝 놀랐다. "세상에, 이게 무슨 일이오? 사고라도 당했소?"

니콜이 슬쩍 웃었다. 웃음소리가 날카로웠다. "영국군이었어요. 공습이 있었거든요. 그래서 오후에 브레스트에 발이 묶였어요. 하워드 씨, 영국군이었어요. 영국군이 이랬어요."

아르베르 부인이 브랜디 한 잔을 들고 허겁지겁 다가왔다. 부인은 서둘러서 니콜을 부엌으로 데려갔다. 하워드는 방목장에 그대로 서서 서쪽을 물끄러미 바라보았다.

아이들은 상황을 제대로 이해하지 못했다. "니콜 언니를 다치게 한 비행기는 나쁜 비행기죠, 하워드 할아버지? 그렇죠?" 실라가 물었다.

"그렇단다." 그가 대답했다. "좋은 비행기는 저런 일을 하지 않는단다."

실라는 하워드의 대답에 만족했다. "니콜 언니를 다치게 한 비행기는 몹시 나쁜 비행기일 거예요."

다른 아이들도 똑같이 생각했다. "나쁜 비행기는 독일 비행기야. 좋은 비행기는 영국 비행기고." 로널드가 말했다.

하워드는 니콜을 다치게 한 비행기가 영국군 비행기라는 사실을 굳이 알려주지 않았다.

이내 니콜이 새하얗게 질린 얼굴로 밖에 나왔다. 손에 붕대를 깔끔하게 감고 있었다. 아르베르 부인도 따라 나와서 아이들을 부엌으로 데려갔다. 아이들이 저녁을 먹을 시간이었다.

하워드가 니콜에게 상처가 어떤지 물었다.

"별거 아니에요." 니콜이 대답했다. "폭탄이 떨어지니까 유리창이 깨져나갔어요. 그래서 이렇게 다친 거예요."

"정말로 미안하구려."

니콜이 그를 바라보았다. "길거리에 유리 조각이 그렇게 많을 줄은 몰랐죠. 무더기로 쌓여 있더라고요. 불이 난 곳도 많고요. 어딜 가나 집들이 불타고 있었어요. 흙먼지, 아주 자욱한 흙먼지가 사방을 다 가렸고요."

"어쩌다 공습에 휩쓸렸소?"

"그냥 그렇게 됐어요. 우선 르콩케로 갔다가 점심을 먹은 후에 차를 타고 길을 나섰어요. 여기로 돌아오려고요. 브레스트를 지나는데 아르베르 씨가 은행에 들르고 싶어 하셨어요. 저는 치약이랑 이것저것 좀 살 생각이었고요. 사소한 것들이요. 아르베르 씨는 은행에, 저는 시암 거리에 있는 가게에 가 있는데 공습이 터졌어요."

"그래서 어떻게 됐소?"

니콜은 으쓱 어깻짓을 했다. "비행기 한 대가 지붕들 위로 낮게 날아서 쏜살같이 다가왔어요. 어찌나 낮게 날던지 동체에 페인트로 적어놓은 번호가 다 보이더라고요. 날개에 동그란 과녁판이 있는 걸 보니 영국군 비행기였어요. 항만 위로 빙 돌더니 군사 항구 근처에 폭탄을 떨어뜨리더군요. 그러다가 비행기가 또 한 대 왔죠. 계속해서 한 대씩 더 오고, 결국 비행기가 많이 늘어났어요. 항구에 정박한 독일군 배를 폭격하는 것 같았어요. 비행기 몇 대가 길게 줄을 지어 폭탄을 떨어뜨렸어요. 그렇게 줄지은 폭탄이 마을 바로 안쪽까지 떨어졌고요. 폭탄 두 개가 시암 거리에 있는 건물들에 떨어져서 터졌어요. 루이 파스퇴르 거리에는 세 개나 그 이상이 떨어졌죠. 건물이 폭탄을 맞으니까 곧장 무너져내리더라고요. 무너지고 남은 잔해가 1.5미터도 안 됐어요. 정말이에요, 하워드 씨. 그게 전부였어요. 그러더니 불이 나기 시작했어요. 연기가 뭉게뭉게 피어오르고 먼지가 자욱하게 날리고, 유리 조각도 사방으로 튀었고요…."

잠시 정적이 흘렀다. "다친 사람이 많소?" 마침내 하워드가 입을 뗐다.

"아주 많은 것 같았어요."

그는 몹시 분개했다. 이런 일은 어떡해서든 막아야 했다는 생각이 들었다. 니콜이 너무도 걱정스러웠고, 조금 혼란스럽기도 했다.

니콜이 서둘러 덧붙였다. "저 때문에 너무 괴로워하지 마세요, 하워드 씨. 저는 정말 괜찮아요. 아르베르 씨도 마찬가지고요." 니콜은 잠시 웃었다. "어쨌거나 영국 공군이 작전을 수행하는 광경을 보긴 했잖아요. 영국 공군이 뭐라도 하는 모습을 지난 몇 달 동안이나 간절히 보고 싶었거든요."

하워드는 가만히 고개만 저었다. 아무 말도 할 수 없었다.

니콜이 하워드의 팔에 손을 얹었다. "폭탄은 거의 군사 항구에 떨어졌어요." 다정한 말투였다. "한두 개쯤 빗나가긴 했죠. 하지만 의도한 건 아니었어요. 독일군 배를 맞췄을 거예요." 니콜은 잠시 멈추더니 한마디 더 보탰다. "존이 이걸 알았다면 정말 기뻐했을 거예요."

"그럴 거요." 그가 울적하게 대답했다. "그랬을 거요."

니콜은 하워드의 팔을 붙잡았다. "응접실로 가서 페르노 한 잔씩 해요. 앙리 씨를 만난 일을 말씀해드릴게요."

두 사람은 집 안으로 들어갔다. 아르베르는 보이지 않았다. 하워드는 니콜과 함께 응접실에 앉았지만, 여전히 괴롭고 속상했다. 니콜이 술을 따르고 물을 약간 타서 하워드에게 권했다. 자기 앞에 놓인 잔에도 술을 조금 따랐다.

"앙리 씨는…," 니콜이 설명하기 시작했다. "직접 나서지 않을 거예요. 아르베르 씨가 허락해주지 않을 테니까요. 앙리 부인 때문에요. 하지만 르콩케에 시몽이라는 청년이 있어요. 그 사람이 배를 태워줄 거예요."

그는 설레어서 가슴이 두근거렸다. 하지만 엉뚱한 질문이 입 밖으로 튀어나왔다. "그 청년은 몇 살쯤 됐소?"

니콜이 어깨를 으쓱했다. "스물이나 스물둘쯤일 거예요. 드골 지지자더라고요."

"드골 지지자라니, 무슨 말이오?"

"드골이라는 장군이 있어요. 지금 영국에 망명해서 영국군의 도움을 받고 있죠. 우리나라의 젊은 장군인데, 우리나라 사람들은 드골을 잘 몰라요. 하지만 그는 영국의 도움을 받아서 독일 저항 운동을 계속할 거예요. 비시 정부(프랑스가 독일에 점령당한 뒤 남부의 비시를 수도로 하여 수립된 나치 괴뢰 정부-옮긴이)는 드골을 인정하지 않아요. 그래도 수많은 젊은이가 몰래 나라 밖으로 탈출해서 드골 장군 진영에 합류하고 있어요. 스페인을 통해 가는 사람도 있고, 배를 타고 영국 해협을 건너는 사람도 있죠. 시몽도 뱃길로 영국에 가고 싶어 해요. 어부라서 배를 아주 잘 알거든요."

"하지만 독일군이 막을 거요. 틀림없소."

니콜이 고개를 끄덕였다. "이미 교통편은 전부 끊겼어요. 하지만 고기잡이배는 해안과 웨상 섬(프랑스 서부 브르타뉴반도 앞에 있는 섬-옮긴이) 근처에서 계속 조업하도록 허가받았어요. 그래도 계획을 세워야 해요."

"그는 어디서 배를 구한다고 했소?"

"아르베르 씨가 마련해주셨어요. 앙리 씨가 배를 여러 척 갖고 있는데, 그중 하나를 조업에 내보낼 거예요. 시몽이 배를 몰 거고요. 고기잡이를 나가는 척해놓고 배를 그대로 훔쳐서 영국으로 탈출하는 거죠. 앙리 씨는 우선 헌병대와 독일군에게 배를 도둑맞았다고 신고할 거에요. 하지만 아르베르 씨께서 몰래 사위에게 뱃값을 줄 거예요. 그 비용은 하워드 씨께서 내셔야겠죠. 그만큼 비용이 있으시다면요."

그는 고개를 끄덕였다. "뱃값은 얼마나 하오?"

"5천 5백 프랑이요."

그는 잠시 생각에 잠겼다. 이내 주머니에서 지갑을 꺼내 신용장을 찬찬히 살펴봤다. "내 신용장에 40파운드 정도 남은 것 같구려. 이거면 충분하겠소?"

"그럴 거예요. 아르베르 씨는 가진 돈을 전부 내놓길 바랄 거예요. 아시겠지만, 시골 사람이잖아요. 그래도 우리를 도와주고 싶어 해요. 돈이 조금 모자란다는 이유로 그만두지는 않을 거예요."

"모자란 돈은 전쟁이 끝나면 보내드릴 거요."

대화가 얼마간 더 이어진 후, 니콜이 일어섰다. "가서 아이들의 잠자리를 봐줘야겠어요. 아르베르 부인은 무척 친절하시지만, 그렇다고 부인께 다 맡겨둘 수는 없으니까요."

"나도 같이 가보겠소. 애들이 오늘은 온종일 얌전하게 굴었다오. 아무런 말썽도 일으키지 않고."

아이들은 모두 한방에서 잤다. 로즈와 실라는 침대에 누웠고, 남자아이 셋은 바닥에 깔아놓은 매트리스 위에 거친 담요를 덮고 누웠다. 하워드와 니콜이 방에 들어서자 아이들에게 이불을 덮어주고 있던 아르베르 부인이 환하게 미소 짓고는 부엌으로 돌아갔다.

"담요에서 말 냄새가 나요." 로널드가 말했다.

하워드는 더없이 적절한 말이라고 생각했다. "그러면 밤새도록 말 타는 꿈을 꾸겠구나."

실라가 따라서 입을 열었다. "나도 말 타도 돼요?"

"말을 잘 탄다면 그러려무나."

로즈도 입을 열었다. “이제 우리 여기서 살아도 되나요?”

니콜이 침대에 앉았다. “왜? 런던에 있는 아빠가 보고 싶지 않니?”

“런던은 도시래요.”

“그렇단다. 아주 큰 도시야.”

“저는 이런 시골이 좋아요. 우리가 살았던 마을이랑 비슷해요.”

“하지만 우리는 런던에 갈 거야.” 로널드가 말했다.

“모두가 런던에 가는 건 아니란다.” 하워드가 설명했다. “너랑 실라는 옥스퍼드에 있는 마거릿 고모네에 가야지.”

“그래요? 그러면 로즈도 마거릿 고모랑 같이 살아요?”

“아니란다. 로즈는 런던에서 아버지와 함께 살 거야.”

“피에르는 마거릿 고모랑 같이 살아요?” 이번에는 실라가 물었다.

“아니야. 피에르와 빌렘은 미국으로 갈 거야. 우리 딸이 미국에서 살고 있거든. 이 할아버지에게 다 자란 딸이 있다는 거 알고 있었니? 니콜 양보다 나이가 많지. 우리 딸에게는 어린 아들도 한 명 있단다.”

아이들은 믿지 못하겠다는 듯 하워드를 물끄러미 바라봤다.

“그 애는 이름이 뭐예요?” 마침내 로널드가 물었다.

“마틴이란다. 피에르와 나이가 같아.”

이번에는 피에르가 그를 빤히 바라보며 물었다. “선생님도 우리랑 같이 가시나요?”

“아니란다. 런던에 가면 내가 해야 할 일이 있을 것 같구나.”

피에르의 입술이 파르르 떨렸다. “로즈 누나도 안 가요?”

니콜이 피에르 옆으로 살며시 다가갔다. “미국은 멋진 곳이야.” 다정하게 아이를 달랬다. “밤에도 불을 환하게 켜놓는단다. 여기처럼 불을 다 꺼서 깜깜해지는 게 아니지. 비행기가 하늘에서 폭탄을 떨어뜨리는 일도 없고, 사람들에게 총을 쏘는 일도 없어. 먹을 것도 많을 거란다. 너희들이 먹곤 했던 달콤하고 맛있는 간식도 아주 많아. 너와 빌렘은 롱아일랜드의 코츠하버라는 곳에서 살 거야. 거기에 내 딸이 아주 멋진 집을 갖고 있거든. 조랑말도 있어서 타고 놀 수 있지. 강아지도 많아서 친구처럼 지낼 수 있을 거야. 여기에서도 전쟁이 터지기 전에는 강아지에게 음식을 주곤 했잖니. 가서 영국 아이들이랑 미국 아이들처럼 헤엄치고 다이빙하는 법도 배울 거야. 돛단배를 타는 법도 배우고, 재미있게 낚시하는 법도 배울 거란다. 거기는 안전할 거야. 미국에는 전쟁이 없거든.”

피에르가 니콜을 물끄러미 올려다보았다. “우리랑 같이 미국에 가실 거예요?”

니콜이 나직하게 대답했다. “아니야, 피에르. 나는 여기에 남아야 한단다.”

아이의 입가가 축 늘어졌다. “혼자 가기 싫어요.”

하워드가 아이를 달래려고 나섰다. “로즈의 아버지가 로즈를 미국에 보내주실 수도 있단다. 그러면 로즈와 함께 갈 수 있을 거야. 그러면 괜찮겠지?”

“로널드 오빠랑 나도 가면 안 돼요, 하워드 할아버지? 우리 모두 피에르랑 가면 안 돼요?” 실라가 졸라댔다.

"그래도 되는지 한 번 알아보자꾸나. 하지만 마거릿 고모가 너희들과 함께 살고 싶어 하실 수도 있잖니."

로널드도 보챘다. "고모가 우리랑 살고 싶지 않다고 하면, 그러면 피에르랑 같이 코츠하버에 가도 되나요?"

"그래. 마거릿 고모가 너희들을 영국 밖으로 보내고 싶어 하시면, 다 함께 코츠하버로 갈 수 있단다."

"우와! 정말로 고모가 우리를 싫어하면 좋겠어요." 로널드가 무정하게 말했다.

얼마 후 아이들이 잠에 빠져들었다. 하워드와 니콜은 정원으로 나가서 저녁 식사가 준비되기를 기다렸다.

"미국에 있는 우리 딸의 집을 자세히 아는구려." 그가 말을 걸었다.

니콜이 미소 지었다. "존이 말해줬어요. 존도 미국에 가본 적이 있죠?"

그가 끄덕였다. "예전에 딸 이너드와 함께 갔었다오. 매부인 코스텔로를 아주 좋게 평가했었지."

"언젠가 아주 이른 아침에 미국에 관해서 이야기해줬어요. 그때 우리 둘 다 잠을 못 잤거든요. 존은 미국을 아주 좋아했어요. 조종사잖아요. 미국의 기술을 정말 높이 평가했죠."

그는 이번에도 아들 존이 파리를 방문해서 대체 니콜과 어떻게 시간을 보냈는지 의심스러웠다. 생각에 잠긴 채 멍하니 말했다. "미국에서 몹시 즐거워했었다오."

그는 곧 생각에서 깨어났다. "피에르가 조금 걱정스럽소. 피에르를 미국에 데리고 갈 사람은 한 번도 생각해보지 못했구려."

니콜이 고개를 끄덕였다. "예민한 아이잖아요. 처음에는 외롭고 힘들겠지만, 금방 극복할 거예요. 로즈도 함께 갈 수 있다면 좋을 텐데요."

그가 니콜을 돌아보았다. "니콜 양이 직접 가지 않겠소? 그게 최선일 거요."

"미국으로 가라고요? 그건 불가능해요, 하워드 씨."

그의 마음에 두려움이 조금씩 스며들었다. "그래도 영국까지는 함께 갈 수 있지 않소?"

니콜은 고개를 저었다. "안 돼요, 하워드 씨. 저는 프랑스에 남아야 해요."

문득 깊은 실망감이 밀려왔다. "정말로 그게 최선이라고 생각하시오? 이 나라는 독일에 넘어갔소. 전쟁이 이어지면 지독한 역경이 닥칠 거라오. 함께 영국으로 간다면, 에식스에 있는 우리 집에서 지낼 수 있을 거요. 아니면 아이들과 함께 미국으로 건너갈 수도 있고. 그게 훨씬 나을 거요, 니콜 양."

"하지만 하워드 씨, 저도 제 어머니를 생각해야죠."

그는 고집을 꺾지 않고 조심스럽게 의견을 내세웠다. "루제롱 부인에게 연락해서 함께 모셔갈 수는 없겠소? 잘 알겠지만, 앞으로 프랑스에서는 생활하기가 몹시 고될 거요."

니콜은 다시 고개를 저었다. "상황이 어려워질 거라는 사실은 저도 잘 알아요. 하지만 어머니는 영국에서 행복하게 지내지 못할 거예요. 어쩌면 저도 그럴 거고요."

"영국에 와본 적이 있소?" 그가 정말로 궁금한 듯 물었다.

니콜은 고개를 가로저었다. "작년 10월에 제가 영국으로 가서 존을 만날 계획이었어요. 그때 존이 다시 휴가를 받을 수 있었거든요. 존은 저를 하워드 씨께 소개할 생각이었던 것 같아요. 그런데 전쟁이 터졌죠. 더는 휴가를 받을 수 없게 됐고요…. 게다가 외국으로 여행하는 것도 몹시 힘들어졌어요. 비자를 받을 수가 없었죠."

그가 다정하게 제안했다. "그러면 이번에 영국을 방문하면 되지 않소, 니콜 양."

니콜은 다시 고개를 흔들었다. "안 돼요."

"왜 안 되는 거요?"

"하워드 씨께서는 몸소 아이들을 데리고 미국으로 가실 건가요?"

이번에는 하워드가 고개를 저었다. "그러고 싶소. 하지만 그래서는 안 될 것 같소. 영국으로 돌아가면 해야 할 일이 있을 것 같구려."

"저도 프랑스를 떠날 수 없어요."

그는 자신과 니콜의 처지가 상당히 다르다고 말하려 했으나 그대로 입을 다물었다. 니콜은 꼭 하워드의 마음속에 들어갔다 나온 것처럼 말을 이어갔다.

"프랑스인이거나 영국인이거나, 둘 중 하나예요. 프랑스인이면서 동시에 영국인일 수는 없죠. 게다가 이렇게 어려운 시기에는 조국에 남아서 자기가 할 수 있는 일을 해야 해요."

그가 느릿하게 대답했다. "나도 그렇게 생각하오."

니콜은 꼬리를 물고 이어지는 생각을 따라 이야기를 계속했다. "만약 존과 제가…." 잠시 머뭇거리더니 결국 입을 뗐다. "만약 우리가 결혼했다면, 전 영국인이 되었겠죠. 그러면 상황이 달랐을 거예요. 하지만 이제 와서 영국인이 될 수는 없어요. 저 혼자서 우리와는 다른 영국 방식을 배울 수도 없죠. 새로운 삶도 불가능하고요. 여기가 제가 속한 곳이에요. 저는 이곳에 남아야 해요. 이해하시죠?"

"이해한다오, 니콜 양." 그는 한동안 침묵을 지키다가 입을 열었다. "나는 이제 노인이라오. 이 전쟁이 다 끝나면 연로한 몸으로 여행을 다니는 것이 어려워질 거요. 니콜 양이 잠시라도 영국에 와서 날 만나주겠소? 한두 주 정도라도."

"물론이죠. 외국으로 나가는 게 가능해지면 당장 갈게요."

두 사람은 나란히 서서 아무 말 없이 방목장을 걸었다. 이윽고 니콜이 입을 열었다. "이제 탈출 계획을 자세히 알려드릴게요. 시몽이 오늘 밤 르콩케에서 배를 타고 영국 해협 쪽으로 조업을 나갈 거예요. 르푸르까지요. 르콩케로 돌아오지는 않을 거예요. 내일 밤에 아베르라크 포구로 들어갈 계획이죠. 잡은 생선을 내려놓거나 미끼를 더 사거나 뭐 그런 구실로요. 그리고 자정이 되면 다시 배를 타고 바다로 나갈 거예요. 그때 하워드 씨께서 그 배를 타셔야 해요. 이번에는 곧장 영국으로 갈 거거든요. 자정이 출항할 수 있는 마지막 시간이래요. 더 늦게는 안 돼요. 동이 트기 전에 프랑스 해안에서 멀어져야 한대요."

"아베르라크는 어디에 있소? 여기서 먼 곳이오?"

니콜이 어깨를 으쓱했다. "멀어야 40킬로쯤 떨어져 있어요. 포구에서 6.5킬로 정도 내륙으로 들어오면 작은 마을이 있어요. 라닐리스라는 마을이죠. 내일 거기에 가야 해요."

"그곳에는 독일군이 많소?"

"모르겠어요. 아르베르 씨가 그곳 상황을 알아보고 있어요. 탈출 계획을 궁리하면서요."

마르얀이 농가로 돌아가는 길에 방목장을 지나쳤다. 하워드가 소년을 불렀다. 아이는 잠시 머뭇거리더니 다가왔다.

"우리는 내일 여기를 떠날 거란다, 마르얀. 여전히 우리와 함께 가고 싶니?"

"미국으로요?"

"우선은 영국으로 가려 한단다. 영국에 도착하는 데 성공한다면 피에르와 빌렘과 함께 미국으로 보내주마. 가서 전쟁이 끝날 때까지 우리 딸과 함께 살 거야. 가고 싶니?"

아이는 서투른 프랑스어로 대답했다. "아르베르 씨와 함께 지내면 독일군이 절 찾아내서 데려갈 거예요. 절 죽일 거예요. 우리 엄마를 죽였듯이요. 우리 아빠도 곧 죽일 거예요. 우리가 유대인이니까요. 같이 가고 싶어요."

"내 말을 잘 들으렴. 너를 데려가야 할지 확신이 들지 않는단다. 이곳에서 바닷가로 가는 길에 독일군과 마주칠 수도 있어. 독일군과 어울려야 할 수도 있고, 독일군의 급식소에서 밥을 먹어야 할지도 모른단다. 네가 독일군을 싫어하는 티를 내면, 독일군이 우리 모두를 잡아갈 거야. 그래서 너를 데려가도 안전할지 모르겠다는 거란다. 다른 아이들이 모두 위험해질 수도 있잖니?"

"문제를 일으키지 않을게요. 지금 미국으로 가는 게 좋을 거예요. 저는 미국으로 가고 싶어요. 지금은 독일군 한 명을 죽이려면 아주 커다란 행운이 따라야 해요. 밤에 독일군에게 기어가서 날카로운 칼로 베더라도 잡혀서 죽임을 당할 거예요. 하지만 몇 년만 있으면 독일군 수백 명을 죽일 수 있어요. 어두운 골목에서 몰래요. 그게 훨씬 더 나아요. 기다렸다가 올바른 방법을 배우는 거요."

그는 욕지기가 조금 올라왔다. "독일군이 근처에 있어도 화난 마음을 억누를 수 있겠니?"

"몇 년 동안 기다릴 수 있어요, 선생님. 때가 될 때까지요."

이번에는 니콜이 타일렀다. "마르얀, 하워드 씨께서 하시는 말씀을 이해했니? 만약 네가 독일군에게 잡힌다면, 다른 아이들도 모두 잡혀갈 거야. 저 아이들도 독일군에게 똑같은 짓을 당할 거란다. 네가 다른 아이들을 위험에 빠뜨리면 안 돼."

"걱정하지 마세요. 데려가 주시면 착하게, 얌전하게 있을게요. 사람은 늘 착한 태도를 연습해야 해요. 그래야 다른 사람의 믿음을 얻을 수 있어요. 그러면 결국에는 다른 사람을 내 마음대로 움직일 수 있어요."

마침내 하워드가 대답했다. "알겠다, 마르얀. 내일 아침에 출발할 거야. 너도 떠날 준비를 하렴. 이제 가서 저녁을 먹고 자도록 하려무나."

그는 가만히 서서 아이가 농가로 걸어가는 모습을 지켜보았다. "이 모든 것이 끝난 후에 세상이 어떨지는 신만이 아실 거요." 그가 울적하게 말했다.

"그러게요. 하지만 지금 하워드 씨께서 하시는 일이 우리 모두를 도울 거예요. 이 아이들을 유럽에서 탈출시키는 건 선한 일이니까요."

이내 부엌에서 저녁 시간이라고 알렸다. 두 사람은 식사를 마친 후 응접실에서 아르베르와 이야기를 나눴다.

"들어보시오." 아르베르가 입을 뗐다. "계획을 알려드리리다."

아르베르는 잠시 멈춘 후 설명을 이어갔다. "라닐리스에는 독일군이 득실거립디다. 거기는 해안에서 6.5킬로 정도 떨어진 곳이오. 아베르라크와 포르살 같은 해안가는 독일군이 거의 없거나 아예 없소. 독일군은 시골 지역 교통을 방해하지 않을 거요. 그래서 내가 계획을 짜보았소."

그가 말을 계속했다. "라닐리스에서 이쪽으로 5킬로쯤 떨어진 곳에 캉탱이라는 농부가 살고 있소. 내일 캉탱이 루데아크라는 어부에게 거름을 잔뜩 보낼 거요. 루데아크는 아베르라크 구조선의 선장인데, 구릉지에 밭이 좀 있어서 거름이 필요하다오. 내가 이걸 전부 주선해뒀소. 거름은 말 한 필이 끄는 수레로 옮길 거요. 아시겠소? 선생이 그 수레를 몰 거라오. 니콜 양과 아이들도 수레에 탈 거요."

하워드가 대답했다. "괜찮게 들리는구려. 아무도 거름 수레를 의심하지는 않을 거요."

아르베르는 그를 힐끗 쳐다보며 말했다. "더 허름한 옷을 입으셔야 하오. 옷도 마련해드리겠소."

"내일 밤에는 어떻게 시몽을 만나야 하죠?" 니콜이 물었다.

"시몽은 내일 밤 9시에 부둣가 선술집에 나타날 거요. 살짝 취한 모습으로 페르노 데상주를 달라고 할 거요. 물론 술집에 그런 술은 없소. 술집에서 그 말을 하는 사람이 시몽이요. 나머지는 당신들에게 달려 있소."

하워드가 끄덕였다. "캉탱의 농장까지는 어떻게 가야 하오?"

"내가 직접 차로 태워드리리다. 안전할 거요. 라닐리스에서 랑데르노 방향에 있는 지역이라 검문이 없소. 하지만 나는 캉탱의 농장까지만 태워주고 돌아와야 하오."

아르베르는 잠시 생각에 잠기더니 입을 뗐다. "5시 전에는 캉탱의 농장을 떠나지 않는 게 나을 거요. 그래야 해 질 녘에 아베르라크에 도착해도 이상하게 보이지 않을 테니. 늦게 도착해야 밤에 루데아크의 집에서 시간을 좀 보내더라도 수상쩍어 보이지 않을 거요."

니콜이 한 가지 더 물었다. "루데아크와 캉탱은 어떤 사람인가요? 이들도 하워드 씨와 아이들이 영국으로 탈출한다는 사실을 알고 있어요?"

"걱정하지 마시오, 니콜 양. 요즘 같은 때에 이런 일은 그리 드물지 않소. 루데아크나 캉탱이나 알만큼은 다 알고 있소. 보수도 받았소. 나와 절친한 사이라오."

"지금 돈을 드려야겠구려." 하워드가 말했다.

그는 응접실에서 바로 돈을 건넸다. 얼마 후, 모두 잠자리에 들었다.

하루 편안하게 쉬며 기운을 차린 하워드는 편히 잤다. 아침에 깨어나서 커피를 마시러 부엌으로 내려갈 때는 요 며칠간 그 어느 때보다 몸 상태가 좋았다.

"점심을 먹고 나서 출발할 거요." 아르베르가 말했다. "시간은 넉넉하다오. 하워드 씨가 입을 옷을 준비해놓았소. 썩 마음에 들지는 않겠지만, 어쩔 수 없다오."

하워드는 아르베르가 준비한 옷이 정말로 마음에 들지 않았다. 옷은 몹시 지저분했다. 거친 플란넬 셔츠에는 얼룩이 묻어 있었고, 파란색 면바지는 찢어져 있었다. 질긴 돛천으로 만든 꾀죄죄한 스웨터는 한때 탁한 진분홍색이었겠지만, 색이 다 바래어 있었다. 거기에 헐렁한 검은색 브르타뉴 모자와 나막신 한 켤레까지 있었다. 하워드가 나막신은 도저히 신지 못하겠다고 하자 아르베르가 메스꺼울 만큼 지저분하고 구멍까지 뚫린 부츠를 내주었다.

그가 면도하지 않은 지도 벌써 며칠째였다. 옷을 갈아입고 부엌으로 내려갔더니 니콜이 환하게 미소 지었다. "정말 좋은데요. 자, 하워드 씨. 이제 고개를 조금 숙이고 입도 살짝 벌리고 걸어보세요. 아주 천천히 걸으셔야 해요. 나이가 아주 아주 많은 노인처럼요. 귀도 거의 안 들리고 판단력도 흐린 것처럼 행동하셔야 해요. 다른 사람과 이야기할 일이 생기면 제가 대신 말할게요."

아르베르가 하워드 주변을 돌아다니며 사방에서 그를 꼼꼼하게 뜯어봤다. "이만하면 독일군이 의심하지 않을 것 같구려."

그들은 아침 내내 알맞은 차림새를 고민했다. 니콜은 입고 있던 검은색 원피스를 그대로 입을 생각이었다. 다만 아르베르가 옷을 조금 더 지저분하게 만들었다. 아르베르 부인이 신던

구두도 내주었다. 굽이 낡은 구두는 몹시 낡아 있었다. 니콜은 여기에 아르베르 부인의 숄까지 머리에 두른 다음에야 합격 판정을 받았다.

아이들은 차림새를 바꿀 필요가 없었다. 아침 내내 오리 연못에서 뛰어논 덕분에 옷에 진흙이 덕지덕지 묻어서 몹시 지저분했다. 신나게 뛰어논 로널드와 빌렘은 생채기까지 잔뜩 나 있어서, 꾀죄죄한 몰골이 정말로 그럴듯했다.

그들은 점심을 먹고 농장을 떠났다. 하워드와 니콜은 아르베르 부인에게 친절을 베풀어줘서 고맙다고 인사를 건넸다. 부인은 특유의 나른하고 차분한 미소로 인사를 받았다. 농장 일에 쓰는 낡은 승합차에 모두 올라탔다. 차가 도로로 빠져나갔다.

"하워드 할아버지, 기차를 타러 가는 거예요? 우리 기차에서 자요?" 로널드가 물었다.

"아직은 아니란다." 하워드가 대답했다. "곧 차에서 내릴 거야. 아르베르 씨에게 작별 인사도 할 거란다. 그런 다음에는 수레를 탈 거야. 이제부터는 반드시 프랑스어로만 말해야 하니 꼭 주의하려무나."

"왜 프랑스어로만 말해야 해요? 영어로 말하고 싶어요. 예전처럼요." 실라가 물었다.

니콜이 다정하게 대답했다. "이제는 독일군들 사이로 들어갈 거야. 독일군은 영어를 쓰는 사람을 싫어하거든. 그러니 꼭 프랑스어로만 말하도록 조심해야 해."

로즈가 불쑥 끼어들었다. "마르얀이 그러는데 독일군이 자기 엄마의 머리를 잘랐대요."

"이제 독일군 이야기는 그만하자꾸나. 조금만 있으면 차에서 내릴 거란다. 말이 끄는 수레를 탈 거야." 하워드가 로즈의 말을 자르고 피에르를 돌아보며 물었다. "말은 어떻게 울지?"

피에르가 수줍게 대답했다. "잘 모르겠어요."

로즈가 피에르를 굽어보며 말했다. "어머, 피에르. 너 잘 알잖아!"

우리 증조할머니는 투르에 살아요~♪
할머니네 집에는 체리 나무가 있어요~♬
작은 생쥐도 있고요. (찍찍, 찍찍)
커다란 사자도 있고요. (으르렁, 으르렁)
산비둘기도 있고요. (구구, 구구)

아르베르의 차가 랑데르노를 빠져나가 라닐리스까지 절반쯤 가는 내내 노랫소리가 이어졌다. 그들은 낡은 승합차 뒤에 달린 작은 창문으로 잠깐씩만 랑데르노 풍경을 내다보았다.

곧 승합차가 속력을 줄이더니 차도에서 벗어났다. 차가 정지 표지판에 쿵 부딪혔다. 아르베르가 운전석에서 하워드 일행을 돌아보았다. "여기오. 서둘러 내리시오. 여기에 오래 머물러서 좋을 게 없소."

모두 승합차 뒷문으로 내렸다. 차가 멈춰 선 곳은 아주 작은 농장 마당이었다. 자그마한 농가는 회색 돌로 지은 오두막에 지나지 않았다. 승합차에 다닥다닥 모여 앉아 있다가 바깥으로 나오니 공기가 상쾌하고 달콤했다. 바다 냄새도 분명하게 맡을 수 있었다. 하워드는 따사로운 햇볕을 받으며 회색 돌로 지은 벽과 지붕을 살펴보았다. 꼭 영국에 와 있는 기분이었다.

수레 한 대와 말 한 필이 보였다. 수레에는 거름이 절반쯤 실려 있었다. 늙은 잿빛 말은 문가에 매여 있었다. 사람은 아무도 보이지 않았다.

"어서 서두르시오. 독일군이 도로를 지나가기 전에 움직여야 하오. 여기에 수레가 있소. 계획은 전부 잘 기억하고 있소? 선생은 루데아크에게 거름을 가져다줘야 하오. 루데아크의 밭은 아베르라크 위쪽 구릉지인데, 항구에서 800미터쯤 떨어져 있소. 거기에 거름을 내리면 되오. 니콜 양은 내일 이곳으로 수레를 몰아서 돌아와야 하오. 시몽이 밤 9시에 부둣가 술집에서 선생을 기다릴 거요. 페르노 데상주를 주문하는 사람이 시몽이요. 잘 아시겠소?"

"질문이 하나 있소." 하워드가 대답했다. "이 길이 곧장 라닐리스로 이어지오?"

"물론이오." 아르베르가 주변을 초조하게 둘러보았다.

"라닐리스는 어떻게 통과하면 되는 거요? 마을에서 아베르라크로 가는 길은 어떻게 찾을 수 있소?"

구름 한 점 없는 하늘에서 뜨거운 햇살이 내리쬈다. 거름 냄새 사이로 들장미 향기가 풍겨왔다.

아르베르가 대답했다. "이 길은 마을 한가운데 있는 커다란 성당까지 곧장 이어진다오. 성당의 서쪽 끝에서 서쪽으로 뻗어나가는 도로를 따라가시오. 마을 외곽에 광고판이 있는데, 거기서 길이 갈라진다오. 오른쪽 길로 7킬로를 더 가면 아베르라크요."

"전에 그 길을 가본 적이 있어요. 제가 길을 기억할 거예요." 니콜이 말했다.

"니콜 양, 나는 여기서 더 머물지 못하겠소. 자, 서두르시오." 아르베르는 하워드를 돌아보며 마지막 인사를 건넸다. "이게 내가 해줄 수 있는 전부요. 행운을 비오. 더 좋은 때가 찾아오면 다시 만납시다."

"이렇게 큰 친절을 베풀어주셨으니 다시 만나서 감사한 마음을 전할 수 있기를 바라겠소."

아르베르는 서둘러 낡은 승합차에 올라타고 차도로 나아갔다. 하얀 먼지구름 사이로 차가 사라졌다. 하워드는 주변을 살펴보았다. 집 안에서는 아무런 움직임이 없었다. 오두막은 오후의 햇살 아래 외로이 서 있었다.

"자, 얘들아! 어서 타자." 니콜이 아이들을 불렀다.

빌렘과 마르얀은 수레에 펄쩍 뛰어올랐다. 두 남매와 피에르, 로즈는 망설이며 가만히 있었다. 로널드가 말도 안 된다는 표정으로 물었다. "이게 우리가 타야 한다는 수레 맞아요?"

로즈도 보탰다. "이건 똥 싣는 수레잖아요. 말똥이 가득한 수레에 타면 안 돼요. 그랬다가는 우리 고모가 눈물 쏙 빠지게 혼낼 거예요."

니콜이 명랑하게 대답했다. "글쎄, 나는 이 수레에 탈 거란다. 그러면 너는 하워드 할아버지 곁에서 걸어가며 말 모는 것 좀 도와드리렴." 니콜은 다른 아이들을 재촉해서 바삐 수레에 태웠다. 거름이 수레의 뒤쪽 절반에만 실려 있어서 니콜과 아이들이 앞쪽의 가장자리에 앉거나 서 있을 공간은 넉넉했다.

“나도 로즈 누나랑 같이 걸어가면서 말을 몰아도 돼요?” 피에르가 물었다.

“안 돼, 피에르. 너는 너무 작고 어려. 말은 아주 빨리 걷는단다. 그 대신 도착하면 말의 콧잔등을 쓰다듬게 해줄게.”

하워드는 대문에 매여 있던 고삐를 풀고 말을 도로로 몰아 나갔다. 말 옆에 서서 고개를 축 늘어뜨리고 느릿하지만 꾸준한 발걸음으로 비틀비틀 걷기 시작했다.

한 시간 반쯤 그렇게 걸어가자 라닐리스 마을의 첫 번째 집이 나왔다. 니콜은 수레에서 아이들을 재미있게 해주었다. 늙은 말의 다그닥 다그닥 도로를 밟는 발굽 소리 너머로 종종 아이들의 작은 웃음소리가 터져 나왔다. 로즈는 하워드 옆에서 맨발로 가볍게 총총 걸었다.

하워드 일행은 도로를 걸어가는 동안 독일군 수송 차량을 상당히 많이 지나쳤다. 이따금 수레 뒤편에서 도로로 올라온 군용 트럭이 길가 오른쪽에 멈춰서서 수레가 먼저 지나가기를 기다렸다. 안색이 창백하고 무신경해 보이는 독일 병사들이 그들을 심드렁하게 쳐다보았다.

한 번은 서른 명쯤 되는 보병 소대가 도로 반대편에서 그들을 향해 다가왔다. 소대를 이끄는 상급 중위가 그들을 훑어보았지만, 막아 세우지는 않았다. 그들이 라닐리스에 도착할 때까지 아무도 별다른 관심을 보이지 않았다.

라닐리스 외곽에 들어서자 독일군이 그들을 멈춰 세웠다. 낡은 자동차 두 대로 간단하게 만든 바리케이드가 도로를 가로막고 있었다. 자동차 사이로 좁은 틈이 나 있었다. 무더운 오후였다. 보초가 졸린 얼굴로 어슬렁어슬렁 걸어 나와서 손을 들었다. 하워드가 말을 세웠다. 그는 고개를 축 늘어뜨리고 입을 헤벌린 채 웅얼거렸다. 그러자 하사가 초소에서 나와 그들을 훑어보았다.

하사는 아주 서투른 프랑스어로 물었다. "이걸 어디로 가져갑니까?"

하워드는 고개를 조금 들고 귓가에 한 손을 갖다 댔다. "엥?"

독일군은 약간 더 큰 소리로 똑같은 질문을 반복했다.

"루데아크." 하워드가 대답했다. "아베르라크 바깥의 루데아크요."

하사는 니콜을 바라보며 물었다. "부인도 같이 가십니까?"

니콜이 미소 지으며 피에르의 어깨에 손을 올렸다. "오늘은 이 꼬마의 생일이에요. 요즘에는 생일파티를 여는 게 어렵잖아요. 그런데 우리 삼촌이 오늘 오후에 거름을 나른다고 하더라고요. 말이 힘들지 않게 거름도 절반밖에 안 싣고요. 그래서 아이들이 바람 좀 쐴 수 있게 이렇게 따라왔어요."

하워드가 고개를 끄덕였다. "요즘 같은 때에는 아이들을 즐겁게 해주기가 어렵수다."

하사가 미소 지었다. "계속 가시오." 그가 느긋하게 인사를 덧붙였다. "생일 축하한다."

하워드는 늙은 말에 매어놓은 고삐를 확 잡아당겼다. 그들은 길을 따라 나아갔다. 도로는 텅 비어 있다시피 했다. 프랑스 사람들이 함부로 집 밖에 나오지 않아서이기도 했고, 오후의 열기가 너무도 뜨거워서이기도 했다. 주택 몇 채는 독일군에 징발된 듯했다. 독일군들이 가구 없이 휑한 방의 창가에 느긋하게 서서 장비를 손질하고 있었다. 전 세계 여느 병사들과 다를 바 없는 모습이었다. 거름을 실은 수레에 관심을 기울이는 군인은 아무도 없었다.

마을 중심의 커다란 성당 곁에 플라타너스가 우뚝 서 있었다. 그 아래 전차 세 대와 트럭 대여섯 대가 자리 잡고 있었다. 어느 커다란 건물의 2층 창밖으로 튀어나온 짧은 깃대에 스와스티카 문양의 나치 깃발이 내걸려 있었다. 깃발은 푹푹 찌는 여름 오후에 맥없이 펄럭였다.

하워드 일행은 멈추지 않고 주택과 가게, 독일군 장교와 병사들을 지나쳐서 마을을 가로질렀다. 마을 외곽에 다다르자 광고판이 나왔다. 수레는 마지막 집을 지나 오른쪽 갈림길로 들어섰다. 이윽고 들판 사이로 저 멀리 아련하게 푸른 바다가 보였다.

바다가 눈에 들어오자 하워드의 심장이 두근거렸다. 그는 평생 바다 풍경을 보는 데서, 바다 내음을 맡는 데서 즐거움을 느꼈다. 초록 들판 사이로 아스라이 푸른 바다를 보자 꼭 조국의 일부를 보는 것 같았다. 영국이 손에 닿을 듯했다.

내일 저녁이면 저 넓고 푸른 바다 건너편에 있을 것이다. 아이들과 안전하게 영국에 도착할 것이다. 겉으로는 무심한 척 터덜터덜 걷고 있었지만, 마음은 고향 땅을 밟고 싶다는 소망으로 뜨겁게 타올랐다.

로즈가 몹시 지쳐 보였다. 그는 말을 세우고 아이를 수레에 태웠다. 그 대신 니콜이 내려서 함께 걸었다.

"바다가 나왔어요." 니콜이 말을 붙였다. "이제 가야 할 길이 얼마 남지 않았어요."

"얼마 남지 않았구려."

"기쁘지 않으세요?"

그가 니콜을 흘긋 쳐다보았다. "무척, 무척 기쁘다오. 하지만 마음에 걸리는 게 하나 있소. 니콜 양도 우리와 함께 갔으면 한다오. 같이 가지 않겠소?"

니콜이 고개를 저었다. "안 돼요, 하워드 씨."

둘은 얼마간 말없이 걸었다. "우릴 위해 해준 것들이 얼마나 고마운지 말로는 다 못 하겠구려." 마침내 하워드가 입을 뗐다.

"오히려 제가 감사해요."

"무슨 뜻이오?"

"저희를 찾아오셨을 때 저는 정말 힘든 시간을 보내고 있었어요. 이해하실지 모르겠네요." 두 사람은 뜨거운 태양 아래 잠시 침묵을 지키며 걸었다. "저는 존을 정말로 사랑했어요." 니콜이 간결하게 말했다. "무엇보다도 그와 결혼해서 영국인이 되고 싶었어요. 전쟁만 아니었다면 그랬을 거예요. 우리는 결혼할 생각이었거든요. 혹시 우리 결혼을 반대하셨을까요?"

그가 고개를 가로저었다. "니콜 양을 환영했을 거라오. 모르겠소?"

"지금은 잘 알죠. 하지만 그때는 혹시 반대하시면 어쩌나 걱정이 이만저만이 아니었어요. 제가 그렇게 어리석지만 않았어도, 그렇게 자꾸 미루지만 않았어도 결혼했을 거예요." 니콜은 잠시 멈추었다가 말을 이었다. "그런데 존이…, 존이 죽었죠. 그때부터 제대로 풀리는 일이 하나도 없었어요. 독일군이 우리 프랑스군을 격퇴했죠. 벨기에가 항복하고, 영국군이 덩케르크에서 철수하고, 우리만 홀로 남아 싸워야 했어요. 그러자 신문이며 라디오 방송이며 전부 영국에 관해 나쁜 말을 쏟아내기 시작했어요. 영국은 배신자라고, 애초에 우리 편에 서서 전쟁할 생각이 없었다고요. 끔찍한 말뿐이었어요."

"그런 말을 믿었소?" 그가 나직하게 물었다.

"저는 하워드 씨께서 생각하시는 것 이상으로 괴로워했답니다."

"그러면 지금은 어떻소? 지금도 그런 말을 믿소?"

"제가 믿는 건 이거예요. 존을 향한 제 사랑이 조금도 부끄럽지 않다는 것. 그와 결혼했다면, 그래서 영국 사람이 됐다면, 영국인으로서 남은 평생을 행복하게 살았을 거예요."

니콜은 잠시 입을 다물었다. "진심이었어요, 하워드 씨. 몇 주 동안은 의심이 제 진심을 흐리게 물들였죠. 이제는 모든 의심을 다 떨쳐냈어요. 잃어버렸던 걸 다시 찾은 셈이죠. 다시는 잃지 않을 거예요."

오르막길을 조금 올라가자 옹기종기 모여 있는 집 몇 채를 휘감고 구불구불 흘러가는 강이 나타났다. 아베르라크였다. 강물은 길게 뻗은 들쑥날쑥한 모래톱을 따라 탁 트인 바다로 흘러들어갔다.

니콜이 입을 뗐다. "저기가 아베르라크예요. 이제 여로의 끝에 도착하셨네요, 하워드 씨."

그들은 침묵 속에서 말을 끌고 걸었다. 도로를 따라 강가로, 다시 해안가로 나아갔다. 시멘트 공장을 지나고, 마을 가구를 몇 채 지나고, 구조선 창고와 자그마한 부두를 지났다.

부두 옆에 독일군의 쾌속 어뢰정이 한 대 있었다. 엔진에 문제가 생겼는지 갑판 중앙 부분이 떨어져 나간 채 대형 화물 트럭 옆에 놓여 있었다. 작업복을 입은 사내들이 배 위에서 분주하게 움직이고 있었다. 독일군 몇 명이 부둣가에 느긋이 서서 담배를 피우며 작업을 구경했다.

하워드 일행은 부둣가의 작은 술집을 지나쳐서 다시 마을 밖으로 나갔다. 곧 구릉지로 접어들자 달콤한 들장미가 가득 피어 있는 길이 나왔다. 곧 루데아크의 작은 농가에 다다랐다.

빛바랜 붉은색 돛천으로 만든 스웨터를 입은 농부 하나가 문가에서 그들을 맞았다.

"캉탱이 보냈소." 하워드가 말했다.

농부가 고개를 끄덕이더니 두엄더미를 가리켰다. "저기에 두시오. 그리고 서둘러 떠나시오. 행운을 빌겠소. 하지만 여기에 머물러서는 안 되오."

"잘 알겠소."

농부는 집 안으로 사라졌고, 두 번 다시 나타나지 않았다.

저녁이 다가오고 있었다. 거의 8시였다. 하워드와 니콜은 먼저 아이들을 수레에서 내린 다음, 거름을 내리기에 알맞은 곳까지 말을 끌고 갔다. 하워드가 수레를 두엄더미 위로 기울여

놓고 삽으로 거름을 깨끗하게 긁어냈다. 15분쯤 지나자 작업이 끝났다.

"이만하면 시간이 여유롭겠어요. 지금 부둣가로 가면 아이들에게 저녁을 먹일 수 있겠네요. 커피에다, 잘하면 빵과 버터도 구할 수 있을 거예요." 니콜이 말했다.

하워드도 같은 생각이었다. 아이들이 텅 빈 수레에 올라타자 하워드가 고삐를 잡아챘다.

수레는 마구간 앞쪽 마당을 벗어나 마을로 향하는 도로로 나갔다. 한 굽이 돌자 항구 입구가 눈앞에 펼쳐졌다. 부드러운 저녁 빛을 받아 바다가 파랗게 반짝였다. 뾰족뾰족한 바위 사이로 멀리 고깃배 한 척이 짙은 갈색 사다리꼴 돛을 달고 부두로 들어오고 있었다. 엔진이 부르릉거리는 소리가 희미하게 들려왔다.

하워드가 니콜을 살며시 바라보았다. "시몽이구려."

니콜이 고개를 끄덕였다. "그런 것 같아요."

그들은 마을로 내려갔다. 선술집 앞에 다다르자 아이들이 수레에서 내렸다. 독일군 몇 명이 무심하게 흘낏거렸다. 하워드는 말 고삐를 울타리에 묶었다.

로널드가 프랑스어로 말했다. "저거 어뢰 쏘는 배예요? 보러 가도 돼요?"

"지금은 안 돼." 니콜이 대답했다. "저녁을 먹으러 가야지."

"저녁은 뭘 먹어요?"

그들은 술집 안으로 들어갔다. 바에 서 있던 어부 몇 명이 그들을 주의 깊게 살펴보았다. 꼭 하워드 일행의 비밀을 알아챈 것 같았다. 그는 어부들에게서 조금 떨어진 구석 자리로 아이들을 데려갔다. 니콜이 주방으로 들어가서 안주인에게 아이들 저녁거리를 부탁했다.

곧 커피와 빵, 버터가 나왔다. 하워드와 니콜은 물을 탄 레드 와인을 마셨다. 두 사람은 바에 서 있는 어부들의 눈길을 느끼며 불편하게 식사했다. 아이들이 먹는 것을 도와줄 때가 아니면 입을 열지도 않았다.

하워드는 지금이야말로 귀국 여정에서 가장 중요한 순간이라고 생각했다. 지금처럼 영국인이라는 신분을 절감한 적도 없었다. 답답한 시간이 더디게 기어갔다. 아직도 9시가 되지 않았다.

식사가 끝나자 아이들이 지루해서 꼼지락대기 시작했다. 약속한 시각이 될 때까지 술집에서 미적거려야 했다. 로널드가 의자에서 꿈틀대며 말했다. "나가서 바다 구경해도 돼요?"

술집 안 사람들의 눈길을 끄는 것보다 밖으로 나가는 편이 나을 것 같았다. "가보려무나. 가게 문밖에서 항구 벽 너머로만 구경해야 해. 절대 더 멀리 가서는 안 된다." 하워드가 대답했다. 실라도 로널드와 함께 나갔다. 나머지 아이들은 그대로 남았다. 그는 레드 와인을 한 병 더 주문했다.

9시가 되고, 10분이 더 지나자 어깨가 넓은 거구의 청년이 선원용 붉은 판초와 방수 장화 차림으로 술집에 들어왔다. 바에서 비틀거리는 모양새를 보니 오는 길에 다른 술집도 몇 군데 들린 것 같았다. 그는 고개를 돌리며 등대 불빛처럼 술집 안 사람들을 빠르게 훑어봤다.

“하!” 청년이 소리쳤다. “페르노 데상주 한 잔 주쇼! 더러운 독일 놈들은 지옥에나 가라지.”

바에 있던 어부들이 대꾸했다. “목소리 좀 낮추시오. 바깥에 독일군이 있소.”

바에서 손님들을 응대하던 아가씨가 미간을 찌푸렸다. “페르노 데상주요? 농담이시죠? 그냥 페르노로 드릴게요.”

“페르노 데상주가 없어요?”

“없어요, 손님. 그런 건 처음 들어봐요.”

청년은 한 손으로 바를 짚어 흔들거리는 몸을 지탱할 뿐, 아무 대답이 없었다.

하워드가 일어서서 그에게 다가갔다. “괜찮다면 우리와 레드 와인이라도 드시겠소?”

“그거 좋지.” 청년은 하워드와 함께 테이블로 건너갔다.

하워드가 목소리를 낮추고 인사했다. “여기는 우리 며느리인 니콜 양이오.”

청년이 그를 빤히 쳐다보았다. “프랑스어를 조심해서 쓰셔야겠습니다.” 그가 입을 앙다물고 나지막한 소리를 뱉었다. “말은 내가 할 테니 조용히 계세요.”

청년은 테이블 앞 의자에 풀썩 앉았다. 하워드가 레드 와인을 한 잔 따라주었다. 청년은 물을 조금 더 탄 뒤 들이켰다.

“문제가 하나 있습니다. 배는 부두에 대어 놓았습니다만, 여기서 배로 데려갈 수는 없어요. 독일군 때문이죠. 여기서 기다리고 있다가 날이 어두워지면 파레 데 바슈로 가세요. 바다 쪽으로 800미터쯤 가면 바위 위에 지금은 쓰지 않는 자동 등대가 있을 겁니다. 배를 몰아서 거기로 가겠습니다." 그가 조용히 설명했다.

하워드가 물었다. "알겠소. 여기서 그곳까지 어떻게 가면 되오?"

시몽이 설명을 이어갔다. 하워드는 술집 문을 등지고 니콜을 마주 보며 앉아 있었다. 그가 시몽의 말을 들으려는데 니콜의 얼굴에 눈길이 갔다. 니콜의 얼굴은 불안으로 잔뜩 굳어 있었다.

"하워드 씨…." 니콜이 입을 열더니 금방 다물었다.

하워드 뒤에서 무거운 발걸음 소리가 울리더니, 이내 독일어 몇 마디가 들렸다. 그는 의자에 앉은 채로 몸을 돌렸다. 그 옆에 앉아 있던 시몽도 뒤를 돌아봤다. 소총을 든 독일군 한 명이 서 있었다. 곁에는 기름때가 묻은 푸른 무명천 작업복을 입고 쾌속 어뢰정을 수리하던 기계공도 한 명 있었다.

그 순간은 하워드의 머릿속에 선명하게 새겨졌다. 건너편 바에 서 있던 어부들은 바짝 긴장한 채 꼼짝도 하지 않고 있었다. 바텐더 아가씨는 술잔을 닦던 행주를 손에 쥔 채 그대로 얼어붙었다.

작업복을 입은 기계공이 입을 열었다. 그는 독일과 미국식 억양이 섞인 영어로 말했다. "바른대로 말해! 여기에 영국인은 몇 명이야?"

아무도 대답하지 않았다.

"그럼, 모두 초소로 데려가야겠군. 중사와 얘기를 좀 해야 할 거야. 누구든 건방지게 굴 생각은 하지 마. 그래봤자 좋을 게 하나도 없으니까."

그는 서투른 프랑스어로 같은 말을 한 번 더 반복했다.

10장
포로

시몽이 말을 마구 쏟아냈다. 영리하게도 술에 취해 잔뜩 화난 것처럼 연기하며 소리쳤다. 함께 둘러앉은 이 사람들은 전혀 모른다. 그저 술 한 잔 얻어 마시고 있을 뿐이었다. 그게 잘못은 아니지 않은가. 게다가 물때를 맞춰 곧 출항해야 한다. 이 사람들과 같이 끌려가면 내일 사람들의 점심상에 올릴 생선은 구경도 하지 못할 것이다. 그러면 사람들이 가만히 있을까? 뭍에 사는 사람들은 손가락이나 빨고 있어야 할 텐데. 게다가 부두에 대어 놓은 배는 어쩌란 말인가? 누가 배를 대신 맡아주나?

독일군이 소총 개머리판으로 시몽을 거칠게 찔렀다. 시몽은 말을 뚝 그치고 입을 다물었다.

독일군 두 명이 더 헐레벌떡 들어왔다. 독일군이 하워드 일행을 문밖으로 떠밀었다. 저항해봤자 아무 소용 없었다. 작업복을 입은 기계공이 앞서 걸어가더니 이내 로널드와 실라를 데리고 나타났다. 둘 다 불안에 떨고 있었다. 실라는 눈물까지 흘렸다.

"말해!" 기계공이 입을 열었다. "당신 아이들인 것 같군. 영어를 굉장히 잘하던데. 학교에서 배운 수준이 아니야."

하워드는 양손으로 아이들을 한 명씩 붙잡을 뿐, 아무 대답도 하지 않았다. 기계공은 잠시 그를 이상한 눈길로 쳐다봤다. 그는 하워드 일행이 짙어지는 어스름 속에서 초소로 끌려갈 때도 뒤에 서서 빤히 바라보았다.

로널드가 겁에 질린 얼굴로 물었다. "하워드 할아버지, 이제 우리 어디로 가요? 독일군한테 잡힌 거예요?"

"잠시 일이 있어서 함께 가는 것뿐이야. 걱정하지 말렴. 우리를 해치지 않을 거란다."

"실라한테 영어로 말하면 할아버지가 화내실 거라고 말했어요. 그런데 실라가 내 말을 안 들었어요."

그러자 니콜이 로널드에게 물었다. "실라가 저 작업복을 입은 사람한테 영어로 말했니?"

로널드가 고개를 끄덕였다. 그러더니 쭈뼛거리며 하워드를 올려다봤다. "하워드 할아버지, 화나셨어요?" 아이가 조심스럽게 말을 꺼냈다.

이미 벌어진 일을 두고 아이에게 화를 내봤자 아무 소용이 없었다. "아니란다." 그가 대답했다. "실라가 영어로 말하지 않았다면 좋았을 거야. 하지만 더는 그 일을 이야기하지 말자꾸나."

실라는 여전히 울음을 그치지 않았다. "나는 영어로 말하는 게 좋아요." 오히려 목놓아 울기 시작했다.

그가 몸을 숙여 실라의 눈가를 닦아주었다. 그러자 독일군이 사려 깊게도 잠시 서서 기다려주었다. "괜찮단다. 이제는 마음껏 영어로 말해도 좋아."

울음이 누그러진 실라는 코를 훌쩍이며 조용히 하워드 옆에서 걸었다.

라닐리스로 이어지는 길을 따라 몇백 미터 걸어가자 오른편에 독일군 초소가 나왔다. 독일군이 그들을 건물 안으로 떠밀었다. 그들이 가구 없이 휑한 방에 들어서자 중사가 황급히 제복 상의의 단추를 잠갔다. 옷매무새를 바로잡은 중사는 텅 빈 탁자 앞에 앉았다. 병사들이 그 앞에 하워드 일행을 세웠다.

중사가 경멸 어린 눈길로 그들을 힐끗 훑어보았다. "게벤 지미어 이흐 레기티마치온스파피르(신분증 내놔)!" 마침내 그가 입을 열었다.

하워드는 독일어를 겨우 몇 단어만 알았다. 니콜과 아이들은 한 마디도 몰랐다. 그들은 머뭇거리며 중사를 바라보았다. "신분증!" 중사가 프랑스어로 날카롭게 말했다.

시몽과 니콜은 프랑스 신분증을 꺼냈다. 중사가 아무 말 없이 신분증을 꼼꼼하게 살폈다. 그가 다시 고개를 들었다. 하워드는 텅 빈 탁자에 영국 여권을 내려놓았다. 질 수밖에 없는 패를 쥐고 게임을 하다가 끝내 마지막 카드를 내려놓는 기분이었다.

중사가 희미하게 미소 지으며 여권을 집어 들더니 흥미롭다는 듯 살펴보았다. "하! 앵글랜더(영국인)! 윈스턴 처칠."

중사가 눈을 치켜뜨고 아이들을 뜯어봤다. 그는 서투른 프랑스어로 아이들에게 신분증이 있는지 물었다. 아무도 신분증이 없다는 사실을 알고는 만족한 것 같았다.

이윽고 중사가 독일어로 명령을 내렸다. 병사들이 무기가 있는지 몸을 수색했다. 하워드 일행이 지닌 것을 모두 빼앗더니 탁자 위에 올려놓았다. 신분증, 돈, 시계, 잡다한 개인용품, 심지어 손수건까지 가져갔다.

독일군은 일행을 다른 방으로 끌고 갔다. 밀짚을 채운 매트리스 몇 개가 바닥에 놓여 있었다. 독일군은 담요를 한 장씩 나눠주고 자리를 떴다.

하워드가 시몽을 돌아보며 말을 건넸다. "일이 이렇게 돼서 정말 미안하오." 시몽이 이렇다 할 힘도 써보지 못하고 잡힌 것 같았다.

시몽은 어깨를 으쓱하더니 철학자처럼 대꾸했다. "이번 일은 영국으로 떠나서 드골 장군과 함께 세상을 볼 기회였습니다. 기회가 다시 오겠죠." 그는 매트리스 위로 풀썩 드러눕더니 담요를 끌어당기고 잠을 청했다.

하워드와 니콜은 사내애들의 잠자리와 여자애들의 잠자리를 따로 마련하고 아이들을 눕혔다. 그러자 매트리스가 하나밖에 남지 않았다.

"니콜 양이 쓰시오." 하워드가 말했다. "오늘 밤에는 잠을 이루지 못할 것 같구려."

니콜이 고개를 저었다. "저도요."

30분 후, 두 사람은 나란히 벽에 기대어 앉았다. 건너편 철창으로 바깥이 눈에 들어왔다. 방 안은 캄캄했다. 밖으로는 사위어 가는 저녁노을과 별빛을 받은 항구가 어렴풋하게 보였다. 공기는 여전히 따스했다.

니콜이 입을 뗐다. "내일 아침에 우리를 심문할 거예요. 뭐라고 말해야 하죠?"

"할 말은 하나밖에 없소. 사실을 정확하게 말해야 하오."

니콜이 잠시 생각에 잠겼다. "아르베르 씨는 언급하면 안 돼요. 루데아크나 캉탱도요. 가능하면 피해야죠."

그도 동의했다. "내가 어디에서 옷을 구했는지 물어볼 거요. 니콜 양이 마련했다고 말할 수 있겠소?"

니콜이 끄덕였다. "그럴게요. 그리고 시몽은 제가 원래 알던 사이라서 직접 연락했다고 할게요."

니콜이 반쯤 잠든 시몽에게 다가가서 몇 분간 진심으로 이야기했다. 시몽은 툴툴거리면서도 니콜의 말을 따르기로 했다. 니콜이 다시 하워드에게 다가와서 곁에 앉았다.

"한 가지 더 있소. 마르얀 말이오. 길에서 발견했다고 말해야 하지 않겠소?"

"샤르트르로 오기 전에 만났다고 하시면 될 거예요. 그러면 될 거 같아요." 니콜이 끄덕이며 대답했다.

그는 자신이 없다는 듯 말했다. "아이들까지 심문해서 말을 대조해보지 않는다면 괜찮을 듯하지만…."

그 후로 두 사람은 한참이나 말이 없었다. 니콜은 조금 움찔거리며 더 편안한 자세로 고쳐 앉았다.

"누워서 쉬시오, 니콜 양." 하워드가 달랬다. "조금이라도 자야 해요."

"자고 싶지 않아요, 하워드 씨. 여기 이렇게 앉아 있는 편이 더 나아요."

"이것저것 생각 좀 해봤소."

"저도요."

그는 어둠 속에서 니콜을 돌아보았다. "이런 어려움에 끌어들여서 진심으로 미안하오." 그가 나지막하게 말했다. "이런 일은 어떻게 해서든 피하고 싶었다오. 그럴 수 있을 줄 알았소."

니콜이 으쓱 어깻짓 했다. "괜찮아요." 니콜은 잠시 머뭇거리다가 다시 입을 열었다. "저는 조금 다른 걸 생각하고 있었어요."

"어떤 생각이오?"

"절 시몽에게 소개하실 때요. 며느리라고 말씀하셨잖아요."

"뭐라도 말해야 했다오. 그리고 거의 사실이나 다름없지 않소?"

그는 살며시 미소 지으며 니콜의 눈을 바라보았다. 바깥에서 희미한 빛이 흘러들어왔다. "아니오?"

"절 그렇게 생각하시나요?"

"그렇소." 그가 간단히 대답했다.

정적이 길게 이어졌다. 아이 하나가 꿈틀거렸다. 자면서 불안하게 흐느끼는 모습을 보니 빌렘인 듯했다. 밖에서는 감시병이 먼지투성이 길을 서성였다.

마침내 니콜이 입을 열었다. "우리가 한 일은 올바르지 못했어요. 정말 잘못됐죠." 니콜이 하워드를 바라보았다. "정말이에요. 파리로 갈 때는 몸가짐을 바르게 할 생각이었어요. 존도 그랬고요. 잘못된 짓을 할 생각은 조금도 없었어요. 존의 잘못이라고 생각하시지 않았으면 해요. 누구의 잘못도 아니었어요. 게다가 그때는 잘못인 것 같지도 않았어요."

"나도 알고 있소. 상황이 다 그렇게 흘러가는 법이라오. 그 일을 유감스럽게 생각하는 건 아니지 않소?"

니콜은 잠자코 있더니 더 편안하게 말을 이어갔다. "존은 무척, 무척이나 짓궂은 남자였어요, 하워드 씨. 원래는 존에게 파리를 구경시켜줄 생각이었죠. 그래서 파리에서 만난 거였어요. 그런데 파리에 갔더니 존은 성당 건물이며 박물관이며 미술관이며 아무것에도 흥미가 없더라고요." 니콜의 목소리에서 웃음기가 묻어났다. "관심을 보이는 대상은 오직 저 하나였어요."

"지극히 당연한 일 아니겠소?" 이렇게 말고는 대답할 말이 없었다.

"아주 당황스러웠어요. 진심이에요. 어떻게 해야 할지 몰랐죠."

그가 웃음을 터뜨렸다. "뭐, 결국에는 마음을 정했나 보구려."

니콜이 나무라듯 말했다. "하워드 씨, 웃을 일이 아니에요. 존이랑 똑같으세요. 그도 그런 식으로 웃곤 했어요."

"한 가지 말해주시오, 니콜 양. 존이 청혼했었소?"

"영국으로 돌아가기 전에 파리에서 결혼하고 싶어 했었죠. 영국법으로는 그게 가능하다고 그랬어요."

"그런데 왜 결혼하지 않았소?" 그는 정말로 궁금했다.

니콜은 잠시 침묵을 지켰다. "하워드 씨가 두려워서요."

"내가?"

니콜이 고개를 끄덕였다. "어마어마하게 걱정스러웠죠. 이제는 아주 어리석은 생각이었다는 거 알아요. 하지만 그때는 그랬어요."

"대체 뭐가 두려웠소?" 니콜의 마음을 이해하기가 어려웠다.

"한번 생각해보세요. 아들이 집에 외국 여자를 데려왔다고요. 그것도 파리에서 황급히 결혼식을 치른 여자를요. 아들이 외국 도시에서 어리석은 실수를 저질렀다고 생각하셨을 거예요. 젊은 남자들은 때때로 그러잖아요. 아들이 못된 여자의 꼬임에 넘어가서 불행한 결혼 생활을 맞고 말았다고 생각하셨을 걸요. 그때는 그런 생각밖에 안 들었어요."

"처음에 그런 생각이 들었더라도…," 그가 대답했다. "이내 생각을 바꿨을 거요."

"지금이야 잘 알죠. 그때 존도 그렇게 말했었어요. 하지만 저는 위험을 무릅쓰는 게 옳은지 모르겠더라고요. 그래서 조금 더 신중하게 행동하는 편이 모두에게 좋을 거라고 했어요."

"알겠소. 조금 기다리고 싶었던 거구려."

"그렇게 오래 기다릴 생각은 아니었어요. 하지만 모든 일을 순리대로 하길 바랐어요. 우리가 올바른 방식으로 출발하길 바랐죠. 결혼은 인생이 달린 문제잖아요. 사랑하는 남자와 결혼하고 끝나는 게 아니라 그 남자의 가족과 친척하고도 인연을 맺으니까요. 게다가 국적이 다른 사람끼리 결혼하는 건 어떤 경우든 힘들잖아요. 그래서 9월이나 10월에 존이 다시 휴가를 받으면 제가 영국으로 가겠다고 했어요. 제가 런던으로 가면, 존이 아버지 댁에 데려가서 인사시킬 수 있겠다 싶었거든요. 그러면 하워드 씨께서 우리 아버지한테 편지를 보내 설명하실 테고요. 그래야 전부 올바르게 되는 거죠."

"그런데 전쟁이 터졌으니…." 그가 나직하게 대답했다.

"맞아요. 전쟁이 터졌죠. 제가 영국을 방문하는 게 불가능해졌어요. 존이 파리로 다시 오는 편이 더 쉽겠더라고요. 그런데 휴가를 받을 수가 없었어요. 그래서 제가 어떻게든 출국 허가와 비자를 받으려고 계속 애썼어요." 니콜은 잠깐 말을 멈추더니 다시 입을 열었다. "그런데…, 영국군에서 편지를 보내 무슨 일이 벌어졌는지 알려줬어요."

두 사람은 오랫동안 아무 말 없이 앉아 있었다. 밤이 깊어가면서 공기가 점점 차가워졌다. 이윽고 니콜의 숨소리가 서서히 규칙적으로 변했다. 하워드는 니콜이 아무것도 깔지 않은 나무 바닥에 앉은 채 잠들었다는 사실을 눈치챘다.

잠시 후, 니콜이 움찔거렸다. 몸이 마룻바닥을 향해 절반쯤 기울어졌다. 그는 뻐근한 몸을 일으켜 니콜을 일으켜 세우고 매트리스로 데려갔다. 여전히 잠에 취해 있는 니콜을 눕히고 담요를 덮어주었다. 니콜은 금방 깊은 잠에 빠졌다.

그는 한동안 창가에 서서 항구를 내다보았다. 달이 떠 있었다. 바위 위로 부서져 내리는 새하얀 파도가 새까만 바다와 대비되어 선명하게 보였다. 앞으로 어떤 일이 닥칠지 궁금했다.

틀림없이 아이들과 떨어져서 강제 수용소로 보내질 것이다. 그러면 그리 오래 지나지 않아 생을 마감하게 될 것이다. 아이들에게 벌어질 일을 생각하니 마음이 끔찍하게 아팠다.

어떤 대가를 치르고서라도 자유를 찾아야 했다. 그럴 수만 있다면 전쟁이 끝날 때까지 아이들을 돌볼 수 있는 곳도 마련할 수 있으리라. 어쩌면 샤르트르로 가서 니콜의 집과 가까운 곳에 거처를 구할 수도 있을 것이다.

방 한 칸짜리, 기껏해야 방 두 칸짜리 집에서 아이들과 소박하게 생활한다면 돈도 별로 들지 않을 것이다. 궁핍하게 생활해야 한다고 해서 그다지 괴롭지는 않았다. 안락했던 과거는 이미 너무도, 너무도 멀게 느껴졌다.

이윽고 동쪽 하늘에서 희끄무레한 빛이 밝아오기 시작했다. 공기는 여전히 차가웠다. 그는 다시 벽으로 돌아가서 담요로 몸을 감싸고 구석에 앉았다. 곧 선잠에 빠졌다.

아침 6시, 복도에서 군화가 쿵쾅거리는 소리에 잠에서 깼다. 몸을 꿈틀거리며 일어나니 니콜이 이미 깨어서 앉아 있었다. 니콜은 빗 대신 손가락으로 머리카락을 단정하게 빗고 있었다. 독일군이 들어와서 화장실 쪽을 가리키며 일어나라고 손짓했다.

병사 하나가 빵 덩이 몇 개를 얹은 접시와 씁쓸한 커피를 담은 커다란 주전자를 들고 왔다. 그들은 아침을 먹으며 앞으로 벌어질 일을 가만히 기다렸다. 모두 침울한 얼굴로 침묵을 지켰다. 아이들조차 분위기를 눈치채고 어두운 낯빛으로 빵을 깨작거렸다.

곧 문이 활짝 열렸다. 중사가 병사 두 명을 거느리고 문가에서 있었다. "걸어가." 그가 프랑스어로 명령했다. "얼른, 빨리 가!"

독일군은 하워드 일행을 군용 트럭에 태웠다. 지붕이 있는 화물차처럼 생긴 트럭은 회색으로 위장 색칠되어 있었다. 병사 두 명이 하워드 일행과 함께 타자 다른 병사가 밖에서 문을 닫고 잠가버렸다. 조수석에 올라탄 중사는 앞 좌석과 화물칸 사이의 작은 창으로 하워드 일행을 날카롭게 뜯어보았다. 트럭이 출발했다.

트럭은 라닐리스로 들어가서 성당 맞은편의 커다란 건물 앞에 하워드 일행을 내려주었다. 나치 깃발이 창가에 내걸린 건물이었다. 중사는 보초가 지키는 복도에 하워드 일행을 그대로 세워놓은 채 어느 방 안으로 들어가더니 문을 닫아버렸다.

그렇게 30분이 흘렀다. 아이들이 처음에는 불안해하며 얌전하게 있었지만, 이내 지루해서 꼼지락대기 시작했다. "하워드 선생님, 광장에 나가서 놀아도 되나요?" 피에르가 자그마한 목소리로 물었다.

로널드와 실라도 한목소리로 재빨리 물었다. "우리도 가도 돼요?"

"지금은 안 돼. 여기서 잠시 기다려야 한단다." 하워드가 대답했다.

실라가 부루퉁하게 대꾸했다. "여기에 있기 싫어요. 밖에 나가서 놀고 싶어요."

그러자 니콜이 실라를 향해 몸을 숙이며 말했다. "코끼리 바바르 기억하니?"

실라가 고개를 끄덕였다.

"원숭이 자코는? 자코가 어떻게 했더라?"

실라는 둘만 아는 농담을 들은 것처럼 웃음을 터뜨렸다. "바바르의 꼬리를 타고 올라갔어요. 등까지요!"

"도대체 왜 그랬을까?"

창백한 안색에 표정이라고는 없는 독일군들이 그들을 음울하게 바라봤다. 무슨 영문인지 모르겠다는 얼굴이었다. 강력한 조국의 압도적인 무력을 자랑하는 이들은 프랑스로 쳐들어와서 난생처음으로 외국인을 보았다.

그런데 포로 주제에 게슈타포(나치 정권의 비밀 국가 경찰-옮긴이) 사무실 바깥에서 아이들과 게임을 하며 건방지게 구는 모습을 보니 당황스럽고 기가 막힐 따름이었다. 철갑 같은 자긍심에 금이 간 것 같았다. 정확히 표현하기는 어려웠지만, 모욕을 당한 기분이었다. 지금 그들이 보고 있는 장면은 히틀러 총통이 올림픽 경기장에서 연설했던 내용과 달랐다. 조국이 거둔 승리는 그들의 예상과 달랐다.

중사가 들어간 방문이 열렸다. 보초들은 황급히 구두 뒤꿈치를 붙여 딱 하는 소리를 내며 자세를 바로잡았다. 니콜은 한 손으로 실라를 잡은 채 위쪽을 흘깃 바라보고 이내 몸을 일으켰다. 중사가 사무실 안에서 소리쳤다. "아크퉁(차렷)!" 그러자 전차 군단을 이끄는 젊은 대위가 밖으로 나왔다.

대위가 입은 제복은 영국군 전투복과 달리 검은색이었다. 그는 독수리와 스와스티카 문양이 새겨진 검은색 베레모를 쓰고 있었고, 화환 모양의 배지도 차고 있었다. 알루미늄 해골과 X

자로 엇갈린 뼈 두 개가 검은 견장 위에서 흐릿하게 빛났다.

하워드는 자세를 바로잡았다. 시몽도 주머니에 찔러 넣었던 양손을 뺐다. 아이들도 입을 꾹 다물고 호기심 어린 눈길로 검은 제복을 입은 사내를 빤히 바라보았다.

대위는 공책과 연필을 쥐고 있었다. 먼저 하워드에게 말을 걸었다. "비 하이센 지(이름이 뭔가)? 이어 파밀리안나므 운트 타우프나므(성과 이름은 뭐지)? 이어 버후프(직업은)?"

누군가가 대위의 질문을 대충 프랑스어로 번역했다. 대위는 하워드 일행의 신상을 받아적었다. 하워드는 자신과 로널드, 실라가 영국인이라고 밝혔다. 거짓말해봤자 아무 소용이 없었다. 하지만 빌렘과 마르얀의 국적은 모른다고 잡아뗐다.

검은 제복을 입은 대위가 사무실 안으로 들어갔다. 몇 분 후, 다시 문이 활짝 열렸다. 하워드 일행은 다시 한번 자세를 바로 고쳤다.

중사가 문가로 다가왔다. "폴겐 지 미어(따라와)! 할트(멈춰)! 류흐트 어이시(열중쉬어)!"

그들은 사무실 안으로 들어가서 기다란 테이블 앞에 섰다. 테이블 건너편에 복도에서 그들을 심문했던 대위가 앉아 있었다. 그 옆에는 더 나이 든 남자가 있었다. 턱이 네모나게 떡 벌어지고 머리카락을 바싹 자른 그는 날카롭고 사나운 표정을 짓고 있었다. 구속복이라도 입은 듯 똑바로 앉은 자세가 몹시 뻣뻣했다.

그 역시 검은 제복을 입었지만, 그의 제복이 더욱 세련되었다. 비스듬하게 맨 검은색 가죽 견대는 장교용 샘 브라운 벨트

(오른쪽 어깨에서 대각선으로 걸치는 좁은 띠와 여기에 함께 구성된 가죽 허리띠로 이곳에 대검이나 권총을 꽂는다-옮긴이)와 비슷했다. 하워드가 나중에 알아차렸듯이, 그는 게슈타포 대장 디슨이었다.

디슨은 하워드를 아래위로 훑어보았다. 머리에 쓴 브르타뉴 모자, 때가 잔뜩 묻은 적갈색 판초 재킷, 더러운 파란색 작업복 바지 등 옷차림을 꼼꼼히 뜯어보았다.

"그러니까…, 프랑스를 여행하는 영국 신사분이 잡혀 오셨군." 그의 말투는 냉정했지만, 영어는 흠잡을 데 없었다. "니스와 몬테카를로." 그가 잠시 멈추더니 다시 말을 이었다. "아주 즐거운 여행이셨겠어."

하워드는 아무 대답도 하지 않았다. 독일군의 조롱에 대꾸해봤자 아무 이득이 없을 것이다.

디슨은 니콜에게도 말을 걸었다. "당신은 프랑스인이군." 분노에 불타서 사나운 말투가 튀어나왔다. "이 자가 당신네 나라를 무너뜨리려고 공작을 벌이는데 도와주고 있었다니. 휴전 협정을 어기는 행동이지. 총살형 감이야!"

니콜은 어리둥절한 표정으로 게슈타포를 빤히 바라보았다. 그러자 하워드가 나섰다. "이 여인에게 겁줄 필요 없소. 사실을 전부 말하리다."

"영국인이 지껄이는 사실이 어떤 건지는 잘 알지." 디슨이 대꾸했다. "진실은 내가 직접 찾도록 하지. 이 여자 살가죽을 다 뜯어내고 손톱을 모조리 뽑아버려야 한 대도 상관없어."

하워드가 낮은 목소리로 말했다. "뭘 알고 싶은 거요?"

"무슨 짓을 했길래 이 여자가 당신을 도왔는지 알고 싶군."

누가 하워드의 소맷부리를 조금씩 고집스럽게 잡아당겼다. 그가 아래를 내려다보자 실라가 밖에 나가고 싶다며 속삭였다.

"곧 가게 해주마." 그가 다정하게 말했다. "조금만 기다리렴."

"못 참겠어요. 지금 가고 싶어요."

그는 디슨을 쳐다보며 말했다. "작은 부탁 하나 해도 되겠소?" 그는 로즈를 가리키며 침착하게 말했다. "이 아이가 잠시만 여기 작은 꼬마애를 데리고 밖에 나가게 해주시오. 곧 돌아올 거요."

젊은 대위가 환하게 씩 웃었다. 디슨조차 신경이 조금 누그러진 것 같았다. 대위가 보초에게 뭐라고 말하자 그가 차렷 자세로 인사하더니 로즈와 실라를 데리고 나갔다.

하워드가 말을 이었다. "내가 아는 한 모두 대답하겠소. 프랑스에서 무슨 짓을 벌이고 있던 게 아니오. 그저 이 아이들과 함께 영국으로 돌아가려고 하던 중이었소. 이 아가씨는 우리 아들과 절친한 사이요. 아들은 이제 이 세상 사람이 아니지만, 우리는 꽤 오래 알고 지냈소."

니콜도 덧붙였다. "맞아요. 하워드 씨는 영국으로 돌아갈 길이 막히자 샤르트르에 있는 우리 집에 찾아오셨어요. 시몽은 제가 어릴 때부터 알고 지내던 사이고요. 하워드 씨와 아이들을 배에 태워서 영국에 데려다 달라고 시몽을 설득했어요. 하지만 시몽은 규정 때문에 내키지 않아 했죠."

하워드는 아무 말도 하지 않고 가만히 서 있었다. 니콜의 기지가 감탄스러웠다. 게슈타포가 니콜의 거짓말을 믿는다면, 시몽은 아무런 혐의도 받지 않을 것이다.

디슨은 입술을 비죽였다. "하워드 씨가 영국으로 돌아가길 바란다는 거야 당연하겠지." 그가 비꼬듯 말했다. "이렇게 연로한 분이 지내기에는 날씨가 너무 더워지고 있지 않은가. 샤랑통이 포로로 붙잡혔다. 내일 총살될 것이다." 그의 말투가 갑자기 날카롭게 바뀌었다.

잠시 정적이 실내를 휘감았다. 게슈타포 대장은 날카로운 눈초리로 하워드 일행을 한 명씩 주의 깊게 살펴보았다. 니콜은 어리둥절한 표정으로 미간을 찌푸렸다. 젊은 대위는 무표정한 얼굴로 앉아서 잉크 얼룩을 닦는 종이에 낙서했다.

마침내 하워드가 입을 뗐다. "무슨 말인지 모르겠소. 내가 아는 사람 중 샤랑통이라는 자는 없소."

"그렇겠지." 디슨이 말했다. "코크런 대령도 모를 테고, 화이트홀(관공서가 많이 모여 있는 런던 거리-옮긴이) 육군성의 212호도 모를 테지."

하워드는 방 안의 모두가 자신을 뚫어지도록 쳐다보고 있는 것을 느꼈다. "육군성에는 가본 적도 없소이다. 그 방에 대해서도 아는 바가 없소. 잉글랜드 데번의 토트너스에 살았던 코크런 대령하고는 아는 사이였지만, 그는 십몇 년 전에 세상을 떠났소. 내가 아는 코크런은 그 사람뿐이오."

디슨은 아무 소리도 없이 씩 웃었다. "그 말을 믿으라고?"

"그렇소. 사실이기 때문이오."

니콜이 프랑스어로 말하며 끼어들었다. "제가 설명해도 될까요? 오해가 있는 것 같아요. 정말로요. 하워드 씨는 쥐라에서 곧장 여기로 왔어요. 중간에 들린 곳은 샤르트르의 우리 집뿐이에요. 원하신다면 하워드 씨께서 이곳까지의 여정을 직접 설명하실 거예요."

하워드도 덧붙였다. "그렇소. 여기까지 어떻게 왔는지 알고 싶소?"

디슨은 과장된 동작으로 손목시계를 들여다보더니 의자에 몸을 기댔다. 무례하게도 지루하다는 기색을 조금도 숨기지 않았다. "그러고 싶다면야." 냉담한 말투였다. "3분 드리지."

니콜이 하워드의 팔을 잡아당겼다. "아이들이 누군지, 어디서 왔는지도 말씀하세요." 다급한 목소리였다.

그는 잠시 생각을 정리했다. 그 나이에 이야기를 압축해서 3분 만에 말하기란 불가능했다. 머리가 너무 느리게 돌아갔다. "4월 중순에 영국에서 프랑스로 왔소." 그가 천천히 입을 뗐다. "파리에서 하루 이틀 머무른 다음 디종으로 떠나서 하루 더 묵었소. 쥐라 지방의 시도통이라는 마을에 갈 계획이었다오. 낚시나 하며 휴일을 보내려 했었소."

디슨이 벌떡 일어섰다. 갑자기 활기를 되찾은 얼굴이었다. "무슨 낚시?" 고래고래 소리쳤다. "대답해, 당장!"

그는 게슈타포를 빤히 바라보며 대답했다. "푸른 송어요. 살기를 잡을 때도 있지만, 드문 편이오."

"낚시 도구는 뭘 썼는지도 빨리 말해!"

그는 여전히 디슨에게서 눈을 떼지 않았다. 무엇부터 설명해야 할지 종잡을 수 없었다. "그게…, 2.7미터짜리 낚싯대가 필요하오. 대체로 물살이 몹시 거세기 때문에 강도 3배짜리 낚싯바늘을 써야 하오. 물론 인조 미끼를 물에 넣는 제물낚시를 했소."

디슨이 다시 진정했다. "미끼는 뭘 썼고?"

하워드는 슬며시 밀려오는 기쁨을 느꼈다. "아, 그건…," 그가 즐겁게 대답했다. "다크 올리브(영국에서 꼬마하루살이 모양으로 만든 인조 미끼를 부르는 이름-옮긴이)면 뭐든 잡을 수 있소. 아니면 블루 던(하루살이 모양으로 만든 인조 미끼-옮긴이)을 써도 괜찮소. 정글 콕이라 불리는 미끼도 써서 한두 마리 잡았는데…."

디슨이 그의 말을 가로막았다. "하던 이야기나 계속하지." 무례한 말투였다. "낚시 업적 따위 들을 시간은 없으니까."

하워드는 다시 이야기에 푹 빠져들었다. 기나긴 사연을 최대한 짧게 줄이려고 애썼다. 게슈타포 대장과 전차부대 대위는 점점 더 집중해서 이야기를 들었다. 이야기를 들으면 들을수록 믿지 못하겠다는 얼굴이었다. 10분쯤 지나자 마침내 이야기가 끝났다.

디슨은 조롱하듯 하워드를 바라보았다. "그래서, 영국으로 돌아가는 데 성공하면 이 아이들과 뭘 할 생각이었지?"

"아이들을 미국으로 보낼 작정이었소."

"왜지?"

"거기라면 안전하기 때문이오. 아이들이 전쟁을 겪게 해서는 안 되는 일 아니오. 어린아이들은 전쟁에서 멀리 벗어나 있는 게 더 낫소."

디슨이 그를 빤히 쳐다봤다. "아주 멋지군. 그러면 아이들을 미국으로 보내는 데 드는 돈은 누가 대지?"

"아, 내가 댈 거요."

디슨이 다시 조소를 띠고 말했다. "그러면 아이들은 미국에서 뭘 하게 될까? 굶주리나?"

"그렇지 않소. 내 딸이 결혼해서 미국에 살고 있소. 전쟁이 끝날 때까지 딸이 아이들을 돌볼 거요."

"시간만 낭비했군. 내가 그런 이야기를 믿을 만큼 멍청한 줄 알았겠지?"

니콜이 나섰다. "그렇지 않아요. 다 사실이에요. 제가 이분의 아들과 잘 아는 사이였어요. 이분도 잘 알고요. 따님도 마찬가지로 좋은 사람일 거예요. 미국 사람들은 난민들에게, 아이들에게 너그러워요."

디슨이 니콜에게 빈정거렸다. "그러니까 아가씨도 이 이야기를 거들고 나서는군. 자, 이제 아가씨 얘기를 들어볼까? 아가씨가 이 영국 노인의 아들과 친구였다는데, 아주 절친한 사이라고…."

그가 불쑥 언성을 높였다. "보나 마나 불륜 사이였겠지?"

니콜은 당당하게 서서 낮은 목소리로 대답했다. "마음대로 말하세요. 노을을 더러운 이름으로 부르더라도 그 아름다움까지 더럽힐 수는 없는 법이죠."

잠시 침묵이 흘렀다. 젊은 대위가 몸을 기울여 디슨에게 뭐라고 속삭였다. 디슨이 고개를 끄덕이더니 하워드를 바라봤다.

"날짜를 들어보니 디종에서 곧바로 떠났다면 영국으로 돌아갈 수 있었을 텐데. 그러질 않았지. 그게 당신 이야기의 허점이란 말이야. 거기서부터 거짓말이 본격적으로 시작된 거지."

"프랑스에 왜 남았나?" 그가 날카롭게 물었다. "어서 말해

봐! 더는 거짓 수작을 봐주지 않겠어. 어떻게 해서든 오늘 밤 안으로 진실을 알아낼 거야. 지금 사실대로 털어놓는 게 좋을 텐데."

하워드는 당황스럽고 괴로웠다. "저 어린 여자애 때문이었소." 그는 방 안으로 돌아온 실라를 가리키며 대답했다. "이 아이가 디종에서 병에 걸렸소. 방금 말했잖소. 아이가 아파서 떠날 수가 없었소."

디슨은 테이블 앞으로 몸을 기울여 분노 때문에 새하얗게 질린 얼굴을 하워드 쪽으로 들이밀었다. "잘 들어. 다시 한번 경고하지. 이번이 마지막이야. 나를 우습게 보지 말라고. 어린애도 그런 거짓말에는 안 속을 거야. 정말 영국으로 돌아가고 싶었다면 진작 떠났을 거 아냐!"

"이 아이들은 내가 책임지고 돌봐야 하오. 그렇게 할 수는 없었소."

"거짓말…, 거짓말…, 거짓말!" 디슨은 뭔가 더 내뱉을 것처럼 입을 열더니 다시 다물었다. 젊은 대위가 또 한 번 디슨에게 몸을 숙이고 공손하게 속삭였다.

디슨은 몸을 뒤로 젖혀 의자에 기대었다. "그러니까 우리의 친절을 무시하고 사실대로 털어놓지 않겠다는 거로군. 마음대로 하시게. 그 대신 끔찍한 고통에 시달리게 될 거야. 눈알을 파내주지. 부하들이 재미있어하겠군. 여기 이 아가씨도 데려가서 구경하게 해주겠어. 저 아이들도 전부."

사무실에 침묵이 내려앉았다.

"이제 나가. 부하들이 준비되면 보내주지." 디슨은 다시 몸을 앞으로 기울였다. "우리가 알고 싶은 걸 물어볼 거야. 그러면 눈이 멀고 귀가 먹어도 대답해야 해. 당신이 간첩이라는 거 알아. 변장한 채 온 나라를 돌아다녔겠지. 이 여자하고 아이들은 신분을 숨길 구실이고. 샤랑통이랑 같이 작전을 수행하고 있었던 것도 알아. 작전 내용이 무엇이었는지는 말할 필요 없어. 당신과 샤랑통 둘 중 하나가 영국에 정보를 보냈다는 걸 알거든. 총통께서 브레스트에 정박한 군함에 방문하신다는 정보 말이야. 그래서 공습이 있었던 거지."

그는 잠시 멈추더니 말을 이어갔다. "그런데 우리가 모르는 게 하나 있어. 당신이 오늘 오후에 털어놔야 하는 내용이지. 어떻게 메시지를 영국으로 보낸 거야? 코크런 대령한테 말이야." 그의 입술이 비틀렸다. "십몇 년 전에 죽었다는 그 사람. 이게 영국 신사분이 말씀해주셔야 할 내용이야. 사실대로 털어놓으면 고통도 멈출 거야. 기억해두라고."

그가 중사에게 손짓했다. "데려가."

독일군이 하워드 일행을 사무실 밖으로 떠밀었다. 하워드는 넋이 나간 채로 멍하니 걸었다. 이런 일이 벌어지다니 믿을 수가 없었다. 신문에서나 읽어봤던 일, 그러면서도 쉽사리 믿지 못했던 일이었다. 강제 수용소에 갇힌 유대인들이 당한다는 짓거리를 그대로 당하게 생겼다. 믿을 수가 없었다.

독일군은 시몽만 따로 떼어내서 다른 곳으로 떠밀고 갔다. 하워드와 니콜은 다른 건물의 감방에 갇혔다. 빽빽한 창살이 창문을 막고 있었다. 문이 꽝 닫히고 하워드와 니콜, 아이들만 남았다.

“우리 여기에서 저녁 먹어요?” 피에르가 프랑스어로 물었다.

“그럴 것 같구나.” 니콜이 멍하니 대답했다.

“저녁은 뭐 먹어요?” 로널드도 보탰다.

니콜은 한쪽 팔로 로널드의 어깨를 감싸 안았다. “모르겠어.” 기계적인 대답이 튀어나왔다. “저녁이 나오면 뭔지 확인해보자. 이제 가서 로즈랑 놀겠니? 나는 하워드 할아버지와 이야기 좀 해야겠구나.”

니콜이 하워드를 돌아보며 말을 건넸다. “상황이 정말 나쁘네요. 끔찍한 일에 휘말렸어요.”

그가 고개를 끄덕였다. “브레스트에서 있었던 공습을 말하는 것 같소. 니콜이 직접 겪었던 공습 말이오.”

“그날 가게에 갔더니 아돌프 히틀러가 브레스트에 있다고 하더라고요. 하지만 아무도 관심이 없었어요. 떠도는 소문이 워낙 많으니까요. 부질없는 뜬 소문이요.”

침묵이 두 사람을 휘감았다. 하워드는 창살 틈으로 잡초가 우거진 정원을 내다보았다. 가만히 서서 생각하니 상황을 더 분명하게 이해할 수 있었다. 총통이 공습을 당하는 일 따위가 터지면 해당 지역을 담당하는 게슈타포가 행동력을 보여줘야 한다. 적군의 공습을 일으킨 간첩이라도 만들어내야 할 것이다. 하다못해 간첩이라고 뒤집어씌운 사람의 시신이라도 난도질해서 가져가야 할 것이다.

“모르는 내용을 말할 수는 없지 않소. 그러니 상황이 안 좋게 흘러갈 것 같구려. 혹시 내가 죽으면 아이들을 위해 최선을 다해줄 수 있겠소, 니콜?”

“그럴게요. 하지만 그럴 일은 없을 거예요. 다치시지도 않을 거고요. 어떻게든 길을 찾을 수 있을 거예요.” 니콜이 괴롭다는 듯 손짓했다.

그는 꼬리에 꼬리를 물고 이어지는 생각을 모두 털어놓았다. “유언장을 다시 쓰게 해달라고 설득할 거라오. 그러면 전쟁이 끝났을 때 영국에서 니콜에게 돈을 보내줄 수 있을 거요. 그 돈으로 아이들을 보살피고 학교도 보내주시오. 집조차 없는 아이들도 있지 않소? 그때까지는 있는 자원으로 최선을 다해주었으면 하오.”

시간이 더디게 흘렀다. 정오가 되자 당번병이 고기와 채소를 수북이 담은 금속 프라이팬과 접시 몇 개를 들고 왔다. 하워드와 니콜이 아이들을 앉혀서 점심을 먹였다. 아이들은 입맛을 다시며 달려들었다. 니콜은 조금 먹었지만, 하워드는 거의 아무것도 먹지 않았다.

당번병이 프라이팬과 접시를 가져갔고, 그들만 다시 남아 앞날을 기다렸다. 3시가 되자 문이 확 열렸다. 중사가 감시병과 함께 서 있었다.

“거기 노인!” 중사가 말했다. “가실까?” 하워드가 독일군에게 다가서자 니콜이 뒤따라왔다. 보초가 니콜을 뒤로 떠밀었다.

“잠시만 기다려주시오.” 하워드가 멈춰서더니 니콜의 손을 잡고 이마에 키스했다. “니콜 양, 걱정하지 마시오.”

중사와 감시병은 그를 건물 밖으로 내몰아서 광장으로 나갔다. 햇빛이 환하게 빛나고 있었다. 자동차가 한두 대 지나갔고,

시골 사람들이 가게 안에서 볼일을 보고 있었다. 라닐리스에서는 삶이 평소와 다름없이 흘러갔다. 커다란 성당에서 낮고 단조로운 성가가 흘러나와 따사로운 여름 공기를 타고 퍼져나갔다. 가게 안의 아낙들이 독일군의 감시를 받으며 지나가는 하워드가 궁금하다는 듯 바라봤다.

독일군은 그를 다른 건물로 끌고 갔다. 1층의 방 안에 그를 밀어 넣더니 밖에서 문을 닫고 잠가버렸다. 그는 방 안을 둘러보았다.

금박을 입힌 불편한 의자와 로코코 양식의 장식품 등 프랑스 스타일 가구로 꾸민 중산층의 응접실이었다. 두꺼운 금박 액자에 끼운 형편없는 유화 몇 점이 벽에 걸려 있었다. 야자수 화분도 하나 보였다. 작은 탁자 위에는 오래된 사진 액자와 장식품 몇 개가 올라가 있었다. 테이블보를 깐 테이블도 방 한가운데 놓여 있었다.

그 앞에 젊은이가 앉아 있었다. 머리카락이 검고 안색이 창백한 그는 민간인 복장이었다. 채 서른이 안 되어 보였다. 하워드가 방 안에 들어서자 그가 힐긋 쳐다보았다.

"누구시죠?" 젊은이가 프랑스어로 물었다. 별일 없다는 듯 태평한 말투였다.

하워드는 문가에 서서 마음속으로 두려움을 억눌렀다. 낯설고 위험한 상황이었다.

"나는 영국인이오." 마침내 하워드가 입을 열었다. 더는 신분을 숨길 이유가 없었다. "어제 붙잡혔소."

젊은이가 씩 미소 짓더니 영어로 말했다. 외국인 억양이 전혀 묻어나지 않았다. "자, 와서 앉으시죠. 이제 우리 둘이군요. 저도 영국인입니다."

그는 움찔해서 뒷걸음질 쳤다. "영국인이라고 했소?"

"귀화했어요." 젊은이가 태연하게 말했다. "어머니 고향이 워킹(영국 잉글랜드 서리주의 도시-옮긴이)입니다. 그 덕분에 영국에서 오래 살았죠. 아버지가 프랑스인이라 저도 원래는 프랑스인이었지만요. 아버지는 지난 전쟁 때 돌아가셨죠."

"여기서 뭘 하고 있소?"

젊은이는 테이블을 가리켰다. "와서 앉으시죠."

하워드는 의자를 테이블 쪽으로 당겨서 앉고 똑같은 질문을 한 번 더 물었다. "라닐리스에 영국인이 또 있는 줄은 몰랐소. 대체 여기서 뭘 하고 있소?"

"총살을 기다리고 있습니다."

충격과 공포에 휩싸인 침묵이 내려앉았다.

이윽고 하워드가 다시 물었다. "당신이 샤랑통이오?"

젊은이가 고개를 끄덕였다. "네. 제가 샤랑통입니다. 독일군이 알려줬나 보군요."

작은 응접실에 오래도록 침묵이 이어졌다. 하워드는 뭐라고 말해야 할지 몰라서 잠자코 앉아 있었다. 그저 당황스러워서 눈길을 이리저리 돌렸다.

테이블 위에 얹은 샤랑통의 손이 눈에 들어왔다. 샤랑통은 특이한 방식으로 깍지를 끼고 있었다. 왼손바닥을 위에, 오른손바닥을 아래에 서로 비스듬히 놓고 깍지를 낀 모양이었다. 양손 엄지손가락이 십자로 엇갈려 있었다. 샤랑통은 하워드의 눈길을 알아채자마자 그를 날카롭게 쳐다보더니 깍지를 풀었다.

그가 작게 한숨을 쉬었다. "어쩌다 여기에 오신 겁니까?"

"아이들 몇 명과 함께 영국으로 돌아가려던 중이었소." 하워드가 오랫동안 사연을 들려줬다. 샤랑통은 호기심 어린 날카로운 눈길로 하워드를 뜯어보며 가만히 이야기를 들었다.

드디어 샤랑통이 대답했다. "너무 걱정하지 않으셔도 될 겁니다. 아마 어느 프랑스 마을에 풀어주겠죠."

"그러지 않을 것 같소. 내가 당신과 엮여 있다고 생각한다오."

샤랑통이 고개를 끄덕였다. "그렇겠죠. 그래서 우리를 여기에 함께 데려다 놓은 겁니다. 희생양을 더 찾고 있을 테니까요."

"그런 것 같소."

샤랑통이 일어나서 창가로 걸어갔다. "괜찮으실 겁니다. 증거가 없잖아요. 증거가 있을 리가 없죠. 조만간 영국으로 돌아가실 겁니다." 목소리에서 슬픈 기색이 묻어났다.

"당신은 어떻게 되는 거요?"

"저요? 저는 호된 벌을 받겠죠. 제가 엮여 있다는 증거가 있거든요."

하워드는 샤랑통의 말을 믿을 수가 없었다. 꼭 연극 대사를 듣고 있는 기분이었다.

"우리 둘 다 위험해질 것 같소." 하워드가 대답했다. "나보다 당신이 더욱 힘들어질 수도 있겠구려. 잘 모르겠소. 어쨌거나 뭐 하나만 부탁해도 되겠소?" 주변을 둘러보며 말을 이었다. "종이와 연필을 찾으면 유언을 다시 작성할 거라오. 증인이 되어주겠소?"

샤랑통은 고개를 가로저었다. "독일군의 허락 없이는 아무것도 쓰면 안 됩니다. 독일군이 빼앗아 갈 거예요. 게다가 제 서명이 있는 서류는 영국으로 보내지 못할 거고요. 다른 증인을 찾으셔야 합니다."

하워드는 한숨을 내뱉었다. "그래야겠구려." 그는 서둘러 덧붙였다. "혹시 나만 여기서 빠져나가게 된다면, 내가 해줄 일이라도 있소? 전해야 할 메시지는 없소?"

샤랑통은 씁쓸하게 미소 지었다. "메시지는 없습니다." 단호한 태도였다.

"내가 해줄 일이 아무것도 없소?"

"옥스퍼드를 아십니까?" 샤랑통이 그를 흘긋 바라보았다.

"옥스퍼드는 잘 안다오. 거기서 자랐소?"

샤랑통이 끄덕였다. "오리엘에서 자랐습니다. 마을이 강 위쪽에 있어서 강까지 산책하곤 했죠. 둑으로 막아놓은 연못가에 펍이 하나 있고, 자그마한 다리 옆에 회색 화산암으로 지은 아주 낡은 집이 한 채 있었지요. 늘 물이 졸졸 흐르는 소리가 들렸습니다. 맑은 못에서는 물고기가 헤엄쳤죠. 꽃도 있었고요. 사방천지에 꽃이 활짝 피어 있었습니다."

"펍이라면 갓스토우에 있는 트라우트 술집을 말하는 거요?"

"맞습니다. 트라우트요. 알고 계시는군요?"

"잘 알다마다. 적어도 예전에는 잘 알았소. 40년 전에는."

"거기 가셔서 절 위해 맥주 한 잔 마셔주십시오. 뜨거운 여름날에요. 벽 쪽에 앉아서 연못의 물고기를 바라보며 마셔주세요."

"영국으로 돌아간다면 그렇게 하겠소." 하워드는 응접실을 흘끗 둘러보았다. 방 안을 꾸민 요란한 가구는 이미 다 낡아 있었다. "그런데 정말로 누구에게든 전할 메시지가 없소?"

샤랑통은 다시 한번 고개를 저었다. "메시지는 없습니다. 있다고 하더라도 선생께 부탁하지는 않을 겁니다. 이 방에 도청기가 있을 거예요. 디슨이 우리가 하는 말을 하나도 빠짐없이 듣고 있죠. 일부러 우리 둘을 여기에 데려다 놓은 겁니다." 그도 주변을 휙 훑어보았다. "아마 저 유화 뒤에 도청기가 있을 겁니다."

"확실하오?"

"분명합니다."

샤랑통은 독일어로 크게 외쳤다. "디슨 대장! 시간만 낭비하고 있군! 이 사람은 내 일에 관해 아무것도 몰라!" 잠시 입을 다물더니 계속 말을 이었다. "이것 하나는 분명히 말해주겠다. 언젠가 영국과 미국이 승리할 거야. 그러면 당신이 그들의 손아귀에 넘어갈 테지. 지난번 전쟁이 끝난 후에는 영국군이 신사답게 굴었어. 이번에는 다를 거야! 당신이 이 사람을 죽인다면 공개적으로 교수형 당할 거야. 당신 시신은 교수대에 그대로 매달린 채 썩어가며 다른 모든 살인자에게 경고를 보내겠지!"

그는 하워드를 돌아보며 영어로 말했다. "이러면 그가 올 겁니다." 차분한 태도였다.

하워드는 마음이 괴로웠다. "나 때문에 그렇게까지 말하다니, 미안하구려. 당신에게는 조금도 도움이 되지 않을 말일 텐데."

"무슨 말을 하든 제 상황은 변하지 않을 겁니다. 죽음이 눈앞에 있으니까요."

하워드는 샤랑통의 말투에서 전부 체념했다는 태도를 느끼고 움찔했다. "후회하시오?" 하워드가 물었다.

"전혀요." 샤랑통은 쾌활하게 웃었다. "아돌프 히틀러를 죽이는 데에는 실패했지만, 그래도 그에게 지옥의 공포를 맛보여 줬죠."

응접실 문이 열렸다. 두 사람이 뒤돌아보자 독일군 상병과 일반병이 서 있었다. 일반병이 방 안으로 들어와서 하워드 곁에 섰다. 상병이 거칠게 말했다. "코멘 지(가지)?"

하워드가 일어서자 샤랑통이 미소 지었다. "말씀드린 대로죠? 안녕히 가십시오. 행운이 따르길 빌겠습니다."

"이만 가보겠소." 뭐라고 더 말할 틈도 없이 독일군이 하워드를 바깥으로 몰고 나갔다. 복도를 가로질러 대문가에 이르자 활짝 열린 문 너머로 검은 제복을 입은 게슈타포의 모습이 보였다. 분노로 가득 찬 얼굴이 벌겋게 달아올라 있었다. 독일군 사이에 선 하워드는 쓰라린 마음을 부여잡고 햇살이 내리쬐는 광장으로 걸어 나갔다.

독일군은 하워드를 니콜과 아이들이 있는 방으로 데려갔다.

로널드가 달려왔다. "마르얀이 물구나무서는 법을 알려줬어요!" 로널드가 신나서 소리쳤다. "나도 할 수 있어요. 피에르도 할 수 있어요. 빌렘은 못해요. 여자애들도 못 하고요. 보세요, 하워드 할아버지. 한 번 보세요!"

물구나무를 서느라 정신없이 굴러다니는 아이들 사이로 니콜이 그를 걱정스럽게 바라봤다. "독일군이 아무 짓도 안 하던가요?"

그는 고개를 가로저었다. "샤랑통이라는 젊은이와 이야기하게 하더군." 그간 있었던 일을 짧게 설명했다.

"그게 독일군 방식이에요. 샤르트르에 있을 때 들었어요. 고통을 줘서 원하는 바를 이루려고 하지만, 몸을 고문하지는 않는대요. 정신을 괴롭힌대요."

기나긴 오후가 굼뜨게 지나가고 저녁이 다가왔다. 닭장처럼 작은 감방에 갇혀 있다 보니 몹시 더웠다. 지루해하는 아이들을 즐겁게 해주기도 어려웠다. 감방에는 아이들이 할 것도, 구경할 것도, 심지어 읽을 것도 없었다. 하워드와 니콜은 툭하면 말다툼을 벌이며 티격태격하는 아이들을 달래느라 애먹었다. 그 덕분에 독일군의 포로라는 처지를 곱씹을 여유조차 없었다는 것이 그나마 다행이었다.

드디어 독일군 당번병이 저녁거리를 들고 왔다. 씁쓸한 커피와 기다란 빵 몇 개였다. 아이들은 저녁을 먹으며 마음을 풀고 쉬었다. 하워드와 니콜은 아이들이 배를 채웠으니 금방 졸음이 쏟아지리라고 생각했다. 접시를 가지러 돌아온 당번병에게 이부자리를 부탁했다.

당번병은 밀짚을 채운 매트리스 몇 개를 들고 왔다. 깔깔한

베개와 담요도 사람 수에 맞춰서 가져왔다. 하워드와 니콜이 이부자리를 깔아주자 피로에 지친 아이들은 서둘러 누웠다.

저녁이 무료하게 흘렀다. 하워드와 니콜은 각자 매트리스 위에 앉아서 생각에 잠겼다. 때때로 말을 몇 마디 주고받다가 다시 침묵 속으로 빠져들었다. 10시쯤 되자 두 사람은 겉옷만 벗고 매트리스에 누워 담요를 덮었다.

그날 밤 하워드는 푹 잤다. 반대로 니콜은 잠을 제대로 이루지 못했다.

이른 아침이 되어 희부연 어스름이 밝아올 무렵, 감방의 문이 덜거덕거리며 열렸다. 상병이 문가에 서 있었다. 허리띠에 총검을 차고 철모까지 쓴 것이 제복을 완벽하게 차려입은 차림이었다.

상병이 하워드의 어깨를 흔들었다. "아우프(일어나)!" 일어나서 옷을 입으라고 손짓했다.

니콜이 한쪽 팔로 매트리스를 짚고 몸을 일으켰다. 살짝 겁먹은 얼굴이었다. "나도 가야 하나요?" 프랑스어로 묻자 상병은 고개를 저었다.

하워드는 어스름한 새벽빛을 받으며 코트를 입고 니콜을 돌아보았다. "한 번 더 심문하려나 보오. 걱정하지 마시오. 곧 돌아올 거요."

니콜은 굉장히 걱정스러워 보였다. "기다릴게요. 아이들과 함께요." 그렇게 간단하게만 말했다. "저랑 같이 있으면 아이들은 안전할 거예요."

"그럴 거요. 이만 가보겠소."

서늘한 새벽이었다. 독일군은 하워드를 광장으로 데려가더니 나치 깃발이 걸린 커다란 건물로 들어갔다. 하워드 일행이 처음 심문받았던 건물이었다. 이번에는 1층 사무실이 아니라 위층 구석에 있는 방으로 데려갔다. 원래 침실이었는지 침실용 가구 몇 점이 그대로 남아 있었다. 독일군이 침대만 없애고 사무실로 쓰고 있는 듯했다.

검은 제복을 입은 디슨 대장이 창가에 서 있었다. "영국인과 또 만나게 됐군."

하워드는 침묵을 지켰다. 디슨이 하워드를 데려온 상병과 일반병에게 독일어로 몇 마디 했다. 상병은 경례 후 문을 닫고 나갔다. 일반병은 문간에 차려자세로 서 있었다. 실내로 시린 회색빛이 더 많이 들어왔다.

"이쪽으로." 디슨이 창가에서 말했다. "밖을 보시게. 정원이 훌륭하지?"

하워드가 창가로 다가갔다. 높다란 붉은 벽돌담에 둘러싸인 정원에 과일나무가 가득했다. 오랫동안 잘 가꾼 정원이라 보기 좋았다.

"그렇구려." 하워드가 낮은 목소리로 대답했다. "정원이 훌륭하오." 그는 디슨의 말이 덫이라는 사실을 직감적으로 깨달았다.

"당신이 돕지 않으면, 몇 분 후에 당신 친구 샤랑통이 저 정원에서 죽을 거야. 간첩이니 총살당하겠지."

하워드는 디슨을 빤히 바라보았다. "나를 왜 여기로 데려왔는지 모르겠구려. 내가 샤랑통을 본 건 어제가 처음이었소. 당신이 우리를 한 방에 집어넣지 않았소? 그는 아주 용감한 청년이더군. 선량한 청년이기도 하고. 그를 죽인다면 잘못을 저지르는 거요. 그런 사람은 살려줘야 하오. 전쟁이 끝난 세상을 위해 일할 수 있게 해줘야 하지 않겠소?"

"훌륭한 연설이군." 디슨이 대꾸했다. "나도 같은 생각이야. 그를 살려줘야지. 그는 살 수 있어. 당신이 도와준다면 말이야. 전쟁이 끝날 때까지 포로로 지내면 되겠지. 그리 길지 않을 거야. 길어봤자 6개월? 그 후에는 자유의 몸이 되겠지."

"봐." 디슨이 다시 창밖을 내다보며 말했다. "부하들이 그를 끌고 오고 있어."

하워드도 창밖을 내다보았다. 정원에 난 작은 길을 따라 소총으로 무장한 독일군 여섯 명이 샤랑통을 끌고 오고 있었다. 그들을 지휘하는 중사가 샤랑통 뒤에서 걸어왔다. 샤랑통은 느릿느릿 걸었다. 손이 묶이지 않았는지 양손을 바지 주머니에 찔러넣고 있었다. 그다지 괴로워 보이지도 않았다.

하워드는 디슨을 쳐다보았다. "원하는 게 뭐요? 왜 나를 여기로 데려와서 이런 걸 보여주는 거요?"

"당신 친구가 도움이 필요한 때에 당신이 돕는지 안 돕는지 확인하려고 데려왔지."

디슨은 하워드를 향해 몸을 기울였다. "잘 들어." 나긋한 목소리였다. "아주 하찮은 정보잖아? 다 털어놓는다고 해서 당신이나 샤랑통이 다치는 것도 아니고, 이 전쟁이 다르게 끝나지도 않을 거야. 어쨌거나 당신네 나라는 파멸할 운명이니까. 샤랑통이 어떻게 프랑스에서 영국으로 정보를 전했는지, 어떻게 코크런 대령에게 정보를 알려줬는지 말한다면 그를 처형하지 않을 거야."

디슨은 다시 한걸음 물러섰다. "어떻게 하겠나? 현실적으로 생각해. 용감한 젊은이가 죽도록 내버려 둘 수는 없잖아. 전쟁이 끝나면 조국을 위해 일할 수 있는 젊은이 아닌가. 게다가 당신이 다 털어놨다는 사실은 아무도 모를 거야. 샤랑통은 전쟁이 끝날 때까지 감옥에서 지낼 거고. 한 달이든 두 달이든 전쟁이 다 끝난 후에야 풀려날 텐데. 당신과 아이들은 당장이야 프랑스에서 지내겠지. 하지만 지금 날 도와준다면 감옥에서 빼내 주겠어. 그 젊은 여자와 함께 샤르트르로 가서 조용히 살 수도 있지. 가을에 전쟁이 끝나면 고향으로 돌아가. 그때는 영국에서도 이 일을 두고 추궁하지 않을 거야. 그쯤이면 영국의 첩보 기관 전체가 해체될 거거든. 그러니 당신에게 해가 될 만한 일은 하나도 없지. 거기에 저 젊은이 목숨까지 구할 수도 있고."

그는 다시 몸을 앞으로 기울였다. "몇 마디만 하면 돼." 그가 부드럽게 속삭였다. "어떻게 정보를 보낸 거지? 저 청년은 당신이 말했다는 사실을 끝끝내 모를 거야."

하워드는 디슨을 빤히 바라보며 대답했다. "말해줄 수 없소. 정말 정직하게 말하는데, 나는 모르오. 나는 그의 일에 조금도 관여하지 않았소." 그는 안도했다. 정말로 정보를 알고 있었다면 상황이 더 힘겹게 느껴졌을 것이다.

디슨이 뒤로 물러섰다. "말도 안 되는 소리!" 거칠게 말했다.

"못 믿겠군. 당신은 조국의 첩보원을 도울 만큼 충분히 알고 있잖아. 저자는 당신의 도움이 필요하다니까. 어디건 외국을 여행하는 사람이라면 그 정도는 알지. 나를 바보로 알아?"

"독일인은 그런가 보구려. 영국의 평범한 여행객은 첩보 활동에 관해 아무것도 모른다오. 사실을 말하는 거요. 저 청년을 살릴 수 있는 정보는 단 하나도 모르오."

디슨은 입술을 깨물었다. "당신도 간첩이지? 변장한 채 이 나라를 돌아다녔고, 어디를 다녔는지는 아무도 모르고. 조심하는 게 좋을 거야. 당신도 저자와 같은 운명을 맞을 수 있어."

"그렇다 하더라도 당신에게 가치 있을 만한 것은 아무것도 말해줄 수 없소. 아무것도 모르기 때문이오."

디슨은 다시 창밖을 바라보았다. "이제 시간이 별로 없어. 1분, 2분 정도지. 너무 늦기 전에 다시 생각해봐."

하워드도 정원을 내다보았다. 독일군이 샤랑통을 자두나무 앞 벽에 세웠다. 이제 양손이 등 뒤로 포박당한 상태였다. 중사가 붉은 면 손수건으로 그의 눈을 가리고 있었다.

"아무도 모를 거야. 아직 저자를 구할 수 있어." 디슨이 한 번 더 회유했다.

"그런 식으로는 저 청년을 구할 수 없소." 하워드가 대꾸했다. "내게는 정보가 없소. 저 청년을 죽이는 건 사악하고 악독한 짓이오. 결국에는 당신에게 아무런 도움도 되지 않을 거요."

디슨이 별안간 몸을 홱 돌리더니 얼굴을 하워드에게 들이밀었다. "저자가 당신에게 메시지를 줬잖아!" 그가 사납게 으르렁거렸다. "당신이 똑똑한 줄 아나 본데, 나는 못 속여. 트라우트 술집, 맥주, 꽃, 물고기! 내가 어리석어 보이나? 그게 다 무슨 뜻인지 말해!"

"그가 말한 그대로요. 트라우트 술집은 그가 좋아하는 술집이오. 그뿐이오."

디슨이 침울하게 물러서더니 뚱하게 내뱉었다. "거짓말."

중사가 샤랑통을 벽에 세워놓고 물러섰다. 병사 여섯 명이 벽에서 9미터쯤 떨어진 곳에 한 줄로 섰다. 중사가 명령하자 병사들이 총을 장전했다.

"나는 처형을 늦출 생각이 없어. 저자의 목숨을 구하기 위해 할 말이 아직도 없나?"

하워드는 고개를 가로저었다.

정원의 중사가 창가를 바라보았다. 디슨이 한 손을 들어 올렸다가 떨어뜨렸다. 중사는 돌아서서 똑바로 서더니 날카롭게 총살 명령을 내렸다. 병사 여섯 명이 일제히 총을 쏘았다. 하워드는 자두나무 곁에 선 샤랑통이 풀썩 고꾸라지는 모습을 보았다. 쓰러진 샤랑통의 몸이 잠시 씰룩거리더니 이내 잠잠해졌다.

하워드는 메스꺼움을 느끼며 돌아섰다. 디슨은 방 한가운데로 걸어갔다. 보초를 서고 있던 독일군은 여전히 무표정한 얼굴로 문가에 서 있었다.

"당신 이야기를 믿어야 할지 말아야 할지 모르겠군." 마침내 디슨이 침울하게 말했다. "당신이 첩자라면, 적어도 영리한 첩자는 되겠어."

"나는 간첩이 아니오."

"그러면 이 나라에서 뭘 하는 거야? 왜 프랑스 촌놈처럼 변장하고 돌아다니는 거지?"

"이미 말했잖소." 하워드가 지친다는 듯 말했다. "그것도 몇 번이나. 아이들과 함께 영국으로 돌아가려던 중이었소. 아이들을 가족에게 보내주고, 미국으로도 보내주려고 노력하던 중이었소."

"거짓말, 거짓말!" 디슨이 고래고래 소리쳤다. "매번 똑같은 거짓말이야! 너희 영국인은 매번 똑같아! 노새처럼 고집불통이라고!" 디슨은 하워드에게 얼굴을 바짝 들이밀고 정원을 가리켰다. "범죄자들이야, 너희들 전부! 저걸 막을 수도 있었는데 그냥 내버려 뒀잖아."

"당신이 저 젊은이를 죽인 거요. 나는 당신을 막을 수 없었소. 당신이 직접 저지른 짓이오."

"나는 저자를 죽이고 싶지 않았어. 저자가 날 몰아갔던 거지. 당신과 저자가. 저 죽음은 당신네 둘의 탓이야. 내게 다른 선택권을 주질 않았잖아." 디슨이 울적하게 말했다.

침묵이 내려앉았다.

마침내 디슨이 입을 열었다. "당신들은 그간 내내 거짓말만 늘어놓고 우리를 무너뜨릴 음모를 꾸몄지. 처칠이고 체임벌린이고 전부 우리를 자극해서 우리가 전쟁을 일으키도록 도발했어. 당신도 똑같아."

하워드는 아무 대답도 하지 않았다.

디슨은 냉정을 되찾더니 방을 가로질러 책상 앞에 앉았다. "아이들을 미국으로 보낼 거라는 그 말, 한 마디도 못 믿겠군."

하워드는 너무도, 너무도 피곤했다. "그렇다면야 나도 어쩔 수 없소." 무심히 대꾸했다. "어쨌든 나는 아이들을 미국에 보낼 생각이었소."

"결혼해서 미국에 살고 있다는 딸한테 보낼 거라고?"

"그렇소."

"그 딸은 미국 어디에서 살고 있지?"

"뉴욕 롱아일랜드의 코츠하버라는 곳이오."

"롱아일랜드…. 부촌이로군. 당신 딸도 아주 부유한가?"

"사위가 미국인 사업가라오. 그렇소, 형편이 꽤 유복하다오."

디슨은 하워드의 말이 믿기지 않는다는 듯 캐물었다. "그렇게 잘 사는 여자가 당신이 주워 모은 이 더러운 애들을 전부 돌봐줄 거라고? 그 말을 믿으라는 건가?"

"우리 딸은 그렇게 할 거요." 하워드는 잠시 말을 멈추더니 계속 설명했다. "이해하지 못하겠지만, 미국은 우리를 돕고 싶어 한다오. 미국 사람들은 유럽에서 피난 온 아이들을 돌봐주며 가치 있는 일을 한다고 생각할 거요. 실제로도 가치 있는 일이고."

디슨은 그가 신기하다는 듯 쳐다봤다. "미국을 여행해본 적 있나?"

"잠시 여행했었소."

"화이트폴스라는 지역을 아는가?"

하워드는 고개를 저었다. "꽤 흔한 이름 같구려. 잘 모르겠는데, 어느 주에 있소?"

"미네소타. 롱아일랜드에서 먼가?"

"미네소타는 미국 중부에 있소. 롱아일랜드에서 미네소타까지 1,500킬로는 될 것 같구려." 대화가 아주 이상한 방향으로 흐르는 것 같았다.

"그럼 그 여자는? 그 여자도 미국에 보낼 생각인가? 혹시 그 여자도 자식인가?"

하워드는 고개를 저었다. "나도 미국으로 보내고 싶다오. 하지만 프랑스를 떠나지 않겠다고 했소. 지금 니콜 양의 아버지는 독일군 포로로 잡혀 있고, 어머니는 샤르트르에 혼자 있소. 나와 함께 영국으로 가자고 설득해봤지만, 마음을 돌릴 수 없었다오. 어쨌거나 그녀는 아무 잘못도 없소."

디슨은 어깨를 으쓱했다. "그야 관점의 차이지. 그 여자는 이제까지 당신의 공작을 도왔지 않나."

하워드는 진절머리가 난다는 듯 대답했다. "몇 번이고 말했잖소. 나는 비밀공작 따위를 한 적이 없다니까. 그래도 당신은 날 믿지 않겠지." 잠시 말을 그쳤다가 다시 입을 열었다. "내가 지난 2주 동안 한 일은 이 아이들을 안전하게 지키는 것뿐이었소."

잠깐 정적이 흘렀다.

"아이들을 영국으로 보내주시오." 하워드가 나직하게 말했다. "시몽이라는 청년이 아이들을 배에 태워서 플리머스(영국 잉글랜드 남서부에 있는 항구도시-옮긴이)로 가게 해주시오. 니콜 양도 함께 가서 아이들을 미국에 데려갈 수 있게 해주시오. 그렇게만 해준다면 원하는 것은 뭐든지 털어놓겠소."

디슨은 화가 나서 그를 쏘아보았다. "헛소리하고 있군. 방금

한 말은 독일 민족에 대한 모욕이야. 그런 홍정을 받아들이라니, 우리가 더러운 러시아 놈들이라도 되는 줄 아나?"

하워드는 입을 다물었다.

디슨이 일어서서 창가로 다가갔다. "당신을 어떻게 해야 할지 모르겠군. 당신은 아주 용감한 사내 같아. 그런 말을 하는 걸 보니."

하워드가 희미하게 미소 지었다. "용감한 게 아니오. 그저 아주 늙었을 뿐이라오. 무슨 짓을 하든 내게서 얻을 수 있는 건 하나도 없을 거요. 나는 금방이라도 저승길로 떠날 늙은이니까."

디슨은 아무 대꾸도 하지 않았다. 보초를 서고 있던 병사에게 독일어로 명령하자 보초가 하워드를 감방으로 데려갔다.

11장
디슨의 은밀한 제안

니콜이 안도하며 하워드를 맞았다. 니콜은 한 시간 가까이 견디기 힘든 불안에 시달렸다. 독일군이 하워드에게 무슨 짓을 할지 생각하며 끔찍하게 괴로워하는 와중에도 성가시게 구는 아이들까지 챙겨야 했다.

"무슨 일 있었어요?"

하워드가 지친 목소리로 대답했다. "그 젊은이…, 샤랑통이 총살당했소. 그러더니 내게 엄청나게 질문하더군."

니콜이 다정하게 대답했다. "앉아서 좀 쉬세요. 조금만 기다리면 커피를 가져다줄 거예요. 그러면 기운 좀 차리실 거예요."

그는 둥글게 말아놓은 매트리스 위에 앉았다. "니콜 양, 아무래도 독일군이 나는 여기에 남겨두고 아이들만 영국에 보내줄 것 같소. 그러면 니콜이 아이들을 데려가 주겠소?"

"저요? 저 혼자 아이들을 데리고 영국에 가라고요? 현명한 생각은 아닐 거 같은데요, 하워드 씨."

"할 수만 있다면 니콜 양이 가 줬으면 하오."

니콜이 다가와서 옆에 앉았다. "아이들을 위해서인가요, 아니면 절 위해서인가요?"

그는 대답할 수 없었다.

"둘 다를 위해서라오." 마침내 입을 열었다.

니콜은 냉철하고 논리적으로 대답했다. "영국에는 도와줄 사람이 많잖아요. 하워드 씨의 친구분들도 있고, 로널드와 실라 남매의 친척도 있고요. 그 사람들이 아이들을 돌봐줄 거예요. 혹시 아이들만 영국에 보내야 한다면, 하워드 씨께서는 편지 한 통만 쓰시면 돼요. 아이들 편에 부칠 수 있게요. 하지만 저는…, 이미 말씀드렸듯이 제가 지금은 영국과 아무 인연이 없어요. 내 나라는 여기예요. 우리 부모님도 여기에서 고초를 겪고 있고요. 저는 여기에 남아야 해요."

그는 울적하게 고개를 끄덕였다. "그렇게 생각할 것 같았다오."

30분이 지나자 문이 휙 열렸다. 독일 병사 두 명이 탁자를 들고 서 있었다. 그들은 어렵사리 문을 통과하더니 탁자를 방 한가운데 내려놓았다. 이내 의자도 여덟 개 가져와서 탁자 주변에 한 치의 오차도 없이 정확한 간격으로 놓았다. 하워드와 니콜은 깜짝 놀라서 독일군의 행동을 지켜보았다.

하워드 일행은 감방에 갇힌 이후로 내내 큰 접시는 방바닥에 그대로 놓아두고, 작은 개인용 접시는 손으로 들고 식사했었다. 탁자라니…, 독일군의 포로 대우가 뭔가 달라졌다. 어딘가 이상하고 수상쩍었다.

병사 둘이 밖으로 나갔다. 이윽고 다시 문이 열렸다. 몸집이 자그마한 프랑스인 웨이터가 쟁반을 받쳐 들고 걸어들어왔다. 보아하니 근처 카페에서 데려온 사람 같았다. 독일군 한 명이 따라 들어오더니 웨이터를 지켜보았다. 독일군의 침묵이 위협적으로 느껴졌다.

겁에 질린 웨이터는 식탁보를 깔고 잔과 접시, 뜨거운 커피 주전자와 따뜻한 우유 주전자, 갓 구워낸 롤빵, 버터, 설탕, 잼, 동그랗게 자른 소시지를 내려놓았다. 일을 마친 웨이터는 안심한 표정으로 꽁무니를 뺐다. 감시하고 있던 독일군도 문을 닫고 나갔다.

뜨거운 눈길로 음식을 바라보던 아이들이 식탁에 우르르 몰려들었다. 하워드와 니콜은 아이들을 앉히고 음식을 먹이기 시작했다. 니콜이 하워드를 힐끗 바라보았다.

"상황이 크게 달라졌네요." 니콜이 조용히 말을 건넸다. "왜 이러는지 이해가 안 가요."

그도 가만히 고개를 끄덕였다. 이해가 안 되기는 그도 마찬가지였다. 말은 하지 않았지만, 마음속에서 새로운 생각이 고개를 들었다. 아무래도 독일군이 새로운 책략을 쓰기 시작한 것 같았다. 겁을 줘서 원하는 바를 얻어내지 못했으니, 이제는 회유책을 쓰려는 모양이었다.

아이들은 접시를 깔끔하게 비우고 만족스러운 얼굴로 자리에서 일어났다. 15분 후, 몸집이 작은 웨이터가 다시 나타났다. 이번에도 감시병을 달고 있었다. 웨이터는 빈 접시를 한데 모으고 식탁을 깨끗하게 치운 다음 조용히 물러났다. 그런데 이번에는 문이 닫히지 않았다.

밖에서 보초를 서던 병사 중 하나가 들어와서 지시 사항을 전했다. "지 쾨넨 인 덴 가르텐 게엔(정원으로 나가서 산책할 수 있습니다)."

건물 뒤에는 높다란 벽돌담으로 에워싸인 작은 정원이 있었다. 하워드가 그날 아침에 보았던 과수 정원과 크게 다르지 않았다. 아이들은 새된 목소리로 목청껏 외쳐대며 정원으로 달려 나갔다. 아이들에게는 온종일 좁은 방에 갇혀 있던 일이 커다란 시련이었다. 하워드와 니콜은 대체 무슨 영문인지 궁금해하며 따라 나갔다.

햇살이 환하게 내리쬐는 여름날이었다. 공기는 이미 뜨거워져 있었다. 얼마 후 독일 병사 두 명이 안락의자 두 개를 들고 나타났다. 그들은 나무 한 그루가 드리우는 좁다란 그늘 한가운데 한 치의 오차도 없이 의자를 내려놓았다. "제첸 지 지히(앉으시오)."

하워드와 니콜은 독일군의 눈길을 의식하며 아무 말 없이 나란히 앉았다.

의자를 가져온 병사가 자리를 떴다. 총검을 고정한 소총을 든 보초가 정원의 유일한 출구로 다가왔다. 보초는 총을 땅바닥에 내려놓더니 쉬어 자세로 섰다. 아무런 표정도 움직임도 없었다. 이 모든 변화가 어딘가 불길했다.

"우리한테 왜 이러는 걸까요? 뭘 얻어내려고 하는 걸까요?" 니콜이 말을 걸었다.

"모르겠소. 오늘 아침에는 저들이 우리를 풀어주겠다고 생각했었다오. 어쨌든 아이들은 영국으로 보내줄 것 같았소. 그렇다고 해도 그늘에 안락의자까지 놓아줄 이유는 없는데."

니콜이 나지막하게 대답했다. "함정이에요. 우리한테 뭔가 원하는 게 있을 거예요. 그래서 이렇게 구슬리는 거죠."

하워드가 끄덕였다. "그렇긴 해도 방에 있는 것보다 낫구려."

폴란드 소년 마르얀은 하워드와 니콜만큼 수상쩍어했다. 아이는 뚱한 얼굴로 입을 꾹 다물고 혼자 잔디밭에 앉았다. 독일군에게 붙잡힌 후로는 거의 입을 열지 않았다.

로즈도 불편해했다. 정원을 돌아다니며 높은 담벼락을 빤히 쳐다보았다. 꼭 도망갈 길이라도 찾는 것 같았다. 나이가 더 어린 꼬마들은 아무 생각이 없었다. 두 남매와 피에르, 빌렘은 정원을 돌아다니며 게임을 하거나 손가락을 빨면서 독일군 보초를 바라보곤 했다.

니콜은 주변을 둘러보다가 하워드가 안락의자에 기대어 앉아 잠든 것을 보았다.

그들은 오후 내내 정원에서 시간을 보냈다. 식사할 때만 감방으로 돌아갔다. 점심때도 저녁때도 말 없는 자그마한 웨이터가 감시병을 달고 나타났다. 웨이터는 훌륭하게 조리되어 맛도 좋고 양도 푸짐한 음식을 보기 좋게 차려줬다.

웨이터가 저녁상을 치우자 독일군 병사들이 식탁과 의자를 가져가며 잠자리에 누우라고 지시했다. 하워드와 니콜이 아이들을 눕히자 다들 잠에 빠졌다.

두 사람도 이내 매트리스에 누웠다.

하워드가 겨우 한 시간쯤 잤을 무렵, 독일군 한 명이 문을 활짝 열었다. 그가 하워드의 어깨를 흔들었다. "코멘 지, 슈넬. 주어 게슈타포(가지, 얼른. 게슈타포에게)."

하워드는 지친 몸을 이끌고 일어나서 어둠 속에서 코트와 신발을 챙겼다. 누워있던 니콜이 말했다. "무슨 일이죠? 저도 가야 하나요?"

"아닌 것 같소. 나만 부른 것 같구려."

"이 시간에요!" 니콜이 못마땅하다는 듯 소리쳤다.

독일군이 기다릴 시간이 없다는 듯 손짓했다.

"걱정하지 마시오. 심문 한 번 더 하는 것뿐이오." 하워드가 대답했다.

하워드가 떠밀려 나가자 독일군이 문을 닫았다. 니콜은 어둠 속에서 일어나 셔츠를 입고 매트리스 위에 앉았다. 아이들은 쿨쿨 자고 있었다. 니콜만 캄캄한 방에 오도카니 앉아 불길한 예감에 쫓기며 하워드를 기다렸다.

하워드는 처음 심문받았던 사무실로 끌려갔다. 디슨 대장이 책상 앞에 앉아 있었다. 책상에 텅 빈 커피잔이 놓여 있었다. 실내가 담배 연기로 자욱했다. 하워드를 끌고 온 병사가 딱딱한 자세로 경례했다. 디슨이 명령하자 병사는 문을 닫고 나갔다. 방 안에 하워드와 디슨 대장 둘만 남았다.

디슨이 시계를 흘깃 쳐다보았다. 자정을 조금 넘긴 시각이었다. 등화관제 때문에 담요로 창문을 모두 가려 놓았다.

디슨이 가만히 서 있는 하워드를 올려다봤다. "또 영국인을 만났군." 그는 뒤에 있는 서랍을 열더니 커다란 검은색 자동

권총 한 정을 꺼냈다. 탄창을 빼내더니 꼼꼼하게 살펴보았다. 다시 탄창을 끼우고 약실을 당겨서 장전했다. 잉크를 닦는 종이 위에 장전된 총을 내려놓았다. "우리 둘뿐이지. 보다시피 만일을 위해 대비도 해놓았고."

하워드가 희미하게 미소 지었다. "나를 두려워할 필요는 없소."

"그렇겠지. 하지만 당신은 나를 두려워해야지."

얼마간 침묵이 흘렀다. 디슨이 다시 입을 열었다. "결국에는 내가 당신을 영국에 보내줄 거로 생각하겠지? 어떻게 생각하시나?"

하워드의 심장이 잠시 쿵쾅거리더니 다시 잠잠해졌다. 덫일지도 몰랐다. "아이들과 함께 보내준다면 정말로 감사하겠소." 나직하게 대답했다.

"그 아가씨도?"

하워드는 고개를 저었다. "가지 않겠다고 했소. 프랑스에 남고 싶어 하오."

디슨이 끄덕였다. "우리도 바라는 바지." 잠시 입을 닫더니 곧 말을 이었다. "보내주면 감사할 거라고 말했지. 그게 빈말인지 아닌지 확인해야겠군. 아이들과 영국으로 가게 해준다면, 그래서 아이들을 미국에 보내게 해준다면, 작은 부탁 하나 들어주겠나?"

"어떤 일이냐에 따라 다르지 않겠소?"

디슨이 벌컥 화를 냈다. "흥정하겠다고? 당신네 영국인들은 늘 똑같아! 누가 도와주려고 하면 흥정부터 하려 든다니까! 영국 신사 나리, 당신은 협상할 처지가 아니야!"

하워드는 고집을 꺾지 않았다. "무슨 부탁을 하려는 건지 알아야겠소."

"그리 어려운 일은 아닌데…."

다시 짧은 침묵이 이어졌다.

디슨은 눈앞에 놓인 검은 권총에 손을 얹더니 만지작거리기 시작했다. "미국으로 데려가 줬으면 하는 사람이 있네." 그가 신중하게 말을 이었다. "여자인데…, 미국으로 떠난다는 걸 공공연하게 알리고 싶지 않아서 말이야. 당신 일행과 함께 떠나면 괜찮을 것 같군."

이제 디슨은 대놓고 권총을 집어 들었다.

하워드는 책상 맞은편 디슨을 물끄러미 바라보았다. "독일 첩자를 미국으로 몰래 들여보낼 구실로 우리 일행을 이용하려는 거라면, 받아들일 수 없소."

그는 디슨의 손가락이 방아쇠를 톡톡 두드리는 것을 보았다. 시선을 들어 올리자 디슨의 얼굴이 분노로 새하얗게 질려 있었다. 두 사람은 30초 동안 미동도 없이 서로를 빤히 쳐다보았다.

디슨이 먼저 긴장을 풀었다. "날 미치게 만드는군." 씁쓸한 목소리였다. "당신은 고집스럽고 끈질긴 사람이야. 도움의 손길마저 거부하다니. 우리가 하는 일이라면 죄다 수상쩍게 여기고 말이야."

하워드는 침묵을 지켰다. 필요한 것 이상으로 말할 이유가 없었다. 그래봤자 아무 도움도 되지 않을 것이다.

"잘 들어보게. 그 둔한 머리로 생각해보라고. 미국에 보내려는 사람은 첩자가 아니야. 어린 소녀일세."

"소녀?"

"다섯 살배기 소녀. 내 조카인데, 아이 아버지인 우리 형이 죽었다네."

디슨은 꽉 쥔 총을 책상 위에 얹어두고 하워드를 겨냥했다.

"내가 제대로 들었는지 확인 좀 해보겠소. 다른 아이들과 함께 그 독일 여자아이를 미국으로 보내달라는 거요?"

"맞아."

"그 아이는 누구요? 미국 어디로 가야 하는 거요?"

"누군지 말했잖나. 우리 형 카를의 딸이라고. 이름은 아나 디슨이고, 지금 파리에 있네."

디슨은 잠시 머뭇거리더니 계속 설명했다. "이해해주게. 우리 형제는 모두 셋이야. 큰형 루프레히트는 지난번 세계대전에 참전했다가 미국으로 건너갔지. 지금 가게를 하나 꾸리고 있는데, 식료품점이라고 불린다더군. 이제는 미국 시민이고, 화이트폴스에 살지."

"알겠소." 하워드가 생각에 잠긴 채 대답했다.

"둘째 형 카를은 제2기갑사단 제4전차연대 중위였네. 몇 해 전 결혼했지만, 결혼 생활이 그리 성공적이지 못했지." 디슨은 잠깐 주저하더니 빠르게 나머지 말을 뱉어냈다. "그 여자는 순수한 아리아인이 아니었어. 그러니 결혼이 성공적일 리가 없지. 문제가 생겼고, 여자가 결국 세상을 떠났네. 카를도 그렇게 가버렸고."

디슨은 울적한 표정으로 가만히 앉아 있었다. 하워드가 자상하게 말을 건넸다. "참으로 유감이오." 진심이었다.

디슨이 침울하게 말을 받았다. "형은 영국군의 기만 때문에 죽임을 당했어. 아미앵(프랑스 북부 솜강 연안에 있는 도시-옮긴이)에서 해안으로 영국군을 몰아내던 중이었지. 도로가 피난민으로 가득 차서 어수선해지자 전차가 지나갈 수 있게 총을 쏴서 도로를 비우려고 했어. 그런데 난민 사이에 미처 발견하지 못했던 영국 군인들이 숨어 있던 게 아닌가. 영국군은 전차 포탑에 석유가 든 병을 던졌네. 병이 깨져서 기름이 포탑 안으로 떨어졌지. 그런 다음에는 화염병을 던져서 포탑에 불을 질러버렸다네. 우리 형은 해치를 열고 탈출하려고 했지만, 영국군이 항복도 못 하도록 총을 쏴버렸어. 이미 항복한 뒤였는데, 영국군도 그걸 알았는데 말이야. 불타는 전차 안에서 계속 싸울 수 있는 사람이 누가 있다고…."

하워드는 아무 말도 하지 않았다.

"그래서 돌봐야 할 아나만 혼자 남았지. 아이가 미국으로 가서 루프레히트 형과 함께 사는 편이 나을 것 같네."

"다섯 살이라고 했소?"

"다섯 살하고 육 개월이지."

"그렇다면 기꺼이 아이를 데려가리다."

디슨은 생각에 잠긴 채 하워드를 빤히 바라보았다. "영국에 도착하면 얼마나 빨리 아이들을 보낼 수 있나? 미국에는 몇 명이나 보낼 생각이지? 전부 보낼 건가?"

하워드는 고개를 저었다. "잘 모르겠소. 셋은 확실히 보낼 거라오. 그런데 둘은 영국 사람이고, 프랑스 여자애는 아버지가 런던에 있소. 그 아이들도 미국에 가려고 할 것 같지는 않소. 갈 수도 있겠지만. 어쨌거나 나머지 셋은 일주일 안에 미국으로 보낼 거요. 우리를 놓아준다면 말이오."

디슨이 고개를 끄덕였다. "오래 미적거려서는 안 돼. 6주 후면 우리가 런던을 접수할 테니까."

또 정적이 흘렀다. "내가 이번 전쟁 결과를 자신하지 못한다고 생각하지는 말았으면 하네." 디슨이 다시 입을 뗐다. "우리는 영국을 정복할 거야. 프랑스를 정복했듯이. 당신네는 우리한테 저항할 수 없어. 하지만 영연방 자치령에서 전쟁이 몇 년 동안 계속될 수도 있네. 그러면 아이들을 넉넉하게 먹일 수 없겠지. 여기서든 독일에서든. 그 어린 아나는 중립국에 가 있는 편이 나아."

하워드가 끄덕였다. "조카를 보내고 싶다면, 우리 일행과 함께 데려가겠소."

디슨이 하워드를 주의 깊게 살펴보았다. "속임수 따위는 없어야 할 거야. 기억하라고, 우리는 여전히 니콜 양을 데리고 있을 계획이네. 샤르트르에 있다는 모친에게 돌려보낼 수도 있지. 하지만 루프레히트 형에게서 아나가 안전하게 도착했다는 전보를 받을 때까지 니콜 양을 감시할 거야."

"인질이로군." 하워드가 조용하게 말했다.

"인질이지." 디슨이 그를 오만하게 쏘아보았다. "하나 더. 이 말이 새어나갔다간 그 아가씨는 강제 수용소행이야. 영국에 도착해서 나에 대한 거짓말을 퍼뜨리고 다니게 두지 않겠어. 명심하라고."

하워드는 재빨리 머리를 굴렸다. "달리 생각해보시오. 만약 게슈타포 때문에 니콜 양에게 문제가 생긴다면, 그리고 내가 그 소식을 영국에서 듣는다면, 이 이야기는 영국 신문에 실리게 될 거요. 그러면 독일 뉴스에도 그 소식을 보도하겠지. 당신 이름을 라디오 방송에서 듣게 될 거요."

디슨이 발끈했다. "감히 날 협박해!"

하워드가 어렴풋이 미소 지었다. "그러면 이 협박은 그만두도록 합시다. 우리의 목숨은 서로의 손에 달려 있소. 나는 당신과 계약을 맺을 거요. 당신의 어린 조카딸을 맡아서 화이트폴스까지 안전하게 보낼 거라오. 쾌속 여객선에 태워서라도 보내겠소. 당신은 니콜 양을 안전하게 지키고, 니콜 양이 아무런 해도 입지 않게 해주시오. 이게 우리 모두에게 적합한 계약이오. 우리는 친구로 헤어질 수 있을 거라오."

디슨은 아주 오랫동안 하워드를 물끄러미 바라봤다.

"우리 영국 신사분은 아주 영리하시군. 원하는 걸 다 얻어냈어."

"당신도 마찬가지 아니오."

디슨은 권총을 내려놓고 종이 한 장을 집어 들었다. "영국 주소가 어떻게 되지? 우리가 8월에 런던을 접수하면, 사람을 보내 당신을 찾겠네."

두 사람은 계획을 자세하게 논의했다.

15분 후, 디슨이 일어났다. "이 일은 누구에게도 말해선 안 돼." 재차 강조했다. "내일 저녁 여기에서 당신 일행을 이동시킬 계획이야."

하워드가 고개를 끄덕이며 대답했다. "절대로 말하지 않으리다. 하지만 이것만은 알아두시오. 어쨌든 당신의 어린 조카딸을 맡아서 기쁘다오. 조카딸을 거절할 생각은 애초에 없었소."

디슨도 고개를 끄덕였다. "잘됐군. 혹시 거절했다면 당신을 쏘아 죽여야 했을 테니까. 살려서 내보내는 건 너무 위험하지 않겠나."

디슨은 뻣뻣한 태도로 고개를 숙여 인사했다. "아우프 비더제엔(잘 가시게)." 아이러니한 말이었다.

디슨이 책상 위의 버튼을 누르자 사무실 문이 열렸다. 보초가 하워드를 데리고 나갔다. 그는 달빛이 쏟아지는 고요한 거리를 지나 감방으로 돌아갔다.

니콜은 매트리스에 앉은 채 하워드를 기다리고 있었다. 보초가 문을 닫자 니콜이 다가와서 물었다. "어떻게 됐어요? 다치신 곳은 없어요?"

하워드는 니콜의 어깨를 토닥였다. "다 괜찮소. 저들이 아무런 짓도 하지 않았소."

"그러면 어떻게 된 거죠? 저들이 뭘 원하던가요?"

그는 매트리스 위에 앉았다. 니콜도 다가와서 맞은편에 앉았다. 은색으로 빛나는 기다란 달빛 한 줄기가 창문을 통해 들어왔다. 어디선가 폭격기가 낮게 웅웅 거리는 소리가 어렴풋이 들려왔다.

"잘 들으시오, 니콜 양." 하워드가 입을 뗐다. "무슨 일이 일어났는지 말해줄 수 없소. 내 얘기를 듣는다면 그 내용을 애써

잊어야 할 거요. 다 잘 될 거라오. 우리는 곧 영국으로 갈 거요. 아이들 모두. 나도 갈 거요. 니콜은 자유롭게 풀려날 거고, 샤르트르로 돌아가서 어머니와 지낼 수 있소. 게슈타포가 더는 괴롭히지 않을 거요. 그렇게 될 거라오."

니콜이 숨 가쁘게 대답했다. "하지만 이해가 안 가요. 어떻게 하신 거예요?"

"그것도 말해줄 수 없소. 더는 말해줄 수 없다오, 니콜 양. 하지만 내가 말한 대로 될 거라오. 금방 그렇게 될 거요."

"피곤하시거나, 어디 아프신 건 아니죠? 전부 사실이지만, 어떻게 된 일인지 말씀하셔서는 안 된다는 거죠?"

그가 고개를 끄덕였다. "내일이나 모레 출발할 거라오." 하워드가 확신에 차서 단호하게 말하자 니콜은 그 말을 믿기로 했다.

"정말로, 정말로 다행이에요." 니콜이 나지막하게 대답했다.

오래도록 침묵이 이어졌다. "나가 계신 동안 캄캄한 이곳에서 앉아 있으며 생각을 좀 했어요." 니콜이 입을 열었다. 어슴푸레한 달빛 속에서 니콜이 다른 곳으로 눈길을 돌린 모습이 보였다.

"이 아이들이 커서 어떤 사람이 되어 있을지 생각해봤죠. 로널드는…, 아마 엔지니어가 될 거예요. 마르얀은 군인이 될 테고요. 빌렘은 변호사나 의사가 되지 않을까요? 로즈는 분명히 좋은 엄마가 되겠죠. 실라는 어쩌면 직접 사업을 경영하는 영국 여성이 될지도 모르죠. 그리고 피에르…. 제가 피에르의 미래는 어떻게 생각했는지 아세요? 피에르는 어떤 모습이든 예술가가 될 것 같아요. 빛나는 아이디어로 수많은 사람을 이끌겠죠."

"나도 그렇게 생각한다오."

"존이 목숨을 잃은 뒤로 저는 너무나 외로웠어요." 니콜의 나직한 목소리가 이어졌다. "세상에 선함이라고는 없는 것 같았죠. 세상 모든 일이 미쳐서 잘못되어 가고 있다고 생각했어요. 신이 세상을 히틀러 손에 맡겨둔 채 죽어버렸다고, 멀리 떠나버렸다고요. 심지어 이렇게 어린아이들도 계속 고통을 겪어야 했잖아요."

니콜이 말을 멈췄다. 하워드는 아무 말도 하지 않았다.

"그런데 지금은요, 세상이 돌아가는 방식을 깨닫기 시작한 것 같아요. 존과 저는 행복하지 못할 운명이었죠. 딱 일주일만 빼고요. 또 우리가 부덕한 일을 저지를 운명이었고요. 하지만 이제 와서 보니 이 아이들이 존과 저를 통해 유럽에서 벗어날 운명이었던 거예요. 평화로운 곳에서 자라날 수 있게요."

니콜의 목소리가 점점 작아졌다. "그래서 존과 제가 만난 건가 봐요. 앞으로 30년 뒤에는 이 아이들 가운데 하나가 세상에 필요한 존재가 될지도 모르죠."

니콜이 잠시 쉬었다가 말을 이었다. "로널드일 수도 있고, 빌렘일 수도 있고, 피에르일 수도 있죠. 이 세상을 위해 위대한 일을 해내는 사람이요. 그런 일은요…, 제가 하워드 씨의 아드님에게 파리를 구경시켜주려고 했기 때문에 가능한 거예요. 우리가 사랑에 빠졌기 때문에 가능한 거고요."

그는 몸을 기울여 니콜의 손을 잡았다. 두 사람은 어슴푸레

한 달빛을 받으며 오랫동안 손을 맞잡은 채로 앉아 있었다. 이윽고 둘은 각자의 매트리스에 누웠다. 잠들지 못하고 누운 채로 아침을 맞았다.

그들은 그날도 정원에서 하루를 보냈다. 정원에서 할 일이 많지 않았던 탓에 아이들이 금방 따분해했다. 니콜은 좀이 쑤셔서 가만히 있지 못하는 아이들을 정성껏 돌봤다. 하워드는 나무 그늘에 놓인 안락의자에 앉아서 낮잠을 잤다. 하루가 느릿느릿하게 흘렀다. 저녁 6시에 식사가 나왔다. 전날과 똑같은 웨이터가 저녁상을 치웠다.

하워드와 니콜은 아이들을 위해 매트리스를 깔기 시작했다. 그러자 상병이 제지했다. 독일군은 한참 애를 먹어가며 그들이 곧 떠나야 한다고 설명했다.

하워드는 어디로 가야 하는지 물었다. 독일군은 어깨를 으쓱할 따름이었다. "나흐 파리스(파리로)?" 하워드가 의심스럽다는 듯 물었다. 그 독일군은 모르는 게 분명했다.

30분 뒤, 독일군이 하워드 일행을 지붕이 있는 화물차에 태웠다. 병사 두 명이 함께 타자 차가 출발했다. 하워드는 독일군에게 어디로 가고 있는지 물어보려고 노력했지만, 독일군은 묵묵부답이었다.

독일군끼리 대화하는 내용으로 미루어 보아 함께 탄 병사 두 명은 파리로 휴가를 떠나는 길인 것 같았다. 휴가 가는 길에 포로를 감시하는 것처럼 행동해야 하는 듯했다. 아무래도 하워드의 짐작대로 그들 모두 파리로 데려가는 것 같았다.

하워드는 목소리를 낮게 깔고 니콜에게 독일 병사들의 대화 내용을 전했다. 따스한 저녁, 화물차는 수풀이 무성한 좁은 길을 따라 흔들거리며 해안에서 내륙으로 나아갔다.

이내 차가 어느 마을의 외곽에 이르렀다. 니콜이 바깥을 뚫어지도록 쳐다봤다. "브레스트예요! 제가 아는 길이에요."

독일군 한 명이 고개를 끄덕이며 짧게 말했다. "브레스트."

차가 기차역에 멈춰 섰다. 모두 차에서 내렸다. 독일군 한 명은 그들을 지키고 섰고, 다른 한 명은 철도 수송 지휘관을 만나러 갔다. 기차를 타러 온 프랑스 사람들이 하워드 일행에게 호기심 어린 눈길을 던졌다. 하워드 일행은 감시병 둘과 함께 개찰구를 통과해서 삼등칸에 올라탔다. 파리행 기차 같았다.

"우리 이 기차에서 자요, 하워드 할아버지?" 로널드가 물었다.

하워드는 참을성 있게 미소 지었다. "내가 계획한 건 아니란다. 하지만 여기에서 자야 할 것 같구나."

"작은 침대도 있나요? 예전에 말씀하신 거요."

"없을 것 같구나. 한 번 가서 보자꾸나."

"저 목이 말라요. 오렌지 하나 먹을 수 있어요?" 로즈가 말했다.

플랫폼에서 오렌지를 팔고 있었다. 하워드에게는 한 푼도 없었다. 그가 감시병 하나에게 사정을 설명했더니, 병사가 밖으로 나가서 오렌지를 모두가 먹을 수 있을 만큼 사 들고 왔다.

다들 오렌지를 까먹었다. 아이들도, 독일군도 서로에게 뒤지지 않을 만큼 시끄럽게 떠들었다.

8시가 되자 기차가 출발했다. 천천히 달리면서 시골 간이역이 나올 때마다 멈췄다.

8시 20분, 기차가 라니상이라는 작은 마을에 섰다. 오두막 두 채와 농장 하나뿐인 마을이었다. 니콜이 창밖을 내다보다가 불쑥 하워드를 돌아보며 외쳤다.

"보세요! 여기 디슨 대장이 있어요."

검은색 제복과 까만 군화를 깔끔하고 세련되게 차려입은 게슈타포 대장이 객차로 다가와서 문을 열었다. 감시병 둘이 벌떡 일어나 차려자세로 섰다. 디슨이 감시병에게 독일어로 날카롭게 말하더니 하워드를 돌아보았다.

"내리지. 이 기차를 계속 탈 수 없네."

하워드와 니콜은 아이들과 함께 플랫폼으로 나갔다. 맑은 하늘에 해가 언덕 너머로 지고 있었다. 디슨이 플랫폼에 서 있던 보초병에게 고갯짓했다. 보초병이 객차 문을 닫더니 나팔을 불어 짧게 경적을 울렸다. 기차가 느릿하게 선로를 따라 나아갔다. 객차가 하워드 일행을 지나쳤다. 그들은 게슈타포 대장과 함께 시골 한가운데 자그마한 플랫폼에 남겨졌다.

"자, 이제 날 따라와."

디슨은 나무 계단 아래로 내려가 차도로 나갔다. 검표원이나 매표소는 없었다. 작은 시골 간이역은 버려진 것이나 다름없었다. 차도에는 회색 차가 한 대 서 있었다. 차체를 다목적으로 쓸 수 있는 포드 승합차였다. 검은 게슈타포 제복을 입은 군인이 운전석에 앉아 있었다. 조수석에는 어린아이가 타고 있었다.

디슨이 조수석 문을 열고 아이를 내리게 했다. "콤, 아나. 히어 이스트 헤르 하워드. 운트 미트 임 버르스트 두 주 옹클 루프레히트 게엔(내리렴, 아나. 여기는 하워드 씨야. 이분과 함께 루프레히트 삼촌에게 갈 거란다)."

작은 소녀가 하워드와 아이들을 물끄러미 바라보았다. 부스스한 머리를 늘어뜨린 채 하워드 뒤에 서 있는 니콜도 쳐다보았다. 그러더니 가냘픈 팔을 쭉 뻗고 새된 목소리로 외쳤다. "하일 히틀러!"

"구텐 아벤드, 아나(안녕, 아나)." 하워드가 울적하게 인사했다. 희미한 미소를 지으며 디슨을 돌아보았다. "미국에 가려면 이 습관은 떨쳐내야 할 거요."

디슨이 끄덕였다. "내가 말해보지." 그가 조카에게 방금과 같은 인사말을 해서는 안 된다고 설명해주자 아나는 눈을 휘둥그레 떴다. 어리둥절한 얼굴로 삼촌에게 질문하기도 했다. 하워드는 아이의 질문에서 '히틀러'라는 단어를 알아들을 수 있었다.

디슨이 재차 설명했다. 하워드와 니콜의 주의 깊은 눈길을 느낀 그는 얼굴이 조금 붉어졌다. 아나는 삼촌에게 분명하고 단호한 말투로 대답했다. 그러자 차에 앉아 있던 게슈타포 요원이 디슨을 힐끗 쳐다봤다.

"아이가 이해한 것 같군." 디슨은 조금 당황한 기색이었다.

"아이가 뭐라고 했소?"

"애들은 총통을 이해하지 못하지. 그런 건 어른들의 일이니."

그러자 니콜이 나서서 프랑스어로 말했다. "그래도 저 아이가 뭐라고 말했는지 알려주세요."

디슨은 어깨를 으쓱했다. “아이들의 사고방식은 도저히 이해하지 못하겠군. 아나는 앞으로 ‘하일 히틀러’라고 말하지 않아도 돼서 기쁘다고 했네. 총통에게 콧수염이 있기 때문이라나 뭐라나.”

하워드가 굉장히 엄숙하게 대꾸했다. “아이들의 생각을 이해하기란 참 어려운 법이오.”

“그렇군. 자, 이제 모두 차에 타지. 여기서 꾸물거릴 시간이 없네.” 디슨이 바짝 경계하는 눈길로 주변을 훑어보았다.

모두 차에 탔다. 아나도 하워드 일행과 함께 뒷좌석에 탔다. 디슨은 조수석에 올라탔다. 차가 도로를 따라 움직였다. 디슨이 뒷좌석 쪽으로 몸을 틀고 하워드와 니콜에게 끈으로 묶은 면화 봉투를 하나씩 건넸다.

“서류와 돈이야.” 간단하게 설명했다. “전부 제대로 있는지 확인해보게.”

하워드가 봉투를 열어보았다. 며칠 전 독일군이 압수했던 것들이 고스란히 들어 있었다.

차는 짙어지는 어스름 속에서 90분가량 시골길을 따라 달렸다. 이따금 디슨이 목소리를 낮게 깔고 운전석의 요원에게 지시했다. 하워드는 어둠이 완전히 내려앉을 때까지 계속 차를 몰며 하릴없이 시간을 보내고 있다는 인상을 받았다. 그들은 시골 마을을 통과하기도 했고, 독일군이 보초를 서고 있는 바리케이드를 지나가기도 했다.

차는 경계 초소가 나올 때마다 멈춰 섰다. 보초가 다가와서 차 안을 날카롭게 들여다보았지만, 게슈타포 제복을 보자마자 황급히 뒤로 물러서고 경례했다. 두세 번 정도 이런 일이 반복됐다.

한 번은 하워드가 물었다. "어디로 가고 있는 거요?"

"아베르라크. 그 어부도 거기에 있지."

잠시 후 하워드가 다시 입을 열었다. "항구를 지키는 군인이 있을 텐데."

"오늘 밤에는 없어. 다 조정해뒀지. 내가 바보인 줄 아시나?"

하워드는 입을 다물었다.

10시에 어둠이 짙게 물들자 차는 아베르라크 부두로 슬며시 다가갔다. 운전석의 군인이 조용히 차를 세우고 시동을 껐다. 디슨이 먼저 내려서 30초 정도 주변을 훑어보았다. 사방은 쥐 죽은 듯 고요했다.

디슨이 차로 돌아왔다. "내리지. 서둘러! 애들은 입 다물고 있게 하고." 어른들이 먼저 내려서 아이들이 내리는 것을 도왔다. 디슨이 니콜에게 말했다. "속임수 따위 쓰지 마. 당신은 나와 함께 여기에 남아야 해. 저들과 함께 가려고 한다면 다 쏴버려야 할 거야."

니콜이 고개를 꼿꼿하게 들었다. "총은 꺼내실 필요 없어요. 떠나려고 하지 않을 테니까."

디슨은 아무 대답도 하지 않았지만, 허리춤에 차고 있던 권총집에서 커다란 자동 권총을 꺼내 들었다. 그는 어두침침한 빛 속에서 날쌔게 부두로 내려갔다. 하워드와 니콜은 잠시 머뭇거렸지만, 이내 아이들과 함께 그를 따라갔다.

물가에 이르자 디슨이 돌아보았다. "서둘러." 그가 목소리를 깔고 말했다.

부두 끝에 배가 한 척 있었다. 배를 뭍으로 끌어서 올려놓은 작업대가 바닷물에 들어가 있었다. 별이 총총 떠 있는 하늘을 배경으로 그물 무늬가 새겨진 돛대와 삭구가 보였다. 그날 밤은 무척 고요했다.

더 가까이 다가가니 갑판을 반만 깔아놓은 고기잡이배가 눈에 들어왔다. 디슨 말고도 두 명이 더 있었다. 한 명은 하워드 일행에게 익숙해진 검은색 제복을 입고 부두에 서 있었다. 다른 한 명은 고리에 꿴 밧줄로 부두에 묶어놓은 배에 타고 있었다.

"어서 타지." 디슨이 말했다. "떠나는 모습을 봐야겠어."

디슨은 시몽을 돌아보며 프랑스어로 말했다. "르트레피에를 지나기 전에는 엔진을 켜지 말도록. 누가 배를 타고 도망간다는 걸 온 마을에 알리고 싶지는 않으니까."

시몽이 고개를 끄덕였다. "그럴 필요도 없어요." 부드러운 브르타뉴 방언으로 대꾸했다. "바람이 좋으니까. 게다가 썰물이 배를 알아서 끌고 나갈 겁니다."

어른들이 아이들을 한 명씩 배에 태웠다. "이제 당신 차례야." 디슨이 하워드에게 말했다. "영국에서 얌전하게 지내고 있으라고. 몇 주만 있으면 내가 런던으로 가서 당신을 찾을 테니. 9월이면 다시 볼 거야."

하워드가 니콜을 돌아봤다. "이제 헤어질 시간이구려." 그는 머뭇거리다가 입을 뗐다. "전쟁이 9월에 끝날 것 같지는 않소.

다 끝났을 때 나는 너무 늙어 있겠구려. 여행하는 것도 힘들어질 거요. 니콜 양이 날 보러 오겠소? 니콜 양과 나누고 싶은 말이 너무도 많다오. 지난 며칠간 그렇게 고생스럽지만 않았다면 모두 이야기했을 것을….”

“해외로 나가는 게 가능해지면 당장 갈게요. 그때 존에 관해 말씀해주셔야 해요.”

“영국 신사분, 이제 갈 시간이야.”

니콜은 하워드를 꼭 껴안았다. 마침내 하워드가 아이들이 기다리는 배로 내려갔다.

“이 배를 타고 미국에 가는 거예요?” 피에르가 물었다.

하워드는 고개를 저었다. “이 배는 아니란다.” 그는 무표정한 얼굴로 참을성 있게 대답했다. “미국에는 더 큰 배를 타고 갈 거야.”

“얼마나 큰데요?” 로널드가 물었다. “이것보다 두 배는 더 커요?”

시몽이 고리에 묶인 밧줄을 풀었다. 노를 부둣가에 힘차게 찌르자 배가 바다로 밀려 나갔다. 배와 프랑스 땅을 갈라놓은 시커먼 바닷물이 점점 늘어났다. 하워드는 꼼짝도 하지 않고 서 있었다. 슬픔이 밀려왔다. 다시 부두로 돌아가고 싶다는 갈망에 휩싸였다. 노년의 쓰라린 외로움이 덮쳐왔다.

게슈타포 셋과 함께 바닷가에 서서 점점 멀어져가는 배를 바라보는 니콜이 보였다. 썰물이 배를 조용히 재촉해서 먼바다로 끌고 갔다. 시몽이 닻줄을 끌어올렸다. 두꺼운 밤색 돛이 돛대를 타고 천천히 올라갔다. 물안개가 시야를 흐릿하게 가리는 바람에 하워드는 잠시 니콜의 모습을 놓쳤다.

얼마 후, 다시 니콜이 또렷하게 눈에 들어왔다. 니콜은 여전히 게슈타포들 곁에 꼼짝하지 않고 서 있었다. 이내 어둠이 사방을 휘감았다. 눈에 보이는 거라곤 별이 반짝이는 하늘을 배경으로 서 있는 언덕의 희미한 실루엣뿐이었다.

그는 깊은 슬픔에 잠긴 채 돌아서서 탁 트인 바다를 내다봤다. 눈물이 앞을 가렸다. 아무것도 보이지 않았다.

"하워드 할아버지, 제가 키를 잡아도 돼요?" 로널드가 물었다. 로널드가 재차 물었지만, 그는 대답하지 않았다.

"멀미가 나요." 로즈가 투덜댔다.

그는 정신을 차리고 무거운 마음으로 아이들을 챙기기 시작했다. 밤바다의 추위를 막을 만한 따뜻한 옷이나 담요가 하나도 없었다. 시몽에게 몇 마디 말을 건넸지만, 시몽은 무슨 영문으로 석방됐는지 알 수 없어 여전히 얼떨떨한 상태였다.

시몽은 곧장 팰머스(영국 잉글랜드의 콘월주 남쪽에 있는 항구도시-옮긴이)로 갈 작정이었다. 바다를 160킬로나 건너가야 했지만, 나침반도 해도도 없었다. 그래도 시몽은 바닷길을 잘 안다고 했다. 꼬박 하루, 어쩌면 그보다 조금 더 오래 걸릴 거라고 알려주기도 했다. 배에 음식은 전혀 없었지만, 레드 와인 두 병과 물 한 컵은 있었다.

두 사람은 배 앞쪽의 짐칸에서 돛을 하나 꺼내 아이들이 앉아 쉴 자리를 마련해주었다. 하워드는 아나를 제일 먼저 편안하게 앉히고 로즈에게 잘 보살펴달라고 부탁했다. 그런데 이번에는 로즈가 엄마처럼 자상하게 아이를 돌봐주지 않았다. 멀미하느라 다른 사람 신경 쓸 겨를이 없었다.

하워드는 아이의 멀미를 달래주려고 배 측면 너머로 몸을 구부리게 했다. 배가 너른 바다로 나가자 다른 아이들도 한 명씩 로즈를 따라서 배 위로 몸을 굽혔다. 배는 검은 암초 르트레피에를 지나쳤다.

멀미에 시달리는 아이들이 어찌나 시끄럽게 울부짖었던지 차라리 엔진을 켜는 편이 나을듯했다. 배는 아주 빠르게 움직였지만, 하워드는 조금도 멀미 기운을 느끼지 않았다. 피에르도 아이들 가운데 유일하게 멀미하지 않았다. 피에르는 시몽과 함께 배의 뒷부분에 서서 바다에 드리워진 달빛을 가만히 바라보았다.

시몽은 리벤터 부표(영국 해협을 가로지르는 뱃길 중간에 위치를 표시한 부표 중 하나-옮긴이)를 보고 뱃머리를 북쪽으로 돌렸다. 울렁거리고 메스껍다고 보채던 아이들이 잠시 잠잠해지자 하워드가 시몽에게 말을 붙였다. "어느 방향으로 배를 몰아야 하는지 잘 아시오?"

시몽은 고개를 끄덕였다. 달과 뒤편의 어렴풋한 육지, 북쪽 하늘에서 빛나는 큰곰자리를 흘긋 바라보더니 손을 쭉 뻗었다. "저쪽이요. 저기에 팰머스가 있어요." 시몽은 팰머스를 '팔무트'라고 발음했다. "아침이 되면 엔진을 켤 거예요. 그러면 날이 저물기 전에 도착할 수 있을 듯합니다."

뱃머리에서 다시 애처롭게 울부짖는 소리가 들려와 하워드의 관심을 끌었다. 한 시간쯤 후, 아이들은 기진맥진한 채 누워서 곁잠에 빠져들었다. 그제야 하워드도 앉아서 쉴 수 있었다.

뒤편에 펼쳐져 있을 육지를 흘끗 돌아보았다. 이제는 바다밖에 보이지 않았다. 프랑스가 있을 자리에는 희끄무레한 그림자만 보였다. 그는 깊은 회한과 쓰라린 외로움, 사무치는 슬픔을 안고 브르타뉴를 물끄러미 바라보았다. 브르타뉴로 돌아가서 니콜과 함께 있고 싶은 마음이 간절했다.

그는 이내 상념에서 벗어났다. 아직 조국에 도착하지 못했다. 울적한 마음에 무릎을 꿇을 수는 없었다. 그는 안절부절못하고 일어서서 주변을 둘러보았다. 남동쪽에서 산들바람이 꾸준히 불어왔다. 배는 4노트로 나아가고 있었다.

"잘 가고 있어요." 시몽이 말했다. "바람이 이렇게만 불어주면 엔진을 켤 필요도 없을 겁니다."

시몽은 노 젓는 자리에 앉아 담배를 피웠다. 어깨 너머를 흘긋 바라보더니 가만히 앉아 말을 이어갔다. "오른쪽으로요. 이쪽으로 가면 됩니다. 항상 길잡이별을 주시하면서 배를 이쪽으로 몰면 돼요."

그때 피에르가 배를 조종하는 방향키 앞에 서 있는 모습이 하워드의 눈에 들어왔다. 아이는 온몸에 힘을 실어 키 손잡이를 붙잡고 있었다. "저 아이가 배를 몰게 둬도 되는 거요?" 하워드가 물었다.

시몽은 바다에 침을 탁 뱉었다. "지금 배우고 있는 거죠. 빨리 배웁디다. 배를 몰면 뱃멀미를 안 하죠. 영국에 도착할 때쯤이면 저 녀석은 어엿한 키잡이가 되어 있을 거예요."

하워드가 피에르를 돌아보며 칭찬했다. "참 잘하는구나. 어느 방향으로 가야 하는지 어떻게 알았니?"

차츰 이지러지는 달이 어슴푸레한 빛을 드리웠다. 피에르는 앞만 뚫어지도록 보고 있었다. "시몽 아저씨가 알려줬어요." 하워드는 철썩거리는 파도 소리 사이로 소년의 가냘픈 목소리를 들으려고 귀를 기울여야 했다. "저 위에 네모를 그리며 서 있는 별들을 따라 배를 몰라고 했어요." 피에르는 작은 팔을 뻗어 큰곰자리를 가리켰다. "그쪽이 우리가 가야 하는 곳이래요. 반대로 저 별들을 따라가면 미국이 나온대요. 거기에는 먹을 게 아주 많아서 강아지한테도 나눠줄 수 있대요. 그래서 강아지랑 친구도 할 수 있다고 했어요. 니콜 누나가 알려줬어요."

이윽고 피에르가 지쳤다. 배는 큰곰자리가 알려주는 길에서 벗어나 옆길로 빠지기 시작했다.

시몽이 담배꽁초를 바다에 휙 내던지고 삼베 더미에서 일어났다. 하워드가 키를 잡자 시몽이 졸린 눈을 비비는 피에르를 근처 바닥에 눕혔다. 얼마 후 시몽도 맨바닥에 드러누워 한 시간쯤 눈을 붙였다. 그동안 하워드가 별빛을 받으며 배를 몰았다.

밤새도록 바다 위를 지나는 배는 한 척도 보이지 않았다. 근처를 지나간 배가 있었을지도 모르지만, 그랬더라도 조명을 모두 끄고 항해했는지 시몽의 배를 방해하지 않았다.

새벽 4시 30분쯤 어스름하게 동이 터올 무렵, 서쪽에서 구축함이 한 척 나타났다. 물살을 가르며 다가오는 군함의 뱃머리에서 커다란 파도가 하얗게 부서졌다.

구축함은 400미터 정도 밖에서 속도를 줄였다. 멀리서 위협적으로 보였던 회색 군함이 가까이에서는 녹슨 고물 배처럼 보였다. 여전히 위협적이기는 했지만, 고된 임무를 수없이 수행하며 닳은 흔적이 뚜렷했다. 더플코트를 입고 정식 군모를 쓴 청년이 메가폰을 들고 함교로 나와서 프랑스어로 소리쳤다. "프랑스인입니까?"

하워드가 목청껏 대답했다. "우리 중 몇몇은 영국 사람이오!"

청년이 쾌활하게 손을 흔들었다. "플리머스까지 안전하게 갈 수 있겠습니까?"

"우리는 팰머스로 가려고 하오!" 구축함의 프로펠러가 끽끽 돌아가고 파도가 철썩대는 바람에 대화하기가 어려웠다.

"플리머스로 가야 합니다, 플리머스! 괜찮습니까?"

하워드가 서둘러 시몽에게 말을 전한 후 고개를 크게 끄덕여 보였다. 젊은 장교는 한 번 더 손을 흔들고 돌아갔다. 구축함의 뒤로 물보라가 일더니 배는 영국 해협 위쪽으로 쏜살같이 나아갔다. 구축함은 크림 같은 물거품을 튀기며 떠났다.

시몽은 동쪽을 향해 2포인트 방향을 틀고 엔진을 켰다. 배의 속력이 6노트로 올라갔다. 아이들이 잠에서 깼지만, 여전히 고통스러워하며 다시 토하기 시작했다. 다들 추위에 벌벌 떨었고, 몹시 지쳤고, 지독하게 허기졌다.

이내 해가 솟아올랐다. 날이 점점 따뜻해졌다. 하워드는 아이들에게 물을 탄 와인을 조금씩 마시게 했다.

배는 아침 내내 햇살에 젖은 여름 바다를 나아갔다. 시몽은 이따금 하워드에게 시간을 묻거나 태양을 찬찬히 바라보면서 방향을 조정했다. 정오가 되자 북쪽에서 가느다란 푸른 선이 보였다. 육지였다.

3시쯤 되자 트롤선 한 척이 가까이 다가와서 신분을 물었다. 시몽의 배가 트롤선을 지나서 뭍으로 다가가자, 수평선에서 레임헤드(영국 남서부 콘월에 있는 해안 곶-옮긴이)의 고지대가 나타났다.

5시 30분경, 배가 레임헤드에 닿았다. 평화로운 시기였다면 작은 요트였을 모터보트 한 척이 옆으로 다가왔다. 영국해군을 지원하는 예비군 대위가 다시 신분을 물었다. "캐트워터를 아십니까?" 대위가 하워드에게 소리쳤다. "비행정이 있는 곳인데 아십니까? 캐트워터로 가서 북쪽 정박지에 배를 대십시오! 난민은 모두 정박지의 어선용 부두로 가야 합니다! 아시겠죠?"

해군의 배가 방향을 틀어 가던 길을 갔다. 시몽의 고깃배는 레임헤드와 카우샌드(레임 반도의 남동쪽에 있는 마을-옮긴이), 방파제를 지나쳐 사운드(플리머스 근처의 깊고 작은 만-옮긴이)의 정박지로 들어갔다.

눈앞에 플리머스의 언덕이 있었다. 회색 항구는 오후의 햇살 속에서 평화로워 보였다. 하워드는 고향 땅을 지긋이 바라보며 작게 한숨을 내뱉었다. 조국에 있는 지금보다 프랑스에 있을 때가 더 행복했던 것 같았다.

바다가 잔잔한 데다 사운드에 떠 있는 군함과 육지까지 눈에 들어오자 아이들이 조금 기운을 차렸다. 아이들은 주변을 둘러보며 흥미를 보이기 시작했다. 시몽은 하워드의 안내를 받으며 군함 사이를 요리조리 빠져나갔다.

배가 드레이크 섬(플리머스 사운드 안에 있는 작은 섬-옮긴이)에 이르자 바람이 불어와서 갈색 돛을 내렸다. 시몽은 엔진의 힘으로 어선용 부두까지 나아갔다.

부두에 먼저 도착해서 정박을 기다리는 배가 몇 척 더 있었다. 온갖 나라에서 온 배들이 해안으로 올라와서 영국 땅에 닿았다. 하워드 일행이 땅을 밟으려면 15분 정도 더 기다려야 했다.

그동안 갈매기들이 주위를 빙빙 날아다니며 시끄럽게 울고, 파란색 저지 셔츠를 입은 무뚝뚝한 사내들이 그들을 내려다봤다. 면으로 만든 여름 드레스를 입고 휴가를 나온 젊은 여자들이 바다 풍경을 배경으로 사진 찍고 있었다.

마침내 그들 모두 휘청거리며 부두로 올라가서 어시장의 난민 무리에 섞여들었다. 하워드는 여전히 수염을 텁수룩하게 기른 채 브르타뉴 농민 옷차림을 하고 있었다. 게다가 몹시, 몹시 피곤했다. 굶주리고 기진맥진한 아이들이 그를 둘러쌌다.

여성 의용대 봉사단 제복을 단정하고 깔끔하게 차려입은 여성이 능숙하게 일행을 벤치로 안내하고 프랑스어로 설명했다. "저기 앉으세요. 저기서 기다리세요." 능숙한 태도와 달리 프랑스어가 몹시 서툴렀다.

하워드는 의자에 주저앉았다. 완전히 탈진해서 정신이 혼미했다. 의용대 여성이 한두 번쯤 다가와서 신상을 물었다. 하워드는 기계적으로 대꾸했다. 30분 후, 젊은 여성이 따끈한 차를 내왔다. 하워드 일행은 감사하게 차를 마셨다.

기운을 되찾은 하워드는 주변을 관심 있게 둘러보았다.

교양 있는 영국 여성의 목소리가 들렸다. "다이슨 부인, 저기에 사람들이 많아요. 남자 둘이 저 아이들 전부 데려왔더라고요."

"어느 나라 사람이던가요?"

"다 다른 모양이에요. 아주 예쁜 꼬마애가 있는데 독일어를 쓰던걸요."

"가여워라! 분명 오스트리아 사람인가 보네."

"영국 아이들도 있더라고요."

여성 의용대 사이에서 걱정 가득한 탄식이 터져 나왔다. "대체 무슨 영문인지 모르겠네. 그런데 애들 행색 좀 봐요! 저 어린 애들 머리가 어떤 상태인지 봤어요? 세상에, 이가 들끓더라니까, 한 명도 빠짐없이 그래요." 다들 충격에 빠졌는지 침묵이 흘렀다. "저 가여운 노인 말이에요. 어쩌다가 저 아이들을 다 떠맡았는지 모르겠어요."

하워드는 슬며시 미소 지으며 눈을 감았다. 그가 속속들이 아는 영국에 왔다는 사실이 실감 났다. 마침내 평화가 찾아왔다.

12장
에필로그

폭탄이 더는 떨어지지 않았다. 대응 사격도 그쳤다. 동쪽에서는 불길이 사그라들고 있었다. 이윽고 도시 곳곳에서 '경보 해제'를 알리는 소리가 길게 이어졌다.

우리는 뻣뻣하게 굳은 몸을 일으켰다. 나는 흡연실 맨 끝에 있는 기다란 창문으로 다가가서 커튼을 걷고 덧문을 열어젖혔다. 창문에서 떨어져 나온 유리 조각이 카펫 위로 떨어졌다. 신선한 바람이 얼굴로 훅 불어왔다. 매캐하고 아릿한 화재 냄새도 바람에 실려 왔다.

길거리를 내려다보니 비옷과 고무장화, 철모를 갖추어 입은 사람들이 피로에 전 기색으로 작은 모터 펌프를 손질하고 있었다. 맞은편 건물에서 사람들이 창틀에 남아 있는 부러진 유리창 조각을 쿡 찔러 떨어뜨렸다. 유리가 시끄럽게 보도로 떨어졌다.

무늬를 새겨넣은 유리 샹들리에가 흔들리자 유리 조각 천 개가 쨍그랑거리는 것 같았다. 사람들은 방마다 돌아다니면서 부서진 유리창을 꼼꼼하게 제거했다. 시리고 희부연 빛이 런던 위로 퍼져나갔다. 빗방울이 조금씩 떨어졌다.

나는 유리창에서 돌아섰다. "아이들을 미국으로 보내셨습니까?"

"아, 그랬소." 하워드가 대답했다. "전부 함께 갔다오. 캐버나 부부에게 무선 전보를 보내서 로널드와 실라를 미국에 보내겠다고 알렸소. 테누아는 로즈도 보낼 수 있냐고 먼저 부탁하더군. 아는 부인에게 아이들을 맡겨서 다 함께 코츠하버로 보냈소."

"아나도 갔습니까?"

그가 끄덕였다. "아나도 갔소." 우리는 흡연실 밖으로 나갔다. "이번 주에 화이트폴스의 루프레히트 디슨에게서 편지를 받았다오. 독일에 있는 디슨 대장에게 전보를 보냈다고 했소. 그러니 일이 다 잘 풀린 거요."

"따님이 아이들을 보고 조금 충격받았겠군요."

하워드가 웃으며 대답했다. "글쎄, 잘 모르겠구려. 아이들을 맡아줄 수 있냐고 전보를 보냈는데, 그러겠다고 답장했다오. 그러니 괜찮을 거요. 사위가 아이들을 위해 집을 통째로 뒤집어엎고 있는 모양이오. 수영장도 하나 만들고 아이들 보트를 보관할 창고도 지었다고 했소. 아이들 모두 거기서 아주 행복하게 지낼 것 같소."

우리는 어스름한 새벽빛을 받으며 아래층으로 내려가 홀에서 헤어졌다. 그는 나보다 몇 걸음 먼저 밖으로 나섰다. 나는 나가다 말고 야간 근무 수위에게 클럽 건물이 피해를 얼마나 입었는지 물어보았다. 수위는 지붕에 소이탄이 하나 떨어졌지만, 젊은 어니스트가 얼른 폭탄을 차서 바깥으로 떨어뜨렸다고 알려줬다. 공습 때문에 가스와 물은 끊겼지만, 전기는 끊기지 않았다고 덧붙였다.

"위층 흡연실에서 하워드 씨와 이야기하며 밤을 지새웠다네." 내가 하품하며 말했다.

수위가 끄덕였다. "한두 번쯤 흡연실을 들여다봤다가 두 분이 함께 계시는 걸 봤습니다. 그래서 지배인한테 말했지요. 하워드 씨가 말동무와 함께 계셔서 참 다행이라고요. 요즘 부쩍 나이 들어 보이시거든요."

"그렇지. 그런 것 같네."

"하워드 씨는 한두 달 전에 길게 휴가를 떠나셨지요. 그런데 그 휴가가 썩 좋지는 않았던 모양입니다."

나는 클럽 건물을 나섰다. 발밑에서 유리 조각이 쨍그랑거리며 으스러졌다.

끝.

"문학이 들려주는 삶의 지혜와 즐거움"

RAINBOW PUBLIC BOOKS

파이드 파이퍼

발행일 초판 1쇄 2022년 3월 28일

발행인 박성범
지은이 네빌 슈트
옮긴이 성소희
편 집 강수진, 김호준
디자인 서은주
마케팅 이선영
발행처 레인보우 퍼블릭 북스
등 록 제2021-000021호

주 소 〔우06212〕 서울시 강남구 테헤란로 328, 4층 (역삼동, 동우빌딩)
전 화 02-415-9798
팩 스 0504-082-1519
이메일 submit@rpbooks.co.kr

ISBN 979-11-90978-18-7 (03840)

• 책값은 뒤표지에 있습니다.
• 파본이나 잘못 인쇄된 책은 구입하신 서점에서 교환해 드립니다.